Du même auteur, chez le même éditeur :

Shannara :
1. *L'Epée de Shannara* (2002)
2. *Les Pierres elfiques de Shannara* (2003)
3. *L'Enchantement de Shannara* (2003)

L'Héritage de Shannara :
1. *Les Descendants de Shannara* (2004)
2. *Le Druide de Shannara* (2005)

www.bragelonne.fr

Terry Brooks

Les Descendants de Shannara

L'Héritage de Shannara - livre un

Traduit de l'américain par Rosalie Guillaume

Bragelonne

Collection dirigée par Stéphane Marsan et Alain Névant

Titre original : *The Scions of Shannara*

Cette traduction est publiée en accord avec The Ballantine Publishing Group,
une division de Random House, Inc.

Illustration de couverture :
© Philippe Munch

ISBN : 2-914370-84-9

Bragelonne
35, rue de la Bienfaisance - 75008 Paris - France

E-mail : info@bragelonne.fr
Site Internet : http://www.bragelonne.fr

À Judine,
qui rend toute la magie possible.

PLAINES DE HOARE
MONTS BRISURE
TERRITOIRE DE KERSHALT
TERRES DU NORD
ROYAUME DU CR
Montagne du Crâne
DESERT DE KIERLAK
MONTS DU FIL DU COUTEAU
Rivière Lethe
Passe de Worl
Ravin de Baen
MONTS KENSROWE
Col de Halys
Innisbore
SARANDANON
Arborlon
Chant du ruisseau
VALLÉE DE RHENN
PLAINES DE STRELEHEIM
PARANOR
Forteresse des Druides
Bois de Drey
FOURRÉS ENCHEVETRÉS
TERRES DE L'OUEST
Pykon
ÉPERON ROCHEUX
Rivière Mermidon
DENTS DU DRAGON
Col de Kennon
Grimpen
Pont Hurleur
Kern
PAYS SAUVAGE
Aiguille d'Acier
Bord-du-Linceul
CHAUDRONS
CALLAHORN
Varfleet
Tyrsis
TIRFING
LAC ARC-EN-CIEL
MONTS IRRIBIS
Lac Myrian
LIGNE DE PARTAGE BLEUE
TERRES DU SUD
Forêt de Duln
Nids d'Aigles
Valombre
Rivière Rappahalladran
Leah
BASSES-TERRES DE CLETE

ANE
Marécage de Malg
MONTS CHARNAL
ANAR SUPÉRIEUR
Col de Janissom
PLAINES DE RAAB
TERRES DE L'EST
Rivière Raab
Rivière Raab
LES ÉTENDUES SOMBRES
Crêtes de Toffer
ANTIQUE LANDE
Storland
LA SALLE DES ROIS
Les Flots de Chard
Maelmord
Source du Paradis
Vallée de Schiste
Col de Jade
Fantôme du marais
Graymark
Ligne Rooker
Pierre d'Afre
MONTS RUNNE
MONTS WOLFSKTAAG
Monts Élevés
Col du Noeud Coulant
Dun Fee Aran
MONTS RAVENSHORN
Forêt de l'Anar
Rivière Argentée
Capaal
Culhaven
Cilldellan
LE COIN
Marais des Brumes
BASSES-TERRES DE TERTREBATAILLE
ANAR INFERIEUR

Chapitre 1

Assis seul à l'ombre des dents du Dragon, le vieil homme regardait les ténèbres chasser la lumière du jour. Pour un milieu d'été, la journée avait été étonnamment fraîche. La nuit serait glaciale. Des nuages cachaient le ciel, dérivant comme un troupeau égaré entre la lune et les étoiles.

Un silence profond régnait sur les lieux.

Le silence typique de la magie, pensa le vieillard.

Un feu brûlait devant lui, mais trop faiblement pour durer jusqu'à son retour, puisqu'il serait parti plusieurs heures. Il l'observa avec un certain malaise, puis ajouta de plus gros morceaux de bois mort, qui firent aussitôt crépiter les flammes.

Le vieil homme les attisa avec un bâton et recula pour échapper à la chaleur soudaine. Il resta à la lisière de la zone éclairée, entre le feu et les ténèbres, comme une créature appartenant à la lumière et à l'ombre – ou à aucune des deux.

Ses yeux brillèrent quand il regarda au loin. Les pics des dents du Dragon s'élançaient vers le ciel comme des os jaillissant de la terre. Un calme souverain émanait des montagnes – avec une sorte de mystère qui y planait telle la brume par un matin glacial, dissimulant les rêves de tous les âges.

Le feu jetant des étincelles, le vieil homme écarta d'un geste vif la cendre incandescente qui menaçait de se poser sur lui. Son corps ressemblait à des brindilles mal fagotées et susceptibles de tomber en poussière si un vent trop fort se levait. Ses robes grises et son manteau de forestier pendaient sur ses membres décharnés comme sur un épouvantail. Sa peau parcheminée et tannée semblait prête à éclater sous la pression de ses os. Ses cheveux et sa barbe entouraient son visage d'un halo blanchâtre et il était si ridé et voûté qu'on lui aurait donné cent ans.

En réalité, il en avait près de mille.

Bizarre, se dit-il soudain, au souvenir des trop longues années de sa vie. Paranor, le Conseil des Races, et même les druides... Tout avait disparu. Étrange qu'il ait survécu à ça.

Cela datait de si longtemps qu'il se rappelait à peine cette période de sa vie. Il avait pensé qu'elle était terminée pour de bon, il s'était cru libre. Mais il ne l'avait jamais été. Comment se libérer d'un phénomène sans lequel il serait mort depuis des lustres ?

N'était le Sommeil Druidique, aurait-il encore arpenté ce monde ?

Il frissonna, les ténèbres l'entourant de plus en plus comme le soleil plongeait sous l'horizon.

C'était le moment. Les rêves le lui avaient révélé et il les croyait, parce qu'il les comprenait. Cette partie de son ancienne vie refusait aussi de le quitter : des songes, des visions de mondes étranges, des avertissements, des vérités… et des événements qui pourraient se passer – et parfois, qui *devaient* se passer.

Il s'éloigna encore du feu et emprunta un sentier étroit qui serpentait entre les rochers. Les ombres glaciales se refermèrent sur lui. Il marcha longtemps, traversa des défilés, escalada des rochers et longea des précipices et des crevasses. Au sortir de ces passages, il déboucha dans une vallée peu profonde. Le sol couvert de rochers, elle était dominée par un lac dont la surface unie comme celle d'un miroir émettait une lueur verdâtre.

Le lac Hadeshorn était le lieu de repos des ombres des druides disparus. Et on y avait *appelé* le vieil homme.

— Autant y aller et en finir le plus vite possible, grommela-t-il.

Il descendit vers la vallée d'un pas hésitant, le cœur battant la chamade. Il n'était pas venu depuis si longtemps !

Les eaux du lac ne frémirent pas. Les ombres dormaient… *Tant mieux*, pensa-t-il. *Mieux vaut ne pas les déranger.*

Il arriva au bord du lac et s'arrêta. Dans le silence absolu, il inspira profondément puis expira et entendit l'air sortir de ses poumons, son souffle bruissant comme des feuilles mortes poussées par le vent.

Le vieil homme dénoua les cordons de la bourse attachée à sa ceinture. Y plongeant la main, il en sortit une poudre noire dans laquelle étincelaient des particules argentées. Il hésita, puis jeta la poudre dans les airs, au-dessus du lac.

Elle explosa et produisit une étrange lumière qui éclaira les environs comme en plein jour. Il n'y eut aucune chaleur. Seulement une vive lueur qui scintilla et dansa telle une créature vivante.

Le vieillard la regarda, les yeux plissés. Se balançant un bref instant d'avant en arrière, il se sentit de nouveau jeune.

Puis une forme apparut au cœur de la lumière. Elle s'éleva de ses profondeurs comme un spectre, une ombre noire égarée dans les ténèbres du lac. Mais le vieil homme savait que ce n'était qu'une illusion : l'ombre n'errait pas, elle avait été invoquée. Elle prit l'apparence d'un homme vêtu de noir, un être terrifiant facile à reconnaître pour peu qu'on l'ait jamais aperçu.

— Allanon, murmura le vieillard.

L'apparition leva la tête, révélant le visage caché par son capuchon : des traits anguleux, une barbe noire, un nez long et mince, une bouche fine et des yeux capables de sonder l'âme de son interlocuteur.

Ils trouvèrent ceux du vieil homme et soutinrent son regard.

— J'ai besoin de vous…

Les mots retentirent dans l'esprit du vieillard, lourds d'un sentiment d'urgence et d'insatisfaction. L'ombre communiquait uniquement par la pensée.

Le vieil homme recula d'un pas, souhaitant que la créature qu'il avait invoquée ne soit jamais venue.

Puis il se ressaisit et attendit.

— Je ne suis plus des vôtres ! cracha-t-il soudain. Vous ne pouvez pas me donner d'ordres !

Trop furieux, il en oubliait qu'il n'avait pas besoin de parler à voix haute.

— *Il ne s'agit pas d'ordres. Je vous présente une requête. Écoutez-moi. Vous êtes le dernier, jusqu'à ce que mon successeur soit découvert... Comprenez-vous ?*

Le vieil homme ricana.

— Comprendre ? Qui le peut mieux que moi ?

— *Une partie de vous sera toujours ce que vous n'auriez pas mis en doute, jadis. La magie demeure en vous. À tout jamais. Aidez-moi. J'ai envoyé les rêves, et les enfants de Shannara ne réagissent pas. Quelqu'un doit aller les voir. Vous...*

— Pas moi ! Je vis à l'écart des Races depuis des années. Plus question d'être mêlé à leurs problèmes ! J'en ai fini avec ces âneries il y a bien longtemps.

L'ombre sembla grandir devant le vieillard, qui se sentit soulevé de terre et s'éleva très haut dans le ciel.

Il ne se débattit pas, conscient de la colère de son interlocuteur.

— *Regardez...*, dit Allanon d'une voix grinçante.

Les Quatre Terres apparurent sous les yeux du vieil homme, avec leurs prairies, leurs montagnes, leurs collines, leurs forêts, leurs rivières et leurs lacs inondés de soleil. Il retint son souffle, ébahi de les voir aussi clairement – d'une telle altitude – même s'il savait qu'il s'agissait seulement d'une vision. Puis la lumière baissa et les couleurs vives s'affadirent. L'obscurité s'abattit sur le paysage, accompagnée d'une brume grise et de cendres sulfureuses qui jaillissaient de cratères brûlés.

La terre devint stérile et sans vie. Le vieil homme la survola de moins haut. Le spectacle qu'il découvrit le révulsa. Et l'odeur qui monta à ses narines manqua le faire vomir.

Des malheureux erraient sur ces terres désolées. Plus proches des bêtes que des humains, ils se déchiquetaient les uns les autres en hurlant. Des silhouettes noires circulaient entre eux. Ombres sans substance mais aux yeux de feu, elles se déplaçaient au rythme des humains, se mêlaient à eux, *devenaient* eux. Cette danse macabre avait un but : les ombres dévoraient les humains. Elles s'en nourrissaient.

— *Regardez...*

La vision changea. Le vieil homme se vit lui-même, mendiant squelettique campé devant un chaudron rempli d'un étrange feu blanc qui bouillonnait et murmurait son nom. De la vapeur montait du chaudron et se frayait lentement un chemin vers lui. Elle l'enveloppait, le caressant aussi tendrement que s'il était son fils.

Les ombres passaient autour de lui. L'évitant au début, elles se ruèrent *en lui* comme s'il était une boîte vide où elles pouvaient jouer à loisir.

Il sentit leur contact et eut envie de crier.

— *Regardez...*

La vision changea de nouveau. Le vieillard vit une grande forêt. Au milieu se dressait une montagne imposante. À son sommet se perchait un château à demi en ruine dont les tours et les parapets tutoyaient le ciel, au-dessus de la terre obscure.

Paranor, pensa le vieillard. *Paranor, revenue dans le monde !* Un espoir insensé monta en lui et il aurait voulu crier de soulagement. Mais la vapeur enveloppait déjà le château, et les ombres s'en approchaient. L'antique forteresse se lézarda, puis commença à s'écrouler, pierre et mortier cédant comme s'ils étaient pris dans un étau. Quand la terre frémit, des hurlements jaillirent de la gorge des humains devenus des animaux. Du feu fusa de la terre, éventra la montagne où se dressait Paranor et l'engloutit.

Un gémissement s'éleva, ultime cri d'un homme soudain privé du seul espoir qui lui restait.

Le vieillard s'aperçut que ce son sortait de sa gorge.

Alors, les images disparurent. Il était de nouveau devant le lac Hadeshorn, sous les dents du Dragon, seul avec l'ombre d'Allanon. En dépit de sa détermination, il tremblait de tout son corps.

L'ombre brandit un index vers lui.

— *Que les rêves soient ignorés, et les choses se passeront comme je vous les ai montrées. Il en ira ainsi, si vous n'agissez pas. Il faut m'aider. Vous devez contacter le jeune homme, la jeune fille et l'Oncle Obscur. Convainquez-les de la réalité des rêves. Dites-leur de me rejoindre ici, la première nuit de pleine lune qui suivra le cycle en cours. Je leur parlerai à ce moment-là...*

Le vieil homme fronça les sourcils, marmonna quelque chose et se mordilla la lèvre inférieure. Puis il resserra les cordons de la bourse et la remit à sa ceinture.

— Je le ferai, parce qu'il n'y a personne d'autre ! dit-il enfin. Mais n'attendez pas que...

— *Allez les voir. On ne vous demandera rien de plus. Mettez-vous en route, à présent...*

L'ombre d'Allanon vacilla puis disparut. Dès que la lumière mourut, la vallée fut de nouveau déserte.

Avant de se détourner, le vieil homme contempla un moment les eaux paisibles du lac.

Quand il revint à son campement, le feu qu'il avait allumé brûlait toujours, mais il était faible et dispensait peu de lumière. Le vieil homme regarda les flammes, l'air absent, puis s'accroupit à côté.

En attisant les cendres, il repensa à ce qu'Allanon lui avait dit.

Le jeune homme, la jeune fille et l'Oncle Obscur... Il les connaissait. C'étaient les descendants de Shannara, ceux qui pourraient les sauver tous en ramenant la magie dans le monde. Mais comment les convaincrait-il ? S'ils n'avaient pas écouté Allanon, pourquoi en irait-il autrement avec lui ?

Le vieillard revit mentalement les images terrifiantes. Il fallait qu'il trouve un moyen de retenir leur attention, pensa-t-il. Parce qu'il en connaissait un bout sur les visions, comme il aimait à se le répéter. Et celles-là étaient authentiques, sans aucun doute – même pour quelqu'un comme lui, qui avait renié les druides et leur magie.

Si les descendants de Shannara refusaient de l'écouter, ces visions de fin du monde se réaliseraient.

Chapitre 2

Depuis la porte de derrière de la taverne *La Moustache Bleue*, Par Ohmsford regardait la ruelle sombre qui serpentait entre les bâtiments et conduisait aux lumières de Varfleet. *La Moustache Bleue* était un vieux bâtiment déglingué aux murs vermoulus et au toit en bardeaux de bois. On eût dit une grange. La taverne avait pourtant des chambres à l'étage, au-dessus de la salle commune, et des remises à l'arrière. Bâtie à la base d'un pâté de maisons en forme de U, elle était située sur une colline, à la lisière ouest de la cité.

Par respira profondément l'air nocturne et savoura ses senteurs : celles de la ville, de la vie, des ragoûts aux épices, des liqueurs fortes, des bières fermentées, des harnais de cuir, du fer encore chaud dans les forges et de la sueur des animaux et des hommes. L'odeur de la pierre, du bois et de la poussière…

Plus loin dans l'allée, au-delà des boutiques aux murs du fond couverts d'inscriptions, la colline descendait vers la partie centrale de la ville, à l'est. Les bâtiments de pierre, hideux le jour, prenaient la nuit un aspect différent. Ils se fondaient dans l'obscurité quand les lumières s'allumaient par milliers, s'étendant à perte de vue comme un gigantesque essaim de lucioles.

Ces lumières qui scintillaient dans le noir éclairaient le lit de la rivière Mermidon, au sud.

À cette heure de la nuit, Varfleet était belle, comme une souillon transformée en reine des fées.

Par aimait penser que la cité était magique. Il adorait son gigantisme, la diversité des gens ou des objets que l'on y trouvait, et l'impression de vie qui s'en dégageait. La ville était très différente de Valombre, le hameau forestier où il avait grandi. Elle ignorait tout de la pureté des arbres et des ruisseaux, ou des sentiments d'intemporalité et de solitude qui régnaient dans la vallée. Mais cela n'importait pas aux yeux de Par, car il l'aimait aussi. Rien ne l'obligeant à choisir entre les deux, il ne voyait pas pourquoi il n'aurait pas apprécié la cité *et* le hameau.

Bien entendu, Coll n'était pas d'accord. Comme toujours, il regardait les choses d'un autre œil. Pour lui, Varfleet était une ville hors-la-loi, à la limite des terres gouvernées par la Fédération. Un antre de mécréants où les gens pouvaient faire n'importe quoi en toute impunité. Selon lui, en Callahorn et dans toutes les Terres du Sud, il n'existait pas de pire endroit.

Coll haïssait la ville.

Des voix et des tintements de verres retentirent quand quelqu'un ouvrit la porte de la taverne, et moururent dès qu'on la referma.

Par se retourna. Son frère avançait vers lui, le visage dissimulé par la pénombre.

— C'est presque le moment, dit-il.

Par hocha la tête. À côté de son frère, il semblait petit et menu. Jeune homme robuste au visage carré et aux cheveux brun terne, Coll ressemblait à un Valombrien typique : tanné et dur, avec des mains et des pieds immenses.

Les pieds de Coll étaient l'objet de plaisanteries incessantes. Par aimait tout particulièrement les comparer aux pattes d'un canard…

Lui était mince et blond, avec des traits indiscutablement elfiques, comme en témoignaient ses oreilles pointues et ses sourcils arqués, sans parler de ses pommettes saillantes.

Les Ohmsford ayant toujours vécu dans la vallée, le sang elfique avait quasiment disparu de la lignée. Mais quatre générations plus tôt, aux dires de son père, son arrière-arrière-grand-père était retourné dans les Terres de l'Ouest, où vivaient les elfes. Il y avait épousé une jeune elfe, et un fils et une fille étaient nés de cette union. Le garçon s'était également marié avec une elfe. Pour des raisons inconnues de Par, il était retourné à Valombre, ramenant ainsi du sang elfique dans la lignée des Ohmsford. Pourtant, de nombreux membres de la famille n'affichaient aucune caractéristique de leur héritage métissé. Coll et leurs parents, Jaralan et Mirianna, en étaient des exemples frappants. En revanche, les origines elfiques de Par ne faisaient aucun doute.

Être aussi reconnaissable n'était malheureusement pas toujours un atout. À Varfleet, Par se déguisait. Il s'épilait les sourcils, portait les cheveux longs pour cacher ses oreilles et dissimulait la pâleur de son teint avec des herbes « noircissantes ». Il n'avait pas le choix. Attirer l'attention sur son ascendance elfique n'était pas une bonne idée, ces derniers temps.

— Elle a mis sa robe du soir, dit Coll en regardant la cité. Velours noir et diamants, pas un fil qui dépasse. Cette ville est une fille rusée ! Même le ciel est son ami.

Par sourit.

Mon frère, le poète…

Dans le ciel dégagé, un croissant de lune brillait avec les étoiles.

— Tu en viendrais peut-être à l'aimer, si tu lui donnais une chance !

— Moi ? ricana Coll. Je suis ici parce que tu y es. Si je n'y étais pas obligé, je ne resterais pas une minute de plus.

— Tu peux partir, si tu veux…

— Ne recommence pas ! Nous avons déjà parlé de tout ça. C'est toi qui voulais connaître les cités du Nord. Je n'aimais pas cette idée avant notre départ et je ne l'aime toujours pas. Mais nous étions d'accord pour faire ça ensemble. Je serais un mauvais frère si je te laissais tomber maintenant pour repartir à Valombre ! D'ailleurs, tu ne t'en sortirais pas, sans moi.

— D'accord, d'accord, soupira Par. Je voulais seulement…

— Te moquer un peu de moi ! acheva Coll, nerveux. Tu ne t'en es pas privé, récemment. On dirait que ça te fait plaisir.

— Ce n'est pas vrai.

Les yeux perdus dans les ténèbres, Coll ignora son frère.

— Je n'oserais jamais me moquer de quelqu'un qui a des pattes de canard en guise de pieds.

Coll sourit malgré lui.

— Ça te va bien de dire ça, avec tes oreilles pointues ! Tu as de la chance que j'aie décidé de rester et de m'occuper de toi...

Par le bouscula gentiment et ils éclatèrent de rire.

Une fois calmés, ils se regardèrent et écoutèrent les bruits qui montaient de l'auberge et des rues. Par soupira. La nuit d'été, très chaude, faisait oublier le froid des dernières semaines.

Le genre de nuit où les problèmes disparaissent et où les rêves se réalisent...

— On parle de Questeurs en ville..., dit soudain Coll, ruinant ce moment de paix.

— Il y a tout le temps des rumeurs...

— Souvent, elles sont vraies. On raconte qu'ils ont prévu de capturer tous les jeteurs de sorts, de les empêcher de travailler et de fermer les tavernes à bière. Ce seraient des Questeurs, Par, pas de simples soldats.

Par savait de quoi il s'agissait. Les Questeurs étaient la police secrète de la Fédération. Bref, les sbires des législateurs du Conseil de la Coalition.

Coll et lui étaient arrivés à Varfleet deux semaines plus tôt. Ils venaient de Valombre, au sud, abandonnant la protection de leur maison natale pour explorer les terres frontalières de Callahorn. Ils étaient partis parce que Par l'avait décidé. Selon lui, l'heure de raconter leurs histoires à d'autres avait sonné. Oui, il fallait que les gens sachent, et pas seulement les habitants de Valombre !

Ils avaient choisi Varfleet parce que c'était une ville ouverte, indépendante de la Fédération. Un havre pour les hors-la-loi, les réfugiés... et les idées nouvelles. Un lieu où les gens écoutaient encore volontiers, où la magie était toujours tolérée, voire recherchée. Par avait un pouvoir. Accompagné par Coll, il était venu à Varfleet pour le partager avec d'autres personnes. Car si beaucoup d'hommes et de femmes pratiquaient la magie en ville, la sienne avait un caractère unique.

Elle était *réelle* !

Le jour de leur arrivée, ils étaient allés à *La Moustache Bleue*, une des plus grandes tavernes de la cité – et des plus connues. Par avait très vite persuadé le tenancier de les engager. Rien d'étonnant à cela, puisqu'il pouvait convaincre n'importe qui de faire n'importe quoi grâce à l'Enchantement de Shannara.

Parce que c'est de la vraie magie, bien sûr..., pensa-t-il.

Il restait bien peu de magie authentique dans les Quatre Terres, sinon dans les régions isolées où la Fédération ne régnait pas encore. L'Enchantement de Shannara était la dernière magie des Ohmsford. Il avait été transmis de génération en génération – plus de dix – pour arriver jusqu'à lui, sautant plusieurs membres de sa famille, apparemment au hasard. Coll ne contrôlait pas l'Enchantement de Shannara, et leurs parents non plus. En réalité, personne ne l'avait plus maîtrisé depuis le retour de leurs arrière-grands-parents des Terres de l'Ouest. Mais la magie de l'Enchantement était avec Par depuis sa naissance. La même magie que celle qui, trois cents ans plus tôt, avait appartenu à son ancêtre Jair. Les légendes le lui avaient révélé. Souhaiter quelque chose et chanter pour l'obtenir... Il pouvait générer dans l'esprit de ceux qui l'écoutaient des images si réelles qu'elles semblaient vraies. Et créer des choses à partir du néant...

Pour cette raison, ils étaient venus à Varfleet. Depuis trois cents ans, les Ohmsford racontaient les histoires de la maison elfique de Shannara. Cette habitude avait commencé avec Jair. Bien avant lui, en réalité, quand les histoires ne parlaient pas encore de magie, car elle n'avait pas été découverte, mais de l'ancien monde, avant sa destruction au cours des Grandes Guerres. Ceux qui les racontaient étaient les rares survivants de cet holocauste. Mais Jair avait été le premier à bénéficier du soutien de l'Enchantement de Shannara pour mettre ses récits en scène, donner forme aux images que ses mots éveillaient et rendre les légendes vivantes pour son public.

La saga des jours anciens : la légende de la maison elfique de Shannara, des druides, de la citadelle de Paranor, des elfes, des nains et de la magie qui gouvernait leurs vies... Les récits parlaient de Shea Ohmsford et de son frère Flick, partis en quête de l'Épée de Shannara. Ils racontaient la lutte de Wil Ohmsford et de la jeune elfe Amberle pour renvoyer les hordes de démons derrière la Barrière. Ils narraient l'histoire de Jair Ohmsford et de sa sœur Brin, détaillant leur voyage jusqu'à la citadelle de Graymark et leurs combats contre les spectres Mords et l'Ildatch. Ils évoquaient les druides Allanon et Bremen, le roi des elfes Eventine Elessedil, les guerriers comme Balinor Buckhannah et Stee Jans et bien d'autres héros. Ceux qui maîtrisaient l'Enchantement de Shannara s'en servaient. Ceux qui en étaient privés se contentaient des mots.

Les générations d'Ohmsford s'étaient succédé, emportant les récits vers des terres lointaines. Mais dans la génération actuelle, aucun membre de la famille n'avait raconté les légendes hors de Valombre. Car personne n'avait voulu courir le risque d'être fait prisonnier.

Ce danger était considérable. La pratique de la magie, sous toutes ses formes, était désormais hors-la-loi dans les Quatre Terres, ou du moins, dans toutes les régions gouvernées par la Fédération – ce qui revenait presque au même. Il en allait ainsi depuis cent ans. Aucun Ohmsford n'avait quitté Valombre durant cette période. Par était le premier, parce qu'il en avait assez de répéter les mêmes récits aux mêmes gens. D'autres devaient connaître ces légendes, apprendre la vérité sur les druides, sur la magie et sur les luttes qui avaient précédé leur époque.

La peur d'être capturé étant moins grande que sa vocation, Par avait arrêté sa décision malgré les objections de ses parents et de Coll. Son frère, finalement, s'était décidé à le suivre, comme il l'avait toujours fait dès que Par, selon lui, avait besoin qu'on s'occupe de lui. Varfleet serait le début, une ville où la magie, sous des formes affaiblies, était toujours pratiquée, ce secret qui n'en était pas un défiant les lois de la Fédération. La magie présente à Varfleet était vraiment mineure et valait à peine le déplacement. Callahorn était un protectorat de la Fédération, et Varfleet en était si loin qu'elle se situait presque dans les territoires libres. La ville n'était pas encore occupée par l'armée. Jusque-là, la Fédération ne s'était pas dérangée.

Mais des Questeurs ? pensa Par, troublé.

Les Questeurs apparaissaient uniquement quand la Fédération s'efforçait sérieusement d'éradiquer la pratique de la magie. Personne ne voulait avoir affaire à eux.

— Il devient trop dangereux pour nous de rester ici, dit Coll, comme s'il lisait dans l'esprit de Par. On finira par nous découvrir.

— Parmi la centaine de gens qui pratiquent la magie, je suis une goutte d'eau dans l'océan.

— Possible, dit Coll. Mais tu es le seul qui contrôle une magie véritable.

Par regarda derrière lui. La taverne les payait très bien. Les meilleurs revenus qu'ils aient jamais eus, et ils en auraient besoin pour aider leur famille et Valombre à payer les impôts levés par la Fédération. Par n'avait pas envie de tout abandonner sur la foi d'une rumeur.

Il en avait encore moins envie à cause des récits, qui seraient de nouveau confinés à Valombre s'il y retournait. Cela signifierait que l'étau de la Fédération, qui broyait les idées et les pratiques qu'elle n'approuvait pas, se serait refermé un peu plus.

— Il faut y aller, dit Coll.

Par sentit de la colère monter en lui, puis il comprit que son frère ne parlait pas de quitter la ville, mais d'entrer dans la taverne pour monter sur scène. Leur public devait attendre.

Par laissa sa colère le quitter et sentit qu'une certaine tristesse la remplaçait.

— J'aurais aimé que nous vivions à une époque différente, dit-il doucement. (Il s'interrompit en voyant Coll se raidir.) J'aurais voulu que les elfes et les druides existent encore. Et les héros… J'aurais désiré qu'il y en ait encore un… au moins.

Coll posa une main sur l'épaule de son frère, le força à se tourner et le poussa dans le couloir obscur.

— Si tu continues à chanter à leur sujet, qui sait ? Tout ça reviendra peut-être…

Par se laissa guider comme un enfant. Il ne pensait plus aux héros, aux elfes, aux druides, ni même aux Questeurs.

Il réfléchissait aux rêves.

Ils racontèrent l'histoire de la bataille du col de Halys, où Eventine Elessedil, les elfes, Stee Jans et le Régiment libre de la Légion avaient tenu les monts Brisure contre des hordes de démons. Un des récits favoris de Par, la première bataille des elfes dans la terrible guerre des Terres de l'Ouest…

Les deux frères étaient montés sur une plate-forme basse, à un bout de la salle principale. Coll se tenait un pas en arrière de Par sous les lumières tamisées. La foule ne les quittait pas des yeux. Pendant que Coll racontait l'histoire, Par chantait pour éveiller les images correspondantes. Bientôt, la taverne entière fut envahie par la magie de sa voix. À la petite centaine de clients présents, Pal transmit la peur, la colère et la détermination qui animaient les défenseurs du col de Halys. Il leur fit connaître la fureur des démons et entendre leurs cris de guerre.

Le jeune Ohmsford les attira dans les rets de son récit et ne les laissa pas s'en échapper. Face à des hordes déferlantes de démons, ses auditeurs furent témoins de la chute d'Eventine, blessé, et de l'émergence de son fils Ander. Ils regardèrent le druide Allanon se dresser seul contre la magie des démons et la repousser. Enfin, ils partagèrent la vie et la mort des combattants avec une intimité presque terrifiante.

Quand Coll et Par eurent terminé, un silence ébahi salua leur performance. Puis des cris d'enthousiasme éclatèrent, ponctués par le fracas des chopes de bière qui heurtaient les tables en rythme. Un instant, Par craignit que les spectateurs ne fassent s'écrouler le plafond, tant leurs applaudissements étaient nourris.

Trempé de sueur, Par mesura à retardement l'énergie qu'il avait investie dans le récit. Pourtant, son esprit en était curieusement détaché quand il quitta la plate-forme, profitant de la courte pause que le tavernier leur accordait entre deux séances.

Il pensait toujours aux rêves.

Coll s'arrêta pour prendre une chope de bière. Par continua jusqu'à un tonneau vide entreposé près des portes du cellier. Il s'assit dessus et réfléchit.

Ces rêves le hantaient depuis plus d'un mois, et il ne comprenait toujours pas pourquoi.

Survenant avec une fréquence troublante, ils commençaient toujours par une silhouette vêtue de noir qui sortait d'un lac.

Le lac pouvait être l'Hadeshorn et la silhouette ressemblait à Allanon. L'apparition lui répétait toujours les mêmes mots : « *Venez à moi. J'ai besoin de vous. Les Quatre Terres sont en danger. La magie a presque disparu. Venez, descendants de Shannara.* »

D'autres images suivaient. Parfois, c'étaient celles d'un monde né de quelque effroyable cauchemar. À d'autres occasions, il voyait les talismans perdus : l'Épée de Shannara et les Pierres elfiques. Plus rarement, il entendait la voix appeler Wren, ou son oncle Walker Boh.

On avait aussi besoin d'eux.

La première nuit, Par avait cru que ces songes étaient un effet secondaire de l'utilisation prolongée de l'Enchantement de Shannara.

Il chantait la saga du Roi-Sorcier, des porteurs du Crâne, des démons, des spectres Mords, d'Allanon et d'un monde menacé par les forces du mal. Était-il étonnant qu'il en rêvât ? Il avait essayé de combattre ce phénomène en se servant de l'Enchantement de Shannara pour des récits plus joyeux – en pure perte.

Il n'avait rien dit à Coll, qui aurait pris ce prétexte pour lui conseiller d'arrêter et de rentrer à Valombre.

Trois nuits plus tôt, les rêves avaient cessé. Maintenant, Par voulait savoir pourquoi. Peut-être s'était-il mépris sur leur origine. Il se demandait si on ne les lui avait pas *envoyés*...

Mais qui ? Allanon, un druide mort depuis trois cents ans ? Quelqu'un ou quelque chose d'autre ? Un être ou une créature hostile ?

Par frissonna à cette idée. Puis, se forçant à ne plus y penser, il retourna dans le couloir rejoindre Coll.

La foule était plus nombreuse encore pour la deuxième représentation. Beaucoup d'hommes, qui n'avaient pas trouvé de place assise, étaient adossés aux murs. Pourtant, *La Moustache Bleue* était une taverne de bonne taille dont la salle principale faisait environ quatre-vingt-dix pieds de long. Des lampes à huile et des filets de pêche ornaient le plafond, probablement pour donner une illusion d'intimité.

Par n'appréciait pas tellement cette affluence, parce que les clients étaient très près de l'estrade, où certains avaient même osé s'asseoir.

Ce groupe est différent du précédent, pensa le Valombrien. Il y avait quelque chose d'étranger chez ces gens, mais il n'aurait pas su dire quoi.

Coll avait dû s'en apercevoir aussi... Il jeta un coup d'œil à Par quand ils remontèrent sur l'estrade, et ses yeux noirs exprimaient un certain malaise.

Un homme de grande taille à la barbe noire, vêtu d'un manteau de forestier, s'approcha de la scène et s'assit entre deux autres clients. Par le dévisagea un moment, puis détourna le regard. Quelque chose n'allait pas, mais quoi ?

Des applaudissements rythmés éclatèrent. Le public s'impatientait.

— Par, je n'aime pas ça, dit Coll. Il y a un problème...

Il n'eut pas le temps de terminer sa phrase. Le patron de la taverne arriva et leur ordonna de commencer avant que la foule se déchaîne. Coll recula. Les lumières baissèrent et Par commença à chanter.

Cette fois, ils évoquèrent Allanon et sa bataille contre le Jachyra. Coll donna le ton du récit et décrivit le bosquet où Allanon était assis avec Brin Ohmsford et Rone Leah. Par créa les images dans l'esprit des spectateurs. Il leur instilla un sentiment d'attente et d'anxiété, en essayant de ne pas se laisser aller à le partager.

Au fond de la salle, des hommes se placèrent devant les portes et les fenêtres. Puis ils enlevèrent leur manteau. Tous vêtus de noir, ils tirèrent leurs armes. Sur leurs manches et leur poitrine brillaient des insignes. Par cligna des yeux. Avec sa vision perçante d'elfe, il reconnut les dessins.

Des têtes de loup.

Les hommes en noir étaient des Questeurs.

La voix de Par se voila et les images perdirent leur netteté. Les hommes grognèrent en regardant autour d'eux. Coll cessa de parler et s'approcha de Par pour le protéger.

Les lumières reprirent leur éclat initial, et plusieurs Questeurs avancèrent vers l'estrade. Les clients protestèrent mais se poussèrent tout de même. Le patron de *La Moustache Bleue* essaya d'intervenir et fut écarté sans ménagement.

Les hommes s'arrêtèrent devant l'estrade. Masqués du front à la bouche, ils portaient des épées, des dagues et des matraques. Si certains étaient petits et d'autres de haute taille, tous affichaient le même air féroce.

Leur chef, un grand type maigre mais musclé, avait des bras très longs et une démarche de félin. Le peu qu'on voyait de son visage était parcheminé et il arborait une belle barbe rousse.

Son bras gauche, remarqua Par, était ganté jusqu'au coude.

— Votre nom ? demanda-t-il d'une voix caverneuse.

Par hésita.

— Qu'avons-nous fait de mal ?

— Vous vous appelez Ohmsford ? lança l'homme sans le quitter du regard.

— Oui... Mais nous n'avons...

— Vous êtes en état d'arrestation pour avoir violé la Loi Suprême de la Fédération. Vous avez utilisé la magie, en dépit de…

— Ils racontaient seulement des histoires ! protesta un homme dans la foule.

Un des Questeurs lui flanqua un coup de matraque. Le malheureux s'écroula, sonné.

— Vous avez utilisé la magie en dépit de l'interdiction de la Fédération, mettant votre public en danger. Vous serez emmené…

Il ne termina pas sa phrase. Une lampe à huile tomba soudain du plafond, au milieu de la foule, et explosa dans une gerbe de flammes. Les hommes s'écartèrent en hurlant. Le chef des Questeurs et ses compagnons se retournèrent, étonnés. Au même instant, le grand type qui s'était assis au bord de la plate-forme se leva, sauta par-dessus d'autres clients et fonça sur les Questeurs, les renversant comme des quilles. Puis il bondit sur la scène, devant Par et Coll, et enleva son manteau, révélant sa tenue verte de Chasseur et ses armes.

Il leva un bras.

— Hommes libres ! cria-t-il.

Ensuite, tout alla très vite. Un des filets de pêche décoratifs se détacha du plafond, emprisonnant dans ses plis presque toute l'assistance. Devant les issues, des hommes vêtus de vert apparurent et se jetèrent sur les Questeurs. Quelqu'un fracassa les lampes à huile, plongeant soudain la salle dans les ténèbres.

Le grand type dépassa Par et Coll à une vitesse incroyable. Il écarta le premier Questeur qui bloquait la sortie d'un coup de botte, puis tira une épée et une dague et se débarrassa des deux autres.

— Par là, vite ! cria-t-il à Par et Coll.

Ils coururent vers lui. Une ombre noire essaya de les arrêter au passage, mais Coll la découragea d'un bon coup de poing. Il tendit le bras pour s'assurer que son frère le suivait, puis referma une de ses énormes mains sur l'épaule de Par, qui en glapit de douleur.

Coll avait tendance à oublier sa force…

Ils s'engagèrent dans le couloir du fond, l'inconnu les précédant de quelques pas. Quelqu'un tenta de s'interposer, mais leur sauveur le renversa sans cesser de courir.

Un affreux vacarme montait de la salle, derrière eux, et des flammes léchaient les murs et le sol. L'inconnu les conduisit rapidement au bout du couloir, puis dans l'allée, derrière la taverne, où attendaient deux autres hommes vêtus de vert. Sans un mot, ils flanquèrent les deux frères et les entraînèrent loin de la taverne.

Par jeta un coup d'œil en arrière. Des flammes sortaient des fenêtres et grimpaient vers le toit. *La Moustache Bleue* avait vécu sa dernière nuit.

Ils coururent le long de la ruelle, puis tournèrent dans un passage que Par n'avait jamais remarqué. Franchissant plusieurs portes et traversant des pièces, ils débouchèrent finalement sur une autre rue. Personne ne parlait. Quand ils furent loin du vacarme et ne virent plus la lueur du feu, l'inconnu ralentit, fit signe à ses compagnons de monter la garde, et tira Par et Coll à l'ombre d'un porche.

Tous haletaient après cette course effrénée. L'inconnu les regarda en souriant.

— On dit qu'un peu d'exercice facilite la digestion. Qu'en pensez-vous ? Ça va ?

Les deux frères hochèrent la tête.

— Qui êtes-vous ? demanda Par.

Le sourire de l'homme s'élargit.

— Presque un membre de la famille, jeune homme. Vous ne me reconnaissez pas ? Ah, je vois que non. Mais comment le pourriez-vous ? Nous ne nous sommes jamais rencontrés. Cela dit, les chants devraient vous donner un indice. (Il brandit un doigt sur le nez de Par.) Vous vous souvenez, maintenant ?

Troublé, Par regarda Coll, mais son frère avait l'air aussi intrigué que lui.

— Je ne crois pas...

— Peu importe, pour le moment ! Il y a un temps pour tout. (Le type se pencha vers Par.) Cet endroit n'est plus sûr pour vous, jeune homme. Je parle de Varfleet et de Callahorn. Et peut-être aussi des autres endroits ! Savez-vous à qui vous aviez affaire, dans la taverne ?

Par fit signe qu'il l'ignorait.

— Rimmer Dall, dit l'inconnu, qui ne souriait plus. Le Premier Questeur en personne ! Il siège au Conseil de la Coalition, quand il n'est pas occupé à tuer les mouches. Mais il s'intéresse beaucoup à vous, s'il s'est imposé le chemin jusqu'à Varfleet pour vous arrêter ! Ça ne fait pas partie de ses fonctions habituelles. Il vous juge très dangereux, petit, pour vous avoir suivi jusqu'ici. Heureusement, j'avais l'œil sur vous. J'ai entendu dire que Rimmer Dall venait vous capturer et je me suis assuré qu'il n'y arrive pas. Méfiez-vous, parce qu'il n'en restera pas là. Vous lui avez échappé, et ça le rendra encore plus avide de vous avoir. Il continuera de vous traquer.

L'homme se tut pour mesurer l'impact de ses paroles. Par le regardant, muet de saisissement, il continua :

— Votre chant est une magie véritable, n'est-ce pas ? J'en ai vu assez de fausses pour le savoir. Vous pourriez la mettre à bon usage, petit, au lieu de l'utiliser dans les tavernes et au coin des rues.

— Que voulez-vous dire ? demanda Coll, soupçonneux.

L'inconnu sourit.

— Le Mouvement pourrait en tirer parti, dit-il doucement.

— Vous êtes un hors-la-loi ?

— Oui, jeune homme, et je m'en flatte. Voyez-vous, je suis né libre et je n'accepte pas les règles de la Fédération. Aucun homme sensé ne s'y plie. Et vous ne les acceptez pas non plus, j'imagine ? Reconnaissez-le.

— Exact, admit Coll. Mais je me demande si les hors-la-loi valent mieux que la Fédération.

— Dures paroles, jeune homme ! Une bonne chose pour vous que je ne me vexe pas facilement...

Le type eut un sourire arrogant.

— Que voulez-vous ? demanda Par, l'esprit de nouveau clair.

Il avait réfléchi à Rimmer Dall. Connaissant la réputation de cet homme, il était terrifié à l'idée d'être sa proie.

— Vous désirez que nous nous joignions à vous, c'est ça ?

— Oui. Vous verriez vite que ce n'est pas une mauvaise affaire.

Par secoua la tête. Accepter l'aide de l'étranger pour fuir les Questeurs allait de soi. Se joindre au Mouvement, en revanche, demandait mûre réflexion.

— Je crois que nous devons refuser pour le moment, dit-il. Si vous nous laissez le choix…

— Bien sûr que je vous laisse le choix ! s'écria l'inconnu, visiblement vexé.

— Alors, nous refusons. Mais nous vous remercions de cette offre, et surtout de votre aide, dans la taverne.

L'inconnu regarda un moment son interlocuteur, l'air solennel.

— Je suis heureux de l'avoir fait, croyez-moi. Je vous souhaite tout le bien du monde, Par Ohmsford. Tenez, prenez ça.

Il retira une bague de son majeur. En argent, elle portait l'image d'un faucon.

— Mes amis me connaissent grâce à cette bague. Si vous avez un jour besoin d'une faveur ou si vous changez d'avis, allez avec ce bijou à la forge de Kiltan, au Bout de Reaver, à la lisière nord de la cité, et demandez l'Archer. Vous vous en souviendrez ?

Par hésita avant d'accepter la bague.

— Oui. Mais pourquoi ce cadeau ?

— Parce que beaucoup de choses nous unissent, jeune homme, dit le chasseur en posant une main sur l'épaule de Par. L'histoire nous lie si étroitement que je dois être là pour vous défendre, si nécessaire. De plus, ce lien impose que nous nous dressions ensemble devant tout ce qui menace ce pays. Souvenez-vous aussi de ça. Un jour, nous le ferons… Si nous parvenons à rester en vie jusque-là.

L'homme sourit aux deux frères et lâcha l'épaule de Par.

— Il faut que j'y aille, et vous aussi. Dépêchez-vous. La rue descend vers la rivière. De là, vous pourrez aller où il vous plaira. Mais soyez prudents. Cette histoire n'est pas terminée.

— Je sais, dit Par en tendant une main. Vous êtes sûr de ne pas vouloir nous dire votre nom ?

— Une autre fois…

L'homme serra la main de Par, puis celle de Coll. Ensuite, il siffla pour appeler ses compagnons.

Sur un geste d'adieu, il disparut dans les ombres.

Par regarda la bague, puis interrogea Coll du regard. Mais des cris retentirent soudain derrière eux.

— Je crois que les questions devront attendre, dit Coll.

Par fourra la bague dans sa poche. En silence, ils s'enfoncèrent dans la nuit.

Chapitre 3

Il était près de minuit quand Par et Coll atteignirent la rivière de Varfleet. Là, ils mesurèrent à quel point ils étaient mal préparés pour échapper à Rimmer Dall et aux Questeurs de la Fédération. Aucun d'eux ne s'était attendu à fuir, et ils n'avaient rien de tout ce qui était nécessaire à un long voyage : ni nourriture, ni couvertures, ni armes, à part les longs couteaux que portaient tous les Valombriens. Pire encore, ils n'avaient pas d'argent.

Le tenancier de l'auberge ne les avait pas payés depuis un mois, et le peu qui leur restait du mois précédent avait disparu dans l'incendie avec tous leurs autres biens. Dans ces conditions, ils se dirent qu'ils auraient peut-être dû rester un peu plus longtemps avec leur sauveur !

Au bord de l'eau se dressaient des bâtisses de guingois, des hangars à bateaux, des ateliers de réparation et des entrepôts. Beaucoup étaient éclairés. À la lumière des lampes à huile, les dockers et les pêcheurs y buvaient en mâchouillant leur brûle-gueule. De la fumée sortait des réchauds en ferraille et des tonneaux, l'odeur du poisson dominant toutes les autres.

— Ils ont peut-être abandonné la poursuite pour la nuit, lâcha Par. Ils nous chercheront au matin. Ou jamais…

Coll regarda son frère et leva un sourcil.

— Et les vaches ont des ailes, dit-il. Nous aurions dû insister pour être payés plus rapidement. Comme ça, nous ne serions pas si embêtés !

Par haussa les épaules.

— Ça n'aurait pas fait une grande différence.

— Non ? Au moins, nous aurions un peu d'argent !

— Si seulement nous avions pensé à le garder sur nous pendant la représentation…

Coll plissa le front.

— N'empêche, ce tavernier a une dette envers nous.

Ils marchèrent en silence jusqu'à l'extrémité sud des quais et s'arrêtèrent quand la partie éclairée céda la place aux ténèbres.

La nuit avait fraîchi, et leurs vêtements trop fins ne les protégeaient guère. Les deux frères frissonnaient, les mains enfoncées dans leurs poches et les bras serrés contre leurs flancs. Des insectes exaspérants bourdonnaient autour d'eux.

Coll soupira.

— As-tu idée d'où aller ? Un plan ?

— Oui, dit Par en se frottant les mains pour les réchauffer. Mais pour ça, il nous faut un bateau.

— Vers le sud, le long de la Mermidon ?

— Oui. Jusqu'au bout.

Coll sourit, pensant que son frère avait décidé de rentrer à Valombre. Par décida qu'il valait mieux le lui laisser croire pour le moment.

— Attends-moi, dit Coll.

Il disparut avant que son frère ait eu le temps de protester.

Par resta seul sur les quais une bonne demi-heure – qui lui parut durer le triple ! Il s'assit devant une cabane de pêcheur et essaya de se protéger du froid. Il était agité de sentiments contradictoires. Surtout de la colère, contre l'inconnu qui les avait abandonnés. D'accord, il lui avait demandé de les laisser, mais cela ne le consolait pas. Et contre la Fédération, qui les avait forcés à quitter la ville comme des voleurs. Et enfin contre lui-même, un crétin assez irresponsable pour utiliser la magie véritable alors qu'elle était interdite. Il aurait dû se douter que le pouvoir de l'Enchantement de Shannara, de toute évidence réel, leur attirerait un jour des ennuis avec les autorités.

Pour le moment, il ne pouvait rien faire. Coll et lui devraient recommencer à zéro quelque part ailleurs…

Il ne lui vint pas à l'idée de renoncer. Les histoires étaient trop importantes, et il devait veiller à ce qu'elles ne soient pas oubliées. Parce que la magie qu'il détenait lui avait été donnée dans ce but. Peu importait ce que disait la Fédération qui tenait la magie pour une menace contre les Quatre Terres et leurs habitants. Qu'en savait-elle ? En profanes bornés, les membres du Conseil de la Coalition avaient décidé d'agir à cause de rumeurs prétendant que certaines parties des Quatre Terres périclitaient. Les gens, disait-on, y devenaient des monstres semblables à ceux que décrivaient les récits de Jair Ohmsford. Et ils tiraient leur pouvoir d'une forme de magie disparue depuis l'époque des druides.

Ces créatures avaient un nom : les Ombreurs.

Soudain, Par pensa aux rêves et à la silhouette noire qui l'appelait.

Il s'avisa que la nuit était étrangement silencieuse. Les voix des pêcheurs et des dockers, le bourdonnement des insectes et le sifflement du vent nocturne s'étaient tus. Il entendait le battement du sang à ses oreilles… et autre chose.

Un bruit d'éclaboussure le fit sursauter. Coll sortit de la Mermidon à quelques pas de Par et s'ébroua.

Son frère le regarda, ébahi.

— Par l'enfer, tu m'as fait peur ! Que fabriquais-tu ?

— À ton avis ? lança Coll en souriant de toutes ses dents. Je suis allé nager !

En réalité, Par découvrit bientôt qu'il s'était approprié une barque de pêche appartenant au patron de *La Moustache Bleue*. L'homme lui en avait parlé une fois ou deux, vantant ses talents de pêcheur. Coll s'en était souvenu quand Par avait dit qu'il leur faudrait un bateau. Connaissant la cabane où était rangée l'embarcation, il avait forcé la porte. La tirant par ses filins d'amarrage, il avait remorqué la barque jusqu'à l'endroit où Par l'attendait.

— C'est le moins qu'il puisse faire pour nous, avec tous les clients que nous avons attirés chez lui !

Par ne protesta pas. Il leur fallait un bateau et c'était la seule façon de s'en procurer un. En supposant que les Questeurs écumaient toujours la ville pour les trouver, leur seule autre option était de partir à pied vers les monts de Runne, un voyage de plus d'une semaine. Descendre la Mermidon en barque leur prendrait quelques jours. Après tout, ils n'avaient pas volé le bateau…

Enfin, si, en un sens, c'est du vol, se dit Par. Mais ils le rendraient ou dédommageraient un jour le tavernier.

La barque n'était pas bien grande, mais elle contenait des rames, des cannes à pêche, des ustensiles de cuisine, du matériel de campement, deux couvertures et une bâche en toile.

Ils montèrent à bord et laissèrent le courant les emporter.

Toute la nuit, ils voguèrent en se servant des rames pour rester au milieu du courant. L'oreille tendue, les yeux rivés sur les berges, ils essayèrent de ne pas s'endormir. Pour passer le temps, Coll parla de ce qu'ils devraient faire ensuite. Il leur était impossible, bien entendu, de revenir à Callahorn, car la Fédération les chercherait. Et il serait dangereux d'aller dans n'importe quelle grande cité du Sud, parce que les autorités de la Fédération seraient averties aussi. Moralité, il valait mieux rentrer à Valombre, où ils pourraient toujours raconter leurs histoires, peut-être pas immédiatement, mais dans un mois ou deux, dès que la Fédération aurait cessé de les rechercher. Plus tard, ils voyageraient vers de petites communautés que les Questeurs visitaient rarement, et tout irait bien…

Par laissa son frère parler, certain qu'il ne croyait pas un mot de ce qu'il disait. Et même s'il y croyait, il était inutile de le contrarier maintenant.

Les frères Ohmsford accostèrent au lever du soleil et dressèrent leur campement dans un bosquet ombragé, au pied d'un promontoire battu par les vents. Ils dormirent jusqu'à midi, puis allèrent pêcher pour le repas. Au début de l'après-midi, ils repartirent sur la rivière, s'arrêtèrent longtemps après le coucher du soleil et campèrent de nouveau au bord de l'eau. Comme il commençait à pleuvoir, ils s'abritèrent sous la bâche. Puis ils firent un petit feu, s'enroulèrent dans les couvertures et restèrent assis, face à la rivière, à regarder les gouttes de pluie former des motifs complexes sur les eaux de la Mermidon.

Ils parlèrent de tout ce qui avait changé dans les Quatre Terres depuis l'époque de Jair Ohmsford.

Trois cents ans plus tôt, la Fédération, ouvertement isolationniste, gouvernait seulement quelques lointaines cités du Sud. Le Conseil de la Coalition existait déjà, regroupant des notables des différentes villes. Peu à peu, l'armée de la Fédération avait dominé le Conseil, et l'isolationnisme avait cédé le pas à une politique expansionniste. La Fédération avait décidé d'étendre ses frontières et d'annexer les autres cités des Terres du Sud. Il semblait logique qu'elles soient gouvernées par un organe central. Et qui pouvait se prétendre mieux qualifié pour le faire que la Fédération ?

Ce fut ainsi que tout commença. Cent ans après la mort de Jair Ohmsford, toutes les terres, au sud de Callahorn, étaient sous la coupe de la Fédération. Les autres Races, les elfes, les trolls, les nains et même les gnomes regardaient nerveusement vers le sud. Son roi étant mort et les dissensions faisant rage, Callahorn accepta assez vite de devenir un protectorat.

Ainsi disparut le dernier bastion entre la Fédération et les autres Terres.

Les rumeurs sur les Ombreurs commencèrent à courir dès cette époque. On accusait la magie des anciens temps, qui s'était enfouie dans la terre et revenait maintenant à la vie. La magie prenait de nombreuses formes, parfois aussi inoffensives qu'un coup de vent froid, et plus rarement, vaguement humaines. Toutes étaient appelées « Ombreurs ». Les Ombreurs rendaient malade la terre et les créatures vivantes. Créant des bourbiers sans vie, ils attaquaient les mortels, humains ou animaux. Quand leurs proies étaient suffisamment affaiblies, ils s'infiltraient dans leur esprit et y restaient. Bref, ils avaient besoin de la vie des autres pour exister.

La Fédération confirma les rumeurs en proclamant que ces créatures étaient réelles... et qu'elle seule était assez puissante pour protéger les humains.

Personne n'objecta que ce n'était peut-être pas la faute de la magie, les Ombreurs n'ayant rien à voir avec elle. Au fond, il était plus facile d'accepter l'explication officielle, puisqu'il n'y avait plus de magie dans les Terres depuis la disparition des druides. Les Ohmsford gardaient les légendes vivantes, bien sûr, mais peu de gens entendaient leurs histoires, et moins encore y croyaient. En fait, la plupart pensaient que les druides n'avaient jamais existé.

Quand Callahorn devint un protectorat, Tyrsis étant occupée, l'Épée de Shannara disparut. Personne ne s'en soucia. Nul ne savait comment c'était arrivé, mais on n'avait plus vu l'arme depuis deux cents ans. Il ne restait que la salle censée l'avoir abritée, au milieu du parc du Peuple, et la souche où la lame était plantée. Puis un jour, elle aussi s'était volatilisée.

Les Pierres elfiques disparurent peu de temps après. Personne ne sut ce qui était arrivé, pas même les Ohmsford.

Alors, les elfes commencèrent à disparaître aussi. Des communautés et des villes entières s'évanouirent, jusqu'à ce qu'Arborlon même se volatilise. Un jour, il n'y eut plus d'elfes nulle part, comme s'ils n'avaient jamais existé. Les Terres de l'Ouest devinrent un désert livré à quelques trappeurs étrangers et à des bandes de vagabonds. Les vagabonds, mal accueillis partout ailleurs, y avaient toujours vécu. Pourtant, ils prétendirent ne pas savoir ce qui était arrivé aux elfes. La Fédération ne tarda pas à tirer parti de la situation. Les Terres de l'Ouest, décréta-t-elle, avaient été le terrain où poussaient les graines de la magie si néfaste aux Quatre Terres. Après tout, c'étaient les elfes qui l'y avaient introduite, bien des années auparavant. Ils l'avaient pratiquée les premiers, et elle les avait consumés : une bonne leçon pour ceux qui auraient voulu les imiter.

La Fédération enfonça le clou en interdisant la pratique de la magie sous toutes ses formes. Les Terres de l'Ouest furent transformées en protectorat, même si elles restèrent désertes, car il n'y avait pas assez de soldats pour patrouiller dans un territoire si vaste. Mais un jour, c'était une promesse, ces terres seraient purgées des derniers vestiges de la magie.

Peu après, la Fédération déclara la guerre aux nains. Parce qu'ils l'avaient provoquée, affirma-t-elle. Mais on ne sut jamais comment ils s'y étaient pris...

La partie était jouée d'avance. La Fédération possédait l'armée la plus puissante et la mieux entraînée des Quatre Terres et les nains n'avaient pas de troupes régulières. Leurs alliés, les elfes, n'étaient plus là, et les gnomes ou les trolls n'avaient jamais compté parmi leurs amis. Pourtant, la guerre dura près de cinq ans. Les nains connaissaient les montagnes des Terres de l'Est beaucoup mieux que la Fédération. Même si Culhaven tomba presque aussitôt, ils continuèrent à combattre dans les hauts plateaux jusqu'à ce qu'ils soient obligés de se rendre ou de mourir de faim. Faits prisonniers, ils furent envoyés dans les mines de la Fédération, au sud. La plupart y moururent. Après ce désastre, les tribus de gnomes se rangèrent rapidement sous la bannière de la Fédération, dont les Terres de l'Est devinrent un protectorat.

Il restait des poches isolées de résistance. Quelques nains et de rares tribus de gnomes, tapis dans les étendues sauvages du nord et de l'est. Mais ils étaient trop peu nombreux pour faire une différence.

Pour célébrer l'unification de la plus grande partie des Quatre Terres et honorer ceux qui l'avaient réalisée, la Fédération construisit un monument sur la rive nord du lac Arc-en-ciel, là où la Mermidon traversait les monts de Runne. Le monument de granit noir, haut de plus de deux cents pieds, se voyait de loin dans toutes les directions. On l'appelait la sentinelle du Sud.

Tout cela s'était déroulé cent ans plus tôt. Désormais, seuls les trolls restaient un peuple libre. Ils habitaient toujours les monts Charnal et le Kershalt, dans les Terres du Nord, une région dangereuse où la Fédération n'avait pas envie de s'aventurer. Elle décida donc de les laisser en paix tant qu'ils ne se mêleraient pas de ses affaires. Ayant toujours été un peuple solitaire, les trolls n'y virent aucun inconvénient.

— Tout est si différent, maintenant, soupira Par. Plus de druides, plus de Paranor, plus de magie, excepté la fausse, et le peu de vraie que nous connaissons. Et plus d'elfes. Que leur est-il arrivé à ton avis ? (Il attendit, mais Coll ne répondit rien.) Plus de monarchies, plus de Leah, plus de Buckhannah, plus de Régiment libre de la Légion... et pour ainsi dire plus de Callahorn !

— Plus de liberté, ajouta Coll d'une voix sinistre.

— Plus de liberté, répéta Par. J'aimerais savoir comment les Pierres elfiques ont disparu. Et l'Épée. Qu'est-il arrivé à l'Épée de Shannara ?

— Ce qui arrive à tout, un jour ou l'autre. Elle a été perdue.

— Comment ça ?

— Personne n'en prenait soin, et...

Par réfléchit. C'était possible. Nul ne s'étant soucié de la magie après la mort d'Allanon, elle avait été ignorée puis oubliée. Il fallait inclure les Ohmsford dans le lot des négligents, reconnut Par. Sinon, ils auraient toujours eu les Pierres en leur possession. L'Enchantement de Shannara était tout ce qui leur restait de l'ancienne magie.

— Nous connaissons les récits de cette époque, et pourtant, nous ne savons rien, dit Par.

— Faux, car nous savons une chose ! La Fédération ne veut pas que nous en parlions !

— Par moments, je me demande quelle différence ça fait... Les gens viennent nous écouter, mais que font-ils après ? Personne ne se souvient... De toute façon, pour tout le monde, c'est de l'histoire ancienne. Des légendes et des mythes sans queue ni tête !

— Non, pas pour tout le monde, souffla Coll.

— À quoi me sert l'Enchantement de Shannara, si raconter les histoires ne fait aucune différence ? L'inconnu avait peut-être raison au sujet des meilleures utilisations de la magie...

— Par exemple, aider les hors-la-loi à combattre la Fédération et te faire tuer ? Non, ce serait aussi idiot que de ne pas l'utiliser du tout.

Un bruit d'éclaboussure monta soudain de la rivière. Les deux frères tournèrent la tête, mais ils ne virent rien.

— Tout semble si inutile, dit Par. Que faisons-nous ici, Coll ? On nous a chassés de Varfleet comme des chiens. Nous avons été obligés de voler ce bateau et de filer piteusement... À ton avis, pourquoi avons-nous toujours l'usage de la magie ?

— Que veux-tu dire ? demanda Coll.

— Pourquoi pouvons-nous l'invoquer ? Pourquoi n'a-t-elle pas disparu en même temps que tout le reste ? Tu vois une raison ?

Il y eut un long silence.

— Je l'ignore, dit enfin Coll. J'ignore aussi ce que c'est qu'*avoir* la magie.

Par le regarda, honteux de ce qu'il avait dit.

— Ce n'est pas que j'en aie envie, précisa Coll, conscient du malaise de son frère. L'un de nous a un talent, et c'est bien suffisant !

Il sourit et Par lui rendit son sourire.

— Je suppose. (Il bâilla.) Et si on se couchait ?

— Pas tout de suite. J'aimerais parler encore un peu. C'est une bonne nuit pour ça.

Pourtant, Coll resta silencieux, comme s'il n'avait finalement rien à dire. Par le regarda un moment, puis tous deux contemplèrent la Mermidon, où dérivait un tronc d'arbre probablement arraché par la tempête. Le vent avait d'abord soufflé violemment, mais il s'était calmé. La pluie tombait toujours.

Par pensa à l'inconnu qui les avait tirés des griffes des Questeurs de la Fédération. Il se demandait qui était cet homme et il n'avait pas trouvé de réponse. Pourtant, il y avait quelque chose de familier dans sa façon de parler et son assurance. Il lui rappelait quelqu'un, présent dans les histoires qu'il racontait, mais il ne voyait pas qui. Il y avait tant de gens dans ces récits, et beaucoup étaient comme ce bandit, des héros que Par avait cru disparus. Peut-être s'était-il trompé. Le type de *La Moustache Bleue* s'était montré impressionnant quand il les avait sauvés et il semblait résolu à s'opposer à la Fédération. Il restait peut-être de l'espoir pour les Quatre Terres.

Par se pencha, ajouta quelques brindilles dans le feu et regarda la fumée tourbillonner et sortir de leur petit abri de toile. Un éclair illumina le ciel, et le tonnerre gronda.

— J'aimerais avoir quelques vêtements secs, dit-il. Les miens sont trempés.

— Moi, je voudrais du ragoût chaud et du pain frais, dit Coll.

— Un bain et un bon lit douillet.

— Et l'odeur des épices...

— De l'eau de rose...

Coll soupira.

— À ce stade, je serais content si cette fichue pluie cessait. J'en arriverais presque à croire aux Ombreurs, par une nuit comme celle-là.

Par décida soudain de parler des rêves à son frère.

— Je ne te l'ai pas encore dit, mais j'ai fait des cauchemars bizarres ces derniers temps. Toujours le même, en fait.

Il décrivit ses visions et exprima ses doutes sur la silhouette vêtue de noir qui lui parlait.

— Je ne le vois pas assez clairement pour en être sûr, mais il pourrait s'agir d'Allanon.

Coll haussa les épaules.

— Ça pourrait être n'importe qui. C'est un rêve, et ils sont toujours confus.

— Mais j'ai fait celui-là une vingtaine de fois ! J'ai d'abord cru que c'était à cause de la magie, après avoir chanté les récits tout ce temps... Mais si...

— Si quoi ?

— Si ça n'était pas la magie ? Si c'était une tentative de contact, venant d'Allanon ou de quelqu'un d'autre ? Pour m'envoyer un message ?

— Qui te dirait de faire quoi ? D'aller au lac Hadeshorn ou dans un autre endroit tout aussi dangereux ? À ta place, je ne me soucierais pas de ces rêves. Et je n'envisagerais même pas d'y aller ! (Coll fronça les sourcils.) Mais toi, tu y penses, n'est-ce pas ?

— Non, répondit Par.

Pas avant d'avoir réfléchi, reconnut-il mentalement.

— Ouf ! Nous avons assez de problèmes comme ça. Alors, nous mettre à la recherche de druides morts...

Pour Coll, la question était réglée.

Par ne répondit pas. Il attisa le feu. Oui, il envisageait d'y aller. Soudain, il avait besoin de savoir ce que les rêves signifiaient. Peu importait qu'ils aient été envoyés par Allanon ou pas. Une voix intérieure lui soufflait que leur source lui permettrait de découvrir des choses sur lui-même et sur l'usage de sa magie. Envisager de faire ce qu'il s'était promis de ne pas faire l'ennuyait. Mais dans la lignée des Ohmsford, les songes étaient importants et ils recélaient presque toujours un message.

— J'aimerais être sûr..., murmura-t-il.

Coll s'était allongé, les yeux fermés.

— Sûr de quoi ?

— Les rêves... Si quelqu'un me les a envoyés ou non.

— Moi, j'en suis sûr ! Il n'existe pas de druides, et pas d'Ombreurs non plus ! Aucun fantôme noir ne tente de t'envoyer des messages dans ton sommeil. Tu es fatigué, c'est tout ! Et tes rêves sont influencés par les récits que tu chantes…

Par s'étendit aussi et tira sa couverture sur lui.

— Je suppose, dit-il.

Intérieurement, il n'était pas d'accord.

Coll roula sur le côté et bâilla à s'en décrocher les mâchoires.

— Cette nuit, avec cette humidité, tu rêveras probablement d'inondation et de poissons !

Par ne répondit pas tout de suite, écoutant un moment le bruit de la pluie.

— Je choisirai peut-être mes rêves, dit-il doucement.

Puis il s'endormit.

Cette nuit-là, il rêva pour la première fois depuis deux semaines. Le songe qu'il avait voulu faire, celui de la silhouette vêtue de noir… Elle vint immédiatement, comme si elle jaillissait des profondeurs de son subconscient. Surpris par la soudaineté de son apparition, Par ne se réveilla pourtant pas. Il regarda la silhouette sombre survoler le lac et venir vers lui, si menaçante qu'il aurait fui s'il l'avait pu. Mais le rêve ne le laissa pas faire. Il s'entendit demander pourquoi il ne s'était pas manifesté depuis si longtemps… et ne reçut pas de réponse.

La silhouette s'arrêta devant lui, encore indistincte.

Parle-moi, pensa-t-il, effrayé.

La créature resta debout devant lui, drapée dans les ombres. Immobile, elle semblait attendre.

Par avança et, animé par une force intérieure qu'il n'avait pas eu conscience de posséder, tira le capuchon du spectre. Un visage apparut, aussi clair qu'en plein jour.

Par le reconnut aussitôt, car il avait chanté sa légende un millier de fois. Ces traits lui étaient aussi familiers que les siens.

C'étaient ceux d'Allanon.

Chapitre 4

Quand il se réveilla le lendemain, Par décida de ne rien dire à Coll au sujet du rêve. Pour commencer, il n'aurait pas su quoi raconter, peu sûr que le songe n'avait pas été provoqué par son simple désir. De plus, il n'avait aucun moyen de savoir s'il était *vrai*. Ensuite, en parler à Coll reviendrait à le lancer de nouveau sur le sujet. Comme de juste, son frère dirait que Par était stupide de penser encore à quelque chose qu'il ne ferait pas. Et ils finiraient par se disputer sur le bien-fondé d'un départ vers les dents du Dragon pour y chercher le lac Hadeshorn et un druide mort depuis trois cents ans.

Ils prirent un petit déjeuner froid – des baies sauvages et un peu d'eau. La pluie avait cessé, mais le ciel était plombé et la journée s'annonçait grise et sinistre. Le vent soufflait du nord-ouest, secouant les branches sur son passage.

Ils emballèrent leurs affaires, montèrent dans la barque et reprirent leur voyage.

La Mermidon étant en crue, le petit bateau roulait et tanguait en voguant vers le sud. Des débris couvraient la surface de l'eau. Ils gardèrent les rames à la main pour repousser les plus gros, susceptibles d'endommager l'embarcation. Les falaises de Runne se dressaient de chaque côté de la rivière, enveloppées dans la brume et les nuages. Dans leur ombre, il faisait très froid, et les deux frères sentirent rapidement leurs pieds et leurs mains s'engourdir.

Ils s'arrêtaient sur le rivage pour se reposer dès que c'était possible. Mais cela ne leur servait pas à grand-chose, puisqu'ils n'avaient rien à manger et aucun moyen de se réchauffer sans perdre du temps à allumer un feu. Au début de l'après-midi, la pluie recommença et le froid empira. Le vent augmentant, le voyage devint trop dangereux. Dès qu'ils trouvèrent une petite crique à l'abri d'un bosquet de pins, ils tirèrent la barque au sec et s'installèrent pour la nuit.

Les deux frères firent du feu et mangèrent le poisson que Coll avait pêché. Ils essayèrent de se réchauffer sous la bâche, mais la pluie venait de partout. Du coup, ils dormirent très mal dans le froid et l'humidité.

Cette nuit-là, Par ne rêva pas.

Au matin, l'orage s'était éloigné et le ciel s'éclaircit. L'air redevenu tiède, les frères Ohmsford firent sécher leurs vêtements pendant que la barque les emmenait vers le sud. Au milieu de la journée, il fit assez bon pour leur permettre d'enlever leur tunique et leurs bottes et de se réchauffer au soleil.

— Comme dit le dicton, le beau temps vient toujours après l'orage, déclara Coll. Tu verras, le temps restera clément ! Dans trois jours, nous serons rentrés chez nous.

Par sourit et ne dit rien.

La journée passa, le parfum des arbres et des fleurs embaumant l'air.

Ils laissèrent la sentinelle du Sud derrière eux, son ombre massive émergeant de la montagne. Même de loin, la tour était impressionnante, avec sa pierre si noire qu'elle semblait absorber la lumière. Des rumeurs couraient sur la sentinelle du Sud. Certains disaient qu'elle était vivante et se nourrissait de la terre. D'autres prétendaient qu'elle pouvait se déplacer. Et presque tout le monde s'accordait à dire qu'elle grandissait en permanence. Comme toujours, elle paraissait déserte. Une unité d'élite de soldats de la Fédération était censée y être cantonnée, mais personne ne l'avait jamais vue. *Tant mieux*, pensa Par, tandis qu'ils passaient devant le monument.

À la fin de l'après-midi, ils atteignirent l'embouchure de la rivière, où elle se jetait dans le lac Arc-en-ciel.

Le lac scintillait devant eux, grande étendue bleue couronnée d'argent et frangée d'or par le soleil couchant. L'arc-en-ciel qui lui avait donné son nom s'élevait au-dessus des eaux, assez peu visible à la lumière du soleil. Des grues planaient dans le lointain, leurs longs corps gracieux offerts aux caresses du vent.

Les Ohmsford tirèrent leur bateau sur la rive et le mirent à l'abri d'un bosquet, face à un promontoire. Ils installèrent leur campement et suspendirent la bâche à un arbre en prévision d'un éventuel changement de temps. Puis Coll pêcha pendant que son frère ramassait du bois.

Par marcha le long de la rive un moment, appréciant la clarté des eaux du lac et les couleurs de la nature. Puis il entra dans le bois et entreprit de ramasser des brindilles. Après quelques pas, il remarqua que tout était devenu humide et sentait la pourriture. Les arbres paraissaient malades avec leurs feuilles sèches et brunes et leurs branches brisées. Le sol n'était pas sain non plus. Par remua la terre du bout de sa botte et n'y vit aucune créature vivante, pas plus que dans les arbres. Il n'entendit pas de chant d'oiseau ou de bourdonnement d'insecte. La forêt était déserte.

Décidant de changer de direction, il revenait vers la rive du lac quand il aperçut la maison. C'était plutôt une chaumière en mauvais état, couverte de plantes grimpantes et de broussailles. Les cloisons étaient disjointes, les volets gisaient sur le sol et le toit s'écroulait. Il n'y avait plus de vitres aux fenêtres et la porte d'entrée battait au vent. La chaumière était construite à la lisière d'une crique qui s'enfonçait entre les arbres. Les eaux vertes et immobiles à l'aspect malsain sentaient mauvais.

Par aurait pensé que la maison était abandonnée, sans la petite colonne de fumée qui sortait de la cheminée à moitié démolie.

Il hésita, se demandant pourquoi un individu sensé habiterait un lieu aussi sinistre. Y avait-il vraiment quelqu'un dans la chaumière ? Et dans ce cas, cette personne avait-elle besoin d'aide ?

Il faillit aller voir, mais trouva la chaumière et son environnement si repoussants qu'il ne parvint pas à se décider. Il appela, attendit, puis appela de nouveau. Ne recevant pas de réponse, il tourna vivement les talons et continua son chemin.

Coll l'attendait avec son poisson et ils firent un feu pour le cuire. S'ils en avaient tous les deux assez du poisson, c'était mieux que rien.

Ils mangèrent de bon appétit. Le repas terminé, ils regardèrent le soleil disparaître à l'horizon, le lac Arc-en-ciel devenant peu à peu argent. Le ciel s'obscurcit et les bruits de la nuit murmurèrent autour d'eux. Puis les ombres de la forêt engloutirent les derniers rayons de soleil.

Par cherchait comment dire à Coll qu'il ne voulait pas rentrer à Valombre... quand la femme des bois apparut.

Pliée en deux, elle sortit furtivement des arbres, derrière eux. À la faible lumière du feu, ils virent qu'elle portait des haillons superposés, comme si elle les avait enroulés autour d'elle au fil du temps et ne les avait plus touchés depuis. Elle était tête nue, son visage sans âge encadré par une chevelure terne mais épaisse.

Elle sortit de la forêt, s'arrêta à la limite du cercle de lumière, appuyée sur un bâton usé et tendit un bras vers Par.

— C'est vous qui m'avez appelée ? dit-elle d'une voix craquante comme du bois mort.

Par la regarda, ébahi. Couverte de débris et de poussière, on eût dit une créature récemment sortie de terre.

— C'était vous ? insista-t-elle.

— Devant la chaumière ? Oui...

La femme des bois sourit, révélant sa bouche presque édentée.

— Vous auriez dû entrer, dit-elle. La porte était ouverte.

— Je ne voulais pas...

— Je la laisse comme ça pour m'assurer que personne ne passe sans savoir qu'il est le bienvenu. Et le feu brûle tout le temps.

— J'ai vu sa fumée, mais...

— Vous ramassiez du bois, c'est ça ? Vous venez de Callahorn ? (Elle regarda la barque.) Vous avez fait une longue route, je vois. Pour fuir quelque chose, peut-être ?

Par se raidit et échangea un regard avec Coll.

La femme s'approcha, son bâton martelant le sol.

— Beaucoup de gens s'enfuient par ce chemin. Ils quittent le pays des hors-la-loi à la recherche d'une chose ou d'une autre. Et vous ? Certaines personnes ne veulent rien avoir affaire avec les fugitifs, mais moi, je m'en fiche !

— Nous ne fuyons pas, dit Coll.

— Non ? C'est pour ça que vous avez tant d'affaires avec vous ? Comment vous appelez-vous ?

— Que voulez-vous ? demanda Par.

Il n'aimait pas la tournure des événements.

La femme des bois avança d'un autre pas. Quelque chose clochait à son sujet. Par ne l'avait pas vu de prime abord, mais elle ne semblait pas être totalement solide. Ses contours se brouillaient parfois, comme si elle marchait dans la brume ou dans une bulle d'air surchauffé. Son corps aussi était étrange, et pas à cause de son âge. On aurait juré qu'il était tenu par des fils, comme une marionnette de foire.

L'odeur de la crique et de la chaumière en ruine s'accrochait à la vieille femme. Elle renifla l'air, comme si elle s'était avisée de la puanteur.

— Qu'est-ce que c'est ? Je crois que je sens de la magie !

Par frissonna. Qui que soit cette femme, il aurait préféré ne pas avoir de rapport avec elle...

— De la magie, oui ! Pure et propre et débordante de vie ! (La femme sortit la langue comme si elle goûtait l'air de la nuit.) Aussi douce que l'odeur du sang pour un loup !

Coll explosa.

— Repartez là d'où vous venez, dit-il sans cacher son inimitié. Vous n'avez rien à faire ici. Partez !

La femme des bois ne bougea pas. Elle ricana et ses yeux devinrent soudain rouges comme des braises.

— Viens ici, petit ! murmura-t-elle. Toi, gamin ! (Elle désigna Par.) Viens ici !

Par et Coll reculèrent, s'éloignant du feu. La femme avança, contourna les flammes et poussa les deux frères vers l'obscurité.

— Petit garçon ! marmonna-t-elle. Je veux te goûter, petit !

Les deux frères restèrent sur place, refusant de s'éloigner davantage du feu. La femme des bois vit de la détermination dans leur regard et eut un sourire mauvais. Elle continua d'avancer...

Coll se jeta sur elle pendant qu'elle regardait Par. Il essaya de lui saisir les bras. Trop vive pour lui, elle lui flanqua un coup de bâton sur la tempe et il s'étala sur le sol. La femme bondit sur lui en hurlant comme une bête, mais Par fut plus rapide. D'instinct, il se servit de l'Enchantement de Shannara pour lui envoyer une série d'images terrifiantes. La femme recula, surprise, puis tenta de repousser les visions avec ses mains et son bâton. Par en profita pour relever Coll et le tirer hors de portée de leur adversaire.

La femme des bois s'arrêta soudain. Laissant les images danser autour d'elle, elle se tourna vers Par, un sourire glacial sur les lèvres. Il lui envoya l'image d'un spectre Mord, mais elle ouvrit la bouche et l'aspira.

L'image avalée, la femme se lécha les lèvres et glapit.

Par lui envoya l'image d'un guerrier en armes qu'elle dévora avidement. Puis elle s'approcha de nouveau, attendant d'autres images. Semblant apprécier le goût de la magie, elle avait hâte de l'avaler.

Par essaya de stabiliser Coll, mais son frère titubait contre lui, à demi assommé.

— Coll, réveille-toi ! murmura-t-il.

— Viens, petit, répéta la femme. Viens me nourrir !

Le feu explosa soudain et la clairière fut illuminée comme en plein jour. La femme des bois recula en hurlant de rage.

Par cligna des yeux et regarda malgré la lumière éblouissante.

Un vieil homme sortit des arbres. Les cheveux blancs, vêtu de gris, la peau tannée comme du vieux cuir, il entra dans le cercle de lumière comme un fantôme qui vient de prendre forme humaine. Une lueur sauvage brillant dans ses yeux, il arborait un sourire féroce. Par tâtonna pour trouver le couteau pendu à sa ceinture.

Maintenant, ils sont deux, pensa-t-il, désespéré.

Il essaya de nouveau de ranimer Coll en le secouant.

Mais le vieil homme ne lui prêta aucune attention et se concentra sur la femme.

— Je vous connais, dit-il. Vous ne faites peur à personne. Partez immédiatement, ou vous aurez affaire à moi !

La femme émit un sifflement de serpent et se ramassa sur elle-même comme si elle allait attaquer. Mais quelque chose, sur le visage du vieil homme, l'en empêcha. Elle recula, contournant toujours le feu.

— Retournez dans les ténèbres !

La femme siffla de colère, puis se détourna et s'enfonça entre les arbres. Son odeur resta un moment dans l'air avant de se dissiper...

Le vieil homme fit un geste vers le feu, qui reprit son aspect normal. Les bruits de la nuit revinrent, annonçant que tout était de nouveau paisible.

Le vieillard entra dans le cercle de lumière.

— Bah... Une des petites horreurs de la nuit qui voulait s'amuser un peu, marmonna-t-il, écœuré.

Puis il regarda Par, intrigué.

— Vous allez bien, jeune Ohmsford ? Et lui ? Coll, c'est ça ? Il a pris un sacré coup sur la tête.

Par allongea Coll à même le sol.

— Oui. Merci. Pourriez-vous me passer ce chiffon et un peu d'eau ?

Le vieil homme obéit. Par tamponna la tempe de son frère, où un hématome se formait déjà. Coll sursauta, s'assit, puis posa sa tête entre ses genoux, attendant qu'elle cesse de tourner. Par leva les yeux, soudain conscient que le vieillard avait appelé Coll par son nom.

— Comment savez-vous qui nous sommes ? demanda-t-il.

— Je le sais parce que je vous cherche. Mais je ne suis pas votre ennemi, si c'est ce que vous craignez.

— Je ne le pensais pas, puisque vous nous avez aidés. Merci.

— Inutile de me remercier...

— Cette femme, ou cette créature, semblait avoir peur de vous.

— Peut-être...

— Vous la connaissez ?

— Je connais son espèce.

Par se demanda s'il fallait continuer sur le sujet. Prudent, il décida de laisser tomber.

— Bien. Pourquoi nous cherchiez-vous ?

— C'est une longue histoire, je le crains... Si nous nous asseyions le temps que je vous la raconte ? La chaleur du feu est bonne pour mes vieux os. Par hasard, vous n'auriez pas un peu de bière ? Non ? Dommage. Bon, j'imagine qu'il vous a été impossible de vous procurer ces petits bienfaits, vu la façon dont vous avez dû quitter Varfleet. Vous avez eu de la chance de sauver votre peau, étant donné les circonstances.

Il s'approcha du feu et s'assit sur l'herbe, les jambes pliées, ses robes grises ondulant autour de lui.

— Je pensais vous rattraper à Varfleet, vous savez. Mais la Fédération est intervenue et a fichu mes plans par terre. Vous êtes partis avant que j'aie pu vous intercepter...

Le vieillard prit une tasse, la plongea dans le seau d'eau et but avidement. Coll s'était assis et le regardait, le chiffon humide toujours sur sa tempe. Par se plaça à côté de lui.

Le vieil homme finit son eau et s'essuya la bouche avec sa manche.

— Allanon m'envoie, dit-il d'un ton dégagé.

Il y eut un long silence.

— Allanon ? répéta enfin Par.

— Allanon est mort depuis trois cents ans, dit Coll, sèchement.

— Exact. Excusez mon erreur. C'est l'ombre d'Allanon qui m'a envoyé. Mais c'est *toujours* Allanon.

— L'ombre d'Allanon ? dit Coll sans cacher son scepticisme.

Le vieil homme se frotta la barbe.

— Un peu de patience ! Laissez-moi le temps de tout vous expliquer. Il sera difficile d'accepter la plupart des choses que je vais vous dire, mais essayez quand même. Croyez-moi, c'est très important.

» Pensez à moi comme à un messager d'Allanon. Par, pourquoi avez-vous ignoré les rêves ?

— Vous êtes au courant de ça ?

— Les rêves vous ont été envoyés par Allanon, pour que vous alliez à lui. Comprenez-vous ? C'était sa voix qui vous parlait. Il vous demande de venir au lac Hadeshorn, vous, votre cousine Wren, et...

— Wren ? répéta Coll, incrédule.

— C'est ce que je viens de dire, non ? Devrais-je répéter chaque parole ? Votre cousine, Wren Ohmsford, et Walker Boh.

— L'oncle Walker, dit doucement Par. Je me souviens de lui.

Coll regarda son frère, l'air écœuré.

— Tout ça est ridicule ! Personne ne sait où ils sont. Wren vit quelque part dans les Terres de l'Ouest, avec les vagabonds, dans une roulotte ! Et nul n'a vu Walker Boh depuis près de dix ans. Il pourrait être mort, pour ce que nous en savons !

— Il pourrait, mais ce n'est pas le cas, grogna le vieil homme. Vous devez tous être devant le lac Hadeshorn à la fin de ce cycle lunaire. La première nuit de la nouvelle lune, Allanon vous parlera.

— De la magie ? demanda Par en frissonnant.

Coll le prit par les épaules.

— Des Ombreurs ? l'imita-t-il.

Le vieil homme se pencha en avant, l'air peu commode.

— De ce qu'il décidera ! Oui, de la magie ! Et des Ombreurs ! Et des créatures comme celle qui vous a assommé si facilement, il n'y a pas si longtemps ! Mais surtout, jeune Coll, de *ceci* !

Le vieillard jeta une pincée de poudre noire dans le feu. Par et Coll reculèrent d'un bond. Les flammes brillèrent comme lors de la première apparition du vieil homme, puis toute lumière disparut.

Une image se forma dans l'obscurité et grandit jusqu'à ce qu'elle semble les entourer de toute part.

Les Quatre Terres, stériles, privées de vie et ruinées. Le paysage était plongé dans les ténèbres et un épais brouillard enveloppait tout. Les rivières charriaient des débris dans leurs eaux empoisonnées. Les arbres évoquaient des squelettes tordus. Rien ne poussait à part des broussailles. Les hommes rampaient comme des animaux, et les bêtes fuyaient à leur approche. Des ombres aux étranges yeux rouges rôdaient, se penchant de temps en temps pour jouer avec les humains, les malaxant jusqu'à ce qu'ils perdent toute forme et soient impossibles à identifier.

Un cauchemar si atroce qu'il sembla à Par et à Coll que ces horreurs leur arrivaient. Oui, les cris qui sortaient des bouches des humains torturés venaient des leurs !

Puis l'image disparut et ils se retrouvèrent autour du feu, le vieil homme assis devant eux.

— Cela figurait dans mes rêves, murmura Par.

— C'était l'avenir, dit le vieillard.

— Ou un tour de passe-passe, marmonna Coll.

Le vieil homme le foudroya du regard.

— L'avenir est un labyrinthe de possibilités – jusqu'à ce qu'il devienne le présent. Celui que je vous ai montré ce soir n'est pas définitif. Mais il risque de plus en plus de l'être si rien n'est fait pour le conjurer. Si vous voulez le transformer, faites ce que je vous ai ordonné. Allez voir Allanon ! Et écoutez-le !

Coll ne répondit rien, mais son regard méfiant parlait pour lui.

— Dites-nous qui vous êtes, souffla Par.

Le vieil homme se tourna vers lui, l'étudia un moment, puis sonda les ténèbres comme s'il y voyait des univers accessibles à lui seul.

Puis il fit de nouveau face aux deux frères.

— Très bien, même si je ne vois pas quelle différence ça fait. J'ai un nom, que vous devriez reconnaître tous les deux. Cogline…

— Cogline… Celui qui vivait dans les Terres de l'Est avec…

— L'homme que Kimber Boh…

— Oui, oui ! Combien de Cogline existe-t-il, à votre avis ? Mais vous ne me croyez pas, c'est ça ?

Par inspira profondément.

— Cogline était un vieil homme du temps de Brin Ohmsford. Il y a trois cents ans.

— Un vieil homme ! Et que savez-vous de la vieillesse, Par Ohmsford ? Rien, voilà ce que vous en savez ! Écoutez-moi bien. Allanon a vécu cinq cents ans. Vous ne mettez pas ça en doute, j'imagine ? Je suppose que non, puisque vous êtes si prompts à raconter son histoire. Qu'y a-t-il de si étonnant à ce que j'ai vécu trois cents malheureuses années ? (Cogline s'interrompit, une lueur malicieuse dans le regard.) Que diriez-vous si je vous annonçais que j'ai bien plus de trois cents ans ?

Il fit un geste impérieux de la main.

— Non, inutile de me répondre ! Répondez plutôt à cette question-là : que savez-vous à mon sujet ? Que disent vos histoires sur Cogline ?

— Qu'il était un ermite, dit Par, et qu'il vivait dans le pays Sauvage avec sa petite-fille, Kimber Boh. Que mon ancêtre, Brin Ohmsford, et son compagnon, Rone Leah, l'ont trouvé là quand…

— Oui, oui, mais que disent les récits sur l'*homme* ? Réfléchissez à ce que vous avez vu de moi.

Par haussa les épaules.

— Cogline utilisait des poudres explosives. Il connaissait les anciennes sciences parce qu'il les avait étudiées quelque part.

Par se souvenait des détails au sujet de Cogline, dans les récits. Il commençait à se dire que cet homme ne racontait peut-être pas des mensonges.

— Il employait différentes formes de pouvoir, dont celle que les druides avaient rejetée quand ils rebâtirent l'ancien monde. Par les ombres ! Si vous êtes Cogline, vous avez sûrement toujours ces pouvoirs. S'agit-il d'une magie semblable à la mienne ?

— Par ! cria Coll, l'air inquiet.

— Comme la vôtre ? demanda le vieil homme. Comme l'Enchantement de Shannara ? Sûrement pas ! Rien d'aussi imprévisible… C'était le problème avec les druides et leur magie elfique : elle était trop difficile à maîtriser. Le pouvoir que je possède est basé sur une *science.* Il n'agit pas de son propre chef et ne se transforme pas en quelque chose de vivant. (Il s'interrompit, un sourire sur son visage ridé.) Mais je dois avouer, Par Ohmsford, que mon pouvoir ne chante pas comme le vôtre.

— Êtes-vous vraiment Cogline ? murmura Par.

— Oui, répondit le vieil homme. Oui, Par. (Il se tourna vers Coll, qui allait lancer une objection, et posa un doigt noueux sur ses lèvres.) Chut, jeune Ohmsford. Je sais que vous êtes toujours incrédule, et votre frère aussi, mais écoutez-moi un instant de plus. Vous êtes les descendants de la maison elfique de Shannara. Il n'y en a pas beaucoup, et on a toujours attendu énormément d'eux. Il en ira de même pour vous, je pense. Encore plus que pour les autres, peut-être. Je n'ai pas été autorisé à voir l'avenir. Je suis seulement un messager de pacotille venu à reculons, pour tout vous dire. Mais Allanon n'avait personne d'autre sous la main.

— Pourquoi vous ? demanda Par, troublé.

Le vieil homme ne répondit pas tout de suite, son visage ridé tendu comme si la question était trop compliquée pour lui. Quand il parla, ce fut avec un grand calme.

— Parce que j'ai été un druide, il y a si longtemps que je me souviens à peine de l'effet que ça faisait. J'ai étudié la magie *et* les sciences rejetées par les autres. J'ai choisi ces dernières, abandonnant ainsi tous mes droits à la magie, et celui de continuer avec mes frères. Allanon me connaissait. Ou, si vous préférez, il avait entendu parler de moi et s'est rappelé ce que j'avais été. Mais j'ai un peu arrangé la vérité en me traitant de druide. En fait, j'étais seulement un étudiant. Mais Allanon s'est souvenu de moi. Quand il est venu me voir, il m'a parlé de druide à druide, même s'il ne l'a pas dit clairement. Il n'avait personne à part moi pour venir vous trouver et dénicher les autres, afin de leur annoncer que leurs rêves sont réels. Tous en ont eu, comprenez-vous ?

Wren et Walker Boh... Tous ont eu une vision des dangers que l'avenir nous réserve. Mais aucun n'a répondu. Alors, Allanon m'a envoyé.

» J'ai été un druide jadis, en esprit sinon en pratique, et je suis toujours certain de leurs enseignements. Personne ne le savait. Ni ma petite-fille, Kimber Boh, ni vos ancêtres... Personne ! J'ai vécu tant de vies différentes. Quand je suis allé avec Brin Ohmsford dans la région de la Maelmord, j'étais Cogline l'ermite, un demi-fou lesté de poudres magiques et d'idées bien singulières. Il m'a fallu des années, bien après que Kimber fut partie, pour me retrouver moi-même. Oui, pour de nouveau agir et parler comme moi-même !

Il soupira.

— Le Sommeil Druidique m'a maintenu en vie si longtemps. Je connaissais ses secrets et je les ai emmenés avec moi quand j'ai quitté les druides. Plusieurs fois, j'ai pensé à me laisser prendre par la mort. À ne pas m'accrocher comme ça. Mais quelque chose m'en empêchait. Je crois maintenant que c'était Allanon, pour s'assurer que les druides auraient au moins un représentant après sa disparition.

Il devina la question de Par et secoua vivement la tête.

— Non, il ne s'agit pas de moi ! Je ne suis pas le représentant dont il a besoin. D'ailleurs, il me reste tout juste assez de temps pour délivrer le message qu'il m'a confié. Allanon le sait. Il ne m'a pas proposé d'accepter une vie que j'ai autrefois rejetée. Il demandera à quelqu'un d'autre...

— Moi ? demanda Par.

— Peut-être. Pourquoi ne lui posez-vous pas la question directement ?

En silence, les trois hommes restèrent autour du feu, le dos tourné aux ténèbres. Les cris des oiseaux nocturnes résonnaient au-dessus des eaux du lac, un son triste qui fit mesurer à Par l'étendue de son incertitude.

— Je veux le lui demander, dit-il enfin. J'en ai besoin...

Le vieil homme plissa les lèvres.

— Alors, faites-le.

Coll ouvrit la bouche, puis il se ravisa.

— Cette affaire demande réflexion, fit-il enfin.

— Il n'y a pas beaucoup de temps, rappela le vieil homme.

— Alors, ne gaspillons pas le peu que nous avons ! remarqua Coll, toute agressivité envolée.

Par regarda son frère un moment, puis hocha la tête.

— Coll a raison. Je dois y réfléchir...

Le vieil homme haussa les épaules pour indiquer qu'il comprenait et qu'il ne pouvait rien faire de plus.

— Je vous ai transmis le message qu'on m'avait confié. Maintenant, je dois repartir et aller voir les autres.

Il se leva. Surpris, les deux frères l'imitèrent.

— Vous nous quittez cette nuit ? demanda Par.

Il pensait que le vieil homme tenterait de le persuader de la véracité des rêves.

— Ça vaut mieux. Plus vite j'aurai délivré mon message, plus vite j'en aurai terminé.

— Comment trouverez-vous Wren et Walker ? demanda Coll.

— Comme je vous ai trouvés. Grâce à la magie !

Le vieillard claqua des doigts et en fit jaillir un éclair argenté.

Souriant, il tendit sa main osseuse. Par la serra et constata que le vieil homme avait une poigne d'acier.

— Laissez-moi vous donner un conseil, dit Cogline. Même si vous ne le suivez pas... Vous racontez l'histoire des druides, de la magie et de vos ancêtres. C'est bien. Mais ne perdez jamais de vue que l'important est ce qui se passe ici et maintenant. Vos récits ne vaudront plus rien si la vision que je vous ai montrée se réalise. Vous vivez dans ce monde, pas dans le passé. La magie peut servir à beaucoup de choses, mais vous l'utilisez pour une seule. Il faut découvrir toutes ses applications, et ce sera possible uniquement si vous la comprenez. Et j'affirme que vous ne la comprenez ni l'un ni l'autre.

Cogline regarda les deux frères un instant avant de s'éloigner.

Puis il s'arrêta, à peine visible dans la pénombre.

— N'oubliez pas, la première nuit de la nouvelle lune ! Ah, autre chose : surtout, faites attention à vous. Les Ombreurs ne sont pas seulement des rumeurs et des histoires de bonnes femmes. Ces monstres sont aussi réels que vous et moi. Vous l'avez appris cette nuit, car cette femme en était un. Elle a été attirée par l'odeur de la magie. D'autres l'imiteront. Beaucoup de créatures se lanceront à vos trousses.

Cogline reprit son chemin en marmonnant quelque chose qu'aucun des deux frères ne comprit. Puis il disparut lentement dans les ténèbres.

Chapitre 5

Cette nuit-là, Par et Coll Ohmsford restèrent éveillés longtemps. Ils parlèrent et se disputèrent un peu, inquiets à l'idée que des *monstres*, Ombreurs ou autres, soient à leurs trousses. Même quand ils s'enroulèrent dans leurs couvertures pour essayer de dormir, le sommeil les fuit et ils se réveillèrent plusieurs fois avant l'aube.

Ils se levèrent à regret, se lavèrent dans l'eau glacée du lac et recommencèrent à se disputer. Ils continuèrent pendant le petit déjeuner, une occupation qui leur fit oublier qu'il n'y avait pas grand-chose à manger. La polémique tournait autour du vieil homme qui disait être Cogline et des rêves qui avaient peut-être été envoyés par Allanon. Ils parlèrent aussi des Ombreurs, des Questeurs de la Fédération et de l'inconnu qui les avait sauvés à Varfleet. Leurs positions sur ces sujets étaient diamétralement opposées.

Moins d'une heure après l'aube, chacun en eut franchement assez de l'autre.

— Tu ne peux pas nier que ce vieil homme peut être Cogline ! répéta Par pour la centième fois, pendant qu'ils portaient la bâche jusqu'au bateau.

Coll haussa les épaules.

— Je ne le nie pas…

— Dans ce cas, tu ne peux pas nier qu'il nous a peut-être dit la vérité !

— Je ne le nie pas non plus.

— Et la femme des bois ? Qu'était-elle donc, sinon une Ombreuse forte d'une magie plus puissante que la nôtre ?

— La *tienne.*

— Désolé. La mienne. Mais c'était bien une Ombreuse ! Donc, ce que nous a dit Cogline est vrai.

— Un moment ! Tu fais tout le temps ça quand nous discutons. Tu déclares des choses illogiques et tu agis comme si elles avaient un sens. Même si la vieille femme était une Ombreuse, comment en déduire que le vieil homme disait la vérité ?

— Eh bien, parce que…

— Note que j'accepte l'hypothèse qu'elle ait été une Ombreuse. Alors qu'elle aurait pu être n'importe quoi d'autre…

— Et quoi donc ?

— Une complice du vieil homme, par exemple, destinée à rendre son histoire crédible.

— C'est ridicule ! Et dans quel but ?

Coll pinça les lèvres.

— Pour te persuader de les suivre, bien entendu. Afin de te ramener à Callahorn. Réfléchis. Ce vieil homme s'intéresse peut-être à la magie de la même manière que la Fédération.

— Je n'y crois pas !

— Parce que tu n'aimes pas croire un truc si tu n'y as pas pensé le premier. Tu prends une décision, et voilà ! Cette fois, tu ferais bien de ne pas trop te hâter. Il y a d'autres possibilités à envisager, et je viens de t'en donner une.

Ils arrivèrent au bord de l'eau et déposèrent la bâche dans la barque. Le soleil à peine levé, l'air était déjà chaud. Il n'y avait pas de vent et tout embaumait le parfum des fleurs et des herbes sauvages.

— Tu sais, dit Coll, je ne suis pas contrarié que tu décides des choses. L'ennui, c'est que tu penses que je dois acquiescer. Eh bien, je m'y refuse ! Si tu veux partir vers le lac Hadeshorn et les dents du Dragon, vas-y ! Mais ne te comporte pas comme si je devais être ravi de te suivre.

Par ne répondit pas et réfléchit à la manière dont les choses s'étaient toujours passées dans leur enfance. Il était l'aîné de deux ans… Bien que plus frêle que Coll, il avait toujours été le chef. Il possédait la magie et cela avait fait de lui un être à part. De fait, il était prompt à décider, mais cela avait été nécessaire, quand il avait dû lutter contre la tentation d'utiliser la magie pour résoudre tous les problèmes.

Par n'avait pas toujours été aussi calme qu'il l'aurait dû, et il n'avait pas changé. Plus lent à se mettre en colère, Coll était constamment prêt à ramener la paix dans le voisinage parce qu'il avait la présence et la stabilité nécessaires. Et parce que tout le monde l'appréciait. Coll était comme ça. Les gens se liant facilement d'amitié avec lui, il passait son temps à régler les querelles et à cajoler les fiertés blessées.

Par chargeait droit devant lui sans réfléchir. Il cherchait de nouveaux endroits à explorer, de nouveaux défis à relever et de nouvelles idées à développer. Un visionnaire, mais sans la sensibilité de Coll. S'il voyait les possibilités offertes par la vie, son frère comprenait mieux les sacrifices qu'elle impliquait.

Ils s'étaient toujours mutuellement protégés. Mais Par avait la magie, et s'occuper de Coll lui avait rarement coûté. Il n'en était pas allé de même pour son cadet, qui avait parfois payé cher ses interventions. Cela dit, Par était son frère, il l'aimait et il ne s'était jamais plaint. Parfois, en pensant à cette époque, Par avait honte d'avoir laissé Coll faire tant de choses pour lui.

Il revint au présent. Coll le regardait et attendait sa réponse. Par sautilla sur place, impatient, et réfléchit à ce qu'il devrait dire.

— D'accord. Selon toi, que devrions-nous faire ?

— Par l'enfer, je l'ignore ! Je sais seulement qu'il y a des questions sans réponse, et je doute que nous devions nous engager sur une voie tant que nous n'aurons pas au moins quelques réponses.

— Tu veux dire, avant la nouvelle lune ?

— C'est dans plus de trois semaines, comme tu le sais !

Par serra les mâchoires.

— Ça ne fait pas beaucoup… Comment répondre à toutes ces questions d'ici là ?

— Tu es impossible, tu sais ? grogna Coll.

Il se détourna et partit vers l'endroit où attendaient leurs couvertures et leurs ustensiles de cuisine. Il les ramassa et les porta jusqu'au bateau.

Il ignora Par, qui l'observait en silence.

Un jour, Coll l'avait repêché, à demi noyé, dans la Rappahalladran. Tombé dans les rapides lors d'une excursion, il s'était enfoncé dans l'eau et Coll avait dû plonger pour le récupérer. Son frère avait ensuite été obligé de le ramener à la maison sur son dos, fiévreux et délirant. Coll s'occupait toujours de lui. Pour quelle raison, puisque c'était lui qui possédait la magie ?

Coll finit de charger leurs affaires dans le bateau et Par le rejoignit.

— Je suis désolé, dit-il.

Coll le regarda solennellement. Puis il sourit.

— Non, tu ne l'es pas. Tu le dis, c'est tout.

Par sourit aussi malgré lui.

— Si, je le suis !

— Non, tu ne l'es pas. Tu veux me faire baisser ma garde, pour pouvoir recommencer avec ta fichue décision dès que nous serons au milieu du lac, à un endroit où je ne pourrais pas t'échapper !

Coll riant ouvertement, Par fit de son mieux pour avoir l'air mortifié.

— D'accord, c'est vrai. Je ne suis pas désolé.

— Je le savais ! triompha Coll.

— Mais tu te trompes sur la raison de mes excuses. Ça n'avait rien à voir avec le désir de te coincer au milieu du lac. J'essayais de me débarrasser du poids de la culpabilité d'être un frère aîné.

— Ne t'en fais pas pour ça… Tu as toujours été un fichtrement mauvais frère aîné !

Par le poussa, Coll répliqua, et leurs différends se volatilisèrent momentanément. Ils rirent ensemble, jetèrent un dernier coup d'œil au campement, poussèrent le bateau sur le lac puis sautèrent à bord.

Coll ramait en silence.

Ils suivirent la rive vers l'ouest. Écoutant distraitement le chant lointain des oiseaux, ils savourèrent la chaleur et ne parlèrent pas pendant un moment, désireux de ne pas recommencer à se disputer.

Pourtant, Par réfléchissait et il était sûr que Coll faisait de même. Son frère avait raison sur un point : il y avait trop de questions sans réponse. De quoi regretter de ne pas avoir demandé davantage d'explications au vieil homme. Entre autres, savait-il qui était le type qui les avait sauvés à Varfleet ? Cogline était informé des problèmes qu'ils avaient eus à Varfleet, et il les avait retrouvés facilement. Puis il avait fait fuir sans peine la femme des bois, qu'elle fût une Ombreuse ou autre chose. Il détenait un pouvoir – peut-être la magie des druides ou la science de l'ancien monde –, mais il n'avait pas expliqué ce que c'était ni ce qu'il faisait. Quelle était sa relation avec Allanon ? Et pourquoi avait-il abandonné la partie si facilement quand Par avait annoncé qu'il devait réfléchir ? N'aurait-il pas dû essayer de le persuader d'aller voir Allanon ?

Mais une question troublait terriblement Par. Il ne pouvait pas en parler à Coll, car elle le concernait trop directement. Les rêves affirmaient qu'on avait besoin de lui et le vieil homme avait tenu le même discours : on avait besoin de Par, de Wren et de Walker Boh.

Pourquoi n'avait-il pas parlé de Coll ?

Par n'avait aucune idée de la réponse. Il avait d'abord cru que c'était à cause de la magie, l'appel étant lié à l'Enchantement de Shannara. Dans ce cas, pourquoi Wren était-elle *appelée* ? Elle n'avait pas de magie. Pour Walker, c'était différent, puisque tout le monde disait qu'il savait sur la magie des choses que les autres ignoraient. Mais Wren n'avait pas de pouvoir, et Coll non plus. Pourtant, elle avait été nommée, et pas lui.

Cela, plus que tout le reste, le faisait hésiter sur la conduite à tenir. Il voulait connaître la raison des rêves. Si le vieil homme disait vrai au sujet d'Allanon, Par désirait entendre ce que le druide avait à lui raconter. Mais pas si cela impliquait d'être séparé de Coll. Plus que son frère, il était son meilleur ami, son compagnon le plus fidèle et pratiquement l'autre moitié de lui-même. Pas question de s'engager dans une aventure sans lui.

Cela dit, ni le vieil homme ni les rêves n'avaient interdit à Coll de venir.

Il avait seulement été *ignoré*. Pour quelle raison ?

En fin de matinée, le vent se leva. Les deux frères improvisèrent une voile et un mât avec leur bâche et l'une des rames. Bientôt, ils filèrent sur le lac Arc-en-ciel, les eaux bouillonnantes d'écume autour d'eux.

La barque faillit se renverser plusieurs fois, mais ils l'empêchèrent de chavirer en utilisant judicieusement le poids de leurs corps.

Au début de l'après-midi, ils arrivèrent à l'embouchure de la Rappahalladran.

Ils abritèrent leur bateau dans une petite crique, le couvrirent de branchages, y laissèrent leur équipement, à part les couvertures et les ustensiles de cuisine, et se dirigèrent vers la forêt de Duln.

Ils quittèrent vite les abords de la rivière pour gagner les plateaux de Leah. La veille, ils n'avaient pas parlé de leur destination, pensant qu'ils auraient le temps plus tard. Mais ils ne l'avaient pas fait. Coll parce qu'ils allaient dans la direction qu'il souhaitait, et Par... parce qu'il estimait que son frère avait raison. Il leur fallait réfléchir avant de repartir vers le nord. Au fond, pourquoi ne pas repenser à tout ça à Valombre ?

Étrangement, même s'ils n'avaient plus mentionné les rêves ou le vieil homme, ils s'étaient mis à réviser leurs positions, chacun découvrant que l'avis de l'autre avait du bon.

Quand ils remirent la question sur le tapis, ils ne se disputèrent plus. Au milieu de l'après-midi, par cette journée d'été chaude et pesante, le soleil aveuglant les força à s'abriter les yeux tandis qu'ils marchaient. Devant eux se déroulaient des collines ondoyantes couvertes d'un tapis d'herbes et de fleurs sauvages. Les brumes qui flottaient toute l'année sur les montagnes s'étaient retirées sur leur position la plus haute, s'accrochant comme des lambeaux de tissu aux sommets des pics et des promontoires.

— Je crois que la femme des bois avait réellement peur du vieil homme, dit Par pendant qu'ils gravissaient une pente, en direction d'un bosquet de frênes. Elle ne jouait pas la comédie. Personne n'est aussi bon acteur.

— Tu as raison… J'ai avancé qu'ils étaient peut-être complices uniquement pour te faire réfléchir. Pourtant, je me demande si le vieil homme nous a dit tout ce qu'il savait. D'après ce que j'ai appris d'Allanon dans nos récits, il a toujours été… hum… *circonspect*… quand il traitait avec les Ohmsford.

— Il ne leur disait jamais toute la vérité, c'est exact.

— Le vieil homme est peut-être comme lui…

Ils arrivèrent en haut de la colline, entrèrent dans le bosquet, posèrent leurs couvertures sur le sol et contemplèrent les montagnes. Tous les deux transpiraient abondamment, leur tunique collée sur leur dos par l'humidité.

— Nous n'arriverons pas à Valombre ce soir, dit Par.

— C'est probable, oui…

Coll s'étira à faire craquer ses os.

— Je réfléchissais.

— Grand bien te fasse !

— Je me demandais où nous pourrions passer la nuit. Ce serait agréable de dormir dans un lit, pour changer un peu.

Coll éclata de rire.

— Ce n'est pas moi qui te contredirai ! Tu sais où trouver un lit au milieu de nulle part ?

Par regarda son frère.

— Eh bien, oui ! Le pavillon de chasse de Morgan est à quelques lieues au sud. Je parie que nous pourrions le lui emprunter pour la nuit.

— Oui, je le crois aussi.

Morgan Leah était le fils aîné d'une famille dont les ancêtres régnaient autrefois sur Leah. La monarchie avait été renversée près de deux cents ans plus tôt, quand la Fédération s'était étendue vers le nord et avait avalé les montagnes comme un banal amuse-gueule. Depuis, il n'y avait plus de roi de Leah. La famille avait survécu en se reconvertissant dans l'agriculture et l'artisanat. Kyle Leah, son chef actuel, vivait au sud de la cité, où il élevait du bétail. Morgan, son fils aîné, était le meilleur ami de Par et de Coll, et avait pour spécialité d'accumuler les ennuis.

— Tu crois que Morgan sera dans le coin ? demanda Coll, ravi à l'idée de revoir leur ami.

Par lui rendit son sourire. Le pavillon de chasse appartenait à la famille de Morgan, mais c'était lui qui s'en servait le plus. La dernière fois que les frères Ohmsford étaient venus dans les montagnes, ils y étaient restés une semaine, invités par Morgan. Ils avaient campé, chassé et pêché en écoutant le récit des efforts incessants que faisait Morgan pour causer autant d'ennuis que possible aux responsables de la Fédération résidant à Leah. Morgan Leah avait l'esprit le plus vif et les mains les plus habiles des Terres du Sud, et il détestait les troupes qui occupaient son pays. Au contraire de Valombre, Leah, une cité importante, demandait à être surveillée. Après avoir aboli la monarchie, la Fédération avait instauré un gouvernement provisoire et envoyé une garnison chargée de maintenir l'ordre. Morgan considérait cela comme un défi personnel. Il saisissait toutes les occasions possibles, les créant parfois, pour pourrir la vie des fonctionnaires qui s'étaient installés confortablement – au mépris du droit – dans son manoir ancestral. Doué pour flanquer le désordre partout, Morgan était trop rusé pour que les fonctionnaires de la Fédération découvrent qu'il était le caillou dans leur chaussure. Son dernier exploit avait consisté à enfermer le gouverneur et le vice-gouverneur dans les thermes, en compagnie d'un troupeau de cochons couverts de boue, après avoir pris soin de casser toutes les serrures. Le lieu était minuscule et il y avait beaucoup d'animaux. Il avait fallu deux heures pour libérer les deux notables. Comme le disait Morgan, à ce stade, on avait eu du mal à distinguer les cochons des fonctionnaires.

Les deux frères se levèrent, ramassèrent leur chiche bagage et reprirent la route. Au fil de l'après-midi, l'air resta lourd et la chaleur devint plus oppressante encore. À cette hauteur, la terre était si sèche que les herbes brunâtres craquaient sous leurs pieds. Leurs bottes soulevaient des petits tourbillons de poussière et ils commencèrent à avoir très soif.

Le crépuscule approchait quand ils aperçurent le pavillon de chasse, un bâtiment de pierre et de bois niché dans un bosquet de pins, sur une butte qui surplombait l'ouest de la région. Dégoulinant de sueur, ils posèrent leurs affaires près de la porte d'entrée et filèrent directement vers la source où l'on pouvait se baigner, à trente pas de là. Quand ils arrivèrent devant une série de mares limpides qui se remplissaient par en dessous et se vidaient dans un ruisseau au cours paresseux, ils enlevèrent aussitôt leurs vêtements, pressés de plonger dans l'eau accueillante.

À cause de cet enthousiasme, ils ne virent pas le monstre de boue avant qu'il soit sur eux.

Il se dressa dans les buissons, à côté d'eux. Vaguement humanoïde, il était couvert de boue et rugissait avec une férocité inouïe. Coll hurla, sauta en arrière, perdit pied et tomba tête la première dans l'eau. Par essaya de courir, trébucha et s'étala aussi.

La créature se jeta sur lui.

— Un délicieux Valombrien ! dit-elle d'une voix que Par reconnut aussitôt.

— Par l'enfer, Morgan ! cria-t-il en poussant son ami. Tu as failli me faire mourir de peur, idiot !

Coll sortit dignement de la source et dit calmement :

— Je croyais que tu voulais chasser la Fédération de Leah, pas tes amis !

Dans son cocon de boue, Morgan éclata de rire.

— Je suis désolé ! Vraiment... Mais c'était une trop belle occasion ! Reconnaissez que personne n'y aurait résisté !

Par essaya de chasser la boue de ses vêtements… et finit par abandonner. Il les enleva et les emporta avec lui dans la mare. Après avoir poussé un soupir de soulagement, il regarda Morgan.

— Tu fabriquais quoi, au fait ?

— Tu parles de la boue ? C'est bon pour la peau. (Morgan avança vers la source et entra dans une mare.) Il y a des bains de boue pas loin d'ici. Je les ai découverts l'autre jour par hasard. Mes amis, rien de tel que de la boue pour se rafraîchir par cette canicule ! C'est encore mieux que l'eau ! Après m'être roulé dedans comme un cochon, je suis revenu ici histoire de me laver. À ce moment, je vous ai entendu arriver, et j'ai décidé de vous réserver un accueil digne des montagnards !

Il plongea sous l'eau. Quand il refit surface, le monstre de boue s'était transformé en un jeune homme de l'âge de Par et Coll. Il avait la peau si bronzée par le soleil qu'elle en était presque couleur chocolat, les cheveux roux mi-longs, et ses yeux gris illuminaient un visage à la fois rusé et innocent.

— Regardez ! s'exclama-t-il.

— Merveilleux…, dit Par, dubitatif.

— Allons, allons ! Tous mes tours ne peuvent pas être géniaux ! Ce qui me fait penser à… (Il se pencha vers les deux frères, perplexe.) N'étiez-vous pas censés être quelque part à Callahorn, à régaler les indigènes de vos récits ? C'est bien ce que vous m'aviez dit, non ? Que fichez-vous ici ?

— Et toi ? répliqua Coll.

— Moi ? Oh, un petit malentendu qui concerne le gouverneur. Ou plus précisément, sa femme. Ils ne me soupçonnent pas, bien entendu, mais ça m'a paru être le moment idéal pour des vacances. Cela dit, j'ai posé la question le premier ! Alors, que se passe-t-il ?

Morgan n'était pas du genre à leur lâcher les basques… De toute façon, il n'y avait jamais eu de secrets entre eux. Aidé par Coll, Par raconta ce qui s'était passé depuis la nuit, à Varfleet, où Rimmer Dall et les Questeurs de la Fédération leur étaient tombés dessus. Il parla des rêves sans doute envoyés par Allanon, de la rencontre avec la femme des bois – qui était peut-être une Ombreuse – et du vieil homme qui les avait sauvés et prétendait être Cogline.

— Il y a beaucoup de « peut-être » dans votre histoire, dit le montagnard quand ils eurent terminé. Vous êtes sûrs que vous n'avez pas inventé tout ça ? Ce serait un bon tour à me jouer.

— J'aimerais mieux que ce soit une plaisanterie, soupira Coll.

— Bref, nous avons pensé passer la nuit ici dans un bon lit et partir pour Valombre demain.

Morgan laissa traîner un doigt dans l'eau devant lui et secoua la tête.

— À votre place, je ne ferais pas ça.

Par et Coll se regardèrent, décontenancés.

— Si la Fédération voulait vous capturer au point d'envoyer Rimmer Dall à Varfleet, continua Morgan, elle pourrait aussi l'envoyer à Valombre…

Il y eut un long silence.

— Je n'avais pas pensé à ça, reconnut Par.

Morgan nagea jusqu'au bord de la mare et en sortit.

— Réfléchir n'a jamais été ton fort, mon garçon ! Heureusement que vous m'avez, tous les deux ! Retournons au pavillon et je vous ferai quelque chose à manger – autre chose que du poisson, pour changer un peu. Après, nous reparlerons de tout ça.

Ils lavèrent leurs vêtements, se séchèrent et regagnèrent le pavillon de chasse. Morgan prépara un bouillon et un délicieux ragoût de viande aux légumes – carottes, pommes de terre et oignons – et servit le tout avec du pain chaud et de la bière fraîche.

Ils s'installèrent dehors, sous les pins, à une petite table, et mangèrent avec grand plaisir. À l'approche de la nuit, une brise vespérale et frisquette souffla des collines. Morgan ayant prévu du fromage et des poires pour le dessert, ils les grignotèrent pendant que le ciel devenait rouge, puis pourpre foncé, avant de s'obscurcir et de s'emplir d'étoiles.

Ils revinrent s'asseoir sur les marches de pierre du pavillon.

— J'adore les montagnes, dit Morgan après un long silence. Je pourrais sûrement apprendre à aimer la ville, mais pas tant qu'elle appartiendra à la Fédération. Je me demande parfois ce que ç'aurait été, vivre dans notre ancienne demeure, avant que la Fédération nous la vole. C'était il y a si longtemps – au moins six générations. Mon père ne veut pas en parler. Mais cette terre est toujours à nous. La Fédération n'a pas encore réussi à nous la prendre. Voilà sans doute pourquoi je l'aime tant : c'est tout ce qui nous reste des jours anciens.

— En plus de l'Épée, lui rappela Par.

— Tu as toujours cette vieille relique ? demanda Coll. Je pensais que tu finirais par t'en débarrasser au profit d'une arme plus neuve et mieux conçue.

— Te souviens-tu des récits disant que l'Épée de Leah était autrefois magique ?

— Oui. Allanon était censé l'avoir enchantée...

— Exact. À l'époque de Rone Leah. Parfois, je me dis qu'elle l'est toujours. Pas comme à cette époque, où elle résistait aux spectres Mords, mais d'une manière différente. Le fourreau a été remplacé une demi-douzaine de fois, et la garde au moins une ou deux. Mais la lame ! Ah, cette lame ! Elle est toujours aussi affûtée qu'au premier jour, comme si elle ne pouvait pas vieillir. N'est-ce pas une sorte de magie ?

Les deux frères hochèrent solennellement la tête.

— Parfois, dit Par, la magie change sa manière d'agir. Elle évolue. C'est peut-être arrivé aussi à l'Épée de Leah.

Il repensa à ce que le vieil homme lui avait dit – qu'il ne comprenait pas la magie – et se demanda si c'était vrai.

— De toute façon, personne ne voulait de l'Épée. Nul ne tient à s'embarrasser de ce qui rappelle les temps anciens, dirait-on. Peut-être parce qu'il est trop douloureux de se souvenir. Mon père n'a pas soufflé mot quand j'ai demandé la lame. Il me l'a simplement donnée.

Coll flanqua une bourrade amicale à Morgan.

— Ma foi, il devrait faire plus attention quand il distribue ses armes !

Morgan parvint à avoir l'air froissé.

— C'est à moi qu'on a demandé de rejoindre le Mouvement ? (Ils éclatèrent de rire.) Si j'ai bien compris, l'inconnu vous a donné une bague. Puis-je y jeter un coup d'œil ?

Par sortit le bijou de sa tunique et le tendit à Morgan. Le montagnard l'examina, puis le rendit à son ami.

— Je ne reconnais pas ce blason. Mais ça ne veut rien dire. Il paraît qu'il y a une douzaine de bandes de hors-la-loi avec le Mouvement, et ils changent régulièrement de blason pour perturber la Fédération.

Morgan avala une grande gorgée de bière.

— Parfois, j'ai envie d'aller au nord et de me joindre à eux. Cesser de perdre du temps ici à harceler les idiots qui vivent dans ma maison et gouvernent mon pays sans en connaître son histoire.

Un moment, la tristesse le fit paraître plus vieux. Puis il retrouva son entrain.

— Parlons de vous… Pas question de prendre le risque de revenir à Valombre trop vite ! Restez donc ici un jour ou deux, et laissez-moi partir en reconnaissance. Je m'assurerai que la Fédération n'est pas arrivée avant vous. D'accord ?

— Oui, dit Par. Merci, Morgan. Mais promets-nous d'être prudent.

— Prudent ? Avec ces idiots de la Fédération ? Je pourrais leur cracher à la figure, et il leur faudrait des jours pour comprendre qui leur a fait ça ! Mes amis, je n'ai rien à craindre d'eux.

Morgan éclata de rire.

Par ne partagea pas son hilarité.

— Pas de ceux en poste à Leah, peut-être. Mais s'il y a des Questeurs à Valombre…

Morgan cessa soudain de s'esclaffer.

— Tu as raison. Je ferai attention. (Il vida son verre de bière et se leva.) C'est le moment d'aller dormir. Je voudrais partir tôt, demain.

Par et Coll se levèrent aussi.

— Qu'as-tu fait à la femme du gouverneur ? demanda Coll.

— Oh, rien de bien méchant. On m'a assuré qu'elle n'aimait pas l'air des montagnes. Je lui ai donc envoyé un parfum pour adoucir son odorat. Une petite fiole de verre très délicat… Quelqu'un l'a déposée dans son lit pour lui faire une surprise. Manque de chance, elle l'a cassée en se couchant dessus.

Il éclata de rire.

— Le pire, c'est que j'avais pris de l'huile de putois pour du parfum !

Les trois amis se regardèrent, un grand sourire aux lèvres.

Cette nuit-là, les Ohmsford dormirent dans la douce chaleur de lits confortables. Ils auraient volontiers ronflé jusqu'à midi, mais Morgan les réveilla à l'aube, pendant qu'il se préparait pour son voyage à Valombre. Il alla chercher l'Épée de Leah et la leur montra. Sa garde et son fourreau étaient passablement usés, mais la lame restait aussi brillante et acérée qu'il l'avait dit. Souriant de satisfaction, il attacha le fourreau en travers de son dos, glissa un long couteau dans le haut de sa botte, mit un coutelas à sa ceinture, et passa son arc en frêne sur son épaule gauche.

— Ça ne fait jamais de mal d'être préparé, dit-il avec un clin d'œil.

Les deux frères l'accompagnèrent jusqu'au pied de la colline. Quand il leur fit ses adieux, ils lui répondirent en bâillant.

— Retournez vous coucher, conseilla Morgan. Dormez tant que vous voulez, détendez-vous et ne vous faites aucun souci. Je reviendrai dans quelques jours.

Sa grande silhouette mince se découpant contre le ciel encore sombre, il leur fit un signe de la main en partant.

— Sois prudent ! cria Par.

— Toi aussi ! dit Morgan.

Les deux frères écoutèrent le conseil du montagnard et retournèrent au lit. Ils dormirent toute la matinée, puis passèrent le reste de la journée à se reposer. Le lendemain, ils se levèrent tôt, se baignèrent dans la source, cherchèrent en vain les bains de boue, puis retournèrent au pavillon et le nettoyèrent. Enfin, ils se préparèrent un repas – gibier à plume et riz. Cette nuit-là, ils parlèrent longuement du vieil homme, des rêves, de la magie, des Questeurs et de ce qu'ils devraient faire dans un avenir immédiat. Ils ne se disputèrent pas, mais ne prirent aucune décision non plus.

Le troisième jour fut nuageux, et il plut le soir. Assis devant le feu qu'ils avaient allumé dans la grande cheminée en pierre, les deux frères s'entraînèrent à raconter leurs récits, travaillant sur certains des plus obscurs pour faire correspondre les images invoquées par le chant de Par à l'histoire racontée par Coll. Il n'y avait aucun signe de Morgan Leah. Malgré leurs efforts pour ne pas s'inquiéter, ils commencèrent à se faire du souci, chacun de son côté.

Morgan revint le quatrième jour, à la fin de l'après-midi. Les deux frères étaient devant la cheminée, occupés à réparer une des chaises, quand la porte s'ouvrit soudain. Comme il avait plu toute la journée, le montagnard était trempé jusqu'aux os. Il répandit de l'eau partout en posant son sac à dos et ses armes sur le sol, puis ferma la porte derrière lui.

— Mauvaises nouvelles, annonça-t-il d'emblée.

Sa chevelure rousse était plaquée contre son crâne, et ses joues luisaient de pluie.

Par et Coll se levèrent lentement.

— Vous ne pouvez pas retourner à Valombre. Il y a des soldats de la Fédération partout. Je n'ai pas pu voir s'il y avait aussi des Questeurs, mais je n'en serais pas surpris. Le village est désormais sous la « protection de la Fédération » – l'euphémisme en vigueur pour parler d'une occupation armée. Ils vous attendent, c'est certain. J'ai posé quelques questions et je l'ai découvert tout de suite. Personne n'en fait mystère. Vos parents ont été assignés à résidence. Je crois qu'ils vont bien, mais je n'ai pas pu prendre le risque de leur parler. Je suis désolé. Ç'aurait trop attiré l'attention.

Morgan inspira profondément.

— Quelqu'un veut *vraiment* vous capturer, mes amis !

Par et Coll se regardèrent, et la peur se lut sur leur visage.

— Qu'allons-nous faire ? demanda Par.

— J'y ai pensé sur le chemin du retour, dit Morgan.

Il tendit une main et la posa sur l'épaule menue de Par.

— Voilà ce que *nous* allons faire. Et je dis : « nous », parce que je suis dans cette affaire avec vous, à partir de maintenant. Nous partons vers l'ouest, à la recherche de Walker Boh.

Chapitre 6

Morgan Leah était très persuasif quand il l'avait décidé. Cette nuit-là, il le prouva à ses deux amis.

Le jeune homme avait beaucoup réfléchi à la question, et son raisonnement n'avait rien laissé de côté. C'était une question de choix, selon lui...

Il prit à peine le temps d'enlever ses vêtements trempés, puis s'assit devant la cheminée avec ses amis. Du pain chaud et de la bière à la main, ils attendirent ses explications.

Morgan commença par ce qui était sûr. Ils savaient qu'ils ne pouvaient pas retourner à Valombre, pas tout de suite, et peut-être pas avant un bon moment. Ni repartir pour Callahorn. En fait, tous les endroits prévisibles leur étaient interdits, parce que la Fédération n'abandonnerait pas facilement la poursuite. Rimmer Dall était tenace et les Questeurs chercheraient partout leurs proies. Désormais, ils pouvaient se considérer comme des hors-la-loi.

Il leur fallait donc choisir un lieu où personne ne s'attendrait à les trouver. Et, de préférence, un coin où ils feraient quelque chose d'utile.

— Bien entendu, vous pourriez rester ici, parce que la Fédération n'en sait pas assez pour vous chercher dans les montagnes. Et ce serait amusant, pour un temps. Mais à quoi cela servirait-il ? Dans deux mois ou dans quatre, vous serez toujours des hors-la-loi interdits de séjour à Valombre. Rien n'aura changé. Ce serait idiot, non ? Il faut prendre le contrôle des événements. N'attendez pas qu'ils vous tombent dessus !

Bref, selon Morgan, les deux frères devaient tenter de résoudre l'énigme des rêves. Ils ne pouvaient rien faire pour décourager la Fédération de les poursuivre. Cela changerait peut-être un jour, mais pas dans un avenir proche. Les rêves, en revanche, étaient un sujet ouvert. S'ils disaient vrai, en savoir plus valait la peine. Le vieil homme leur avait dit d'être devant le lac Hadeshorn la première nuit de la nouvelle lune. Ils avaient hésité pour deux raisons valables. *Primo*, ils ignoraient si les rêves étaient fiables. *Secundo*, ils étaient seulement deux et se mettraient en grand danger en partant seuls.

— Donc, il semble logique de faire quelque chose à ce sujet, conclut le montagnard. Pourquoi ne pas aller vers l'est et chercher Walker Boh ? Le vieil homme vous a dit que les rêves lui étaient aussi envoyés. Il ne vous paraît pas sensé d'essayer de le trouver et de lui demander ce qu'il en pense ? A-t-il l'intention d'aller au rendez-vous ? Que le vieil homme lui ait parlé ou pas, je suis sûr que Walker aura une opinion sur ces rêves. J'ai toujours trouvé que votre oncle était un peu bizarre, mais pas stupide. Et nous connaissons tous les histoires qu'on raconte à son sujet. S'il possède une partie de la magie de Shannara, ce serait le bon moment de l'apprendre.

Morgan avala une gorgée de bière et se pencha vers les deux frères.

— Si Walker croit à la réalité des rêves et décide de gagner le lac Hadeshorn, vous serez peut-être plus enclins à l'imiter. À quatre, tous ceux qui voudraient nous faire des ennuis devront y réfléchir à deux fois.

Le jeune homme haussa les épaules.

— Même si vous décidez de ne pas y aller, vous serez plus satisfaits que si vous vous étiez limités à vous cacher ici. Par l'enfer, la Fédération ne pensera pas à vous chercher dans l'Anar !

Morgan prit une autre gorgée de bière et un morceau de pain, attendant la réaction de ses amis. Il avait l'air d'un type qui sait quelque chose que les autres ignorent, et ça semblait l'amuser beaucoup.

— Alors ? dit-il finalement.

Les Ohmsford gardèrent le silence. Par pensait à son oncle, se rappelant les histoires que les gens murmuraient sur lui. Walker Boh était un « étudiant de la vie » qui prétendait avoir des visions. Il pouvait, disait-il, voir et entendre des choses inaccessibles au commun des mortels. Selon les rumeurs, il pratiquait une sorte de magie différente de toutes les autres. Près de dix ans auparavant, il avait quitté Valombre pour aller s'installer dans les Terres de l'Est. Les deux frères étaient très jeunes, mais Par se souvenait bien de lui.

Coll se racla la gorge. Par était sûr que son frère allait dire à Morgan que son idée était ridicule, mais il se trompait.

— Comment nous y prendre pour trouver Walker ?

Par regarda Morgan, qui partageait son étonnement. Tous deux avaient cru que Coll, intraitable, n'accepterait pas ce plan.

Coll surprit leur petit jeu.

— À votre place, je ne dirais pas ce que je pense… Aucun de vous ne me connaît aussi bien qu'il le croit. Et maintenant, si vous répondiez à ma question ?

Morgan cacha bien un court accès de culpabilité.

— Nous irons d'abord à Culhaven. J'y ai un ami, qui sait où est Walker.

— Culhaven ? dit Coll, les sourcils froncés. Cette ville est occupée par la Fédération.

— Mais elle sera suffisamment sûre pour nous, insista Morgan. La Fédération ne vous cherchera pas là, et nous n'y resterons qu'un jour ou deux. Sans nous montrer beaucoup dans les rues.

— Et nos familles ? Ne se demanderont-elles pas ce qui nous est arrivé ?

— Pas la mienne. Mon père a l'habitude de ne pas me voir pendant des semaines. Il est persuadé qu'on ne peut pas compter sur moi. Et il vaut mieux que Jaralan et Mirianna ne sachent pas ce que vous allez faire. Ils sont déjà assez inquiets comme ça.

— Et Wren ? demanda Par.

— J'ignore comment la joindre. Si elle traîne toujours avec les vagabonds, elle peut être n'importe où. De plus, j'ignore quelle aide elle pourrait nous apporter. C'était une fillette quand elle a quitté Valombre. Nous n'avons pas le temps de chercher les deux, et Walker me semble une meilleure idée.

Par jeta un coup d'œil incertain à Coll.

— Qu'en penses-tu ?

— Que nous aurions dû rester à Valombre, dit-il. Dans nos lits douillets.

— Voyons, Coll Ohmsford ! lança joyeusement Morgan. Pense à l'aventure ! Et n'oublie pas que je serai là pour veiller sur vous, je te le promets !

— Et ça devrait me rassurer ?

Par inspira profondément.

— Je suis d'avis que nous y allions...

Coll le fixa un moment.

— Je crois en effet que nous n'avons rien à perdre.

La question fut aussitôt réglée. En y repensant, plus tard, Par n'en fut pas surpris. Oui, c'était une affaire de choix. Et quand on regardait les autres options possibles, aucune n'était très tentante.

Ils dormirent dans le pavillon de chasse et passèrent la matinée suivante à se préparer pour le voyage. Ils emballèrent des provisions, des armes, des couvertures, des manteaux et quelques vêtements de rechange – dont certains à leur taille ! Ils emporteraient de la viande séchée, des légumes, des fruits, du fromage et des noix. Sans parler des ustensiles de cuisine, des outres d'eau et des médicaments... Par bonheur, ils n'eurent que l'embarras du choix, parce que le pavillon était bien approvisionné.

À midi, ils furent fin prêts à partir.

La journée était grise et nuageuse quand ils sortirent du pavillon et fermèrent la porte derrière eux. La pluie s'étant transformée en bruine, le sol gorgé d'humidité cédait sous leurs pas comme une éponge. Ils partirent vers le nord, en direction du lac Arc-en-ciel, désirant atteindre ses rives avant la nuit. Pour la première partie de leur voyage, le plan de Morgan était simple : ils récupéreraient la barque cachée à l'embouchure de la Rappahalladran et suivraient la rive sud, en restant à bonne distance des basses terres de Clete, des Chênes Noirs et du marais des Brumes, qui cachaient tous des dangers considérables. Quand ils seraient sur l'autre rive, ils chercheraient la rivière Argentée et la suivraient vers l'est, jusqu'à Culhaven.

Un bon plan, mais avec quelques points épineux. Morgan aurait préféré traverser l'Arc-en-ciel de nuit, quand on les remarquerait moins, en se guidant grâce à la lune et aux étoiles. Mais ils s'aperçurent rapidement, en arrivant près du lac, qu'il n'y aurait ni lune ni étoiles ce soir-là – donc aucune lumière pour leur permettre de se repérer. S'ils essayaient de traverser quand même, ils risqueraient de trop dériver vers le sud et d'être confrontés aux dangers qu'ils voulaient éviter.

Après avoir retrouvé la barque et s'être assurés qu'elle était en état de naviguer, ils passèrent leur première nuit dans un campement glacial, tout près de la rive du lac.

Le matin fut marqué par un léger changement de climat. La pluie cessa, il fit plus chaud, mais les nuages ne disparurent pas et se mêlèrent à la brume qui recouvrait le lac.

Inquiets, Par et Coll sondèrent le brouillard.

— Il se lèvera, leur assura Morgan, pressé de partir.

Ils mirent la barque à l'eau, ramèrent jusqu'à ce qu'ils aient trouvé un vent favorable et hissèrent leur voile de fortune. Les nuages se dissipèrent un peu et le ciel s'éclaircit, mais la brume resta au-dessus du lac, enveloppant tout d'un manteau impénétrable.

À midi, rien n'avait changé. Finalement, Morgan dut reconnaître qu'il ignorait où ils étaient.

À la tombée de la nuit, ils dérivaient toujours sur le lac, et il n'y avait plus la moindre lumière. Le vent tomba. La barque immobile, les trois amis mangèrent un peu parce que c'était nécessaire, mais aucun n'avait très faim. Puis ils dormirent à tour de rôle.

— Tu te souviens de ce récit sur Shea Ohmsford et la créature qui vivait dans le marais des Brumes ? murmura Coll. Eh bien, je m'attends à vérifier de première main si cette créature existe !

La nuit passa lentement. Pourtant, rien de fâcheux n'arriva. Au matin, la brume se leva. Les trois amis s'aperçurent qu'ils étaient en sécurité, au milieu du lac et en direction du nord. Détendus, ils rirent de leurs angoisses, dirigèrent le bateau vers l'est et ramèrent à tour de rôle en attendant que la brise souffle. Assez vite, la brume disparut entièrement – les nuages aussi – et ils aperçurent la rive sud.

Une brise venue du nord-est se levant, ils hissèrent la voile.

Le crépuscule approchait quand ils atteignirent enfin la rive et accostèrent dans une crique boisée proche de la rivière Argentée. Ils cachèrent l'embarcation dans un bras de la rivière couvert de roseaux, l'attachèrent avec soin et commencèrent leur marche vers l'intérieur des terres.

La forêt était calme, car les animaux nocturnes attendaient le crépuscule pour commencer leur symphonie. Derrière les trois amis, la rivière tourbillonnait. Gonflée par l'eau de pluie, elle charriait toutes sortes de débris.

Les ombres s'allongèrent et les arbres semblèrent se rapprocher des voyageurs. Très vite, ils furent enveloppés de ténèbres.

Ils parlèrent brièvement du roi de la rivière Argentée.

— Il a disparu, comme le reste de la magie, dit Par en avançant prudemment sur le chemin détrempé.

Cette nuit-là, on y voyait mieux, même si les étoiles et la lune jouaient à cache-cache avec les nuages.

— Il a disparu comme les druides et les elfes. Seuls demeurent les récits…

— Peut-être et peut-être pas, fit Morgan. Les voyageurs prétendent l'apercevoir de temps en temps : un vieil homme avec une lanterne qui protège et guide les gens. Mais ils reconnaissent qu'il n'est plus aussi puissant qu'avant. Il contrôle seulement la rivière et un peu de terre autour. Le reste nous appartient.

— Le reste est à la Fédération ! corrigea Coll.

Morgan flanqua un coup de pied rageur à un morceau de bois mort.

— Je connais un homme qui dit avoir parlé avec le roi de la rivière Argentée. Un colporteur qui vend des babioles entre les montagnes et l'Anar… Il traverse sans arrêt le pays, et un jour, alors qu'il avait perdu son chemin à TertreBataille, il a vu ce vieillard devant lui avec sa lanterne. Le roi l'a remis sur le bon chemin. Je me demande s'il faut y croire. Les colporteurs sont connus pour raconter n'importe quoi…

— Moi, je pense qu'il est parti, soupira Par. La magie ne survit pas si elle n'est pas pratiquée et si les gens n'y croient pas. Le roi de la rivière Argentée est une légende, maintenant, et peu de gens croient qu'il a vraiment existé.

— Mais nous, les frères Ohmsford, nous y croyons toujours, dit doucement Coll.

Ils marchèrent en silence sur la piste qui menait vers l'est. Bien sûr, ils n'arriveraient pas à Culhaven cette nuit, mais ils n'avaient pas encore envie de s'arrêter. Les bois s'épaissirent alors qu'ils s'enfonçaient de plus en plus loin dans l'Anar inférieur. Le chemin rétrécit, soudain envahi de broussailles. Des rapides firent bouillonner la rivière, et le terrain se transforma en un labyrinthe de ravines et de buttes hérissées de rochers et de souches d'arbres.

— La route de Culhaven n'est plus ce qu'elle était, marmonna Morgan.

Par et Coll n'en savaient rien, car ils n'étaient jamais venus dans l'Anar. Ils se regardèrent, mais ne firent pas de commentaire.

Puis la piste s'interrompit brusquement, bloquée par des arbres morts. Un chemin latéral s'éloignait de la rivière et s'enfonçait dans les bois. Morgan hésita, puis le suivit. Les arbres se touchaient au-dessus de leurs têtes, occultant presque la lueur de la lune.

Les trois amis durent donc avancer à tâtons. Morgan marmonnait de nouveau des paroles inintelligibles, mais son ton ne laissait pas de doutes sur son exaspération. Les plantes grimpantes et les broussailles ayant tout envahi, ils durent se baisser. Les bois empestaient de plus en plus, comme si quelque chose pourrissait. Pour se protéger, Par essayait de retenir sa respiration. Il aurait voulu avancer plus rapidement, mais Morgan ouvrait la marche et il allait déjà aussi vite que possible.

— On dirait que quelque chose est mort dans ces bois, murmura Coll.

Cela réveilla un souvenir dans l'esprit de Par. C'était la même odeur que celle de la chaumière de la femme des bois. Ou l'Ombreuse…

Peu après, ils débouchèrent dans une clairière entourée d'arbres desséchés. Le sol était couvert de boue, de bois mort et d'ossements éparpillés. Une mare d'eau stagnante bouillonnait au milieu, comme un chaudron sur le feu. Des charognards aux yeux perçants les épiaient, à demi cachés dans les ombres.

Ils s'arrêtèrent.

— Morgan, dit Par, mal à l'aise, c'est pareil que…

L'Ombreur sortit du couvert des arbres et leur fit face. Son incrédulité balayée en un instant, Par sut d'instinct à qui ils avaient affaire. Non, les Ombreurs n'étaient pas des légendes ! Et ce qu'il voyait était terrifiant et… inoubliable.

Cet Ombreur semblait totalement différent de la femme des bois. Créature immense et maladroite, il avait un aspect vaguement humain, mais en deux fois plus grand. Son corps couvert de poils, ses bras massifs terminés par des pattes griffues, il marchait voûté, comme un gorille.

Son visage, pas vraiment humain, était tordu et ridé, avec une bouche d'où saillaient des dents acérées. Dans ses yeux à moitié dissimulés par des plis de peau tannée luisait une lueur mauvaise.

— Ouh là, dit Morgan.

L'Ombreur avança.

— Pourquoi êtes-vous ici ? demanda-t-il d'une voix rauque.

— Nous nous sommes trompés de..., commença Morgan.

— Vous empiétez sur mon domaine ! coupa la brute. Et vous m'avez mis en colère !

Morgan se tourna vers Par. Le Valombrien chuchota : « Ombreur » et se tourna vers Coll. Pâle et tendu, comme son frère, il ne doutait plus de l'existence des créatures.

— Je prendrai l'un de vous en paiement, grogna l'Ombreur. Donnez-moi l'un de vous ! Donnez !

Les trois amis se regardèrent. Cette fois, il n'y aurait pas de vieil homme pour les tirer d'affaire.

Ils ne pouvaient compter que sur eux-mêmes.

Morgan tendit la main droite en arrière et dégaina l'Épée de Leah. La lame brilla, sa lueur se reflétant dans les yeux du monstre.

— Laissez-nous passer, sinon..., grogna Morgan.

L'Ombreur se jeta sur lui à la vitesse de l'éclair. Il atterrit sur sa proie, toutes griffes dehors. Le montagnard parvint à dévier l'attaque avec le plat de sa lame, déséquilibrant la créature. Coll lui flanqua un coup de coutelas et Par, frappant avec l'Enchantement de Shannara, envoya un nuage d'insectes bourdonner autour de sa tête.

L'Ombreur se releva en grognant de colère, puis se jeta de nouveau sur eux. Il frappa Morgan, l'envoya bouler au loin, puis se tourna vers Coll, qui lui trancha le bras au-dessus du coude d'un coup de coutelas. L'Ombreur recula, revint très vite récupérer son membre sectionné, et battit de nouveau en retraite.

Quand il posa le membre coupé contre son épaule, ses muscles et ses os ondulèrent comme des serpents.

Le bras s'était rattaché tout seul !

L'Ombreur siffla de plaisir.

Puis il attaqua. Par essaya de le ralentir avec des images de loups, mais le monstre leur prêta à peine attention. Il se jeta sur Morgan, le forçant à reculer. Le jeune homme y aurait peut-être perdu la vie si les Ohmsford ne s'étaient pas interposés, faisant tomber l'Ombreur sur le sol. Ils le maintinrent ainsi un court instant avant qu'il se relève.

Un bras massif frappa Par au visage. Des points noirs dansant devant les yeux, il entendit le monstre revenir vers lui et lui lança toutes les images qu'il put invoquer.

Puis il entendit le cri d'alarme de Coll.

Forçant sa vue à s'éclaircir, il vit que l'Ombreur était devant lui, ses bras griffus s'apprêtant à le broyer. Coll gisait contre un arbre à dix pas de lui, sur sa gauche. Il n'y avait pas trace de Morgan...

Par chercha un moyen d'échapper à la créature. Il n'avait plus le temps d'invoquer sa magie, car le monstre était trop près.

Par recula et sentit l'écorce d'un arbre contre son dos.

Morgan bondit de l'ombre en braillant : « Leah, Leah ! » et se jeta sur le monstre. Son visage et ses vêtements tachés de sang, ses yeux brillaient pourtant d'une détermination féroce. L'Épée de Leah s'abattit... et quelque chose d'extraordinaire se passa.

Au contact de l'Ombreur, la lame s'enflamma.

Levant un bras, Par se protégea le visage. Non, pensa-t-il, ce n'était pas du feu qu'il voyait, mais de la magie !

L'Ombreur hurla de douleur. La magie passa de l'Épée à son corps, qui se ratatina puis commença à se désintégrer. La créature fit un dernier effort désespéré pour s'enfuir, puis devint aussi brillante que l'arme qui la tuait et se transforma en un petit tas de cendres.

L'Épée de Leah cessa aussitôt de briller. Dans un silence de mort, une fumée noire et puante traversa la petite clairière.

Puis la mare cessa de bouillonner.

Morgan Leah se laissa tomber sur un genou. L'Épée lui échappa et tomba sur le petit tas de cendres en produisant une ultime étincelle.

— Par l'enfer ! Le pouvoir que j'ai senti... C'était... Je n'aurais jamais cru que...

Par s'agenouilla à côté de lui. Découvrant le visage livide de son ami, il le prit dans ses bras et le serra contre lui.

— L'Épée est toujours magique, Morgan ! Pendant toutes ces années, personne ne s'en est douté, mais il en est ainsi ! La magie dormait depuis l'époque d'Allanon, parce qu'on n'avait pas besoin d'elle. Pour s'éveiller, il fallait qu'elle affronte une créature comme l'Ombreur. C'est pour ça que rien n'est arrivé jusqu'à ce qu'elle le touche...

Coll s'approcha et s'assit à côté d'eux. Son bras droit pendait bizarrement.

— Je crois que je me le suis cassé, marmonna-t-il.

Ce n'était pas le cas, mais le membre était blessé au point que Par jugea plus avisé que son frère le porte en écharpe un jour ou deux.

Ils se lavèrent avec l'eau de leurs gourdes, pansèrent leurs blessures et récupérèrent leurs armes.

— Le vieil homme a dit que beaucoup de créatures se lanceraient à nos trousses, murmura Par.

— J'ignore si ce monstre nous pourchassait, ou si nous avons juste eu la malchance de croiser son chemin, dit Coll d'une voix rauque. Mais j'aimerais bien ne plus rencontrer ce genre de saloperies !

— Si ça arrive encore, dit Morgan, nous avons un moyen de lutter victorieusement...

Il caressa l'Épée de Leah comme si elle avait été un doux visage de femme.

Par n'oublia jamais ce qu'il éprouva à ce moment. Un souvenir plus fort que celui de la lutte contre l'Ombreur.

Il était jaloux !

Jusque-là, il avait toujours été l'homme qui contrôlait la magie véritable. Maintenant, c'était Morgan Leah... Par avait encore l'Enchantement de Shannara, bien entendu, mais il paraissait inoffensif comparé à l'arme du montagnard. L'Épée avait détruit l'Ombreur, alors que les images de Par l'avaient à peine dérangé.

À se demander si l'Enchantement de Shannara servait vraiment à quelque chose…

Chapitre 7

Cette nuit-là, Par se souvint d'un détail qui l'obligea à regarder sa jalousie en face. Ils avaient continué leur chemin vers Culhaven, décidés à marcher toute la nuit – et le jour suivant si nécessaire – plutôt que d'essayer de dormir dans ces bois. Revenus sur le chemin principal, parallèle à la rivière Argentée, ils se dirigeaient vers l'est.

Alors qu'ils avançaient, poussés par l'appréhension mais ralentis par la fatigue, Par pensa aux chants pour se distraire.

Il se souvint alors de ce que racontaient les légendes sur le pouvoir de l'Épée de Leah : il était littéralement à double tranchant ! À l'époque de Brin Ohmsford, Allanon avait enchanté l'Épée pendant son voyage vers l'est avec la jeune Valombrienne et son protecteur, Rone Leah, l'ancêtre de Morgan. Le druide avait plongé l'arme dans les eaux interdites du lac Hadeshorn. Elle était alors devenue un talisman capable d'affronter les spectres Mords. Mais cette magie, comme toutes celles de l'ancien temps, était à la fois une bénédiction et une malédiction. Son pouvoir étant addictif, son utilisateur en devenait de plus en plus dépendant. Brin Ohmsford avait identifié ce danger, mais Rone Leah n'avait pas tenu compte de ses avertissements. Lors du combat final contre les forces de la magie noire, l'Enchantement de Shannara les avait sauvés, la magie de l'Épée de Leah n'étant désormais plus nécessaire. Elle n'avait donc plus été utilisée…

Jusqu'à maintenant !

Par comprit qu'il devrait avertir Morgan des dangers de l'utilisation du pouvoir de l'arme. Mais comment s'y prendre ? Morgan Leah était son meilleur ami après Coll, et cette nouvelle magie, qu'il enviait, venait de leur sauver la vie. Il se sentait nerveux et plein de culpabilité à cause de sa jalousie. Comment dire à Morgan qu'il ne devrait plus se servir de l'Épée ? Même s'il y avait de bonnes raisons, cela semblerait mesquin. De plus, ils auraient besoin de cette force s'ils rencontraient d'autres Ombreurs. Et il y avait de grandes chances que ce soit le cas…

Il se posa la question brièvement, mais ne put oublier son malaise, et surtout sa terreur, quand cette horreur s'était penchée sur lui. Il décida finalement de ne rien dire. En parler ne serait peut-être pas nécessaire. Et si cela le devenait, il le ferait au moment voulu.

Ils conversèrent peu cette nuit-là, et surtout au sujet des Ombreurs. Ils ne doutaient plus de l'existence de ces monstres. Même Coll n'hésitait plus à nommer la créature qui les avait attaqués. Mais accepter la vérité leur apportait peu d'éclaircissements sur la nature des Ombreurs. Ils ignoraient d'où ils venaient, ce qu'ils voulaient, ce qu'ils étaient exactement et d'où ils tiraient leurs pouvoirs – même s'il leur semblait qu'il s'agissait d'une forme de magie. Et si ces créatures les pourchassaient, ils ne sauraient pas comment s'en protéger. Leur seule certitude restait que le vieil homme avait eu raison de leur recommander la prudence.

Arrivant à Culhaven juste après l'aube, ils sortirent des ombres de la forêt dans la demi-lumière du jour naissant. Les nuages qui traversaient le ciel des Terres de l'Est conféraient un aspect grisâtre au village des nains. Les compagnons s'arrêtèrent. Épuisés, ils s'étirèrent et regardèrent autour d'eux.

Près d'une série de maisons aux cheminées de pierre se dressaient des hangars pleins d'outils et des petits enclos où piétinaient des animaux. Des minuscules jardins potagers luttaient contre les mauvaises herbes qui tentaient de les submerger. À Culhaven, tout semblait mal entretenu. Les peintures s'écaillaient, le mortier et la pierre s'effritaient, les barrières étaient brisées, les animaux squelettiques avaient l'air mal soignés et les mauvaises herbes envahissaient tant les jardins qu'on arrivait à peine à les distinguer des terrains vagues.

Des femmes mal fagotées, le plus souvent âgées, avançaient dans la rue principale, chargées de ballots de linges ou d'ustensiles de cuisine. Des enfants en haillons jouaient dans les cours.

Morgan s'aperçut que Par et Coll regardaient, l'air de ne pas en croire leurs yeux.

— J'ai oublié que vous connaissiez le Culhaven des récits. Eh bien, c'est du passé ! Je sais que vous êtes fatigués, mais maintenant que nous sommes ici, il y a des choses que vous devez voir.

Morgan les précéda sur le chemin qui débouchait dans le village. À mesure qu'ils avançaient, les habitations devinrent de plus en plus minables, les cours et les enclos se faisant de plus en plus rares. La piste fut remplacée par une route pleine d'ornières et semée de débris. Ici, les enfants jouaient aussi, et les femmes vaquaient aux mêmes occupations, mais tout ce petit monde semblait plier l'échine sous le poids du désespoir.

— Culhaven, la plus belle ville des Terres de l'Est, le cœur et l'âme de la nation des nains, dit Morgan sans regarder ses amis. Je connais les récits. C'était un sanctuaire habité par des gens de bien, un monument à ce que la fierté et le travail peuvent accomplir. Et voilà ce que c'est devenu…

Quelques enfants s'approchèrent et mendièrent des pièces. Morgan secoua gentiment la tête, tapota les épaules des gamins et avança.

Ils tournèrent dans une allée qui menait à un ruisseau presque obstrué par des détritus. Des enfants marchaient sur la rive, jouant avec les immondices qui flottaient devant eux.

Les trois amis passèrent un pont et mirent pied sur l'autre rive, où une odeur de décomposition agressa leurs narines.

— Où sont les hommes ? demanda Par.

— Les plus chanceux sont morts. Les autres triment dans les mines ou dans des camps de travail. C'est pour ça que tout est si délabré. Il ne reste plus personne dans cette cité à part les enfants, les vieux et quelques femmes. C'est comme ça depuis cinquante ans, par la volonté de la Fédération. Venez par là.

Morgan s'engagea dans une allée étroite et les conduisit derrière une rangée de maisons bien entretenues aux pelouses et aux jardins impeccables. Des femmes travaillaient dans les cours – surtout des jeunes. Si elles faisaient la même chose que les autres, les résultats n'avaient aucun rapport. Ici, tout était neuf et propre...

Morgan marcha jusqu'à un petit parc surélevé et entra dans un bosquet de sapins.

— Vous avez vu ? demanda-t-il en désignant les belles maisons. C'est là que vivent les officiers et les soldats de la Fédération. Les femmes les plus jeunes sont forcées de travailler pour eux. La plupart sont aussi contraintes de *vivre* avec eux.

Ils descendirent la colline pour gagner le centre de la commune, où s'alignait une multitude de boutiques. Jadis grouillant de nains ravis de commercer, ce quartier était désormais le royaume des riches étrangers et des soldats de la Fédération qui assuraient leur sécurité.

Morgan fit avancer les deux frères dans un dédale de ruelles où on ne les remarquerait pas et joua les guides touristiques avec une ironie amère.

— Regardez ça ! Le paradis du commerce de l'argent. Les nains sont obligés de travailler dans les mines, enfermés dans des souterrains – et vous savez ce que ça signifie pour eux –, puis ils vendent tout au prix fixé par la Fédération et lui redonnent sous forme d'impôts la plus grande partie de leurs gains. Notez que les animaux appartiennent aussi à la Fédération – ils sont prêtés, paraît-il. Un peu plus loin, vous verrez le marché. Tous les fruits et les légumes proviennent du labeur des nains, et le bénéfice de leur vente suit le même chemin que le reste. Voilà comment est la vie à Culhaven. Vous saisissez ce que ça signifie, pour ces gens, que leur ville soit devenue un « protectorat » ?

Morgan leur fit signe de s'arrêter au bout de la rue, non loin d'un cercle de curieux massés autour d'une plate-forme où des jeunes nains enchaînés, hommes et femmes, étaient proposés à la vente.

— Ils vendent ceux dont ils n'ont pas besoin pour le travail, dit Morgan.

Puis il emmena ses amis sur une colline d'où l'on dominait toute la cité. On y voyait des vestiges de terrasses, et des contreforts en ruine sortaient de la terre comme des pierres tombales.

— Savez-vous ce que c'est ?

Les deux frères firent signe que non.

— Ce sont les restes des jardins de Meade. Vous connaissez l'histoire : les nains ont installé les jardins en important des régions agricoles une terre spéciale, noire comme le charbon. Toutes les fleurs possibles et imaginables y furent plantées et entretenues. Mon père affirme que c'est la plus belle chose qu'il ait jamais vue. Il est venu ici, une fois, quand il était petit.

Morgan se tut un moment pendant que ses amis regardaient tristement les ruines.

— La Fédération a brûlé les jardins quand la cité est tombée. Ces chiens les brûlent chaque année, pour que rien ne puisse repousser.

Ils s'éloignèrent lentement.

— Comment sais-tu tout ça, Morgan ? demanda Par. Grâce à ton père ?

— Non. Mon père n'est plus revenu ici depuis sa première et unique visite. À mon avis, il préfère se souvenir de la cité telle qu'elle était alors... J'ai des amis, sur place, qui me disent comment est la vie ici pour les nains – la partie que je ne vois pas moi-même quand je viens. Je ne vous ai pas parlé de ça, je crois ? Eh bien, c'est assez récent, à peine six mois. Je vous raconterai plus tard.

Ils refirent le chemin en sens inverse pour revenir dans la partie la plus pauvre du village. Après une courte marche, ils arrivèrent devant une passerelle menant à un bâtiment de deux étages qui semblait avoir été jadis une auberge. Dans la cour nue mais propre, une kyrielle d'enfants jouait.

— Une école ? demanda Par.

— Un orphelinat.

Morgan conduisit ses amis jusqu'au porche, puis vers une porte latérale où il frappa doucement.

— Pouvez-vous donner un peu de nourriture à un pauvre hère ? demanda-t-il quand le battant s'entrouvrit.

— Morgan !

La porte s'ouvrit en grand et une vieille naine aux cheveux gris se campa sur le seuil.

— Morgan Leah, quelle bonne surprise ! Comment vas-tu, jeune homme ?

— Je fais le bonheur de mon père, comme toujours. Pouvons-nous entrer ?

— Bien entendu. Depuis quand as-tu besoin de demander ?

La femme fit un pas de côté, serra Morgan dans ses bras et sourit à Par et à Coll, qui lui rendirent timidement son sourire.

Quand ils furent à l'intérieur, elle ferma la porte derrière eux et souffla :

— On a faim, mes jeunes amis ?

— Nous donnerions gaiement nos vies contre quelque chose à nous mettre sous la dent, répondit Morgan en riant. Grand-mère Élise, voilà mes amis, Par et Coll Ohmsford, de Valombre. Ils sont temporairement... sans abri.

— Comme nous tous, soupira grand-mère Élise.

Elle tendit une main calleuse aux deux frères, qui la serrèrent.

— Tu t'es battu avec un ours, Morgan ? demanda-t-elle en étudiant de pied en cap le jeune homme.

— Un ennemi pire qu'un ours, j'en ai peur. La route de Culhaven n'est plus ce qu'elle était.

— Comme Culhaven elle-même. Assieds-toi, petit, et tes amis aussi. Je vous apporte des gâteaux et des fruits.

Plusieurs tables munies de bancs trônaient au milieu de la grande cuisine. Les trois amis s'assirent à la plus proche. La salle était immense, mais sombre, et les meubles semblaient de très mauvaise qualité. Grand-mère Élise leur apporta très vite le petit déjeuner promis, plus des verres de jus de fruits.

— Je vous aurais bien proposé du lait, mais je dois garder le peu que j'ai pour les enfants, s'excusa-t-elle.

Les trois amis mangeaient de bon appétit quand une autre naine arriva, encore plus vieille, petite et ratatinée qu'Élise. Elle traversait la pièce mais quand elle vit Morgan, qui se leva, elle lui posa un baiser sur la joue.

— C'est tante Jilt, dit Morgan à ses amis.

— Je suis ravie de vous connaître, jeunes gens...

Jilt s'assit près de grand-mère Élise et commença à travailler sur la broderie qu'elle avait apportée.

— Ces dames sont les mères de tout le monde, expliqua Morgan. Moi compris, bien que je ne sois pas orphelin. Elles m'ont adopté en raison de mon charme irrésistible.

— Tu as mendié comme tous les autres, la première fois que nous t'avons vu, Morgan Leah ! dit tante Jilt. C'est uniquement pour cette raison que nous t'avons accepté !

— Ce sont des sœurs, même si on a du mal à le croire, continua Morgan. Grand-mère Élise ressemble à un duvet bien chaud, alors que tante Jilt serait plutôt du genre banc de pierre !

— Par les temps qui courent, grogna Jilt, la pierre dure bien plus longtemps que le duvet. Et les deux sont plus solides que le sirop des montagnes !

Morgan et grand-mère Élise éclatèrent de rire. Tante Jilt hésita, puis les imita. Par et Coll sourirent. Cette gaieté leur sembla un peu étrange, après avoir vu l'état du village et de ses habitants. Mais il y avait chez ces deux vieilles femmes quelque chose d'indomptable qui laissait de la place à l'espoir.

Le repas terminé, grand-mère Élise fit la vaisselle et tante Jilt partit s'occuper des enfants.

— Ces dames sont à la tête de l'orphelinat depuis trente ans, murmura Morgan. La Fédération les laisse faire, parce que ça lui évite de s'occuper des enfants. C'est gentil de sa part, non ? Comme il y a des centaines d'orphelins, l'institution est toujours pleine. Quand les enfants sont assez grands, elles les font partir en cachette. S'ils restent trop longtemps, la Fédération les envoie dans les mines ou les vend. Mais de temps en temps, elles gardent un enfant plus que de raison... J'ignore comment elles supportent ça. Moi, je serais parti depuis longtemps !

Grand-mère Élise revint s'asseoir avec eux.

— Morgan vous a raconté comment nous nous sommes connus ? demanda-t-elle aux Ohmsford. Il nous a apporté de l'argent, des vêtements et de la nourriture pour les enfants. Puis il nous a aidés à faire partir une dizaine de gamins vers le nord, pour les placer chez des familles d'accueil, dans les territoires libres.

— Oh, je t'en prie, grand-mère Élise ! dit Morgan, embarrassé.

— En plus, il fait des petits travaux dans la maison, chaque fois qu'il nous rend visite. Nous sommes devenus tes protégés fétiches, n'est-ce pas, Morgan ?

— Ce qui me fait penser à... (Morgan sortit une bourse de sa tunique.) J'ai gagné un pari sur un parfum, il y a une semaine.

Il fit un clin d'œil aux Valombriens.

— Sois béni, Morgan, dit grand-mère Élise.

Elle se leva et l'embrassa sur la joue.

— Vous avez l'air épuisé, tous les trois. Il y a des lits libres dans la salle de derrière, et une montagne de couvertures. Vous pouvez dormir jusqu'au dîner.

Elle les précéda dans une petite pièce où ils découvrirent plusieurs lits, des couvertures, une cuvette de toilette et des serviettes. Par regarda autour de lui et vit que les volets étaient fermés et les rideaux tirés.

Grand-mère Élise remarqua le regard que le Valombrien échangea avec son frère.

— Parfois, nos invités n'aiment pas attirer l'attention, dit-elle. Vous non plus, j'imagine ?

— Toujours aussi perspicace, grand-mère, fit Morgan. Nous voudrions parler à Steff. Peux-tu nous arranger une rencontre avec lui ?

Grand-mère Élise fit signe qu'elle s'en occuperait, embrassa le jeune homme et quitta la pièce.

Ils se réveillèrent au crépuscule. Grand-mère Élise revint, son visage parcheminé rayonnant de gentillesse, et leur annonça qu'il était temps de se lever puis repartit. Morgan Leah et les Ohmsford enfilèrent gaiement des vêtements propres à la bonne odeur de savon. Grand-mère Élise n'avait pas chômé pendant leur sommeil…

— Nous rencontrerons Steff ce soir, dit Morgan. Il appartient à la Résistance des nains, qui a des yeux et des oreilles partout. Si Walker Boh vit toujours dans les Terres de l'Est, même au fin fond de l'Anar, Steff le saura.

» Il a fait partie des orphelins de grand-mère Élise. Tante Jilt exceptée, il est la seule famille qui lui reste.

Ils retournèrent à la cuisine. Les enfants avaient déjà fini de manger, à part quelques bébés que tante Jilt nourrissait à la cuillère.

Grand-mère Élise les installa à une grande table et leur apporta des assiettes de nourriture et des verres de bière amère. À l'étage, on entendait les enfants jouer bruyamment.

— Les surveiller à deux n'est pas facile, soupira Élise en servant à Coll une deuxième ration de ragoût. Mais les femmes que nous embauchons ne restent jamais très longtemps…

— As-tu pu transmettre un message à Steff ? demanda Morgan.

— Oui. Mais j'aimerais le voir plus souvent. Je me fais tellement de souci pour ce petit !

Ils terminèrent leur repas et attendirent pendant que grand-mère Élise et tante Jilt s'occupaient de coucher les enfants. Une chandelle brûlait à la table des trois amis, le reste de la pièce étant plongé dans l'obscurité. À l'étage, les voix se turent peu à peu…

Tante Jilt revint enfin dans la cuisine. Elle s'assit près des jeunes gens, sans parler, et reprit ses travaux d'aiguille. Dehors, une cloche sonna. Tante Jilt leva la tête.

— Le couvre-feu de la Fédération, dit-elle. Personne n'a le droit de sortir une fois que la cloche a sonné.

Grand-mère Élise revint à son tour et s'affaira devant l'évier. Quand un enfant pleura, à l'étage, elle repartit. Les Ohmsford et Morgan Leah se regardèrent... et attendirent encore.

Soudain, quelqu'un frappa trois coups à la porte de la cuisine. Tante Jilt leva de nouveau la tête. Il y eut encore trois coups, une pause, et trois coups de plus.

Tante Jilt alla ouvrir, fit entrer quelqu'un et referma aussitôt la porte. Grand-mère Élise redescendit et fit signe aux Ohmsford et à Morgan de la rejoindre près de l'entrée.

— Voici Teel, dit-elle. Elle vous conduira à Steff.

Teel était une naine encore plus petite que la plupart de ses congénères. Très menue, elle portait un manteau noir de forestier. Un étrange masque de cuir sur son visage laissait seulement voir sa mâchoire inférieure et sa bouche. Sous sa capuche, on apercevait des cheveux blonds...

Grand-mère Élise serra Morgan dans ses bras.

— Sois prudent, petit, dit-elle.

Elle sourit, tapota l'épaule de Par et de Coll, regarda par la fenêtre, entre les rideaux, puis fit signe qu'ils pouvaient y aller.

Teel sortit et les trois amis la suivirent.

Dehors, ils se glissèrent le long de la vieille bâtisse et traversèrent une barrière qui donnait sur un petit chemin. De là, ils gagnèrent une route déserte et tournèrent à droite. Aucune des maisons et des baraques alentour n'était éclairée. Teel les guida vers un bosquet de sapins où elle s'accroupit, leur faisant signe de l'imiter. Une minute plus tard, une patrouille de la Fédération apparut. Les soldats plaisantaient et riaient sans se soucier d'être entendus. Puis leurs voix se perdirent dans le lointain.

Le petit groupe se releva et repartit.

Les quatre compagnons restèrent une centaine de pas sur la même route, puis s'enfoncèrent dans la forêt, à la lisière nord du village. Tandis qu'ils avançaient entre les arbres, Teel s'arrêtait de temps en temps pour tendre l'oreille.

Enfin, elle s'immobilisa près d'un amas de broussailles touffues, les écarta et saisit l'anneau en fer dissimulé dessous. Quand elle tira, la trappe s'ouvrit, révélant un escalier. Ils le descendirent à tâtons et atterrirent dans un souterrain. Teel verrouilla la trappe derrière eux et alluma une chandelle. Puis elle les guida dans les entrailles du souterrain.

La descente ne fut pas très longue – une vingtaine de marches au plus. Ensuite, ils longèrent un tunnel dont les parois et la voûte étaient étayées par des poutres de bois rivetées à la pierre.

Teel n'hésita jamais devant les nombreuses intersections. Par devina qu'ils ne retrouveraient probablement pas leur chemin s'ils devaient sortir sans elle.

Leur guide s'arrêta devant une porte en fer et frappa trois fois avec la poignée de sa dague. Des verrous cliquetèrent de l'autre côté et le battant pivota.

Le nain qui les accueillit avait à peu près le même âge que les trois amis. Râblé et musclé, il avait un visage couvert de cicatrices, une ombre de barbe et de longs cheveux cannelle, et portait dans le dos la plus grosse massue que Par eût jamais vue. Il lui manquait la moitié supérieure d'une oreille, et un anneau d'or pendait à la partie restante.

— Morgan ! s'écria-t-il en serrant le montagnard dans ses bras.

Puis il regarda derrière lui.

— Des amis ? demanda-t-il.

— Les meilleurs, répondit Morgan. Steff, je te présente Par et Coll Ohmsford, de Valombre.

— Vous êtes les bienvenus ici, Valombriens…

Steff se dégagea de l'étreinte de Morgan et leur serra la main.

— Venez vous asseoir et dites-moi ce qui vous amène.

La salle souterraine était remplie de boîtes et de caisses de provisions. Steff désigna un banc, devant une grande table. Quand ils furent tous assis, il servit une chope de bière à chacun de ses invités.

Teel s'installa sur un tabouret, à côté de la porte.

— C'est là que tu habites, maintenant ? demanda Morgan. Il y a du boulot pour rendre cet endroit confortable !

— Je vis dans pas mal d'endroits, dit Steff avec un sourire, et chacun a besoin d'être rénové ! Celui-là est plutôt mieux que les autres… Mais tous sont souterrains. De nos jours, les nains demeurent sous la terre, ici, dans les mines ou dans leurs tombes. C'est triste…

Il leva sa chope.

— Bonne santé à nous tous, et que la malemort emporte nos ennemis ! (Steff but puis posa sa chope.) Ton père va bien ? demanda-t-il à Morgan.

— Oui. J'ai apporté à grand-mère Élise un petit quelque chose pour lui permettre d'acheter à manger. Elle se fait du souci pour toi. Depuis combien de temps ne lui as-tu pas rendu visite ?

— Le coin est trop dangereux pour moi, en ce moment. Tu as vu mon visage ? (Il montra ses cicatrices.) La Fédération m'a coincé il y a trois mois. (Il regarda Par et Coll, l'air entendu.) Morgan l'ignore, bien entendu. Il n'est pas venu me voir souvent, ces temps-ci. Quand il passe à Culhaven, il préfère la compagnie des vieilles dames et des enfants !

— Que s'est-il passé, Steff ?

Le nain haussa les épaules.

— J'ai réussi à fuir. En partie !

Il leva sa main gauche où manquaient deux doigts.

— Bon, assez parlé de moi, montagnard. Dis-moi plutôt ce qui vous amène ici, tous les trois.

Morgan ouvrit la bouche, puis il regarda Teel.

Steff surprit son manège et souffla :

— Oh oui, Teel… Je vois que je devrais vous parler de moi, après tout.

» J'ai été capturé par la Fédération pendant un raid dans ses entrepôts d'armes, à Culhaven. Ces salauds m'ont mis en prison pour essayer de me faire parler. C'est là qu'ils m'ont fait ça. (Il effleura son visage.) Teel était dans la cellule voisine de la mienne. Ce qu'ils m'ont infligé n'est rien à côté de ce qu'elle a subi. Ils ont lacéré son visage et son dos pour la punir d'avoir tué le chien préféré d'un membre du gouvernement provisoire de Culhaven. Elle a tué cet animal pour se nourrir. Nous avons beaucoup parlé à travers les murs. Une nuit, deux semaines après ma capture, quand il est devenu clair que la Fédération envisageait de se débarrasser définitivement de moi, Teel est parvenue à attirer le gardien dans sa cellule et à le tuer. Puis elle m'a libéré et nous nous sommes enfuis. Depuis, nous vivons ensemble.

Il s'interrompit, le regard dur.

— Montagnard, j'ai beaucoup d'estime pour toi, mais tu dois prendre une décision à ce sujet. Sache que Teel et moi partageons tout !

Il y eut un long silence. Morgan regarda les deux frères. Par avait observé attentivement Teel pendant le récit de Steff. Elle n'avait pas bougé et rien ne se lisait dans son regard. Elle aurait tout aussi bien pu être une statue de pierre…

— Nous devrions nous fier à l'avis de Steff sur ce sujet, dit Par en jetant un coup d'œil à Coll pour voir s'il était d'accord.

Son frère acquiesça.

Morgan déplia ses jambes sous la table, prit sa chope et avala une grande gorgée de bière.

— Très bien, dit-il enfin. Mais rien de ce que je dirai ne doit quitter cette pièce.

— Tu n'as encore rien dit qui vaille la peine qu'on le répète, souligna Steff.

Morgan sourit et posa la chope.

— Steff, il faut que tu nous aides à trouver un homme qui vit sans doute dans l'Anar inférieur. Il s'appelle Walker Boh.

Steff sursauta.

— Walker Boh, répéta-t-il sur un ton indiquant qu'il connaissait le bonhomme.

— Mes amis, Par et Coll, sont ses neveux.

Steff regarda les Valombriens comme s'il les voyait pour la première fois.

— D'accord. Maintenant, racontez-moi le reste !

Morgan lui résuma le voyage qui les avait amenés à Culhaven, de la fuite des Valombriens, à Varfleet, à leur bataille contre l'Ombreur posté à la frontière de l'Anar. Il lui parla du vieil homme et de son avertissement, des rêves de Par, qui lui demandaient d'aller jusqu'au lac Hadeshorn, et de sa propre découverte de la magie de l'Épée de Leah.

Steff écouta sans rien dire, sa chope de bière oubliée sur la table.

— Les druides, la magie et les créatures de la nuit, grogna-t-il quand Morgan en eut terminé. Montagnard, tu ne cesseras jamais de me surprendre.

Il se leva et fixa Teel un long moment, perdu dans ses pensées.

— Je connais Walker Boh, dit-il enfin.

— Et ? demanda Morgan.

— Ce type me fait peur. (Il regarda Par et Coll.) C'est votre oncle, n'est-ce pas ? Depuis combien de temps ne l'avez-vous pas vu ? Dix ans ? Écoutez-moi bien : le Walker Boh que je connais n'est peut-être plus l'oncle dont vous vous souvenez. Ce Walker-là est plus un fantasme qu'une réalité, et pourtant, il reste bien trop réel. Un homme qui fait fuir jusqu'aux monstres obscurs amateurs de chair humaine qui vivent dans les régions les plus reculées du pays…

Il se rassit et reprit sa chope. Morgan Leah et les Ohmsford se regardèrent un moment en silence.

— Je crois que nous avons décidé, dit enfin Par. Qui que soit devenu Walker

Boh, nous avons un point commun, en plus de notre lien familial : avoir eu les mêmes rêves. Je dois savoir ce que mon oncle a l'intention de faire. Nous aiderez-vous à le trouver ?

Steff sourit.

— Vous êtes direct. J'aime ça. Morgan, je suppose qu'il a parlé au nom de son frère. Parle-t-il aussi au tien ?

— Absolument.

— Je vois. Alors, je vous conduirai à Walker Boh, si on peut le trouver. Mais je le ferai aussi pour des raisons personnelles qu'il vaut mieux que vous connaissiez.

Steff baissa la tête.

— La Fédération vous a pris vos foyers, décrétant que tout lui appartenait. À moi, elle a volé bien davantage. Mon foyer, ma famille, mon passé et mon présent. La Fédération a tout détruit et m'a seulement laissé l'espoir de ce qui pourrait être, un jour. C'est mon ennemie mortelle, et je ferai tout ce que je peux pour la détruire. Aucune de mes actions, ici, ne pourra atteindre ce but. J'arrive seulement à rester en vie et à me donner quelques raisons de le *vouloir*. À présent, je veux plus !

Il leva la tête, de la détermination dans le regard.

— S'il existe une magie susceptible d'être libérée des chaînes du temps, et des druides ou des fantômes capables de l'utiliser, cela signifie qu'il y a encore un moyen de libérer ma terre natale et mon peuple. Si ces connaissances tombent entre nos mains, elles devront servir à cette fin. Je veux que vous me le promettiez.

— J'ai honte pour les Terres du Sud quand je vois ce qui est arrivé ici, dit Par. Je ne comprends pas et je ne vois rien qui pourrait le justifier. Si nous découvrons un moyen de rendre leur liberté aux nains, nous le ferons.

— C'est promis, affirma Coll.

Morgan acquiesça.

— La *possibilité* d'être libre de nouveau est plus que les nains n'en peuvent espérer, par les temps qui courent. Dans ce cas, nous sommes d'accord. Je vous conduirai à Walker Boh. Ou plutôt, Teel et moi vous y conduirons, car elle ira partout où j'irai. Il nous faudra un ou deux jours pour nous préparer au départ, et je devrai poser quelques questions aux bonnes personnes. Inutile de vous rappeler que ce voyage sera difficile et dangereux. Retournez chez grand-mère et reposez-vous. Teel vous guidera. Quand tout sera prêt, je vous ferai prévenir.

Tous se levèrent. Le nain serra Morgan dans ses bras, puis sourit et lui flanqua une claque amicale dans le dos.

— Toi et moi, montagnard ! Que les pires créatures de l'univers se méfient, car nous arrivons !

Teel ne broncha pas, ses yeux glacés rivés sur eux.

Chapitre 8

Deux jours passèrent sans nouvelles de Steff. Les trois amis passèrent le temps en faisant quelques réparations urgentes à l'orphelinat, puis en aidant grand-mère Élise et tante Jilt à s'occuper des enfants. Les journées, très chaudes, incitaient à la paresse. À l'abri des murs de la vieille bâtisse, le monde était différent. Ici, il y avait des lits douillets, de la nourriture, du confort, de l'amour, plus un sentiment de sécurité et d'avenir possible. Plusieurs fois, Par envisagea de quitter l'orphelinat et d'aller en ville, mais les deux vieilles femmes l'en dissuadèrent, car c'était trop dangereux. Il pouvait sans le vouloir attirer l'attention sur lui. Mieux valait rester à l'abri des murs du vieux bâtiment et laisser tranquille le monde extérieur.

— Il n'y a rien à faire pour guérir la misère des nains, dit tante Jilt. C'est un malheur profondément enraciné.

Par obéit, se sentant à la fois désolé et soulagé. Cette ambiguïté le dérangeait. Il ne pouvait pas prétendre ignorer ce qui arrivait aux habitants de la cité – et il n'en avait pas envie. En même temps, c'était une réalité difficile à accepter. Certes, il lui restait l'option d'obéir aux deux femmes et laisser le monde extérieur se débrouiller, mais il lui était impossible d'oublier sa présence. Il avait l'impression qu'il l'attendait derrière les portes, tel un animal affamé à l'affût d'une proie.

Le troisième jour, l'animal essaya de les mordre. Au début de la matinée, une escouade de soldats de la Fédération entra dans la cour, conduite par un Questeur. Grand-mère Élise envoya les Ohmsford et Morgan se cacher dans le grenier, puis, accompagnée de tante Jilt, elle alla affronter la patrouille.

De leur cachette, les trois amis observèrent les événements. Les enfants durent s'aligner devant le porche. Bien qu'ils fussent trop jeunes pour travailler, les soldats en désignèrent quand même trois. Les vieilles femmes discutèrent, mais rien n'y fit.

Tout le monde perdit son entrain, y compris les enfants les plus actifs. Tante Jilt s'assit avec sa broderie dans un fauteuil, sur le porche, et se mura dans le silence. Grand-mère Élise passa le plus clair de son temps dans la cuisine, où elle parla peu et sourit encore moins. Les Ohmsford et Morgan firent leur travail aussi discrètement que possible, conscients qu'ils auraient dû être ailleurs, et souhaitant ardemment que ce fût le cas.

Plus tard dans l'après-midi, Par ne put supporter plus longtemps le silence. Il alla dans la cuisine et trouva Élise assise à une table, où elle buvait distraitement une tasse de thé. Il lui demanda comment il était possible que les nains soient si maltraités, et pourquoi des soldats de la Fédération, des habitants des Terres du Sud comme lui, participaient à une telle monstruosité.

Grand-mère Élise lui fit signe de s'asseoir à côté d'elle.

— Par… (Elle l'appelait par son nom depuis la veille, indiquant ainsi qu'elle le considérait désormais comme un de ses enfants.) Par, il existe des choses qu'on ne peut jamais expliquer vraiment. Parfois, je pense qu'il doit y avoir une raison. À d'autres moments, j'estime qu'il n'y en a pas, parce que tout ça est trop illogique. Il y a si longtemps que tout a commencé ! La guerre est finie depuis plus de cent ans. Personne n'est encore là pour se souvenir de la manière dont elle a commencé. Et qui pourrait dire *pourquoi* elle a commencé, si nul ne se souvient de son début ?

La vieille naine secoua la tête et serra Par dans ses bras.

— Je suis désolée, mais je n'ai pas de meilleure réponse. En fait, j'ai cessé depuis longtemps de tenter d'en trouver une. Je garde toute mon énergie pour les enfants… Les questions ne sont plus importantes à mes yeux. Tout ce qui compte, c'est sauver la vie d'un gamin de plus…

Par lui rendit son étreinte en silence. Mais la réponse ne le satisfaisait pas. Il y avait une raison à tout, même si elle n'était pas immédiatement apparente. Les nains avaient perdu la guerre contre la Fédération. Ils n'étaient une menace pour personne. Pourquoi les rabaisser systématiquement ? Il aurait semblé plus logique de panser les blessures laissées par le conflit, au lieu de verser du sel dessus. On eût dit que les nains étaient délibérément provoqués, comme si on leur fournissait une raison de résister. Mais pourquoi ?

— La Fédération cherche peut-être une bonne excuse pour les exterminer, suggéra Coll quand Par lui demanda son avis, après le repas du soir.

— Tu veux dire que la Fédération estime que les nains ne servent plus à rien, même dans les mines ? Ou qu'ils sont trop dangereux ou trop gênants pour être contrôlés ? La Fédération voudrait éliminer une nation entière ?

— Je connais seulement ce que nous avons vu ici tous les deux. Ce qui est en cours me semble très clair !

Par n'en était pas si sûr. Mais il laissa la question de côté parce qu'il n'avait pas de meilleure hypothèse. Pour le moment…

Cette nuit-là, il dormit très mal, déjà réveillé quand grand-mère Élise se glissa dans la chambre, avant l'aube, pour leur annoncer que Teel venait les chercher.

Par se leva et tira sur les couvertures de Coll et de Morgan pour les tirer du sommeil. Ils s'habillèrent, prirent leurs armes et descendirent à la cuisine. Teel les attendait, enveloppée d'un manteau usé qui lui donnait l'air d'une mendiante.

Grand-mère Élise leur servit du thé chaud et des gâteaux et les embrassa tous sur la joue. Tante Jilt, elle, leur conseilla sévèrement de se garder de tous les dangers qui les attendaient dehors.

Puis Teel les emmena.

Ils traversèrent discrètement le village endormi, tels quatre fantômes à la recherche d'un château à hanter. L'air matinal était glacial. La naine les fit passer par des chemins détournés, à travers des bosquets et des broussailles, loin des routes principales et des parties éclairées du village. Ainsi, ils arrivèrent au nord de Culhaven sans avoir rencontré personne. Quand ils atteignirent la rivière Argentée, Teel les conduisit vers un gué. Ils traversèrent une eau glaciale et mirent pied sur la rive au moment où Steff apparut. Armé de sa massue géante, une série de couteaux à la ceinture, il ne dit rien et prit simplement la tête du petit groupe.

Le jour commença à poindre et le ciel s'éclaira. De la gelée scintillait sur les feuilles et les herbes comme si elles étaient couvertes d'éclats de cristal.

Un peu plus loin, Steff s'arrêta dans une clairière dominée par un vieux saule. Le nain avait dissimulé leur matériel dans le tronc creux d'un vieil arbre : des sacs à dos, des couvertures, des vêtements chauds, des ustensiles de cuisine, des gourdes et des manteaux de forestier pour tout le monde. Une fois équipés, ils repartirent sans un mot.

Se dirigeant vers le nord, ils marchèrent toute la journée à une allure mesurée. Ils parlèrent peu, et surtout pas de la destination de leur voyage. Steff ne proposa aucune explication, et les trois amis n'avaient aucune envie d'en demander. Quand le nain serait prêt, il parlerait…

La journée passa rapidement. Au milieu de l'après-midi, ils atteignirent les contreforts sud des monts Wolfsktaag. Ils continuèrent environ une heure, suivant la ligne de la forêt vers l'endroit où elle s'éclaircissait, au pied de la montagne.

Steff fit halte dans une clairière, près d'un petit ruisseau qui serpentait entre les rochers. Il conduisit ses compagnons jusqu'à une souche et s'assit confortablement face à eux.

— Si nous devons en croire les rumeurs – et dans ce cas, elles sont tout ce que nous avons –, Walker Boh serait dans les étendues Sombres. Pour nous y rendre, nous voyagerons vers le nord, à travers les monts Wolfsktaag, d'abord par le col du Nœud-Coulant puis par le col de Jade. De là, nous irons à l'est, vers les étendues Sombres.

Il s'interrompit un moment.

— Bien entendu, il existe d'autres chemins – plus sûrs, diraient certains, mais je ne suis pas d'accord. Nous pourrions contourner les monts Wolfsktaag par l'est ou l'ouest, mais dans les deux cas, nous risquons de rencontrer des soldats de la Fédération ou des gnomes. Il n'y aura ni les uns ni les autres dans la montagne. Trop d'esprits et de créatures liées à l'ancienne magie y vivent. Les gnomes sont superstitieux et s'en tiennent à l'écart. La Fédération y envoyait autrefois des patrouilles, mais beaucoup trop n'en revenaient jamais. En réalité, la plupart se sont tout simplement perdues, parce qu'elles ne connaissaient pas le chemin. Moi, je le connais !

— Je crois me souvenir, dit Coll, que certains de nos ancêtres se sont fourrés dans les ennuis quand ils ont pris cette route…

Steff haussa les épaules.

— Je ne sais rien de tout ça… Mais j'ai traversé ces montagnes des dizaines de fois, et je sais ce qu'il faut surveiller. L'astuce est de rester sur les crêtes et de ne pas s'enfoncer trop avant dans la forêt. Ce qui y vit préfère l'obscurité. Et la plupart de ces créatures n'ont rien de magique…

— Je n'aime pas ça, grogna Coll.

— Nous avons le choix entre les dangers que nous connaissons et ceux que nous soupçonnons, dit Steff. Les soldats de la Fédération et leurs alliés gnomes, que nous savons être là, ou des esprits et des fantômes qui ne sont peut-être pas là du tout.

— Des Ombreurs, murmura Par.

Steff sourit sinistrement.

— Voyons, Valombrien, vous savez bien que ce sont des rumeurs ! Les Ombreurs n'existent pas. De plus, si nous en rencontrons, vous avez votre magie pour nous protéger. Et le montagnard a la sienne. Quel monstre oserait affronter ça ?

» Allons ! Personne n'a jamais prétendu que ce voyage serait de tout repos. Prenons une décision. Mais vous avez entendu ce que j'avais à dire sur les choix qui nous restent, si nous abandonnons l'idée de traverser les montagnes.

Ne pouvant pas objecter grand-chose après cela, les trois amis acceptèrent l'avis du nain. Après tout, c'était son pays, et il le connaissait mieux qu'eux. S'ils se fiaient à lui pour trouver Walker Boh, il semblait stupide de discuter l'itinéraire.

Ils passèrent la nuit dans la clairière aux senteurs d'aiguilles de pin et de fleurs sauvages. Leur sommeil fut paisible et sans rêves.

À l'aube, Steff les emmena dans les monts Wolfsktaag par le col du Nœud-Coulant, là où les gnomes avaient autrefois essayé de piéger Shea et Flick Ohmsford. Puis ils traversèrent le pont de corde qui oscillait au-dessus du gouffre et continuèrent leur chemin à travers les pics aux pentes boisées.

Atteignant enfin les crêtes qui conduisaient vers le nord, ils les traversèrent d'un bon pas. Le voyage étant facile, sous un soleil chaud et rassurant, les peurs et les doutes de la nuit précédente commencèrent à s'estomper. Ils sondèrent les ombres, à l'affût de mouvements, mais ne virent rien. Des oiseaux chantaient et de petits animaux couraient dans les broussailles. La forêt paraissait aussi paisible que partout ailleurs dans les Quatre Terres.

Les Valombriens et le montagnard se sourirent, leurs craintes apaisées. Steff fredonnait à mi-voix. Comme toujours, Teel ne montrait rien de ses sentiments.

À l'approche du crépuscule, ils dressèrent leur camp dans un pré niché entre deux crêtes couvertes de sapins et de cèdres. En l'absence de vent, la chaleur de la journée resta dans la petite vallée bien après le coucher du soleil. Des étoiles brillaient et la lune était pleine. Par se souvint de la demande du vieil homme : ils devaient être au rendez-vous le premier jour de la nouvelle lune. Bref, il ne leur restait plus beaucoup de temps.

Mais ce ne fut pas au vieil homme, ni à Allanon, que Par pensa cette nuit-là, pendant que le petit groupe se reposait autour d'un feu de camp.

Il pensa à Walker Boh, qu'il n'avait pas vu depuis près de dix ans. Pourtant, il se souvenait parfaitement de lui. À cette époque, ce grand homme mince au visage tanné et aux yeux perçants, difficiles à oublier, lui avait paru très mystérieux. En fait, il avait été très gentil avec lui, mais toujours assez introspectif – ou peut-être renfermé, comme s'il était là sans vraiment l'être.

On racontait déjà des histoires sur Walker Boh en ce temps-là, mais Par ne se souvenait pas de grand-chose. Si on disait qu'il utilisait la magie, personne ne précisait de quelle sorte il s'agissait. Descendant en droite ligne de Brin Ohmsford, Walker ne possédait pourtant pas l'Enchantement de Shannara. De son côté de la famille, personne n'en avait hérité. Ce pouvoir-là était mort avec Brin. Et il fonctionnait différemment pour elle que pour son frère. Jair avait seulement pu utiliser l'Enchantement pour générer des images. Brin, elle, s'en servait pour créer des choses réelles. Sa magie était de loin la plus puissante des deux. Malgré tout, elle avait disparu… et celle de Jair survivait.

Il y avait toujours eu des récits sur Walker Boh et la magie. Par se souvint que son oncle pouvait parfois lui dire ce qui se déroulait très loin de lui – des choses qu'il n'aurait pas dû savoir et qu'il connaissait pourtant. À d'autres moments, il était capable de faire bouger les objets, et même les gens, rien qu'en les regardant. Mais le plus impressionnant, c'était quand il captait ce que ses interlocuteurs étaient en train de penser…

Bien sûr, il se contentait peut-être de deviner, la chance aidant, mais ça paraissait peu probable.

Il y avait aussi la façon dont il chassait les ennuis, les faisant cesser presque plus vite qu'ils étaient arrivés. Les tracas paraissaient se volatiliser face à lui. Et cela semblait bien être une sorte de magie…

Walker encourageait toujours Par quand il tentait d'utiliser l'Enchantement de Shannara. Il l'avait averti qu'il devait apprendre à contrôler les images, à s'en servir avec précaution et à être prudent quand il montrait sa magie à d'autres. Walker Boh était une des rares personnes de sa connaissance qui ne fût pas effrayée par son pouvoir.

Sa curiosité ravivée par ces souvenirs, il demanda à Steff quelles histoires il avait entendues sur Walker Boh.

— La plupart viennent de forestiers, de chasseurs ou d'éclaireurs, et quelques-unes de nains de la Résistance, comme moi. Il paraît que les tribus de gnomes ont mortellement peur de lui parce qu'elles le prennent pour un esprit. Certains gnomes pensent qu'il vit depuis des centaines d'années, comme les druides de la légende. J'imagine que ce sont des histoires, puisque Walker est votre oncle.

— À ma connaissance, personne n'a jamais avancé qu'il avait vécu plus longtemps qu'un homme normal.

— Un type m'a dit que votre oncle parlait aux animaux. Il m'a affirmé l'avoir vu de ses yeux converser avec un félin de la lande grand comme un taureau.

— Cogline aussi pouvait faire ça, dit Coll. Un félin de la lande, Soupir, le suivait partout. L'animal protégeait sa nièce, Kimber. C'était une Boh aussi, je crois ?

Par hocha la tête, se souvenant que son oncle avait pris le nom de la famille de sa mère. Étrange, pensa-t-il, qu'il n'ait jamais utilisé celui des Ohmsford.

— Je me souviens d'une histoire, dit Steff, racontée par un éclaireur qui connaissait l'Anar inférieur mieux que quiconque et qui fréquentait Walker, je crois, même s'il ne l'a jamais admis. Il m'a dit qu'une créature née de l'ancienne magie était sortie du Ravenshorn, dans les étendues Sombres, et avait commencé à dévorer des habitants de la région. Walker Boh s'est lancé à sa recherche, il l'a retrouvée, et elle est rentrée aussitôt chez elle. Tout ça sans même combattre. De quoi réfléchir, non ?

Le nain tendit frileusement les mains vers le feu.

— C'est pour ça qu'il me fait peur. Parce qu'on dirait que lui n'a peur de rien ! Il apparaît et disparaît comme un fantôme. Je me demande si les Ombreurs l'effraient...

— Nous devrions peut-être le lui demander, dit Coll avec un sourire sournois.

— Pourquoi pas ? fit Steff. Et je vous suggère de vous en charger ! Au fait, le montagnard vous a dit comment nous nous sommes rencontrés ?

Les deux frères secouèrent la tête... et Morgan grommela.

Steff leur raconta cette histoire édifiante. Dix mois plus tôt, Morgan pêchait à l'extrémité est du lac Arc-en-ciel, près de l'embouchure de la rivière Argentée. Un gros grain fit chavirer son bateau, emporta son matériel et l'obligea à revenir vers la rive à la nage. Trempé et glacé, il essayait en vain d'allumer un feu quand Steff était arrivé et l'avait séché.

— Il serait mort de froid sans moi, dit le nain. Mais j'ai eu pitié de lui. Nous avons parlé et échangé des informations. Avant que j'aie fermé la bouche, il était en route pour Culhaven, histoire de voir si la vie des nains y était aussi sinistre que ça. (Steff jeta un coup d'œil au montagnard, qui rosit un peu.) Depuis, il ne cesse d'y retourner, chaque fois avec un cadeau pour aider grand-mère Élise, tante Jilt et la Résistance. Sa conscience ne lui permet pas de rester indifférent, j'imagine.

— Au nom du ciel ! dit le montagnard, à présent rouge d'embarras.

Steff éclata d'un rire sonore.

— D'accord, assez sur le sujet, fier prince des montagnes ! Parlons de quelqu'un d'autre. (Il se tourna vers Par.) Cet inconnu, celui qui vous a donné la bague... Parlons de lui. J'en sais un peu sur les hors-la-loi qui servent le Mouvement. La plupart ne valent pas grand-chose, parce qu'ils manquent de discipline et d'un bon chef. Les nains ont proposé de travailler avec eux, mais leur offre n'a pas été acceptée. Le problème, c'est que le Mouvement est trop fragmenté. Mais la bague qu'on vous a donnée... Porte-t-elle un faucon en guise d'emblème ?

— Oui, Steff ! Savez-vous à qui elle appartient ?

— Je le sais sans le savoir, Valombrien. Comme je l'ai dit, les hors-la-loi des Terres du Sud ne sont pas organisés, mais ça pourrait être en train de changer. Des rumeurs prétendent que quelqu'un veut prendre le commandement et unir les bandes sous une seule bannière. Pour s'identifier, il n'utilise pas un nom, mais le symbole du faucon.

— Il doit s'agir du même homme, dit Par. Il n'a pas voulu nous révéler son nom.

— Ces temps-ci, les patronymes restent souvent secrets. Mais à la façon dont il vous a tirés des griffes des Questeurs, c'est bien l'homme dont on m'a parlé. On dit qu'il oserait n'importe quoi pour ennuyer la Fédération.

— Il n'a pas manqué d'audace, cette nuit-là, admit Par.

Ils parlèrent encore un peu de l'inconnu, des bandes de hors-la-loi du Sud et de l'Est, et de la manière dont les Quatre Terres dépérissaient sous le joug de la Fédération. Ils ne revinrent pas sur Walker Boh, mais Par s'était fait une idée grâce à ce qu'il avait appris jusque-là. Peu lui importait que les autres tinssent son oncle pour un type effrayant. Pour lui, il resterait l'homme qu'il avait connu enfant.

Leur conversation étant interrompue par des bâillements de plus en plus fréquents, ils ne tardèrent pas à s'enrouler dans leurs couvertures. Par proposa d'alimenter le feu une dernière fois. Il alla au bord de la clairière pour chercher du bois mort. Il ramassait des branches quand il se retrouva soudain face à face avec Teel.

— Pouvez-vous me montrer la magie ? demanda-t-elle.

Par ne l'avait jamais entendu parler et il la croyait muette. Elle voyageait avec eux comme si elle était le chien de garde de Steff. Toute la soirée, elle les avait écoutés en silence, gardant ses opinions pour elle. Et maintenant, elle lui demandait *ça* !

— Pouvez-vous créer des images ? Seulement une ou deux. J'aimerais beaucoup les voir...

À ce moment, Par remarqua ses yeux d'un bleu azur étrange, à la fois clairs et insondables. Étonné par leur éclat, il se souvint que ses cheveux étaient blonds sous sa capuche. Jusque-là, Teel lui avait paru déplaisante avec sa façon de se tenir à l'écart. À présent, dans le silence de la nuit, elle lui semblait seulement petite et frêle.

— Quelles images voulez-vous voir ?

Teel réfléchit un instant.

— J'aimerais savoir à quoi ressemblait Culhaven à l'époque d'Allanon.

— Je vais essayer...

Par chanta et fit naître des images dans l'esprit de la naine. Il évoqua le village tel qu'il était en ce temps-là, fit apparaître la rivière Argentée, les jardins de Meade, les maisons et les jardinets soigneusement entretenus – bref, la vie dans le fief des nains avant la guerre contre la Fédération. Quand il eut terminé, Teel le regarda sans rien dire, puis elle se détourna et s'enfonça dans les ténèbres.

Par ne comprit pas sa réaction. Haussant les épaules, il finit de ramasser le bois avant d'aller se coucher.

Ils repartirent à l'aube et longèrent les crêtes des monts Wolfsktaag, là où la forêt était moins dense. Par cette journée chaude et claire, une douce brise soufflait dans les bois où de petits animaux couraient furtivement. Dans la montagne, tout était paisible.

Pourtant, Par se sentait mal à l'aise, contrairement aux deux jours précédents. Il essaya de chasser son pressentiment en se convaincant qu'il n'avait aucune raison d'être. Puis il regarda ses compagnons pour voir s'ils éprouvaient les mêmes angoisses que lui. Mais ses compagnons paraissaient très calmes. Même Teel marchait d'un pas léger et insouciant.

L'après-midi, le malaise de Par augmenta, le persuadant que quelque chose les suivait. Il regarda en arrière plusieurs fois, ignorant ce qu'il cherchait, mais certain que la créature était quelque part derrière eux.

Il examina les arbres et les rochers... Rien. Au-dessus d'eux, vers la droite, la crête s'élevait entre des parois rocheuses et des défilés où le roc nu était trop dangereux pour qu'ils empruntent ce chemin. Au-dessous, vers la gauche, la forêt, incroyablement dense, semblait impénétrable.

— Voilà ce qui a dû arriver aux soldats de la Fédération, dit Steff quand ils arrivèrent devant une croisée de chemins, tous s'enfonçant dans la forêt. Personne n'a envie de s'égarer dans ces bois obscurs...

Par espéra que l'origine de son malaise était simplement liée au paysage. S'il analysait pourquoi il se sentait si méfiant, se dit-il, ça pourrait soulager son inconfort. Au moment précis où il faillit croire que la question était réglée, il regarda vers les rochers une dernière fois... et vit quelque chose bouger.

Il s'arrêta net. Les autres continuèrent un peu puis s'arrêtèrent aussi et se tournèrent vers lui.

— Qu'y a-t-il ? demanda Steff.

— Quelque chose se cache là-bas, dit Par. Dans les rochers...

Steff le rejoignit. Ensemble, ils regardèrent un long moment, mais ils ne virent rien. L'après-midi touchant à sa fin, il était plus difficile de voir clairement à l'approche du crépuscule.

Par secoua la tête, exaspéré.

— Je me suis peut-être trompé, reconnut-il.

— Et peut-être pas, dit Steff.

Ignorant le regard surpris de Par, il recommença à marcher, laissant l'avant-garde à Teel. Il demanda une ou deux fois à Par de jeter un coup d'œil derrière eux. Le jeune homme ne vit rien, mais ne se débarrassa pas de l'impression qu'on les suivait.

Ils traversèrent une crête d'est en ouest, puis en descendirent. Dans la pénombre, la piste serpentait à travers un labyrinthe de rochers et de broussailles si denses qu'il paraissait infranchissable. Ils avaient le vent dans le dos, et la voix de Steff parvenait clairement à ceux qui marchaient devant.

— Notre poursuivant attend l'obscurité pour se montrer. J'ignore de quoi il s'agit, mais c'est gros. Il faut trouver un endroit où nous pourrons nous défendre...

Personne ne parla. Par sentit un frisson glacé courir le long de son échine. Coll le regarda, puis se tourna vers Morgan.

Teel ne se retourna pas.

Après avoir traversé le labyrinthe de rochers et de broussailles, ils revenaient sur une piste ouverte au moment où la créature se montra. Steff la vit en premier et cria à ses compagnons de se masser autour de lui. Le monstre était encore à une centaine de pas derrière eux, accroupi sur un rocher plat, un dernier rayon de soleil éclairant son étrange museau. On eût dit un chien monstrueux, ou un loup, avec un poitrail massif, un cou épais couvert de fourrure et un museau-visage déformé.

Le monstre avait des jambes étonnamment épaisses et un corps en forme de barrique. Quand il ouvrit les mâchoires, les plus grandes que Par ait jamais vues, de la salive en coula. Puis il ferma la gueule et avança vers eux d'un pas pesant.

— Continuez de marcher, dit Steff.

Ils obéirent en essayant de ne pas regarder en arrière.

— Qu'est-ce que c'est ? demanda Morgan à voix basse.

— On les appelle des gnolls, répondit Steff. Ils vivent à l'est, dans les parties les plus reculées de l'Anar, au-delà du Ravenshorn. Ils sont très dangereux. Mais je n'avais jamais entendu dire qu'ils s'aventuraient dans l'Anar central, et encore moins dans les monts Wolfsktaag.

— Jusqu'à maintenant..., dit Coll.

Ils arrivèrent à un endroit où la piste redescendait vers une ravine. Le soleil avait disparu et un crépuscule grisâtre s'installait. Dans la pénombre, la créature qui les suivait apparaissait et disparaissait au hasard.

— Je n'avais jamais entendu dire non plus qu'ils traquaient les humains, ajouta Steff.

La chasse continua. Le gnoll les suivait à une centaine de pas, attendant sans doute que l'obscurité soit totale. Steff les poussa à avancer plus vite, car il cherchait un endroit où leur défense serait plus facile.

— Pourquoi ne me laisses-tu pas m'occuper de ce monstre ? demanda soudain Morgan.

— Parce que tu serais mort en un clin d'œil, montagnard ! répondit le nain. Ne t'y trompe pas : cette créature est capable de nous tuer tous les cinq si elle nous surprend à découvert. Et toute la magie du monde ne fera pas de différence !

Par se demanda en effet si la magie de l'Épée de Morgan servirait à quelque chose contre un tel monstre. Le pouvoir de l'Épée n'était-il pas déclenché par un contact avec une puissance semblable ? Dans les autres cas, ne se comporterait-elle pas comme une lame banale ? N'était-ce pas ainsi qu'Allanon avait prévu les choses, quand il avait enchanté l'arme ? Par essaya de se rappeler les détails de l'histoire. En vain. Les autres magies, celle de l'Épée de Shannara ou des Pierres elfiques, avaient été efficaces seulement contre des créatures magiques, il s'en souvenait bien. C'était sans doute pareil pour...

— Devant nous, dans la ravine, pressa Steff. C'est là que nous...

Il ne termina pas sa phrase. Le gnoll sortit des ténèbres à une vitesse ahurissante et se jeta sur eux.

— Filez ! cria Steff en désignant la piste.

Puis il se retourna pour affronter le gnoll.

Tous partirent, sauf Morgan, qui tira l'Épée de Leah de son fourreau et se planta à côté de son ami.

Teel, Coll et Par coururent à toutes jambes, jetant seulement un coup d'œil en arrière quand le gnoll arriva au niveau de leurs compagnons. La créature plongea d'abord sur Steff, mais le nain l'attendait, sa massue levée. Il flanqua à la bête un coup à la tempe qui aurait assommé un bœuf. Mais le gnoll resta debout et se rua de nouveau vers le nain. Steff le frappa encore, puis esquiva l'attaque et tira le montagnard avec lui.

Ils foncèrent et rattrapèrent leurs trois compagnons.

— En bas de la pente ! cria Steff en les poussant hors de la piste.

Ils se précipitèrent, glissant et dérapant dans les broussailles. Par tomba, roula sur lui-même et se retrouva sur pied en un seul mouvement. Un peu désorienté, il avait du sang dans les yeux. Steff le tira en avant, le long de la pente.

Par entendit le monstre avant de le voir, car ses énormes pattes faisaient trembler le sol derrière eux.

Le gnoll cria de colère et de faim.

La magie, pensa Par, *je dois utiliser la magie. L'Enchantement de Shannara le plongera dans la confusion...*

Quand Steff le tira sur un rocher plat, il entendit les autres se jeter à terre.

— Restez ensemble ! cria Steff. Ne quittez pas le rocher !

Il avança pour affronter l'assaut du gnoll.

Par n'oublierait jamais ce qui se passa ensuite. Steff attendit que la créature l'atteigne, puis il se laissa tomber sur le sol, sa massue s'enfonçant dans la gorge de la bête et ses pieds bottés appuyant sur son poitrail massif. Le gnoll passa par-dessus le nain, propulsé par son propre élan. Il roula jusqu'au fond de la ravine et se releva aussitôt en grognant. Mais une créature gigantesque sortit du couvert des arbres, paralysa le gnoll d'un seul coup de mâchoires et le tira dans l'obscurité.

Les cinq compagnons entendirent un cri aigu suivi par un craquement d'os. Puis le silence revint.

Steff se leva, plaqua un doigt sur ses lèvres et fit signe à ses compagnons de le suivre. Aussi silencieusement que possible, ils remontèrent sur la piste et tentèrent de voir ce qui se passait au fond de la ravine.

— Dans les monts Wolfsktaag, il ne faut savoir que surveiller, fit Steff avec un sourire sinistre. Même un gnoll doit faire attention !

Ils brossèrent sommairement leurs vêtements, s'examinèrent et recensèrent quelques coupures et des bleus sans gravité. Le col de Jade, qui les conduirait hors des montagnes, était à une ou deux heures de marche, les informa Steff.

Ils décidèrent de continuer à avancer.

Chapitre 9

Pour arriver au col de Jade, il leur fallut plus de temps que ce que Steff avait prévu et il était presque minuit quand ils sortirent enfin des monts Wolfsktaag. Ils dormirent dans une gorge étroite abritée par des sapins et des épicéas. Trop fatigués, ils ne se soucièrent ni de faire un feu ni de manger, mais s'enroulèrent dans leurs couvertures et s'endormirent aussitôt.

Par rêva – pas d'Allanon ou du lac Hadeshorn, mais du gnoll. Le monstre le pourchassait inlassablement, ombre à peine visible dont il connaissait pourtant avec certitude la nature. Et la terreur qu'il éprouvait était bien trop réelle à son goût.

Le monstre le coinça dans une petite alcôve rocheuse. Par s'apprêtait à fuir quand une créature énorme se dressa derrière lui, l'emprisonna dans sa gueule et le traîna hors de vue pendant qu'il s'égosillait à appeler une aide qui ne viendrait pas.

Par se réveilla en sursaut.

Il faisait encore noir, mais le ciel commençait à s'éclaircir à l'est, et ses compagnons dormaient toujours. Par était couvert de sueur, le souffle court.

Il se rallongea, mais ne se rendormit pas...

Ce matin-là, ils entrèrent dans l'Anar central en passant par un labyrinthe de collines boisées et de vallons. Échaudés par leur rencontre avec le gnoll, ils parlèrent peu et sondèrent sans cesse les ombres en marchant. La journée étant nuageuse et grise, la forêt leur semblait plus oppressante. À midi, ils arrivèrent aux chutes des flots de Chard et suivirent la rivière jusqu'à la tombée de la nuit.

Le lendemain, il plut, plongeant le paysage dans le brouillard et l'humidité. Ils dépassèrent le *Centre de Commerce de la Ligne Rooker*. Cette petite halte pour les chasseurs et les commerçants – du temps de Jair Ohmsford – était devenue un centre de commerce de fourrure prospère. Puis la guerre entre les nains et la Fédération avait perturbé les échanges commerciaux au nord de Culhaven – avant d'y mettre un terme. Le centre était maintenant abandonné. Le bâtiment n'avait plus ni portes ni fenêtres et son toit pourrissait.

À l'heure du repas, ils se réfugièrent tous les cinq sous un vieux saule qui surplombait les berges de la rivière. Steff parla du gnoll et répéta qu'on n'en avait jamais vu à l'ouest du Ravenshorn. D'où était venu celui-là ? Pourquoi était-il là et pour quelle raison avait-il décidé de les pister ? Il existait des réponses à toutes ces questions, mais aucun d'eux n'avait envie de les formuler. Bien que pensant l'inverse, ils conclurent que c'était un hasard...

La pluie diminua à l'approche de la nuit, mais elle ne cessa pas complètement avant le matin, où elle se transforma en brouillard. Le petit groupe longea les rives des flots de Chard en direction des étendues Sombres. Le voyage devint de plus en plus difficile à cause des broussailles, du bois mort et de sentiers presque inexistants. Quand ils quittèrent la rivière, vers midi, pour s'engager sur un terrain semé de ravines, il leur fut presque impossible de se repérer. Ils avancèrent tant bien que mal dans la boue, Steff en tête. Le nain ressemblait à une machine robuste et infatigable. Seule Teel, plus petite mais plus agile, parvenait à rester à son niveau. Les Valombriens et le montagnard, en revanche, sentaient leurs muscles se raidir. Ravis des haltes que le nain leur accordait, quand le moment de partir arrivait, ils avaient du mal à se remettre debout. La monotonie du voyage les affectait également, surtout les Valombriens. Par et Coll voyageaient maintenant depuis des semaines, et ils avaient passé une bonne partie du temps à se cacher. Après trois rencontres avec des créatures terrifiantes, ils étaient las de devoir être toujours sur leurs gardes. L'obscurité, le brouillard et l'humidité les épuisaient encore davantage. Aucun n'en parla à l'autre, ou ne l'aurait reconnu si on lui avait posé la question, mais ils commençaient à se demander s'ils savaient vraiment ce qu'ils faisaient.

En fin d'après-midi, le brouillard se dissipa enfin. Ils gravirent une crête et découvrirent en contrebas une vallée encaissée dominée par un étrange rocher en forme de cheminée.

Steff s'arrêta net.

— C'est là, dit-il. Si Walker Boh est dans le secteur, c'est ici que nous le trouverons.

Par regarda, incrédule, l'enthousiasme chassant sa fatigue.

— Je connais cet endroit ! s'exclama-t-il. C'est la Pierre d'Âtre ! Je l'ai vu dans les récits. C'est le foyer de Cogline.

— Était, corrigea Coll.

— Était, est, peu importe ! Mais je me demande ce que fait Walker ici. D'accord, cet endroit a été jadis le foyer des Boh, mais aussi celui de Cogline. Si Walker vit ici, pourquoi le vieil homme ne nous en a rien dit ? À moins qu'il ne soit pas Cogline ou qu'il ignore que Walker est ici, ou que Walker... (Il s'interrompit.) Steff, êtes-vous sûr que mon oncle habite ici ?

Le nain regarda Par comme si deux têtes supplémentaires venaient soudain de pousser sur ses épaules.

— Valombrien, je suis sûr de peu de chose sur cette terre ! On m'a dit que Walker s'est installé ici. Si vous avez fini de multiplier les hypothèses, pourquoi ne pas aller voir s'il est là ?

Ils descendirent vers la vallée. En s'y engageant, ils constatèrent que le sol était étonnamment propre et débroussaillé. Les arbres entouraient des clairières traversées de ruisseaux où poussaient de petites fleurs sauvages bleues, violettes et blanches.

Le vent tomba, et les ombres qui s'étendaient sur le chemin semblèrent tout à coup accueillantes et douces. Par oublia les dangers et les difficultés du voyage, repoussa sa fatigue et se concentra sur l'idée de voir bientôt son oncle. Il était troublé, mais il savait pourquoi. Quand Brin Ohmsford avait arpenté les étendues Sombres, trois cents ans auparavant, la Pierre d'Âtre était le foyer de Cogline et de l'enfant qu'il appelait sa petite-fille, Kimber Boh. Le vieil homme et la jeune fille avaient guidé Brin dans la Maelmord, où elle avait affronté l'Ildatch. Après cette aventure, les deux familles étaient restées amies, et cela durait depuis dix générations. Le père de Walker était un Ohmsford et sa mère une Boh. Sa lignée paternelle remontait directement à Brin Ohmsford. Du côté de sa mère, elle menait jusqu'à Kimber. Oui, il était logique qu'il ait choisi de vivre ici. Et aberrant que « Cogline » l'ignorât.

Ou qu'il n'en ait pas soufflé mot, s'il le savait.

Par fronça les sourcils. Qu'avait dit le vieil homme au sujet de Walker Boh ? Seulement qu'il savait qu'il était vivant…

Mais y avait-il plus de liens entre eux que cela ? Par en était certain. Et il avait l'intention de découvrir de quoi il s'agissait.

La brève éclaircie de la fin d'après-midi fut remplacée par le crépuscule. Mais le ciel resta dégagé et des étoiles apparurent. La lune, maintenant à son troisième quartier, inondait la forêt de sa pâleur laiteuse. Le petit groupe avança prudemment en direction du rocher en forme de cheminée et traversa la multitude de ruisseaux qui serpentaient dans le labyrinthe de clairières. La forêt était tranquille, mais ce silence ne semblait pas menaçant.

Coll poussa Par du coude quand il aperçut un écureuil gris, assis sur ses pattes arrière, qui les regardait passer, l'air solennel.

— On dirait que cet endroit est *protégé*…, souffla Par à son frère.

Coll acquiesça.

Ils continuèrent pendant une heure sans rencontrer âme qui vive. Ils étaient près du centre de la vallée quand une lumière apparut au milieu des arbres. Steff ralentit et leur fit signe d'avancer prudemment. Ils continuèrent sans quitter des yeux la lumière vacillante.

Des lampes, pensa Par. Il accéléra pour rejoindre Steff.

— C'est une maison, murmura-t-il au nain.

Sortant du couvert des arbres, ils débouchèrent dans une grande clairière et découvrirent une maison de pierre et de bois bien entretenue, avec un porche devant et derrière, des sentiers pavés, des jardins et des buissons fleuris. Des épicéas et des pins l'entouraient comme des tours de garde miniatures. La lumière sortait des fenêtres et se mêlait au clair de lune pour illuminer les alentours comme en plein jour.

La porte était ouverte.

Par avança sans hésiter, mais Steff le tira en arrière.

— Un peu de prudence, Valombrien !

Le nain souffla quelque chose à Teel à voix basse, puis il continua seul vers la maison. Les autres le regardèrent, campés à la lisière de la forêt, où Teel avait insisté pour les ramener. Steff atteignit le porche, s'accroupit à côté un bon moment, puis fonça en haut des marches et entra.

Il sortit presque aussitôt et fit signe à ses amis d'avancer.

— Il n'y a personne à l'intérieur, dit-il quand ils arrivèrent. Mais il semble bien que nous étions attendus.

Ses compagnons comprirent cette phrase énigmatique dès qu'ils furent entrés. Il y avait deux cheminées dans la pièce, l'une avec une table et des bancs, et l'autre avec une grille de cuisson et un four. Les deux étaient allumées. Une marmite de ragoût chauffait sur la grille, et du pain encore chaud attendait sur une planche à découper. La longue table à tréteaux était mise, avec des assiettes et des couverts pour cinq personnes. Par avança pour mieux voir. Il y avait aussi cinq chopes pleines de bière fraîche.

Les compagnons se regardèrent un moment en silence, puis examinèrent de nouveau la pièce.

Des objets en argent, en cristal et en bois sculpté ornaient la salle. Un vase plein de fleurs fraîches trônait sur la table, et un autre était posé devant la deuxième cheminée.

La maison était éclairée, accueillante… et totalement vide.

— C'est le foyer de Walker ? demanda Morgan, comme si ce qu'il voyait ne correspondait pas à l'image qu'il s'était faite de cet homme.

— Je l'ignore, avoua Par. Il n'y a rien ici que je reconnaisse.

Morgan s'engagea dans le couloir qui devait mener aux chambres et revint peu après.

— Rien, annonça-t-il.

Coll rejoignit Par, renifla le ragoût et haussa les épaules.

— Apparemment, notre arrivée n'est pas une surprise pour le maître des lieux. J'ignore ce que vous en pensez, mais je trouve ce ragoût appétissant. Puisque quelqu'un s'est donné la peine de le préparer, le moins que nous puissions faire est de nous asseoir pour le déguster.

Par et Morgan soutinrent Coll. Steff aurait préféré une approche plus prudente, mais il capitula rapidement. Il insista cependant pour vérifier que la nourriture était saine. Quand il eut terminé, ils s'assirent autour de la table et mangèrent de bon appétit.

À la fin du dîner, ils débarrassèrent la table, lavèrent la vaisselle et la rangèrent dans le placard. Ensuite, ils explorèrent une deuxième fois la maison et le terrain qui l'entourait.

N'ayant rien trouvé, ils attendirent autour du feu jusqu'à minuit. Personne ne vint. Les lits étant faits dans les petites chambres, ils dormirent à tour de rôle, l'un d'eux montant toujours la garde, et passèrent une nuit tranquille.

À l'aube, personne ne se montra.

Ce jour-là, ils explorèrent toute la vallée.

Ils prirent leur temps, regardèrent partout et longèrent les cours d'eau et les chemins. Tout ça pour ne découvrir que quelques empreintes d'animaux…

Des oiseaux volaient juste au-dessus de leurs têtes, de petites créatures des bois les regardaient entre les feuilles et des insectes bourdonnaient et crissaient. Près de la cheminée de pierre, un blaireau refusa de leur céder le passage – le seul événement notable de la journée.

Le soir, ils durent préparer le repas, mais dénichèrent de la viande, du pain et du fromage dans un placard – et des légumes dans le jardin. Les Valombriens se servirent et encouragèrent les autres à les imiter, persuadés que c'était ce que l'on attendait d'eux. Steff râla un peu, mais finit par céder.

La nuit arriva, chaude et agréable. Steff s'assit avec Teel devant le feu et fuma la pipe. Par et Coll s'attelèrent à la vaisselle, dans la cuisine, et Morgan prit son tour de garde sur les marches du porche.

— Le propriétaire s'est donné beaucoup de mal pour entretenir cette maison, dit Par à son frère. Je trouve étrange qu'il soit parti comme ça…

— Surtout après avoir pris la peine de nous préparer un ragoût. Tu crois que c'est la maison de Walker ?

— J'aimerais le savoir, mais je l'ignore.

— Tout ça ne ressemble pas à Walker. Pas tel que je me souviens de lui, et certainement pas tel que Steff nous l'a décrit.

Par finit d'essuyer une assiette et la rangea.

— Il préfère peut-être avoir une réputation d'ours mal léché, dit-il.

Bien après minuit, Par prit son tour de garde pour laisser Teel se reposer. Il sortit, bâilla et s'étira, mais ne vit la naine nulle part. Puis elle apparut, sortie de derrière un épicéa, à une dizaine de pas du porche, passa à côté de lui sans rien dire et entra dans la maison. Par la regarda, curieux. Ensuite, il s'assit sur les marches, posa son menton sur ses mains et sonda les ténèbres.

Il était dans cette position depuis une heure quand il entendit du bruit.

Un bruit bizarre… Une sorte de bourdonnement, un peu comme celui d'un essaim, mais plus bas et plus rauque. Par crut que son imagination lui jouait des tours, mais cela recommença brièvement. Le jeune homme se leva et regarda autour de lui. Puis il avança sur le chemin, devant la maison. La nuit était claire, le ciel empli d'étoiles, et les bois semblaient déserts. Rassuré, Par fit le tour de la demeure. Un vieux saule se dressait derrière, dominant deux bancs usés. Par s'arrêta devant l'arbre, écouta et n'entendit plus le bruit. Il s'assit sur le banc le plus proche et y resta un moment. Bercé par le silence de la nuit, il se demanda si ses parents allaient bien et s'ils s'inquiétaient pour lui. Valombre lui semblait si loin…

Il ferma les yeux un instant. Quand il les rouvrit, ce fut pour découvrir un félin de la lande debout devant lui.

Par se pétrifia. Le félin était affreusement proche de lui, le museau au niveau de son visage.

Plus grand que le gnoll, c'était le plus gros animal que Par ait jamais vu. Entièrement noir, il regardait le jeune homme sans cligner des yeux.

Quand le félin ronronna, Par reconnut le bruit qu'il avait entendu plus tôt. L'animal se détourna, recula de quelques pas, puis fit volte-face et attendit. Voyant que Par ne bougeait pas, il revint à côté de lui, le regarda, repartit et attendit de nouveau.

Il veut que je le suive, comprit Par.

Il se leva, se demandant s'il devait obéir ou essayer de s'enfuir. Il écarta vite cette deuxième option : si l'animal avait voulu lui faire du mal, il n'aurait pas attendu si longtemps…

Il avança de quelques pas.

Le félin s'enfonça entre les arbres.

Ils marchèrent en silence dans la forêt. Grâce au clair de lune, Par n'eut aucun mal à suivre l'animal.

Le premier choc passé, la curiosité du jeune homme avait repris le dessus. Quelqu'un avait envoyé le félin le chercher, et il pensait savoir qui.

Ils atteignirent une clairière où plusieurs ruisseaux se déversaient dans une grande mare éclairée par la lune. Ici, les arbres étaient tous très vieux et très grands. Le félin s'approcha du bord de la mare, but goulûment, puis s'assit et regarda Par, qui le rejoignit sans hésiter.

— Bonjour, Par, dit une voix.

Le Valombrien regarda autour de lui et aperçut l'homme qui venait de parler. Assis sur une souche noueuse, il était à peine visible dans la pénombre. Voyant Par hésiter, il se leva et avança sous le clair de lune.

— Bonjour, Walker…

Son oncle était comme dans ses souvenirs… et en même temps, très différent. Toujours grand et mince, son ascendance elfique restait visible, même si elle n'était pas aussi prononcée que celle de Par. Contrastant avec sa barbe et ses cheveux noirs, sa peau était d'un blanc presque choquant. Ses yeux n'avaient pas changé non plus. Il semblait toujours voir à travers les gens et percer tous leurs secrets.

Les différences étaient plus difficiles à cerner : une certaine façon de se tenir, et les sentiments qu'il éveillait en Par quand il parlait. On eût dit qu'il y avait autour de lui un mur invisible que rien ne pourrait traverser…

Walker Boh avança et prit la main de Par dans la sienne. Il portait des vêtements de forestier, un pantalon et une tunique amples, un manteau court et des bottes souples marron.

— Vous êtes bien installés dans la maison ? demanda-t-il.

— Walker, je ne comprends pas ! Que fais-tu ici ? Pourquoi ne pas nous avoir accueillis à notre arrivée ? Tu savais que nous étions en chemin, c'est évident…

Walker lâcha la main de Par et recula.

— Viens t'asseoir près de moi…

Il retourna sous les ombres sans attendre son neveu. Par le suivit et prit place sur la souche.

— Je parlerai seulement avec toi, Par, et uniquement ce soir.

Par n'émit pas de commentaires.

— Il y a eu beaucoup de changements dans ma vie, continua Walker. Je suppose que tu n'as pas beaucoup de souvenirs de moi, et ils n'ont plus rien à voir avec l'homme que je suis devenu. J'ai abandonné Valombre et je me suis établi ici pour repartir de zéro. Par, j'ai laissé derrière moi la folie des hommes dont la vie est gouvernée par les instincts les plus bas. Je me suis séparé de toutes les Races, de leur avidité, de leurs préjugés, de leurs guerres, de leur politique et des monstruosités qu'ils appellent des « améliorations ». Je suis venu ici pour y vivre seul. De toute façon, on m'a toujours fait sentir combien j'étais différent. La nouveauté, c'est que je ne suis plus seul parce que les autres me rejettent, mais par choix…

» L'époque que nous vivons et notre nature rendent les choses très difficiles pour nous. Comprends-tu ce que je dis ? Tu as un pouvoir, toi aussi. Une magie très tangible qui t'isolera de plus en plus. Nous ne sommes pas autorisés à être des Ohmsford, par les temps qui courent, parce que cette famille a hérité de la magie de ses ancêtres elfes. Et aujourd'hui, la magie et les elfes ne sont pas appréciés... J'en ai eu assez d'être toujours soupçonné. Ça t'arrivera aussi, si ce n'est pas encore le cas. C'est dans la nature des choses...

— Je ne me laisse pas miner par ma différence, dit Par. La magie est un don !

— Vraiment ? Un authentique don n'est pas quelque chose qu'on cache comme une maladie ! Et il ne risque pas de coûter la vie à son détenteur.

Son oncle parlait avec tant d'amertume que Par se sentit glacé jusqu'à la moelle des os.

— Désolé, s'excusa Walker. Parfois, en parlant du passé, j'oublie mes bonnes résolutions... Mais je t'ai fait venir ici pour une autre raison, mon neveu. Tu seras mon seul interlocuteur, Par. Je laisserai la maison à tes compagnons – sans jamais y entrer. Toi seul m'intéresses...

— Et Coll ? demanda Par. Pourquoi t'adresser à moi et pas à lui ?

— Réfléchis... Je n'ai jamais été aussi proche de lui que de toi.

C'était vrai. La magie les rapprochait, et Coll en était dépourvu.

— De plus, le sujet ne concerne que nous.

— Les rêves ?

— Oui. Tu les as donc eus aussi... Tu as vu la silhouette vêtue de noir qui semble être Allanon ? Tu l'as entendu nous dire de venir ?

— Et le vieil homme ? demanda Par. Est-il aussi passé te voir ?

— Oui.

— Alors, tu le connais ! S'agit-il vraiment de Cogline ?

— Oui, Par, répondit Walker.

— J'ai du mal à y croire ! Quel âge a-t-il ? Des centaines d'années, je suppose ! Comme il le dit... Et il était jadis un druide. Je savais que j'avais raison ! Il vit toujours ici avec toi ?

— Il me rend visite, de temps en temps. Parfois, il reste un peu. Le félin était à lui, avant qu'il ne me le donne. Tu te souviens qu'il y en avait toujours un avec lui. Le précédent s'appelait Soupir, à l'époque de Brin Ohmsford. Celui-là se nomme Rumeur. C'est le vieil homme qui l'a baptisé. Il prétend que c'est un nom parfait pour un félin de la lande qui m'appartient...

Walker s'interrompit. Par regarda l'endroit où le félin s'était installé, mais il avait disparu.

— Rumeur va et vient à son gré, ainsi que tous les félins de la lande, expliqua Walker Boh, comme s'il lisait les pensées de Par.

— Que vas-tu faire, Walker ?

— Au sujet des rêves ? Rien...

— Mais le vieil homme a dû te dire que...

— Écoute-moi bien, coupa Walker. Ma décision est prise. Je sais ce que les rêves me demandaient de faire. Et je sais qui les envoyait. Cogline est venu, nous avons parlé et il est reparti il y a environ une semaine… Par, je ne suis plus un Ohmsford, mais un Boh. Si je pouvais annuler mon héritage elfique et ma magie, je le ferais sans hésiter. Je ne veux rien avoir affaire avec tout ça. Dans les Terres de l'Est, j'entends vivre comme mes ancêtres, en un lieu où tout est frais, pur et où on m'épargne la présence des autres. Bref, j'ai appris à garder ma vie en ordre. Tu as vu cette vallée. Le peuple de ma mère l'a modelée à son image, et je la respecte. Rumeur me tient compagnie, et Cogline aussi, de temps en temps. Il m'arrive même d'aller rendre visite à de lointains voisins… Les étendues Sombres sont devenues un havre pour moi. Désormais, la Pierre d'Âtre est mon foyer.

» J'ai un pouvoir, Par. Différent du tien, mais bien réel. Parfois, je sais ce que les gens pensent, même quand ils sont très loin de moi. Contrairement aux autres humains, je peux communiquer avec *toutes* les formes de vie. Et je suis capable de disparaître, comme le félin de la lande. Sais-tu que je peux même appeler à moi le pouvoir ? (Il claqua des doigts et une flamme bleue apparut dans sa main. Il l'éteignit très vite.) La magie de l'Enchantement de Shannara m'est étrangère, mais certains de ses pouvoirs vivent en moi. Une partie de ce que je sais est innée, une autre acquise – par moi-même ou grâce à d'autres personnes. Aujourd'hui, j'ai tout ce qu'il me faut et je ne veux rien d'autre. Je vis confortablement ici et je n'en partirai jamais. Que le monde se débrouille sans moi ! Comme il l'a toujours fait…

— Mais… Et si le rêve était vrai, Walker ?

— Les rêves ne sont jamais vrais, Par ! N'as-tu pas écouté tes propres histoires ? Quelle que soit la façon dont les rêves se manifestent, y compris quand Allanon était vivant, une chose ne change pas : les druides ne disent jamais *toute* la vérité aux Ohmsford, seulement la partie qu'ils estiment nécessaire.

— Tu penses qu'on se sert de nous.

— Je pense que je serais idiot d'imaginer autre chose. La magie que tu t'obstines à tenir pour un don n'a jamais été qu'un outil entre les mains des druides. Je n'ai aucune envie d'accomplir la mission qu'ils m'ont affectée ! Si le monde a besoin d'être sauvé, qu'Allanon et le vieil homme se débrouillent, cette fois !

— Tu me surprends, Walker. Je ne me souvenais pas qu'il y avait une telle amertume en toi. Ni une telle colère…

Walker Boh eut un sourire mélancolique.

— Elles étaient là, pourtant… Elles ont *toujours* été là. Tu n'as jamais voulu les voir, c'est tout.

— N'auraient-elles pas dû te quitter, depuis tout ce temps ?

Walker ne répondit pas.

— Tu ne changeras pas d'avis, n'est-ce pas ?

— Non.

Par inspira profondément.

— Que feras-tu, Walker, si le rêve se réalise ? Qu'adviendra-t-il de ton foyer ? Qu'arrivera-t-il quand les forces maléfiques se lanceront à ta recherche ?

Walker ne répondit pas, mais ne détourna pas le regard.

— Je vois les choses différemment, Walker. J'ai toujours pensé que la magie était un don. Pendant longtemps, j'ai cru qu'elle servait à raconter les histoires, pour qu'elles ne soient pas oubliées. Mais j'ai changé d'avis. Maintenant, je crois que la magie est destinée à faire plus que ça.

Par se redressa, se sentant soudain tout petit face à son oncle.

— Coll et moi ne pouvons pas rentrer à Valombre parce que la Fédération nous traque. Cogline nous a dit que d'autres créatures sont à nos trousses, peut-être même des Ombreurs. As-tu jamais vu des Ombreurs ? Nous en avons rencontré. Et nous sommes terrorisés, Walker, même si nous n'en parlons pas beaucoup. Le plus bizarre, c'est que les créatures qui nous pourchassent semblent effrayées aussi. Par la magie. J'ignore pourquoi, mais j'ai l'intention de le découvrir.

Walker Boh ne cacha pas sa surprise.

— Oui, Walker, j'ai décidé de faire ce que les rêves m'ont demandé. Sache que je viens de prendre ma décision, et que t'entendre parler m'y a aidé. Je ne l'ai pas encore dit à Coll, évidemment. J'ignore ce qu'il décidera. Mais j'irai, même seul… Parce que je pense qu'Allanon me dira à quoi la magie est censée servir…

» Je ne peux pas réagir comme toi, Walker. Vivre séparé du reste du monde ne m'intéresse pas. Je veux pouvoir retourner à Valombre, pas en partir et recommencer ma vie de zéro. Pour venir ici, nous sommes passés par Culhaven. Les nains qui nous accompagnent en viennent. Toute la folie dont tu parlais, l'avidité, les préjugés, la guerre et la politique y sont présents. Contrairement à toi, je ne veux pas les fuir, mais trouver un moyen d'y mettre un terme !

Par serra les poings.

— Et Allanon me dira sûrement comment m'y prendre !

Les deux hommes restèrent face à face en silence. Un instant, Par crut voir briller dans le regard de son oncle la compassion qui l'émouvait tant quand il était enfant. Mais les yeux de Walker se voilèrent et il se leva d'un bond.

— Repenseras-tu à ta décision ? demanda Par.

Son oncle le regarda en silence, gagna le bord de la mare et claqua des doigts. Rumeur jaillit de nulle part et vint se frotter à ses jambes.

— Bonne chance, Par, lâcha Walker en se détournant.

Puis il s'enfonça dans la nuit, le félin sur les talons.

Chapitre 10

Par décida d'attendre le matin pour informer ses compagnons de sa rencontre avec Walker Boh. Il n'avait pas jugé nécessaire de les réveiller pour ça. Walker était très clair sur ses intentions, et rien de ce qu'ils diraient ne le ferait changer d'avis.

Par revint donc à la maison, étonné de retrouver son chemin aussi facilement. Il reprit sa garde sans déranger les autres, perdu dans ses pensées.

Quand il raconta son histoire, ses compagnons l'accusèrent d'abord d'avoir rêvé, mais ils se rendirent rapidement à la raison. Ils lui firent tout répéter et le bombardèrent de questions.

Morgan fut vexé que Walker les traite ainsi. Selon lui, ils méritaient qu'il leur fasse la courtoisie d'un entretien direct. Entêté, il insista pour qu'ils explorent la vallée de nouveau, histoire de le trouver.

Steff, plus pragmatique, affirma que Walker Boh, comme la plupart des gens, préférait éviter les ennuis quand il le pouvait.

— Son comportement, même s'il vous irrite, n'est pas étonnant, déclara le nain. Vous nous avez dit qu'il était venu ici pour ne plus être impliqué dans les problèmes des Races. En refusant de nous accompagner, il reste cohérent…

Comme d'habitude, Teel n'émit aucun commentaire.

— J'aurais aimé lui parler, se contenta de dire Coll.

Puis il abandonna le sujet.

Bien que n'ayant plus de raison de rester à la Pierre d'Âtre, ils décidèrent d'attendre le lendemain pour repartir. La lune étant à demi pleine, il leur restait dix jours avant le rendez-vous, en supposant qu'ils y aillent.

Ils évitèrent d'évoquer ce qui se passerait après. Par avait pris sa décision, mais sans la communiquer aux autres.

Le petit déjeuner pris, ils décidèrent de suivre la suggestion de Morgan et d'explorer de nouveau la vallée. Ainsi, ils auraient quelque chose à faire pendant qu'ils digéreraient les implications de la décision de Walker Boh.

Ils retournèrent dans la clairière où Par avait rencontré Walker et le félin de la lande, et convinrent de se retrouver à la maison à la tombée de la nuit. Steff et Teel partirent de leur côté, Par et Coll du leur, et Morgan du sien. En cette journée chaude et ensoleillée, une petite brise soufflait des montagnes lointaines. Steff sonda la clairière pour repérer une trace de la présence de Walker. Il ne vit rien, pas même les empreintes du félin.

Par alla vers l'est avec Coll, l'esprit plein de pensées confuses sur ce qu'il devrait dire à son frère.

Il avançait d'un pas lent, conscient que Coll l'observait, mais évitait de croiser son regard. Après avoir traversé des dizaines de clairières et autant de ruisseaux sans apercevoir une trace de Walker Boh, Par décida d'arrêter.

— Nous perdons notre temps, dit-il, exaspéré. Nous ne trouverons rien.

— J'en suis persuadé, approuva Coll.

Ils se regardèrent un moment en silence.

— J'ai décidé d'aller au rendez-vous, Coll. Peu importe ce que fait Walker. Moi, je dois y être...

— Je sais. Par, je ne suis pas ton frère pour rien ! Quand tu m'as dit que Walker avait décidé de rester ici, j'ai su que tu irais ! Tu es comme ça. Comme un chien avec un os dans la gueule, tu ne le lâches pas avant d'en avoir fini.

— J'imagine que c'est bien ça, de temps en temps...

Par avança vers un vieux noyer et se laissa glisser le long du tronc. Coll l'imitant, ils contemplèrent la forêt déserte d'un air morne.

— Je reconnais que j'ai pris ma décision un peu comme tu le décris... La position de Walker me révolte. En fait, je ne la comprends pas ! J'étais si perturbé que je n'ai même pas pensé à lui demander s'il croyait que les rêves étaient vrais.

— Tu as compris inconsciemment que ce n'était pas la peine. Walker t'a dit qu'il avait eu les mêmes songes, et que le vieil homme était venu le voir. Il a admis qu'il s'agissait de Cogline. Bref, il n'a rien contesté, disant seulement qu'il ne voulait pas s'en mêler...

— Je ne comprends pas, Coll. C'était bien Walker, j'en suis sûr. Mais il ne parlait pas comme notre oncle. Cette histoire sur sa décision de se séparer des Races, de vivre en ermite, de ne pas s'impliquer... Quelque chose ne va pas, je le sens. Il ne m'a pas tout dit. Il m'a rappelé que les druides avaient toujours caché une partie de la vérité aux Ohmsford, mais il a fait pareil avec moi !

— Pourquoi aurait-il fait ça ?

— Je l'ignore. Mais je l'ai senti. Walker n'a jamais reculé devant rien, nous le savons. Il n'a jamais eu peur de répondre présent quand on avait besoin de lui. À présent, il parle comme s'il supportait à peine de se lever le matin ! Comme si la seule chose importante était de prendre soin de lui-même. Je me suis senti embarrassé pour lui. J'ai même eu *honte* pour lui !

— Tu vas peut-être chercher loin. S'il avait simplement vécu seul trop longtemps, et qu'il ne se sente plus à l'aise avec les autres ?

— Même avec toi ? Par l'enfer, Coll, il n'a pas voulu te parler !

— Par, nous n'avons jamais beaucoup parlé, lui et moi... Tu l'intéressais, parce que tu avais un pouvoir...

C'était presque mot pour mot ce qu'avait dit Walker. La relation de Coll avec son oncle n'avait jamais été très intime.

— Il reste la question des rêves. Pourquoi ne partage-t-il pas ma curiosité à leur sujet ? Ne veut-il pas savoir ce qu'Allanon nous dira ?

— Peut-être le sait-il déjà. Il semble deviner ce que tout le monde pense...

Par n'avait pas pensé à ça. Était-il possible que Walker sache déjà ce qu'Allanon voulait leur dire ? Pouvait-il lire dans l'esprit d'un homme mort depuis trois cents ans ?

— Non, je ne crois pas... Il m'en aurait dit plus sur les rêves... Selon lui, la magie était une nouvelle occasion pour les druides de se servir des Ohmsford. Peu lui importait pourquoi.

— Et s'il comptait sur toi pour le lui dire ?

— Peut-être... Je lui ai annoncé que j'avais l'intention d'y aller. Il croit peut-être que la présence d'un seul d'entre nous suffira.

— Mais tu doutes que ce soit le cas.

— Oui.

— Tu es toujours persuadé qu'il y a autre chose ?

— Plus que jamais...

Ils se turent un moment, chacun réfléchissant de son côté.

— J'aime cet endroit, dit enfin Par.

— Où est-il, à ton avis ?

— Walker ? Je l'ignore. Caché dans un trou, probablement...

— Ne sois pas trop prompt à le juger, Par. Tu n'en as pas le droit.

Par s'abstint de répondre et regarda un rayon de soleil jouer sur le visage de son frère. Quand il atteignit ses yeux, Coll s'assit, l'air ravi. Le garçon ne se laissait pas perturber par grand-chose, et il gardait toujours son équilibre. Par admirait ces qualités.

Et il adorait son frère.

— Viendras-tu avec moi ? demanda-t-il soudain.

— N'est-il pas un peu bizarre que Walker, Wren et toi ayez fait ces rêves et pas moi ? Que vous y soyez tous les trois mentionnés, mais pas moi ? Ça ne me vexe pas, mais pourquoi en est-il ainsi ? Nous n'en avons jamais parlé. En réalité, nous avons soigneusement *évité* d'en parler.

Par ne sut que répondre. Coll vit qu'il était mal à l'aise et lui sourit.

— C'est étrange, non ? Oh, n'aie pas l'air si malheureux, Par ! Tu n'y es pour rien. Ça a peut-être un rapport avec la magie. Quelque chose que nous ignorons encore.

— Je mentirais en te disant que cette affaire de rêves ne me met pas mal à l'aise... Je ne sais plus quoi dire. Coll, j'espère que tu t'impliqueras dans une affaire qui ne te regarde pas vraiment. Je ne devrais même pas te le demander. Mais tu es mon frère, et je veux que tu sois avec moi.

Coll posa une main sur l'épaule de Par.

— De temps en temps, tu arrives à dire exactement les mots qu'il faut ! J'irai où tu iras. C'est comme ça, voilà tout... Je ne suis pas toujours d'accord avec tes raisonnements, mais ça ne change pas mes sentiments. Si tu estimes devoir régler cette affaire de rêves, je viendrai avec toi.

Par serra son frère dans ses bras, rassuré de savoir qu'il serait avec lui pendant ce voyage.

— Je savais que je pouvais compter sur toi...

L'après-midi touchait à sa fin quand ils décidèrent de rentrer.

— On dirait qu'on va se mouiller les pieds, dit Coll alors qu'ils se faufilaient entre les arbres.

Par leva la tête. À l'extrémité nord de la vallée, des nuages obscurcissaient le ciel.

Ils accélérèrent l'allure. Un vent assez fort se leva, annonçant l'arrivée de l'orage, et la température baissa.

Par marmonna quand il sentit quelques gouttes de pluie lui fouetter le visage. Ils avaient passé la journée à chercher une ombre. En prime, ils allaient se faire tremper !

Soudain, il vit quelque chose bouger dans les arbres.

Il cligna des yeux et regarda de nouveau. Cette fois, il ne capta rien. Le voyant ralentir, Coll lui demanda ce qui n'allait pas.

Par ne répondit pas et pressa le pas.

Le vent lui fouettait le visage, le forçant à baisser la tête. Il tourna la tête à gauche, puis à droite, et remarqua des mouvements furtifs dans la forêt.

Par frissonna, mais il se força à continuer d'avancer. La créature tapie dans la forêt ne bougeait pas comme Walker Boh – ni comme son félin.

À quelle distance étaient-ils de la maison ? Par continua à regarder en réfléchissant. Oui, conclut-il, plusieurs ennemis les suivaient.

— Par ! cria Coll. Il y a quelque chose qui...

— Je sais ! Continue à marcher.

Alors qu'ils traversaient un bosquet de sapins, la pluie commença à tomber – une véritable averse. Le soleil, la forêt et même le sommet obscur de la Pierre d'Âtre disparurent derrière ce rideau liquide. Par sentit son souffle s'accélérer. Leurs poursuivants étaient autour d'eux, ombres vaguement humaines qui passaient en éclair entre les arbres.

Ils se rapprochent, pensa Par.

La maison était-elle encore loin ?

Coll cria au moment où ils entraient dans une petite clairière déserte.

— Par, file, le plus vite possible ! Ils sont trop près !

Coll gémit et s'écroula. Par le rattrapa avant qu'il ne touche le sol. Du sang sur le front, son frère avait perdu connaissance.

Par n'eut pas le temps de comprendre ce qui était arrivé, car les ombres sortirent soudain de la forêt. Il aperçut des silhouettes ratatinées couvertes de poils noirs ébouriffés.

Il essaya de les repousser et de fuir, mais il sentit des membres noueux se refermer sur son corps. D'instinct, il envoya des images effrayantes à ses agresseurs, qui reculèrent en hurlant.

Cette fois, il vit clairement les monstres insectoïdes aux visages vaguement humains.

Des gnomes-araignées !

Les créatures revinrent à l'attaque et le plaquèrent au sol. Enveloppé d'une masse de muscles et de poils, Par se débattit en vain.

Il essaya d'appeler à l'aide.

Puis tout devint noir dans son esprit.

Chapitre 11

Quand il reprit conscience, Par Ohmsford eut l'impression d'être prisonnier d'un cauchemar. Pieds et poings liés à une branche, on le transportait dans la forêt. Sur sa gauche, il vit un ravin profond, et à droite, la ligne déchiquetée d'une crête.

Des gnomes-araignées, autour de lui, avançaient en silence sur leurs jambes tordues.

Par ferma les yeux un instant, puis les rouvrit. Dans le ciel plombé, quelques étoiles brillaient à travers les nuages. Apparemment, l'aube était proche.

Coll ! Qu'était-il arrivé à Coll ? Il tourna la tête, essayant de voir si les gnomes avaient aussi emmené son frère, mais il ne le vit pas.

Il serra les mâchoires, se souvenant de la chute de Coll, du sang sur son front... Puis il se força à repousser cette image. Au lieu de se lamenter, il devait trouver un moyen de se libérer et de voler au secours de son frère. Il essaya de détendre les cordes qui l'entravaient. En vain. Dans sa position, il ne pouvait pas s'en débarrasser.

Il se demanda alors où on l'emmenait et pourquoi il avait été fait prisonnier. Que lui voulaient les gnomes-araignées ?

Des insectes bourdonnant autour de son visage, il l'enfouit entre ses bras et ne bougea plus.

Quand il releva la tête, il essaya de déterminer où il était. Il y avait de la lumière sur sa gauche, où se trouvait donc l'est. Conclusion, les gnomes-araignées voyageaient vers le nord. Oui, c'était logique : du temps de Brin Ohmsford, ces monstres s'étaient installés sur la crête de Toffer. C'est probablement là qu'ils allaient.

Par déglutit, la bouche sèche. De peur et de soif, comprit-il. Il tenta de rassembler ses souvenirs sur les gnomes-araignées. Mais il était incapable de se concentrer. Selon les anciens récits, Brin les avait rencontrés quand elle s'était lancée à la recherche de l'Épée de Leah avec ses compagnons. Mais il y avait autre chose, au sujet d'une étendue sauvage et des créatures terrifiantes qui la peuplaient...

Soudain, il se souvint ! Les animaux-garous. Le nom retentit dans son esprit comme une malédiction.

Les gnomes-araignées s'engagèrent dans un étroit défilé en pépiant joyeusement dans leur langue. À l'est, la lumière disparut, les ombres et le brouillard se refermant sur eux comme un mur.

Les poignets et les chevilles de Par le torturaient, et tout son corps le faisait souffrir. Les gnomes, très petits, le portaient au ras du sol, où il se cognait sans arrêt. De sa position inversée, il vit le défilé s'élargir et devenir une saillie donnant sur une immense étendue déserte. La saillie se transforma en un couloir qui serpentait à travers les rochers qui se dressaient au sommet de la crête de Toffer comme des vertèbres sur le dos d'un sanglier.

Des feux de camp brûlaient au loin. Quelques gnomes-araignées partirent en éclaireurs, sautant sans effort par-dessus les rochers.

Par inspira profondément. À l'évidence, le voyage était presque terminé.

Peu après, ils sortirent du labyrinthe de rochers et débouchèrent sur un promontoire qui dominait une série de cavernes et de terriers creusés dans le flanc de la crête. Des feux brûlaient partout et des centaines de gnomes-araignées grouillaient tout autour.

Par fut jeté sur le sol sans ménagement. Puis on coupa ses liens et on le débarrassa de la branche qui avait servi à le transporter.

Il resta un moment sur le dos, se massa les poignets et les chevilles et y trouva des marques si profondes qu'elles saignaient.

On le remit debout, et on le traîna vers les terriers, puis vers les cavernes.

Les mains des gnomes lui faisaient mal et leur puanteur emplissait ses narines.

Par ne tenta pas de résister, car il pouvait à peine se tenir debout. Les gnomes l'emmenèrent dans la plus grande caverne, le poussèrent derrière le petit feu qui brûlait à l'entrée, puis s'arrêtèrent. Après quelques palabres, on le poussa de nouveau en avant.

Ils pénétrèrent dans une grotte plus petite. Tout au fond, des anneaux de fer étaient fixés à la paroi. Les gnomes-araignées y attachèrent leur prisonnier. Puis ils partirent, laissant seulement deux sentinelles près du feu, à l'entrée de la caverne.

Par essaya de s'éclaircir les idées, redoutant ce qui arriverait ensuite. Comme il ne se passait rien, il regarda autour de lui. Attaché à la paroi par les bras, très écartés, il était obligé de rester debout, car les anneaux étaient trop éloignés pour lui permettre de s'asseoir. Il tira sur ses liens en cuir, si serrés qu'il ne pourrait jamais glisser ses poignets à travers.

Désespéré, le jeune homme tenta de contrôler la panique qui menaçait de le submerger. Ses amis devaient être à sa recherche. Et ils avaient sans doute déjà découvert Coll. Ils suivraient la piste des gnomes-araignées et le délivreraient. Oui, ils le trouveraient et le sauveraient.

Mais il se leurrait… et il le savait. Il faisait presque nuit quand les gnomes l'avaient capturé. La pluie tombant à verse, ses amis n'auraient aucune piste à suivre. Au mieux, ils auraient trouvé Coll. Ou il aurait repris connaissance et serait parvenu à les rejoindre pour leur dire ce qui était arrivé.

Par déglutit péniblement. Il avait tellement soif !

Le temps passa et les minutes devinrent des heures. Dehors, le jour se leva, gris et à peine visible de là où le jeune homme était attaché. Tout bruit ayant cessé, il aurait pu croire que les gnomes-araignées étaient partis, sans les deux gardes toujours assis à l'entrée de la caverne.

Le feu mourut et la journée passa lentement.

Un des gardes apporta un gobelet d'eau à son prisonnier. Il le but avidement, en renversa une bonne partie et détrempa sa tunique. Il avait faim, mais on ne lui proposa pas de nourriture.

À l'approche du crépuscule, les gardes rallumèrent le feu, devant l'entrée, puis ils s'éloignèrent.

Par attendit impatiemment, oubliant pour la première fois les élancements de son corps trop longtemps immobile, sa soif et sa faim. Quelque chose allait arriver, il le sentait.

Mais il ne s'attendait pas à ce qui se passa !

Il travaillait de nouveau à détendre ses liens, un peu desserré par sa transpiration et son sang, quand une silhouette se découpa sur le seuil de la caverne.

Elle avança et s'approcha de lui.

C'était une enfant.

Par cligna des yeux. Grande et maigre, âgée d'une douzaine d'années, elle avait des cheveux noirs raides et ternes et des yeux profondément enfoncés. De race humaine, c'était sans doute une habitante des Terres du Sud. Vêtue d'une robe en lambeaux, des bottes usées aux pieds, elle portait un petit médaillon en argent autour du cou.

L'enfant regarda Par avec curiosité, comme s'il était un chien perdu. Puis elle s'approcha lentement de lui.

Levant une main, elle poussa ses cheveux en arrière.

— Elfe, dit-elle en touchant la pointe de son oreille.

Par la regarda, ébahi : que faisait cette enfant au milieu des gnomes-araignées ? Il s'humecta les lèvres.

— Détache-moi ! implora-t-il.

La petite regarda sans répondre.

— Détache-moi ! répéta Par.

Il attendit, mais l'enfant continua simplement à le regarder. Quelque chose n'était pas normal...

— Je vais te serrer dans mes bras, annonça soudain l'enfant.

Elle s'approcha de Par et l'enveloppa de ses bras – presque comme une sangsue. Elle se pressa contre lui et murmura quelque chose qu'il ne comprit pas. Quel était le problème de cette enfant ? se demanda-t-il. L'air perdu, elle avait peut-être besoin de réconfort autant que lui...

Il changea d'idée quand il sentit l'enfant bouger contre lui. Ses doigts s'enfoncèrent dans sa chair si violemment qu'il sursauta. Puis elle se plaqua à lui, comme si leurs vêtements n'existaient plus.

Elle s'enfonçait en lui, se fondait à lui comme si elle le transformait en une partie d'elle-même.

Par l'enfer ! Que se passait-il ?

Soudain submergé de dégoût, Par hurla et se débattit dans ses liens. Lui flanquant des coups de pied, il parvint enfin à repousser la gamine, qui tomba à genoux devant lui, les yeux émettant une lueur rouge, et le visage devenu le masque monstrueux d'une bête sur le point de se repaître.

— Donne-moi la magie, petit ! dit-elle d'une voix rauque qui n'avait plus rien d'enfantin.

— Oh, non ! Non ! cria Par.

L'enfant était une Ombreuse !

— Donne-la-moi ! Laisse-moi entrer en toi et goûter la magie.

Elle avança vers lui, si gracile… Mais son visage la trahissait. Quand elle tendit une main, il décocha des coups de pied dans le vide pour la repousser.

L'enfant eut un sourire mauvais et recula.

— Tu es à moi, dit-elle. Les gnomes me l'ont dit. Je prendrai ta magie, petit. Donne-toi à moi ! Vois ce que je peux te faire sentir !

Elle bondit, plus rapide qu'un félin, évita un coup de pied et se plaqua contre lui avec un hurlement de joie.

Par la sentit bouger aussitôt – pas la fillette elle-même, mais quelque chose à l'*intérieur* d'elle. Il se força à regarder, et vit une ombre scintiller dans le corps de l'enfant, puis essayer d'entrer dans le sien. Il sentit sa présence, comme un frisson glacial par un beau jour d'été, ou comme le contact de pattes de mouche sur son bras. L'Ombreuse le touchait et cherchait… Il renversa la tête en arrière et se fit aussi rigide qu'il le pouvait. L'Ombreuse essayait de se glisser en lui. De se fondre à lui. Il ne devait pas la laisser faire ! Il fallait lutter !

Soudain, il cria, libérant le pouvoir de l'Enchantement de Shannara en un hurlement de rage et d'angoisse mêlées. La magie ne prit aucune forme définie, car il avait déjà compris que les images, si effrayantes fussent-elles, n'étaient d'aucune utilité contre ces créatures.

La magie jaillit de sa propre volonté, comme sortie d'une partie obscure de son être, et prit un aspect qu'il ne reconnut pas. Créature sombre et étrange, elle tourna autour de lui comme une araignée qui tisse sa toile autour d'une proie. L'Ombreuse siffla, s'arracha à lui, cracha et griffa l'air devant elle. Elle s'accroupit de nouveau, le corps de l'enfant frissonnant sous l'influence d'une force invisible. Le cri de Par mourut sur ses lèvres quand il vit le monstre s'agenouiller devant lui. Il se laissa retomber contre la paroi de la caverne, épuisé.

— Reste loin de moi ! prévint-il, haletant. Ne me touche plus !

Il ignorait ce qu'il avait fait, et comment il s'y était pris, mais l'Ombreuse se ratatina devant lui, vaincue. L'ombre qui partageait le corps de l'enfant frémit et disparut. La lueur rouge s'éteignit dans les yeux de la fillette, qui se releva lentement, redevenue une enfant humaine, frêle et perdue. Ses yeux noirs étudièrent Par un long moment, puis elle souffla :

— Serre-moi dans tes bras.

Elle se tourna vers l'entrée de la caverne et appela. Des gnomes-araignées accoururent et s'inclinèrent devant l'enfant, qui leur parla dans leur langue.

Par se souvint que ces créatures, très superstitieuses, croyaient aux dieux et aux esprits de toutes sortes. À présent, ils étaient entre les griffes d'une Ombreuse. Le jeune homme eut envie de hurler.

Les gnomes-araignées défirent ses liens, l'attrapèrent par les bras et les jambes et le tirèrent en avant. L'enfant leur barra le chemin.

— Serre-moi dans tes bras, dit-elle encore, l'air perdu.

Par secoua la tête et tenta de se libérer des dizaines de mains qui l'emprisonnaient. Mais les gnomes le traînèrent dehors puis le forcèrent à s'arrêter près du promontoire. Du bord, il vit seulement un puits obscur.

L'enfant s'approcha et murmura d'une voix douce :

— L'Antique lande. Les animaux-garous vivent ici. Connais-tu les animaux-garous, petit elfe ? Si tu refuses de me serrer dans tes bras, ils t'auront ! Et ils se nourriront de toi, malgré ta magie !

Par se débattit et échappa à ses geôliers. L'Ombreuse s'écarta et les gnomes-araignées s'éparpillèrent.

Le jeune homme fonça, essayant de passer entre eux, mais ils lui barrèrent le chemin et le forcèrent à reculer. Des mains le saisirent et le secouèrent. Il sentit que sa tête tournait et entendit ses propres hurlements. Il voulait seulement ne pas être repris, ne pas être tenu...

Soudain, alors qu'il était revenu au bord du promontoire, il invoqua l'Enchantement de Shannara et lança des images aux gnomes-araignées qui l'assaillaient. L'Ombreuse avait disparu, perdue dans les ombres et le brouillard.

Par perdit pied quand le bord du promontoire s'effrita sous le poids des gnomes qui attaquaient de nouveau. Il essaya de se retenir à quelque chose, mais sa main ne trouva rien. Basculant par-dessus le bord du promontoire, il tomba dans l'abîme de brume.

Tout disparut derrière lui, les gnomes-araignées, l'Ombreuse, les feux de camp et les cavernes... Il roula le long d'une pente couverte de buissons et d'herbes, évitant par miracle le contact avec des rochers qui auraient pu le tuer ou l'estropier.

Il tomba sans jamais ralentir, et sa chute s'arrêta au bout d'un temps infini.

Alors, les ténèbres l'engloutirent.

Il resta inconscient un temps qu'il ne put jamais évaluer. Quand il se réveilla, il était allongé sur un lit d'herbes humides. Elles avaient amorti sa chute, lui sauvant probablement la vie. Il resta allongé, haletant, à écouter le bruit de son cœur dans sa poitrine. Quand un peu de force lui revint et que sa vue s'éclaircit, il se leva et s'examina. Tout son corps était couvert de bleus et de coupures, mais il n'avait apparemment rien de cassé. Tendant l'oreille, il écouta. Quelque part au-dessus de lui, il entendait les voix des gnomes-araignées.

Ils viendraient à sa recherche, il le savait. Il devait sortir de là.

Il regarda autour de lui. Des ombres et du brouillard tourbillonnaient dans un monde déjà presque plongé dans les ténèbres. De petites créatures presque invisibles couraient entre les herbes hautes. Autour de lui, des bourbiers entouraient des îlots de terre ferme. Le paysage était couvert de broussailles et d'arbres rabougris figés dans des positions grotesques. Par inspira profondément pour se calmer. Il savait où il était. Du haut de la crête de Toffer, sa chute l'avait précipité dans l'Antique lande. À trop vouloir échapper à son sort, il s'était retrouvé exactement à l'endroit où l'Ombreuse avait menacé de l'envoyer : dans le domaine des animaux-garous.

Serrant les mâchoires, il avança. Il était seulement à la lisière de la lande, avec la crête derrière lui pour lui servir de guide. S'il la suivait assez loin vers le sud, il s'en sortirait. Mais il devait faire vite.

Il sentait que les animaux-garous l'observaient.

Les récits sur ces monstres lui revinrent en mémoire, probablement sous l'effet de la peur. Ils appartenaient à l'ancienne magie et se nourrissaient des créatures égarées qui erraient dans la lande – ou de celles qu'on leur envoyait. Ils leur volaient leur force vitale et leur esprit. Les gnomes-araignées étaient leurs principales proies. Persuadés que les animaux-garous étaient des esprits, ils se sacrifiaient pour les apaiser. Soit le sort que l'Ombreuse réservait à Par !

La fatigue le fit tituber et il marcha dans un bourbier où il s'enfonça jusqu'aux hanches avant de parvenir à s'en dégager. La vue brouillée, il ruisselait de sueur car la chaleur de la lande était oppressante, même la nuit. Il regarda le ciel et s'aperçut que les dernières lueurs du crépuscule s'effaçaient. Bientôt, il ferait totalement noir.

Et il n'y verrait plus rien.

Une grande mare de limon lui barra le passage. Il n'avait qu'une solution, la contourner en passant par la lande – donc s'y enfoncer plus profondément. Il alla le plus vite possible, attentif à d'éventuels bruits de poursuite. Mais il n'en entendit pas…

Par repartit en direction du promontoire et traversa une série de ravines où des créatures bougeaient lentement. Il continua à marcher, épuisé, mais trop apeuré pour s'arrêter.

Atteignant la fin du labyrinthe de ravines, il repartit de nouveau vers le promontoire.

Mais il ne trouva pas la crête de Toffer.

Il avança plus vite, luttant contre la peur qui menaçait de le submerger. Il s'était perdu, comprit-il. Pourtant, il refusa d'accepter la réalité et continua à chercher. Comment avait-il pu se tromper à ce point de direction ?

Il s'arrêta enfin, incapable de continuer à se leurrer. Il était inutile d'avancer, parce qu'il n'avait pas la moindre idée d'où il allait. À ce compte-là, il continuerait à errer jusqu'à ce que le marais ou les animaux-garous aient raison de lui. Mieux valait rester là où il était… et se battre.

Une décision un peu bizarre dictée par la fatigue. Quel espoir avait-il s'il ne sortait pas de la lande, et comment le pourrait-il s'il ne bougeait plus ? Mais il était épuisé, et l'idée de courir à l'aveuglette ne lui disait plus rien.

Il repensait sans arrêt à l'Ombreuse, quand elle avait reculé devant lui, repoussée par une partie de sa magie dont il n'avait jamais eu conscience. Il ne comprenait toujours pas ce que c'était, mais s'il pouvait faire de nouveau appel à cette force, il aurait une chance contre les animaux-garous.

Il regarda autour de lui, puis avança jusqu'à une grande colline entourée de marécages sur deux côtés et de rochers déchiquetés sur le troisième. Il gravit le seul flanc dégagé, trouva un rocher plat et s'y installa. Jusqu'à l'aube, il resterait là et attendrait.

Les minutes passèrent. La nuit et le brouillard s'épaissirent, mais il y avait encore de la lumière – une sorte de phosphorescence étrange qui montait de la végétation clairsemée. Faible et trompeuse, cette luminescence donnait à Par la possibilité de voir quelques dizaines de pas autour de lui.

Et pourtant, il ne vit pas l'Ombreuse avant qu'elle soit pratiquement à son niveau. C'était toujours l'enfant, grande, maigre et l'air désespéré. Elle jaillit de nulle part, à quelques pas devant lui.

— Recule ! ordonna-t-il. Ne me touche pas, sinon…

L'Ombreuse se transforma en brume et disparut.

Par inspira profondément. Ce n'était pas l'Ombreuse, se dit-il, mais un animal-garou – pas très dangereux, s'il pouvait le repousser avec une simple menace.

Il eut envie d'éclater de rire. Proche de l'épuisement total, il savait qu'il n'était plus entièrement rationnel. Il n'avait pas réellement chassé cet animal-garou, qui était juste venu jeter un coup d'œil. Ces monstres jouaient avec lui, comme ils le faisaient avec toutes leurs proies. Prenant des formes familières, ils attendaient le bon moment, quand la fatigue, la peur ou l'imprudence de leur victime leur donnaient l'occasion d'attaquer…

Quelque part au loin, Par entendit un cri de désarroi. Puis tout redevint calme.

En sondant les ténèbres, le jeune homme réfléchit aux circonstances qui l'avaient conduit en ce lieu : sa fuite devant la Fédération, les rêves, sa rencontre avec Cogline et sa quête de Walker Boh. Il avait fait un long chemin à cause de tout ça, et pourtant, il était… nulle part ! Oui, tout ça n'avait servi à rien !

Il repensa à son entretien avec Walker. Selon son oncle, la magie de l'Enchantement de Shannara n'était pas un don, et il n'y avait rien d'intéressant à découvrir sur son utilisation. Et c'était peut-être le cas. S'était-il leurré tout du long ?

Mais quelque chose en lui avait effrayé l'Ombreuse. *Quelque chose…*

Mais seulement l'enfant, pas les autres Ombreurs qu'il avait rencontrés.

Où était la différence ?

Il y eut un mouvement à la lisière du brouillard, puis une silhouette en sortit et avança vers lui. C'était le deuxième Ombreur, la grande créature maladroite qu'ils avaient rencontrée à la lisière de l'Anar. Il marchait en grognant, une immense massue à la main. Un instant, Par paniqua, se souvenant que l'Enchantement de Shannara n'avait pas fonctionné contre l'Ombreur. Il commença à reculer, mais reprit vite ses esprits et se souvint de la véritable nature de son ennemi. Utilisant l'Enchantement pour générer une image identique à celle de la créature qui lui faisait face, il s'en entoura comme d'un bouclier. Ombreur contre Ombreur…

L'animal-garou frémit et se fondit dans la brume.

Par se tut, laissant se dissiper l'image qui l'avait dissimulé. Il se rassit. Combien de temps pourrait-il continuer comme ça ?

Il se demanda si Coll allait bien. Il le revit allongé sur le sol, ensanglanté, et se souvint du sentiment d'impuissance qu'il avait éprouvé à ce moment. Il pensa à tout ce que son frère représentait pour lui, à quel point il comptait sur lui…

Coll…

Il y avait un moyen d'utiliser cette magie, se dit-il soudain. Walker se trompait. Il s'agissait vraiment d'un don. Il trouverait la réponse devant le lac Hadeshorn, quand il parlerait à Allanon. Il suffisait de quitter cette lande et de…

Des ombres apparurent devant lui, sombres et effrayantes. Les animaux-garous avaient apparemment assez attendu. Par se leva d'un bond et leur fit face. Ils s'approchèrent lentement, leurs formes changeant aussi vite que les traînées de brume autour du jeune homme.

Puis il vit Coll, tenu par des mains sans substance, le visage gris et ensanglanté.

Aide-moi, entendit Par dans son esprit. *Aide-moi, mon frère.*

Par hurla quelque chose avec l'Enchantement de Shannara, mais le son mourut dans l'air humide de l'Antique lande.

C'était vraiment Coll ! Son frère se débattait pour se libérer, l'appelant sans cesse.

Par bondit sans réfléchir et attaqua les animaux-garous avec une sauvagerie inattendue. Quand il cria, la magie de l'Enchantement de Shannara repoussa les créatures, les forçant à reculer.

Il arriva à côté de Coll et voulut le libérer. Quand les mains de son frère se posèrent sur lui, il sentit une douleur soudaine, à la fois glaciale et brûlante.

Coll resserra sa prise et la douleur augmenta. Du poison coula dans les veines de Par. Sa force faillit le quitter, mais il parvint à rester debout et à tirer son frère derrière lui, sur la butte.

Au-dessous d'eux, les ombres se rassemblèrent et les observèrent. Par hurla, sentant le poison se répandre dans son corps. Coll était à côté de lui, muet.

Les pensées de Par vagabondèrent et il dériva dans un brouillard.

Les animaux-garous se rapprochèrent.

Puis il y eut un mouvement dans les rochers, sur sa droite. Par essaya de s'éloigner, mais il tomba à genoux. Deux grands yeux jaunes lumineux brillèrent dans la nuit, et un grand corps noir avança vers lui.

— Rumeur ! murmura Par.

Le félin de la lande le dépassa, se planta devant Coll et grogna.

Coll avança vers son frère, mais le félin lui barra le chemin. Les ombres approchaient de plus en plus, et elles prenaient chacune une forme. Par vit des corps couverts de poils et d'écailles, des visages où brillaient des yeux démoniaques et des gueules grandes ouvertes. Rumeur gronda de nouveau et avança, les arrêtant net. Puis il pivota et déchiqueta littéralement Coll.

Coll – ou plutôt la créature qui avait pris son apparence – se transforma en une monstruosité ensanglantée… avant de disparaître. Encore une illusion. Par cria d'angoisse et de rage. Trompé, une fois de plus ! Ignorant la douleur et la nausée, il utilisa l'Enchantement de Shannara contre les animaux-garous, leur envoyant des images de destruction et d'horreur. Mais ils se dématérialisèrent à demi et la magie passa à côté d'eux sans leur faire de mal.

Puis ils reprirent toute leur substance et attaquèrent.

Rumeur décapita le premier d'un grand coup de patte. Un autre lui sauta dessus, mais il l'attrapa aussi et le projeta au loin.

De nouveaux garous sortaient de la brume et de l'ombre. Ils étaient très nombreux, pensa Par, trop faible pour rester debout. Le poison des animaux-garous agissait de plus en plus vite...

Puis il sentit se poser sur son épaule une main ferme et rassurante et entendit une voix appeler :

— Rumeur !

Le félin de la lande recula sans se retourner.

Par leva la tête. Walker Boh était près de lui, enveloppé dans des robes noires.

— Ne bouge pas, dit-il.

Puis il avança pour affronter les animaux-garous – plus d'une dizaine, accroupis au bord de la butte.

Ils hésitèrent face à Walker, comme s'ils le connaissaient. L'oncle de Par avança encore et s'arrêta à moins de dix pas des monstres.

— Partez, ordonna-t-il simplement.

Les animaux-garous ne bougèrent pas. Walker avança d'un autre pas.

— Partez, j'ai dit !

Une des bêtes se jeta sur lui, les mâchoires béantes. Walker Boh leva une main et jeta une poignée de poussière sur la bête. Du feu jaillit, une explosion déchira la nuit et l'animal-garou disparut.

Walker agita de nouveau la main. Un instant après, les animaux-garous se volatilisèrent.

L'ermite remonta la butte et s'agenouilla près de Par.

— Tout ça est ma faute, dit-il doucement.

Par lutta pour parler, mais il sentit ses forces le quitter. Pour la troisième fois en moins de deux jours, il bascula dans un abîme obscur.

Et cette fois, il n'était pas sûr d'en ressortir...

Chapitre 12

Par Ohmsford dérivait dans un paysage de rêve.

Dans ce voyage, il était à la fois participant et spectateur. Les mouvements étaient constants, parfois violents comme la traversée d'une mer agitée, d'autres fois lents comme le vent d'été soufflant à travers les arbres.

Par parlait dans le silence de son esprit et par la bouche d'une image de lui-même, vue comme dans un miroir. Sa voix était simultanément un roulement de tonnerre et un murmure presque inaudible. Des couleurs apparaissaient et se fondaient dans un paysage noir et blanc.

Par était tout… et rien.

Les rêves représentaient sa réalité.

Au début, il rêva qu'il tombait dans un puits sans fond plus noir que la nuit. Il éprouvait de la douleur et de la peur, mais il ne sentait plus son corps. De temps en temps des voix l'avertissaient, l'appelaient, le réconfortaient ou paraissaient horrifiées.

Instinctivement, il comprit : s'il ne cessait pas de tomber, il serait perdu à tout jamais.

Finalement, la chute cessa et les convulsions se calmèrent. Il était dans un champ de fleurs sauvages aussi colorées qu'un arc-en-ciel. Des oiseaux et des papillons s'envolaient à son approche et l'odeur des champs était douce et fraîche. Il n'y avait aucun son. Par essaya de parler pour en créer un, mais il n'avait plus de voix. Et il n'y avait rien sous ses mains.

Il ne sentait ni son corps ni le monde autour de lui. À part la chaleur apaisante et agréable…

Il dériva. De temps en temps, une voix intérieure lui murmurait qu'il était mort.

Cette voix, pensa-t-il, était celle de Walker Boh.

Puis le monde lumineux disparut et Par bascula dans un univers de ténèbres et de puanteur. Du feu jaillit de la terre, volant vers un ciel lourd, couleur de boue. Des Ombreurs apparurent, leurs yeux rouges scintillant tandis qu'ils dansaient autour de lui tels des fantômes. Des nuages roulaient dans le ciel, zébrés d'éclairs.

Par se sentit soulevé, bousculé et lancé comme une feuille morte en travers du chemin. Alors, il comprit que c'était la fin de toute chose.

Puis son sens du toucher et sa voix revinrent en même temps qu'une douleur atroce.

— Par ?

La voix retentit une seule fois. C'était celle de Coll. Il le vit dans son rêve, étendu sur des rochers, ensanglanté, les yeux accusateurs.

— Tu m'as laissé. Oui, tu m'as abandonné.

Par hurla. La magie de l'Enchantement de Shannara généra autour de lui des images qui se transformèrent en monstres prêts à le dévorer. Il sentit leurs dents et leurs griffes...

... Et se réveilla.

Autour de lui tout était sombre, mais il capta la présence d'autres personnes, non loin de lui. Des voix criaient pour couvrir les roulements de tonnerre d'un orage. Par voulut se lever, mais des mains le forcèrent à se rallonger.

— ... encore réveillé, tenez-le...

— ... trop fort, comme s'il était dix et pas...

— Walker ! Vite !

Des arbres s'agitaient sous la tempête, géants aux longues branches qui lançaient des ombres sur les collines et menaçaient de les enfermer.

Par s'entendit hurler.

La foudre frappa, l'assourdissant.

Un voile rouge lui brouilla la vue.

Allanon apparut, entièrement vêtu de noir – un spectre sorti des légendes de l'ancien temps. Il se pencha vers Par, murmura, mais se fit quand même entendre malgré le fracas de l'orage.

— Dormez, Par, dit-il doucement.

Alors, le chaos se dissipa, remplacé par un sentiment de paix profonde.

Par plongea de nouveau à l'intérieur de lui-même. Il se battait, maintenant, parce qu'il sentait qu'il pourrait survivre s'il le voulait assez intensément. Une partie de lui se souvenait de ce qui était arrivé : les animaux-garous l'avaient attaqué et leur poison l'avait rendu malade. Mais Walker était venu le sauver, puis il l'avait emmené loin de ces créatures.

Par vit les yeux jaune lumineux de Rumeur. Il vit Coll et Morgan. Il vit Steff et son sourire sardonique, et Teel, énigmatique et silencieuse.

Il vit aussi l'Ombreuse, qui le suppliait de la serrer dans ses bras. Il se sentit résister et regarda la créature reculer puis disparaître. Elle avait essayé d'entrer en lui, de *devenir* lui ! C'était la nature même de ces horreurs, comprit-il soudain : des ombres sans substance qui volaient le corps des hommes. Et celui des femmes ou des enfants.

Mais les ombres vivent-elles ?

Ses pensées tourbillonnant autour de questions insolubles, Par passa de la raison à la confusion.

Endormi, il voyagea dans les terres des rêves. Il escalada des montagnes grouillant de gnolls, traversa des rivières et des lacs de brume, des forêts où le jour ne pénétrait jamais et des landes où le brouillard bouillonnait dans un chaudron de silence.

Aidez-moi ! supplia-t-il.

Mais il n'y avait personne pour l'entendre.

Soudain, le voyage se termina et les rêves se dissipèrent. Par s'éveilla, conscient qu'il avait dormi, mais ignorant combien de temps.

Au moins, il savait qu'il était vivant !

Il bougea et sentit la douceur typique d'un drap. Craignant d'être encore en train de rêver, il laissa ce contact le calmer en écoutant le bruit de sa propre respiration.

Puis il entrouvrit les yeux. Il était dans une petite pièce éclairée par la lampe posée sur la table de chevet. Couvert d'un édredon, Par reposait sur un lit douillet. Les rideaux de la fenêtre étant entrebâillés, il vit qu'il faisait nuit.

Morgan Leah somnolait sur un fauteuil, à côté de son lit.

— Morgan ? appela Par.

Le montagnard ouvrit les yeux et se leva d'un bond.

— Par ! Es-tu réveillé ? Au nom du ciel, qu'est-ce qu'on s'est fait comme souci ! Comment te sens-tu ? Ça va ?

— Je ne sais pas encore... Que s'est-il passé ?

— Je dirais plutôt, que ne s'est-il pas passé ! Tu as failli mourir, mon vieux !

— Je l'avais deviné. Et Coll, Morgan ?

— Il dort. Il attendait que tu te réveilles. Je l'ai envoyé au lit il y a quelques heures, avant qu'il tombe de son fauteuil. Tu le connais... Attends, je vais le chercher.

Par avait une foule de questions à poser, mais le montagnard était déjà parti. *Peu importe*, se dit-il. Il se rallongea tranquillement, soulagé. Coll allait bien. Rien n'était plus important pour lui !

Morgan revint presque aussitôt avec Coll, qui se pencha sans hésiter et serra son frère dans ses bras. Par lui rendit son étreinte – plus faiblement – et les trois amis éclatèrent de rire comme s'ils venaient de se raconter la meilleure blague de leur vie.

— On a bien cru te perdre, à un moment ! dit Coll, qui portait un bandage autour de la tête. Tu as été très malade, Par...

Par sourit. Il en avait assez de parler de ça.

— Quelqu'un veut bien me raconter ce qui est arrivé ? Et d'abord, où sommes-nous ?

— À Storland, annonça Morgan. Walker t'y a amené.

— Walker ?

— Je savais que tu serais étonné d'apprendre qu'il avait quitté le pays Sauvage. Et qu'il s'était montré à nous pour commencer. (Il soupira.) C'est une longue histoire, donc il vaudrait mieux reprendre depuis le début.

Il le fit avec l'aide de Coll, les deux amis s'interrompant mutuellement dans leur hâte de tout raconter sans rien oublier. Par écouta, de plus en plus surpris.

Coll avait été assommé par la pierre d'une fronde au moment de l'attaque des gnomes-araignées. Quand il avait repris conscience, Par et ses attaquants n'étaient plus là. Il pleuvait à verse et la piste était déjà noyée. De plus, Coll était trop affaibli pour se lancer à la poursuite de son frère. Il était revenu tant bien que mal chez Walker pour raconter à ses compagnons ce qui était arrivé. Il faisait déjà nuit, et il pleuvait toujours, mais il avait exigé qu'ils retournent tout près de la Pierre d'Âtre pour chercher son frère. Morgan, Steff, Teel et lui avaient vainement fouillé la forêt pendant des heures. Quand il était devenu impossible d'y voir, Steff avait ordonné qu'ils abandonnent les recherches et qu'ils recommencent le matin.

— Nous nous sommes séparés pour essayer de couvrir autant de terrain que possible, dit Coll, parce que je savais, d'après les récits anciens de Brin et Jair Ohmsford, que les gnomes-araignées vivaient près de la crête de Toffer et qu'ils venaient probablement de là. En tout cas, je l'espérais, parce que c'était notre seule piste. Mais nous ne savions plus que faire et nous commencions à désespérer.

— Exact, confirma Morgan.

— Bref, j'avais fait tout le chemin vers l'extrémité nord-est de la vallée quand j'ai vu Walker et son félin grand comme une maison ! Il a dit qu'il avait senti quelque chose et m'a demandé quel était le problème. Trop étonné de le voir, je ne lui ai posé aucune question, me contentant de lui dire ce qu'il voulait savoir.

— Devineras-tu ce qu'il a dit à ce moment ? demanda Morgan, une lueur malicieuse dans le regard.

— *« Attends ici, ce n'est pas un boulot pour toi »*, cita Coll. *« Je le ramènerai. »* Comme si nous étions des gamins qui avaient voulu jouer à un jeu d'adultes !

— Mais il a tenu parole, souligna Morgan.

— Exact, reconnut Coll – visiblement à regret.

Walker Boh était resté absent un jour et une nuit. À son retour à la Pierre d'Âtre, où Coll et ses compagnons l'attendaient, il avait bien Par avec lui. Infecté par les animaux-garous, il était proche de la mort. Le seul espoir de le sauver, avait dit Walker, était de l'amener à Storland, où vivaient les gnomes guérisseurs. Les Stors savaient traiter les affections de l'esprit et de l'âme, et ils pouvaient combattre le poison des animaux-garous.

Ils étaient tous partis immédiatement, sauf le félin.

Il leur avait fallu deux jours de voyage. Sans Walker, Par n'aurait pas survécu. Son oncle avait utilisé une étrange magie pour empêcher le poison de se répandre et garder son neveu endormi. À certains moments, Par s'était débattu. Il s'était réveillé une fois, au milieu d'un orage, dans le col de Jade, mais Walker avait réussi à le persuader de se rendormir.

— Nous sommes à Storland depuis trois jours et c'est la première fois que tu te réveilles, conclut Coll. (Il s'interrompit, les yeux baissés.) Ça n'est pas passé loin, grand frère...

Par ne dit rien. Même sans se rappeler de tout, il avait pleinement conscience de l'avoir échappé belle.

— Où est Walker ? demanda-t-il enfin.

— Nous l'ignorons, avoua Morgan. Nous ne l'avons pas vu depuis notre arrivée. Il a disparu.

— Il est retourné dans le pays Sauvage, je suppose, grogna Coll.

— Allons, Coll, fit Morgan, apaisant.

— Je sais, mon ami ! Je ne devrais pas le juger. Il a été là pour nous aider quand nous en avions besoin. Et il a sauvé la vie de Par. Tu sais, je lui en suis reconnaissant...

— Et moi, je pense qu'il est toujours dans le secteur, dit Morgan.

Quand ses compagnons le regardèrent d'un air interrogateur, il haussa les épaules.

Par raconta ce qui lui était arrivé après sa capture par les gnomes-araignées. Il hésita de temps en temps, car tout n'était pas clair dans son esprit.

Il était convaincu que les gnomes-araignées avaient été envoyés spécialement pour lui, sinon ils auraient aussi capturé Coll. L'Ombreuse leur avait désigné une cible. Mais comment avait-elle su qui il était et où le trouver ?

Un silence pensif tomba sur la petite pièce.

— La magie, dit Morgan. Ils semblent tous s'y intéresser. L'Ombreuse a dû la sentir aussi.

— Depuis la crête de Toffer ? demanda Par, incrédule.

— Et pourquoi ne pas avoir essayé de capturer aussi Morgan ? demanda Coll. Il contrôle la magie de l'Épée de Leah !

— Ce n'est pas le genre de magie qui les intéresse, répondit Morgan. Celle de Par les attire. La magie qui fait partie du corps ou de l'esprit des gens...

— Ou peut-être est-ce seulement *Par* qui les intéresse..., avança Coll.

— L'Ombreuse a essayé d'entrer en moi, dit Par. Elle voulait se fondre à moi. Et elle disait sans arrêt : « *serre-moi dans tes bras, serre-moi dans tes bras* », comme si elle était une enfant perdue.

— Tu parles d'une enfant ! fit Coll.

— Une sangsue plutôt qu'une enfant perdue, renchérit Morgan.

— Mais que sont ces monstres, en réalité ? demanda Par. D'où viennent-ils et que veulent-ils ?

— Nous, dit tranquillement Morgan.

— Toi, précisa Coll.

Ils parlèrent encore, récapitulant le peu qu'ils savaient au sujet des Ombreurs et de leur intérêt pour la magie. Puis Coll et Morgan se levèrent. Il était temps de laisser Par se reposer, dirent-ils. Encore faible, il avait besoin de reprendre des forces.

Le lac Hadeshorn, se souvint Par.

— Combien de temps reste-t-il avant la nouvelle lune ? demanda-t-il.

Coll soupira.

— Quatre jours, si tu insistes pour y aller.

Morgan sourit de toutes ses dents.

— Nous ne serons pas loin, si tu as besoin de nous. Content de te voir remis, Par !

Il sortit.

— Oui, content, répéta Coll en serrant chaleureusement la main de son frère.

Quand ils furent partis, Par resta allongé sans dormir et laissa ses pensées se bousculer à leur gré dans son esprit. Il se posait des questions auxquelles il n'avait aucune réponse. Il avait été pourchassé de Varfleet au lac Arc-en-ciel, de Culhaven à la Pierre d'Âtre, par la Fédération et par les Ombreurs. Fatigué et perturbé, il avait presque perdu la vie. Tout tournait autour de sa magie, et pourtant l'Enchantement lui avait été pratiquement inutile. Par courait d'une horreur à l'autre sans vraiment comprendre ce qui se passait. Il se sentait totalement impuissant.

Et malgré la présence de son frère et de ses amis, il se sentait étrangement seul.

Sa dernière pensée, avant de s'endormir, fut qu'il était réellement solitaire. D'une façon encore mystérieuse pour lui…

Il dormit mal, sans rêver, mais en se réveillant souvent. À l'aube, un Stor en robes blanches vint le voir dans sa chambre et palpa son front d'une main étonnamment chaude.

Par dormit mieux après cette visite.

Quand il se réveilla de nouveau, il pleuvait et le tonnerre grondait au loin.

Il s'appuya sur un coude et vit qu'un feu brûlait dans un fourneau qu'il n'avait pas remarqué la nuit précédente.

Du thé et des petits gâteaux attendaient son bon vouloir sur la table de chevet. Par tira les oreillers contre la tête du lit pour s'y appuyer. Affamé, il dévora les gâteaux, puis but une gorgée de thé, froid mais encore délicieux.

Il était en train de boire la troisième tasse quand la porte s'ouvrit. Walker Boh entra, s'arrêta en voyant que Par était réveillé, puis ferma la porte et s'approcha du lit.

— Tu te sens mieux ? demanda-t-il.

— Beaucoup mieux, dit Par. (Il posa la tasse.) On m'a dit que je te devais la vie. Tu m'as sauvé des animaux-garous et tu m'as ramené à la Pierre d'Âtre. Et tu as eu l'idée de me conduire à Storland. Coll et Morgan m'ont dit que tu as utilisé la magie pour me garder en vie pendant le voyage.

— La magie, dit Walker doucement, d'une voix lointaine. Des mots et des gestes combinés, une variation de l'Enchantement de Shannara. Mon héritage venu de Brin Ohmsford. Je n'ai pas le malheur d'avoir la totalité de ses pouvoirs… Pourtant, de temps en temps, le peu qu'il me reste est utile. Je peux sentir la force vitale des gens et trouver un moyen de la renforcer… Mais je n'appellerais pas ça de la magie…

— Et ce que tu as fait aux animaux-garous dans l'Antique lande, ce n'en était pas ?

— Ça, quelqu'un me l'a enseigné…

Par attendit, mais son oncle n'ajouta rien.

— Je te suis reconnaissant de tout ce que tu as fait pour moi. Merci.

— Je ne mérite pas tes remerciements. Tout ça t'est arrivé par ma faute.

Par se radossa à ses oreillers.

— Il me semble me souvenir de te l'avoir entendu dire…

Walker s'assit au pied du lit.

— Si je t'avais surveillé comme j'aurais dû le faire, les gnomes-araignées ne seraient jamais entrés dans la vallée. Tu as risqué gros en venant me chercher. J'aurais dû m'assurer de ta sécurité une fois que tu étais là. Et je ne l'ai pas fait.

— Je ne te blâme pas, dit Par.

— Moi, je m'en veux… Mon neveu, je vis seul parce que je l'ai choisi. D'autres personnes, à une autre époque, m'ont poussé à cette décision. Mais j'oublie parfois que s'isoler et se cacher sont deux choses différentes. Il y a des limites à la distance qu'on peut garder avec les autres, parce que notre monde n'autorise rien d'absolu. Quand tu es venu me chercher, je me cachais. Voilà pourquoi tu es parti sans protection.

Par ne comprit pas exactement ce que Walker voulait dire, mais il ne l'interrompit pas.

— Je ne suis pas venu te voir depuis que tu es ici. Le savais-tu ?

Par fit un signe affirmatif.

— Ce n'est pas parce que je t'ignorais. Mais tu étais en sécurité et j'avais besoin de réfléchir. Alors, je suis parti dans les bois, seul. À mon retour, ce matin, les Stors m'ont dit que tu étais réveillé. Et j'ai décidé de venir te voir.

Walker s'interrompit. Quand il reprit la parole, il choisit ses mots avec soin.

— J'ai pensé aux rêves...

Par s'agita sur son lit, se sentant déjà fatigué. Il lui faudrait un moment pour retrouver ses forces.

Walker s'en aperçut aussitôt.

— Ne t'en fais pas, je te laisserai bientôt te reposer... Par, j'avais prévu que tu viendrais me voir, après le début des rêves. Tu as toujours été impulsif. Au fond, nous sommes très proches d'une manière que tu ne comprends pas entièrement. Nous partageons un héritage et une sorte de prédestination qui pourrait nous empêcher de choisir notre propre voie. Ce que je veux dire, c'est que nous sommes les descendants de Brin et Jair Ohmsford, les héritiers de la maison elfique de Shannara... et les gardiens d'une mission. Tu te souviens ? Allanon nous a confié cette mission. Alors qu'il agonisait, il a dit à Brin que les Ohmsford garderaient la magie pendant des générations avant qu'on ait de nouveau besoin d'elle.

— Tu penses que nous sommes ceux à qui cet héritage était destiné...

— Je le crois. Et cette idée me terrifie ! Je ne veux rien avoir affaire avec les druides et leurs mystères ! Je fuis la magie elfique, ses exigences et ses traîtrises ! Vivre ma vie comme je l'entends, voilà tout ce qui m'intéresse !

— Parfois, dit tristement Par, le choix ne nous appartient pas.

La réponse de Walker ne fut pas celle que Par attendait.

— C'est ce que j'ai compris en attendant que tu te réveilles. Les circonstances conspirent parfois contre nous. Si nous insistons pour rester inflexibles, nous nous compromettons subtilement. Mon désir de rester caché dans le pays Sauvage a failli te coûter la vie...

— Tu ne peux pas t'estimer responsable des risques que je choisis de courir, Walker.

— Tu te trompes, puisque j'estime avoir ce qu'il faut pour te protéger. J'aurais préféré qu'il en aille autrement, mais c'est comme ça. Bien... J'étais venu te dire quelque chose et je ne l'ai toujours pas fait. Autant en finir pour que tu puisses te reposer. Je pars avec toi.

— Pour le lac Hadeshorn ?

— Pour rencontrer l'ombre d'Allanon, si c'est bien elle, et pour entendre ce qu'elle a à dire. Je ne fais aucune autre promesse, Par, et pas de concession supplémentaire à ta façon de voir les choses. Mais tu avais raison sur un point : nous ne pouvons pas prétendre que le monde commence et finit en fonction des frontières que nous aimerions lui assigner. Nous devons accepter qu'il envahisse nos vies d'une manière que nous n'aimons pas. Et affronter les défis qu'il nous lance.

Il posa une main sur celle de Par.

— Moi aussi, dit-il doucement, j'aimerais savoir quel destin on m'a préparé. Repose-toi, maintenant... Nous avons un voyage à faire, et un jour ou deux pour nous y préparer. Je m'occuperai de tout et je viendrai vous chercher quand viendra le moment de partir.

Il fit mine de sortir, puis se ravisa.

— Essaie d'avoir une meilleure opinion de moi, maintenant.

Sur ces mots, il s'éclipsa.

Walker Boh tint parole. Deux jours plus tard, peu après le lever du soleil, il revint avec des chevaux et des provisions. Depuis la veille, Par avait quitté le lit, assez bien remis de son expérience dans l'Antique lande. Quand son oncle revint, il attendait sous le porche du bâtiment en compagnie de Steff et de Teel.

— Un type bizarre, marmonna Steff. On ne l'a pas vu cinq minutes depuis qu'on est arrivé, et le voilà qui réapparaît comme un fantôme !

— Walker Boh est bien réel, dit Par sans regarder le nain. Et il est hanté par ses propres fantômes...

— Des fantômes courageux, je dirais...

— Vous avez toujours peur de lui, n'est-ce pas ?

— Peur de lui ? répéta Steff en éclatant de rire. Tu entends ça, Teel ? Il cherche des failles à mon armure ! Non, Valombrien, je n'ai plus peur de lui. Mais je m'interroge à son sujet.

Coll et Morgan arrivèrent et le petit groupe se prépara au départ. Des Stors sortirent pour leur dire au revoir, une expression perpétuellement anxieuse sur leurs visages pâles. Walker s'entretint avec eux – à voix si basse que les autres n'entendirent rien.

Puis il sauta sur son cheval et fit face à ses compagnons.

— Que la chance nous accompagne, mes amis, dit-il.

Puis il partit vers l'ouest, en direction des plaines.

— Oui, bonne chance à nous tous, souffla Par Ohmsford.

Chapitre 13

Le soleil couchant illuminait violemment le lac Myrian.

Wren Ohmsford cligna des yeux pour les protéger de ces reflets rouges aveuglants.

Plus loin, à l'ouest, l'ombre des monts Irrybis planait sur les vastes étendues du Tirfing.

Encore une heure, peut-être un peu plus, et il fera nuit, pensa Wren.

Elle s'arrêta au bord du lac et, un bref instant, savoura l'approche du crépuscule. Autour d'elle, les Terres de l'Ouest s'étendaient sous la chaleur de cette fin de journée estivale.

Le temps commençait à manquer à la jeune femme.

Elle regarda autour d'elle, cherchant la piste qu'elle avait perdue de vue à cent pas de là. Mais elle ne vit rien.

Il aurait aussi bien pu s'évaporer dans l'air.

Il travaille beaucoup à ce jeu du chat et de la souris, se dit-elle.

Et elle en était peut-être la cause…

Cette idée la stimulant, elle continua à avancer. Elle se glissa entre les arbres, le long de la rive du lac, puis examina les feuillages et la terre avec une détermination renouvelée.

Petite et menue, Wren était pourtant nerveuse et forte. Coupée court et bouclée, sa chevelure blond cendré la rendait presque masculine. Les traits nettement elfiques, elle avait des sourcils incurvés vers le haut et ses petites oreilles pointues encadraient un visage étroit aux pommettes hautes.

Ses yeux noisette bougeaient sans arrêt pendant qu'elle chassait.

Elle trouva la première erreur qu'il avait commise près d'un petit buisson broussailleux. La seconde arriva peu après : une marque de botte sur des pierres. Wren sourit malgré elle, sa confiance grandissant. Elle leva son bâton, anticipant la fin de la chasse.

Oui, elle l'aurait, se promit-elle.

Le lac formant une crique profonde entre les arbres devant elle, elle fut obligée de bifurquer sur la gauche, à travers un bosquet de pins. Au sortir du bosquet, elle vit une éraflure fraîche sur une racine.

Il devient imprudent, se dit-elle. *Ou il veut que je le pense imprudent...*

Elle vit le piège juste avant de poser le pied dedans. Si elle ne l'avait pas aperçu, elle aurait été soulevée de terre par le nœud coulant.

Elle trouva le deuxième non loin, mieux caché, et prévu pour la piéger pendant qu'elle serait occupée à éviter le premier. Elle le contourna et fut plus prudente à partir de là.

Malgré tout, elle faillit ne pas le voir à temps quand il descendit de l'érable, cinquante pas devant elle. Fatigué d'essayer de la semer, il avait décidé d'en finir...

Il se laissa tomber sous l'arbre et avança en silence.

Son instinct seul sauva Wren. Elle sauta sur le côté, leva son bâton et lui en flanqua un coup sur les épaules.

Son adversaire se releva avec un grognement. Cet homme de grande taille paraissait immense dans la petite clairière. Il bondit sur Wren, qui se servit du bâton pour sauter à l'écart.

Mais elle glissa en atterrissant et il se jeta sur elle avec une rapidité étonnante. Elle roula sur elle-même, sortit sa dague et plaqua la lame contre le ventre de l'homme.

Un visage bronzé et barbu se baissa vers elle.

— Tu es mort, Garth, dit Wren, souriante.

Puis elle leva une main et fit les signes...

Le vagabond géant se releva et sourit.

Ils brossèrent leurs vêtements et se regardèrent à la lueur du crépuscule.

— Je m'améliore, non ? demanda Wren en faisant les signes avec ses mains tout en parlant.

Garth répondit sans parler, ses doigts dessinant les signes du langage qu'il lui avait appris.

— « Oui, mais tu n'es pas encore assez bonne », traduisit Wren. (Elle sourit de plus belle.) Je ne suis jamais assez bien pour toi ! Sinon, tu n'aurais plus de boulot !

Elle ramassa le bâton et feinta. Son compagnon sauta en arrière.

Ils s'affrontèrent amicalement un petit moment, puis s'arrêtèrent et repartirent vers la rive du lac. À une demi-heure de marche, une petite clairière, près de la crique, ferait un excellent campement pour la nuit. Wren l'avait repérée pendant la poursuite...

— Je me sens formidablement bien, mais je suis fatiguée et j'ai mal partout, annonça-t-elle.

En chemin, elle chanta une chanson rituelle des vagabonds.

Garth marchait derrière elle, telle une ombre.

Ils dressèrent leur camp, préparèrent un repas et se passèrent une outre de bière.

Confortablement installée, Wren Ohmsford laissa dériver ses pensées. Ils avaient encore cinq jours devant eux avant de devoir revenir. Elle aimait ses expéditions avec Garth. Le grand vagabond était le meilleur professeur possible, car il laissait ses élèves apprendre de leur propre expérience. Personne n'en savait plus que lui sur la chasse, les pièges, la manière de se dissimuler et d'autres arts utiles pour qui entendait rester vivant.

Il était son mentor depuis le début et elle n'avait jamais demandé pourquoi il l'avait choisie.

Wren écouta les bruits de la forêt et essaya par habitude d'identifier les créatures qu'elle entendait bouger dans l'obscurité. Sa vie était dure et exigeante, mais elle n'en aurait plus voulu d'autre. Née au sein des vagabonds, elle avait toujours vécu parmi eux, sauf quelques brèves années, quand elle habitait avec ses cousins Ohmsford, à Valombre.

Revenue depuis des années dans les Terres de l'Ouest, elle voyageait avec Garth et les autres vagabonds qui l'avaient élevée après la mort de ses parents. Les Terres de l'Ouest entières appartenaient aux vagabonds, du Kershalt à l'Irrybis et de la vallée de Rhenn à la Ligne de Partage Bleue. Autrefois, elles avaient également appartenu aux elfes, mais ils avaient disparu. Ayant perdu tout intérêt pour le monde des mortels, ils étaient repartis dans leur pays magique.

Certains disaient que les elfes étaient toujours là, cachés quelque part. Wren ignorait de quoi il retournait, mais elle savait qu'ils avaient abandonné un paradis sauvage qui appartenait désormais aux vagabonds.

Garth lui passa l'outre de bière. Wren but avidement, puis la lui rendit.

Elle commençait à avoir sommeil. D'habitude, elle buvait peu. Mais aujourd'hui, elle se sentait particulièrement fière d'elle. Car elle n'avait pas souvent le dessus dans ses joutes amicales avec Garth.

Elle le regarda, consciente qu'il comptait tellement pour elle. Ses années à Valombre lui semblaient si loin ! Pourtant, elle s'en souvenait, et elle pensait souvent à Par et à Coll. Autrefois, les Ohmsford étaient sa seule famille. Maintenant, elle avait Garth, qui lui servait de père, de mère et de frère. Elle l'aimait d'un amour féroce.

Pourtant, elle se sentait parfois détachée de tout, même de lui, comme si elle avait été orpheline. Savoir si peu de chose sur elle-même la dérangeait. D'autant plus que personne autour d'elle n'en savait plus long. Elle avait posé des questions, mais les explications étaient toujours très vagues. Son père était un Ohmsford, et sa mère une vagabonde. On ignorait de quelle façon ils étaient morts et ce qu'il était advenu des autres membres de sa famille proche. Personne ne savait qui étaient ses ancêtres…

Elle détenait un seul objet susceptible de lui indiquer qui elle était : une petite bourse en cuir qu'elle portait autour du cou et qui contenait trois pierres rondes à la forme parfaite. Des Pierres elfiques, aurait-on pu croire, jusqu'à ce qu'un examen plus approfondi démontre qu'il s'agissait de cailloux ordinaires peints en bleu. Mais on les avait trouvées sur elle quand elle était bébé. La seule chose qui la liait à son – éventuel – héritage.

Garth savait quelque chose à ce sujet, soupçonnait-elle. Il lui avait dit le contraire, mais elle se doutait que ce n'était pas vrai. Garth était doué pour garder des secrets… Elle en était parfois furieuse, mais ne lui en parlait pas. Personne ne *forçait* Garth à s'exprimer. Quand il serait prêt, il le ferait.

Wren haussa les épaules, comme toujours quand elle se posait des questions sur l'histoire de sa famille. Quelle importance ? Elle était une vagabonde qui menait une vie que beaucoup de gens auraient enviée, s'ils étaient honnêtes avec eux-mêmes.

Le monde lui appartenait, elle pouvait aller où elle voulait et faire ce qui lui plaisait. Si ça suffisait aux autres vagabonds, pourquoi pas à elle ?

Mais les autres n'étaient pas d'ascendance elfique. Ils n'avaient pas dans les veines le sang des Ohmsford-Shannara, avec sa magie héritée de l'ancien monde. Bref, les autres n'étaient pas traqués par des rêves…

Elle vit que Garth la regardait et lui sourit. Aucun autre vagabond n'avait suivi un entraînement à la survie aussi poussé que le sien. Et elle se demandait pourquoi…

Ils burent encore un peu de bière, ajoutèrent du bois dans le feu et s'enroulèrent dans leurs couvertures. Wren resta éveillée un long moment, réfléchissant aux questions sans réponses qui ponctuaient sa vie. Quand elle dormit enfin, ce fut d'un sommeil agité, des fragments de rêve glissant entre ses doigts comme des gouttes de pluie.

Elle se réveilla à l'aube et ouvrit les yeux sur un vieil homme, assis devant elle, qui remuait les cendres du feu avec un long bâton.

— Il était temps ! ricana le vieillard.

Wren se leva d'un bond. Garth dormait toujours, mais il se réveilla aussitôt. Alarmée, la jeune femme prit son bâton. Comment le vieil homme s'était-il approché à ce point sans les réveiller ?

Le vieillard leva un bras maigre comme une brindille.

— Ne vous inquiétez pas. Soyez contente que je vous aie laissé dormir !

Garth s'était levé aussi. À la grande surprise de Wren, le vieil homme parla par signes, répétant ce qu'il avait dit à Wren, et ajouta qu'il ne leur voulait pas de mal. Garth hésita, puis il se rassit, mais resta attentif.

— Comment saviez-vous qu'il fallait lui parler comme ça ? demanda Wren.

Elle n'avait jamais vu personne, hors du camp des vagabonds, qui pratiquât le langage de Garth.

— Je connais une ou deux petites choses en matière de communication, dit le vieil homme avec un sourire satisfait.

La peau tannée et ridée, la barbe et les cheveux blancs, il était maigre comme un épouvantail.

— Je sais, par exemple, qu'on peut envoyer des messages par écrit, par le langage des signes… ou avec des rêves.

Wren sursauta.

— Qui êtes-vous ?

— On dirait que c'est la question préférée de tout le monde… Mon nom importe peu. Ce qui compte, c'est mon message : vous ne pouvez plus ignorer les rêves ! Parce qu'ils vous viennent d'Allanon.

En parlant, il répétait son discours dans le langage des signes, à l'attention de Garth. Wren s'aperçut que le grand vagabond la dévisageait, mais elle ne put détourner son regard du vieil homme.

— Comment êtes-vous au courant pour les rêves ?

Le vieillard lui révéla qu'il se nommait Cogline et qu'il était un ancien druide recruté par Allanon parce que les *vrais* druides avaient disparu des Quatre Terres. À part lui, précisa-t-il, il ne restait personne pour avertir les membres de la famille Ohmsford que les rêves étaient réels. Bref, le fantôme d'Allanon l'avait envoyé la convaincre que les Quatre Terres étaient en grand danger. La magie était presque perdue et seuls les Ohmsford pouvaient la restaurer. Ils devaient venir lui parler la nuit de la nouvelle lune et découvrir ce qui *devait* être fait. Il conclut en précisant qu'il avait d'abord été voir Par Ohmsford, puis Walker Boh...

Wren réfléchit un moment avant de parler.

— Ces rêves me perturbent depuis quelque temps, avoua-t-elle. Je croyais qu'il s'agissait de songes normaux. La magie des Ohmsford n'a jamais fait partie de ma vie...

— Et vous vous demandez si vous êtes réellement une Ohmsford, coupa le vieil homme. Vous n'en êtes pas sûre, n'est-ce pas ? Et si la réponse était négative, la magie n'aurait rien à faire dans votre vie. Voilà qui vous arrangerait bien...

— Comment savez-vous tout ça, Cogline ? Sauriez-vous qui je suis en réalité ?

Le vieil homme haussa les épaules.

— L'important n'est pas de savoir qui vous êtes, mais qui vous *pourriez* être. Si vous voulez apprendre quelque chose à ce sujet, allez parler à Allanon.

— Vous jouez avec moi au jeu du chat et de la souris, dit Wren.

— Peut-être.

— Pourquoi ?

— C'est très simple... Si vous êtes suffisamment intriguée par ce que je vous dis, vous serez d'accord pour faire ce que je vous demande. J'ai rudement secoué les autres membres de votre famille. Avec vous, j'ai décidé d'essayer une méthode différente. Le temps passe et je suis un vieil homme. La nouvelle lune se lèvera dans six jours. Même à cheval, il vous en faudra au moins quatre pour atteindre le lac Hadeshorn. Cinq, si je suis du voyage...

Cogline répétait toujours par signes tout ce qu'il disait. Quand Garth lui posa une question, il éclata de rire.

— Déciderai-je de faire le voyage ? Oui, je pense ! Depuis des semaines, je joue les messagers pour cette ombre. À mon avis, j'ai le droit de connaître ses intentions. (Il s'interrompit.) De plus, je ne suis pas tout à fait sûr d'avoir le choix...

— Qu'est-ce que mon cousin..., commença Wren.

Elle s'interrompit, car ce mot ne sonnait pas juste.

— Qu'a dit Par ?

— Qu'il allait réfléchir. Avec son frère. Ils étaient ensemble quand je les ai trouvés.

— Et Walker Boh ?

— La même chose.

Mais le regard de Cogline laissa penser à Wren qu'il mentait.

— Vous vous moquez de moi. Qu'a-t-il dit ?

Les yeux du vieil homme s'étrécirent.

— Jeune vagabonde, vous abusez de ma patience. Je n'ai pas l'énergie de discuter avec vous jusqu'à la fin des temps. Vous avez un esprit indépendant, non ? S'ils y vont, ce sera pour des raisons qui les regardent. Ne devriez-vous pas faire de même ?

— Qu'ont-ils dit ? répéta Wren.

— Ce qu'ils ont voulu ! cracha le vieil homme. Suis-je un perroquet pour répéter les phrases des autres ?

Il la regarda un moment, puis leva les mains.

— D'accord ! Voilà de quoi il retourne... Le jeune Par et son frère ont été chassés de Varfleet par la Fédération parce qu'ils se sont servis de la magie pour raconter les histoires de leur famille et des druides. La dernière fois que je l'ai vu, Par pensait rentrer chez lui pour réfléchir aux rêves. Il a dû découvrir depuis que c'est impossible, parce que son village est entre les mains de la Fédération, et que ses parents – les vôtres, autrefois, en un sens – sont prisonniers.

Wren en sursauta de surprise.

— Walker Boh, c'est une autre histoire... Il pense avoir coupé tout lien avec la famille Ohmsford. Ce gaillard vit seul et il préfère ça. Bref, il ne veut rien avoir affaire avec le monde ni avec les druides. Il pense être le seul à connaître le bon usage de la magie. À ses yeux, tous les autres détenteurs de pouvoir sont des idiots ! Il oublie qui lui a enseigné ce qu'il sait ! Il...

— Vous, coupa Wren.

— ... fonce dans le brouillard, pour... (Le vieillard s'interrompit.) Qu'avez-vous dit ?

— Vous, répéta Wren. Vous avez été son professeur, n'est-ce pas ?

— Oui, petite... Vous êtes contente ? C'est la révélation que vous attendiez ? Ou vouliez-vous autre chose ?

Il avait oublié de traduire ce qu'il disait en signes, mais Garth parut avoir lu sur ses lèvres. Il attira l'attention de Wren et hocha la tête, approbateur.

— Donc, Walker n'y va pas, c'est ça ?

— Et voilà ! dit le vieil homme, triomphant. Au moment où j'avais décidé que vous étiez une fille intelligente, vous me donnez tort ! Walker Boh dit qu'il n'ira pas, et il *pense* qu'il n'ira pas. Mais il ira ! Le jeune garçon aussi. C'est comme ça. Les choses s'arrangent parfois d'une manière inattendue. À moins que ce soit l'effet de la magie des druides... Et vous, petite Wren ? Serez-vous courageuse ou timide ?

— Pourquoi pas les deux, selon les besoins ?

Cogline grogna d'impatience.

— Parce que la situation demande que vous décidiez !

Wren jeta un coup d'œil à Garth, puis elle se tourna vers la forêt. Ses pensées de la nuit précédente lui revinrent en mémoire. Oui, elle pouvait y aller, si elle le décidait. Les vagabonds ne l'en empêcheraient pas, même Garth, qui insisterait probablement pour l'accompagner. Ainsi, elle pourrait parler à l'ombre du grand Allanon, un homme dont certains niaient l'existence. Elle pourrait lui poser les questions qui la tourmentaient depuis si longtemps, et peut-être recevoir quelques réponses. Une idée ambitieuse mais intéressante...

Cela signifierait qu'elle reverrait Par, Coll et Walker Boh. Son autre famille qui n'était peut-être pas sa famille... Oui, elle avait envie de les recontacter...

Cela voudrait aussi dire qu'il lui faudrait affronter la réalité de ses rêves. Et impliquerait un changement dans sa vie, dont elle était pourtant parfaitement satisfaite.

Wren sentit autour de son cou la présence de la bourse, avec ses pierres peintes en bleu, comme si celles-ci essayaient de lui dire quelque chose. Mais elle connaissait les récits sur les Ohmsford et les druides. Et elle se méfiait.

Wren sourit. Depuis quand se méfier l'aurait empêchée d'agir ? Non, elle ne pourrait pas vivre si elle refusait d'ouvrir la porte qu'on lui montrait !

— Jeune vagabonde, dit Cogline, je suis fatigué. Mes vieux os ont besoin de bouger pour ne pas se rouiller. Donnez-moi votre décision. Ou avez-vous besoin, comme les autres membres de votre famille, de réfléchir pendant des siècles ?

Wren regarda Garth. Le vagabond géant fit un signe de tête à peine perceptible.

— Vous êtes si grincheux, Grand-Père ! La patience n'est-elle pas une vertu ?

— Je l'ai perdue en même temps que ma jeunesse, petite... Bien. Qu'avez-vous décidé ?

— J'irai voir Allanon. Qu'attendiez-vous d'autre ?

Le vieil homme ne répondit pas.

Chapitre 14

Cinq jours plus tard, alors que le soleil incendiait l'horizon oriental, Wren, Garth et le vieil homme qui disait s'appeler Cogline arrivèrent au pied des dents du Dragon, à l'entrée de la piste qui menait à la vallée de Schiste et au lac Hadeshorn.

Par Ohmsford fut le premier à les voir. Perché sur une saillie rocheuse, d'où il observait le sud de Callahorn, il s'était assis à l'écart pour s'isoler un peu.

Arrivé la veille avec Coll, Morgan, Walker, Steff et Teel, il avait hâte que tombe la première nuit de la nouvelle lune. Absorbé par la contemplation du coucher de soleil, il aperçut l'étrange trio au moment où il sortait d'un bosquet de peupliers.

Par se leva, n'en croyant pas ses yeux. Puis, certain qu'il ne se trompait pas, il sauta de son perchoir et courut prévenir ses amis, installés dans leur campement, un peu plus bas.

Wren y arriva presque avant lui. L'ayant aperçu au moment où il l'avait repérée, elle abandonna ses compagnons, galopa, déboula dans le camp et sauta de selle avant que sa monture ne soit complètement arrêtée. Puis elle se jeta sur Par et le serra dans ses bras avec un tel enthousiasme qu'il faillit en tomber par terre. Quand elle en eut fini avec lui, elle étreignit Coll, stupéfait mais ravi. Walker eut seulement droit à un baiser sur la joue, et Morgan, dont elle se souvenait à peine, à une poignée de main et à un signe de tête.

Pendant que les trois Ohmsford se retrouvaient, leurs compagnons se regardèrent avec un certain malaise et pas mal de méfiance. Surtout vis-à-vis de Garth. Deux fois plus costaud que les autres hommes, il portait les vêtements voyants qu'affectionnaient les vagabonds, un accoutrement qui le faisait paraître encore plus grand.

Au bout d'un moment, Wren se souvint de sa présence et le présenta aux autres. Par fit de même avec Steff et Teel. Cogline attendit, puisque tout le monde semblait savoir qui il était.

Puis le petit groupe se divisa. Steff et Teel continuèrent de cuisiner en silence autour du feu de camp, Walker se retira à l'ombre d'un pin rabougri, et Cogline disparut entre les rochers – si discrètement qu'ils faillirent ne pas s'apercevoir de son départ.

Comme il ne faisait réellement partie d'aucun des deux « clans » en présence, personne ne s'en soucia.

Par, Coll, Wren et Morgan s'approchèrent des chevaux pour les desseller et les panser. Ils parlèrent du bon vieux temps, des anciens amis, des endroits qu'ils avaient visités, des choses qu'ils avaient vues et des vicissitudes de la vie.

— Tu as grandi, Wren, dit Coll. Tu n'es plus du tout la gamine dégingandée dont je me souvenais !

— Une cavalière sauvage, voilà ce que tu es devenue ! lança Par. Pour toi, les frontières n'existent pas !

— Je mène une vie plus agréable que vous… Les Terres de l'Ouest sont un bon pays pour ceux qui aiment la liberté. Au fait, Cogline m'a dit ce qui était arrivé à Valombre. Jaralan et Mirianna m'ont recueillie, et j'ai toujours de l'affection pour eux. Ils sont prisonniers, paraît-il. Avez-vous eu de leurs nouvelles ?

— Non. Nous fuyons depuis Varfleet.

— Je suis désolée, Par. La Fédération fait de son mieux pour nous gâcher la vie. Les Terres de l'Ouest aussi grouillent de soldats et de laquais de l'administration. Heureusement, les vagabonds savent comment les éviter. Si c'est nécessaire, vous serez les bienvenus parmi nous.

— Il vaut mieux d'abord voir comment cette affaire de rêves tournera, répondit Par.

Ils mangèrent de la viande grillée, du pain, des légumes à l'étouffée, du fromage et des noix, le tout arrosé de bière et d'eau.

La nourriture était bonne, et tout le monde le dit, au grand plaisir de Steff. Cogline ne se montra pas. Les autres membres du groupe parlèrent un peu plus facilement entre eux, sauf Teel, désormais connue pour son mutisme.

Quand le repas fut terminé, Steff et Teel s'occupèrent de la vaisselle. Les autres s'éloignèrent pendant que la nuit tombait. Alors que Coll et Morgan partaient chercher de l'eau à un ruisseau, Par, Wren et Garth suivirent la piste qui menait vers les montagnes et la vallée de Schiste.

— Tu y es déjà allé ? demanda Wren.

— Non. C'est à des heures d'ici, et personne n'avait envie de se précipiter. Walker lui-même a refusé d'y aller avant le moment du rendez-vous. (Il regarda le ciel, où la lune était à peine visible à l'horizon.) Demain soir…

Wren ne répondit pas. Ils marchèrent en silence et gagnèrent la saillie rocheuse où Par avait vu arriver Wren et ses compagnons. Ils s'arrêtèrent et étudièrent la contrée, au sud.

— Tu as eu les rêves aussi ? demanda Wren.

Elle décrivit les siens.

— Qu'en penses-tu ?

Par s'assit sur un rocher. Ses deux compagnons l'imitèrent.

— Je pense que dix générations d'Ohmsford ont vécu depuis l'époque de Brin et Jair, attendant que cela arrive. La magie de la maison elfique de Shannara, celle des Ohmsford, maintenant, est plus importante que nous le pensions. Allanon – son ombre, en tout cas – nous dira de quoi il s'agit. Et ce sera certainement quelque chose de merveilleux… et de terrible.

Conscient que Wren le regardait intensément, il haussa les épaules.

— Je ne voulais pas dramatiser. Mais c'est ainsi que je vois les choses...

Wren traduisit ses paroles pour Garth, qui ne dit pas ce qu'il pensait.

— Walker et toi, vous avez l'usage de la magie. Moi, non. Qu'en penses-tu ?

— La magie de Morgan est plus forte que la mienne, ces temps-ci, et il n'a pas été appelé...

Par raconta la confrontation avec l'Ombreuse, et la découverte de la magie toujours présente dans la lame de l'Épée de Leah.

— Je me demande pourquoi les rêves n'ont pas demandé à Morgan de venir. Pour tout le bien que m'a fait l'Enchantement de Shannara...

— Mais tu ne sais pas quelle est la force réelle de ta magie, Par. Tu dois savoir, avec les récits que tu racontes, qu'aucun des Ohmsford, depuis Shea, ne comprenait complètement l'usage de la magie quand il a commencé sa quête. Ne pourrait-il pas en aller de même pour toi ?

C'était possible...

— Ou pour toi, Wren.

— Non, Par Ohmsford ! Je suis une simple vagabonde, dépourvue du sang qui charrie la magie de génération en génération. (Elle éclata de rire.) Je suppose que je dois me contenter d'une bourse contenant de fausses Pierres elfiques !

Par rit aussi, se souvenant des pierres peintes en bleu qu'elle conservait si précieusement quand elle était enfant.

Ils échangèrent des anecdotes sur leur vie : ce qu'ils avaient fait, où ils étaient allés et ce qu'ils avaient découvert au cours de leurs voyages.

Les deux jeunes gens étaient à l'aise l'un avec l'autre, comme s'ils avaient été séparés des semaines, et non des années. C'était l'œuvre de Wren, pensa Par. Il était stupéfait par l'épanouissement de la jeune femme, visiblement satisfaite de sa vie sans contrainte. Elle avait une grande force de caractère et il l'admirait beaucoup pour son courage.

— Comment trouves-tu Walker ? demanda-t-elle soudain.

— Distant. Hanté par des démons que je ne comprends pas. Il dit se méfier de la magie elfique et de celle des druides, mais semble posséder un pouvoir qu'il utilise librement. Je ne le comprends pas...

Wren transmit ces commentaires à Garth, qui répondit par un signe très court. Wren le regarda, puis se tourna vers Par.

— Garth dit que Walker a peur.

— Comment le sait-il ?

— Il le sait. Étant sourd, il a développé ses autres sens. Il détecte les sentiments des gens plus rapidement que toi ou moi...

— Eh bien, dans ce cas, il a raison. Walker est effrayé. Il me l'a dit. Il a peur de toute cette affaire avec Allanon. Bizarre, non ? J'ai du mal à imaginer que quelque chose fasse peur à Walker Boh...

Wren dit quelques mots dans le langage des signes, mais Garth haussa les épaules.

Ils restèrent un moment silencieux.

— Savais-tu que Cogline était autrefois le professeur de Walker ?

— Il te l'a dit ?

— Je l'ai piégé pour lui faire avouer...

— Professeur de quoi, Wren ? De magie ?

— De ça ou d'autre chose ! Il y a beaucoup de mystères entre ces deux-là, aussi dissimulés que la peur de Walker.

Par ne le dit pas, mais il était d'accord avec cette analyse.

Ils dormirent bien cette nuit-là, à l'ombre des dents du Dragon, mais se réveillèrent à l'aube, pressés de commencer la journée. Le soir, ils devaient rencontrer l'ombre d'Allanon...

Ils mangèrent sans sentir le goût de la nourriture et parlèrent peu. Claire et sans nuages, la journée promettait d'être du genre qu'ils auraient apprécié dans d'autres circonstances. Là, ils la trouvèrent interminable.

Cogline revint vers midi, émergeant des montagnes comme un prophète de malheur. Hirsute, les yeux cernés par le manque de sommeil, il leur annonça que tout était arrangé et qu'il viendrait les chercher après le crépuscule. Refusant d'en dire plus, il repartit comme il était venu.

— Que fait-il, là-haut ? marmonna Coll.

Le soleil avançait vers l'ouest à une telle lenteur qu'on eût dit qu'il avait des chaînes aux pieds. L'énormité de ce qui arriverait bientôt pesait lourdement sur les épaules des voyageurs. Même Walker Boh, qu'on aurait pu croire moins tendu à l'idée de rencontrer des ombres et des esprits, se renferma sur lui-même et devint inabordable.

Au milieu de l'après-midi, Par le rencontra en se promenant dans les collines. Ils ralentirent en s'apercevant, puis s'arrêtèrent et se regardèrent avec un certain malaise.

— Tu crois qu'il viendra ? demanda Par.

— Il viendra, affirma Walker Boh.

Par réfléchit un moment.

— J'ignore à quoi m'attendre, dit-il enfin.

— Peu importe ce que tu escomptes... Ce qui se produira sera forcément différent. Les druides ont toujours été doués pour les surprises.

— Tu t'attends au pire, n'est-ce pas ?

— Je m'attends à...

Il s'interrompit.

— ... À la magie, acheva Par.

Son oncle fronça les sourcils.

— La magie des druides, précisa Par. Selon toi, c'est ce que nous verrons, cette nuit. J'espère que tu as raison et que la magie ouvrira toutes les portes qui nous ont été fermées. Qu'elle nous fera voir ce qu'elle peut réellement accomplir !

Walker Boh eut un sourire ironique.

— Il existe des portes qu'il vaut mieux ne pas ouvrir, dit-il. Tu ferais bien de t'en souvenir.

Il posa une main sur le bras de son neveu, puis reprit son chemin.

Quand le soleil commença à descendre à l'horizon, tous revinrent au camp pour le repas du soir. Morgan fut volubile, un signe de nervosité chez lui. Il parla de la magie, de son Épée et de choses étranges que Par espérait ne jamais voir se réaliser. Jetant des coups d'œil inquiets vers les montagnes, les autres mangèrent en silence. Teel refusa de dîner. Elle resta assise dans les ombres, son masque semblant la séparer des autres comme un voile. Même Steff la laissa tranquille.

Quand les étoiles apparurent dans le ciel, la lune ne se montra pas.

Morgan sortit l'Épée de Leah et la polit. Wren et Garth nourrirent et pansèrent les chevaux. Walker avança sur la piste et resta debout à contempler les montagnes. Les autres attendirent, perdus dans leurs pensées.

À minuit, Cogline sortit des ombres comme un fantôme.

— Il est temps, annonça-t-il.

Ils se levèrent et le suivirent sur la piste qui conduisait aux dents du Dragon. Les étoiles brillaient, mais les flancs de la montagne occultèrent leur lueur, plongeant le petit groupe dans les ténèbres. Cogline ne ralentit pas. Par, Coll et Morgan le talonnaient. Wren et Garth suivaient un peu plus loin. Steff et Teel précédaient Walker Boh, qui fermait la marche.

La piste devint de plus en plus raide quand ils entrèrent dans un petit défilé où régnait un silence de mort.

Par trébucha sur des pierres, tomba et s'écorcha les genoux. D'un noir brillant évoquant le charbon, ces cailloux étaient coupants comme le tranchant d'un rasoir. Curieux, Par en ramassa un et le fourra dans sa poche.

Puis la montagne s'ouvrit devant eux et ils découvrirent la lisière de la vallée de Schiste, une grande dépression couverte de pierres brillantes et noires identiques à celle que Par avait ramassée. Rien ne poussait sur ce sol. Au centre de ce lieu sinistre s'étendait un lac aux eaux étrangement sombres.

Cogline s'arrêta et regarda ses compagnons.

— Le lac Hadeshorn, murmura-t-il. Le domaine des druides du passé...

Même à cette heure de la nuit, il faisait étrangement tiède, car la vallée, très encaissée, retenait la chaleur de la journée.

Par sentit un filet de sueur couler le long de son dos.

Ils avancèrent en formation serrée vers le lac et virent plus clairement les vaguelettes qui l'agitaient. Une puissante odeur de décomposition monta à leurs narines.

Ils étaient encore loin de la rive quand Cogline leva les mains.

— Restez ici. Tout contact avec les eaux de l'Hadeshorn est mortel pour les humains.

Le vieillard s'accroupit et plaqua un doigt sur ses lèvres, comme s'il ordonnait à des enfants de se taire.

Ils obéirent, presque redevenus des gamins devant le pouvoir qu'ils sentaient en ce lieu.

Paralysés par un mélange d'attente et d'angoisse, ils ne parlèrent pas. Le ciel constellé d'étoiles barrait l'horizon, et on eût dit que la voûte céleste existait seulement pour couvrir cette vallée, ce lac, et les neuf personnes qui y montaient la garde.

Cogline se releva enfin, revint vers eux et leur fit signe de se rassembler autour de lui. Quand ils l'eurent rejoint, il fit une déclaration solennelle.

— Allanon viendra juste avant l'aube, dit-il. Il m'a demandé de vous parler d'abord. Le druide n'est plus ce qu'il était de son vivant. Devenu une ombre, il n'a plus beaucoup de liens avec ce monde. Chaque excursion hors du monde des esprits lui demande un effort immense. Il ne pourra rester qu'un court moment. Dans le peu de temps qui lui est imparti, il vous dira pourquoi il a besoin de vous. Il m'a chargé de présenter la situation. Bref, je dois vous parler des Ombreurs.

— Vous avez communiqué avec Allanon ? demanda Walker Boh.

Cogline ne répondit pas.

— Pourquoi avoir attendu jusque-là pour nous en parler ? demanda Par, irrité.

— Je n'y étais pas autorisé, jeune homme. Pas avant que vous soyez tous réunis.

— Des jeux idiots…, marmonna Walker, écœuré.

— Pensez ce que vous voudrez, mais écoutez-moi. Voilà ce qu'Allanon veut que je vous dise sur les Ombreurs. Ils sont maléfiques au-delà de toute imagination. Ce ne sont pas des rumeurs ou des histoires de bonnes femmes, mais des créatures aussi réelles que vous et moi. Ils sont nés à cause d'un événement qu'Allanon, malgré toute sa sagesse, a été incapable de prévoir. Quand il a disparu du monde des humains, il croyait que l'âge de la magie était terminé et qu'une nouvelle ère commençait. Le Roi-Sorcier n'existait plus. Les démons de l'ancien monde magique étaient de nouveau emprisonnés derrière la Barrière. L'Ildatch avait été détruit. Paranor s'était enfoncée dans les brumes de l'histoire, et les derniers druides ne tarderaient pas à l'y rejoindre. En somme, il semblait que plus personne n'avait besoin de magie.

— Ce temps n'arrivera jamais, dit Walker.

Le vieil homme l'ignora.

— Les Ombreurs sont une aberration. Une forme de magie née de l'utilisation d'autres types de pouvoir. Ou un résidu de ce qui s'est passé avant eux. Ils ont d'abord été une semence enfouie dans les Quatre Terres et indétectable du temps d'Allanon. Cette semence s'est réveillée après le départ des druides. Personne ne pouvait le prévoir, même pas Allanon. Ils étaient les vestiges d'une magie disparue, aussi invisibles que de la poussière sur un chemin de terre.

— Un moment ! coupa Par. Que prétendez-vous, Cogline ? Les Ombreurs seraient seulement des fragments d'une magie égarée ?

Cogline inspira profondément.

— Valombrien, je vous l'ai déjà dit : malgré votre pouvoir, vous n'y connaissez pas grand-chose ! La magie est une force naturelle, comme le feu au centre de la Terre, les marées de l'océan, les vents qui dévastent des forêts, ou la famine qui détruit des nations entières ! Elle n'apparaît pas et ne disparaît pas sans laisser de traces. Réfléchissez ! Pensez à Wil Ohmsford et à son utilisation des Pierres elfiques, alors que son sang mêlé ne permettait plus un tel usage. La magie a laissé derrière elle l'Enchantement de Shannara, qui s'est manifesté chez vos ancêtres ! Était-ce un pouvoir sans conséquences ? Tous les usages de la magie ont des effets durables. Tous sont significatifs.

— Quelle magie a créé les Ombreurs ? demanda Coll.

— Allanon l'ignore. Il n'existe aucun moyen d'en être sûr. Cela aurait pu arriver n'importe quand, du temps de Shea Ohmsford ou de ses descendants. La magie était active, à ces époques, une bonne partie étant maléfique. Les Ombreurs ont pu naître de n'importe quelle variante du pouvoir.

» Au début, les Ombreurs n'étaient que des résidus de magie. Mais ils ont survécu. Après la disparition de Paranor et d'Allanon, ils sont apparus dans les Quatre Terres et ils ont commencé à gagner de la force. Il y avait un vide dans l'ordre des choses, à ce moment-là, et les Ombreurs ont été prompts à le combler.

— Je ne comprends pas, dit Par. De quelle sorte de vide parlez-vous ?

— Et pourquoi Allanon n'a-t-il pas pu prévoir ce qui arriverait ? demanda Wren.

— La vie est cyclique… Le pouvoir va et vient, et il prend des formes différentes. Autrefois, c'était la science qui le conférait aux hommes. Plus récemment, ce fut la magie. Allanon s'attendait au retour de la science, surtout après la disparition de Paranor et des druides. C'était logique, mais la science ne s'est pas développée assez rapidement pour remplir le vide. Ce fut en partie la faute de la Fédération, qui proscrivit l'utilisation de tout pouvoir autre que le sien, primitif et militaire. Elle a investi les Quatre Terres jusqu'à ce que tous leurs habitants soient soumis à sa dictature. Les elfes aussi ont joué un rôle. Pour des raisons encore inconnues, ils ont disparu. Et ils étaient les derniers représentants de l'ancien monde magique. Or, pour que la transition de la magie à la science se fasse sans problème, leur présence était nécessaire.

» Pourtant, même s'ils étaient restés dans le monde des hommes et si la Fédération avait été moins présente, les Ombreurs seraient quand même venus à la vie. Le vide était là dès la disparition des druides. On n'y pouvait rien. (Cogline soupira.) Allanon n'avait pas anticipé une aberration de la gravité des Ombreurs. Il a fait ce qu'il pouvait pour garder les Quatre Terres en sécurité tant qu'il vivait et il s'est arrangé pour vivre aussi longtemps que possible.

— Et il a échoué sur les deux tableaux, semble-t-il, dit Walker Boh.

Cogline le regarda… et ne cacha pas sa colère.

— Eh bien, Walker Boh, peut-être aurez-vous un jour l'occasion de démontrer que vous pouvez faire mieux.

Il y eut un moment de silence tendu, puis le vieil homme détourna le regard.

— Vous devez comprendre ce que sont les Ombreurs. Ces parasites se nourrissent des créatures vivantes. Ils entrent dans les mortels, les absorbent et deviennent eux. Mais pour une raison inconnue, le résultat n'est pas toujours identique. Jeune Par, pensez à la femme des bois que vous et Coll avez rencontrée. C'était une Ombreuse de la sorte la plus évidente, soit une créature autrefois mortelle infectée par un Ombreur et incapable de se contrôler. Mais la petite fille de la crête de Toffer ?

Il effleura la joue du Valombrien, qui sentit le souvenir de l'enfant se raviver. Il la revit se presser contre lui en murmurant : *« serre-moi dans tes bras »* d'une voix suppliante.

Il sursauta, ébranlé par la netteté de ce souvenir.

— Elle aussi était une Ombreuse, mais d'une sorte plus difficile à détecter. Ils sont aussi divers que nous, tapis sous des formes humaines. Certains adoptent une apparence et un comportement grotesques. Ceux-là sont faciles à reconnaître. Les autres le sont moins…

— Pourquoi en existe-t-il de deux sortes ? demanda Par.

Cogline fronça les sourcils.

— Allanon l'ignore. Les Ombreurs ont gardé leur secret...

Le vieil homme détourna le regard, puis leur fit de nouveau face. Son visage était un masque de désespoir.

— C'est comme une épidémie... L'infection se répand jusqu'à ce que le nombre de malades soit incalculable. N'importe quel Ombreur peut transmettre le mal. Leur magie leur permet de surmonter n'importe quelle résistance. Plus ils sont nombreux, plus ils deviennent forts. Que feriez-vous pour arrêter une épidémie dont l'origine est ignorée, les symptômes indétectables jusqu'à ce qu'ils aient pris racine, et le remède inconnu ?

Tous se regardèrent dans un silence pesant.

— Ont-ils un but ultime, Cogline ? demanda enfin Wren. À part celui d'infecter de nouvelles victimes ? Pensent-ils comme nous ou sont-ils dépourvus d'esprit ?

Par regarda la jeune femme, admiratif. C'était la question la plus intelligente que l'un d'eux ait pensé à poser. Il regretta de ne pas l'avoir fait.

— Ils pensent comme vous et moi, jeune vagabonde, et ils ont un but, c'est certain. Mais il demeure mystérieux.

— Ils aimeraient nous dominer, dit Morgan. N'est-ce pas un but suffisant ?

— Je pense qu'ils veulent davantage, soupira Cogline.

Soudain, Par se souvint des rêves qu'Allanon lui avait envoyés. Ces visions d'un monde cauchemardesque où tout était noirci et flétri, la vie réduite à une caricature à peine reconnaissable. Un univers où des yeux rouges brillaient comme des flammes et où des silhouettes fantomatiques passaient dans un brouillard de cendres et de fumée.

Voilà ce que veulent les Ombreurs, comprit-il.

Mais comment réaliseraient-ils ce plan ?

Il regarda Wren et comprit instinctivement à quoi elle pensait. Il vit aussi cela dans les yeux de Walker Boh. Ils avaient eu les mêmes rêves, et ils les liaient au point qu'ils pensaient tous les trois la même chose.

— Une force guide les Ombreurs, murmura Cogline. Un pouvoir qui dépasse tout ce que nous avons connu...

Il y eut un long silence.

— Qu'allons-nous faire ? demanda Wren.

Le vieil homme se leva, l'air épuisé.

— Eh bien, ce que nous sommes venus faire ici, jeune vagabonde. Écouter ce qu'Allanon veut nous dire...

Il s'éloigna lentement et personne ne le rappela.

Chapitre 15

Les membres du petit groupe se séparèrent pour réfléchir. Ils ne quittèrent pas le lac Hadeshorn du regard, guettant un signe de mouvement dans ses eaux. Mais ils n'en virent pas.

Il ne se passera peut-être rien, pensa Par.

Tout cela était peut-être un mensonge.

De la déception monta en lui, mêlée à un certain soulagement. Il laissa ses pensées dériver. Coll était à dix pas de lui, mais il refusa de le regarder. Il voulait réfléchir et son frère l'aurait distrait.

Il jugeait étranges les efforts qu'il avait faits pour s'éloigner de son frère, depuis le début de ce voyage. Peut-être parce qu'il avait peur pour lui...

Il se força à penser à autre chose. Cogline... Soit une énigme de taille ! Qui était ce vieillard qui semblait en savoir tant ? Un druide raté, disait-il. Le messager d'Allanon. Mais ces descriptions semblaient très incomplètes. Par aurait juré que le vieillard était plus que ce qu'il prétendait. Il y avait derrière sa relation avec Allanon et Walker Boh une histoire dont il ne parlait pas. Allanon ne se serait pas tourné vers un druide raté pour demander de l'aide. Il y avait une autre raison à la présence de Cogline...

Par regarda le vieil homme, debout dangereusement près des eaux du lac Hadeshorn. Il savait tout sur les Ombreurs. Il avait parlé plus d'une fois avec Allanon, et il était le seul humain à l'avoir fait depuis sa mort, trois cents ans plus tôt. Par réfléchit aux histoires sur Cogline, du temps de Brin Ohmsford : un vieil original à moitié fou qui avait utilisé sa magie contre les spectres Mords, un peu comme s'il s'était servi d'un balai pour se débarrasser de la poussière. Voilà ce que les récits lui inspiraient. Cogline n'était plus comme ça, maintenant. Toujours mal luné et excentrique, il semblait raisonnable. Assez, en tout cas, pour ne pas aimer cette histoire. Il ne l'avait pas dit, mais Par n'était pas aveugle.

Un éclair zébra soudain le ciel et disparut aussitôt. « *Une vie terminée et une nouvelle qui commence* », disait la mère de Par.

Le jeune homme soupira. Il n'avait pas pensé à ses parents depuis la fuite de Varfleet et il se sentait coupable. Il se demanda s'ils allaient bien. Et s'il les reverrait un jour.

Il serra les mâchoires, déterminé. Bien sûr qu'il les reverrait ! Tout s'arrangerait. Allanon aurait des réponses sur l'utilisation de l'Enchantement de Shannara, la raison des rêves, les Ombreurs et la Fédération.

Oui, Allanon saurait.

La nuit avança lentement vers l'aube. Par s'approcha de son frère pour lui parler. À présent, il avait besoin de se sentir proche de lui. Les autres s'étirèrent et bâillèrent. La fatigue commença à les rattraper.

À l'est, les premières lueurs de l'aube apparurent.

Il ne viendra pas, pensa Par.

Comme en réponse, les eaux du lac Hadeshorn bouillonnèrent et la vallée entière frémit, comme si quelque chose s'était réveillé dans ses entrailles. Les rochers tremblèrent et les voyageurs sursautèrent. Le lac bouillonna, projetant de l'écume vers le ciel avec un sifflement aigu.

Des voix inhumaines pleines de regret montèrent de la terre comme si leurs possesseurs se débattaient contre des liens invisibles. Walker leva les bras et jeta devant lui des particules de poussière argentée qui lui fournirent un bouclier contre le son. Les autres se couvrirent les oreilles, mais rien n'arrêtait les gémissements.

Puis la terre gronda, et un roulement de tonnerre couvrit les hurlements. Cogline leva un bras squelettique et désigna le lac. Le lac Hadeshorn parut exploser et de ses profondeurs sortit...

— Allanon ! cria Par.

C'était bien le druide et ils le reconnurent aussitôt grâce aux récits.

Il s'éleva au-dessus du lac, de la lumière jaillissant autour de lui. Ombre venue de l'au-delà, d'un gris translucide, il portait un manteau à capuchon. Son visage barbu se tourna vers eux et son regard pénétrant les sonda jusqu'au fond de l'âme.

Par Ohmsford frissonna.

Les eaux se calmèrent et le grondement cessa. Les gémissements moururent, un silence de mort tombant sur la vallée. L'ombre avança vers eux, sans hâte, comme pour nier les dires de Cogline, persuadé qu'elle ne pouvait pas rester longtemps dans le monde des hommes.

Par n'avait jamais été aussi effrayé. Il aurait voulu fuir, mais il était figé sur place.

L'ombre avança encore et s'arrêta au bord de la rive. Au fond de leurs esprits, Par et ses compagnons entendirent résonner sa voix.

— Je suis Allanon, qui était...

Un murmure emplit l'air. Sorti des gorges de créatures qui ne vivaient plus, il faisait écho aux paroles de l'ombre.

— Je vous ai appelé dans vos rêves, Par, Wren et Walker. Descendants de Shannara, vous avez été désignés. La roue du temps tourne de nouveau et le moment de la renaissance de la magie est arrivé. L'heure est venue d'honorer votre héritage. Il vous faut commencer et finir de nombreuses choses...

La voix mentale prit des accents désespérés.

— Les Ombreurs arrivent. Avec eux avance une force qui balayera les Quatre Terres comme le jour chasse la nuit devant lui...

Il y eut une pause, puis l'ombre fit apparaître devant elle une vision des horreurs à venir, en suspension dans l'air comme une tapisserie brillante. Les rêves qu'Allanon avait envoyés reprirent vie, cauchemardesques déchaînements de folie.

Puis ils s'effacèrent.

— *Il en ira ainsi, si vous ne m'écoutez pas...*

Par sentit les mots résonner en lui comme un grondement venu de la terre. Il aurait voulu regarder ses compagnons, mais la voix de l'ombre le tenait sous son charme.

Mais pas Walker Boh ! Son oncle parla d'une voix aussi glaciale que celle de l'ombre :

— Dites-nous ce que vous avez à dire, Allanon. Finissons-en !

L'ombre du druide regarda Walker, qui recula d'un pas en dépit de sa résolution.

— *Détruisez les Ombreurs ! Ils pervertissent les gens, se glissent en eux, prennent leur forme et volent leur esprit. Ils les utilisent, les transforment, en font les êtres maléfiques que vous avez déjà rencontrés, comme la femme des bois. Personne ne peut les en empêcher, à part vous...*

— Que devons-nous faire ? demanda impulsivement Par.

L'ombre, quand elle était arrivée, était un fantôme qui avait momentanément retrouvé l'aspect de la vie. Mais elle commençait déjà à pâlir et à s'effilocher.

— *Descendant de Shannara, il faut rétablir l'équilibre, sur beaucoup de points, pour que les Ombreurs soient détruits – pas seulement à cette époque, mais à tout jamais. La magie est nécessaire et elle doit mettre un terme au mauvais usage de la vie. C'est elle qui restaurera la trame de l'existence de l'homme dans le monde mortel. Cette magie est ton héritage. Le tien, celui de Wren et celui de Walker. Vous devez le reconnaître et le faire vôtre...*

Le lac Hadeshorn avait recommencé à bouillonner, et tous reculèrent devant ses sifflements et l'écume qui en jaillissait. Tous sauf Cogline, qui resta debout, devant les autres, la tête baissée sur sa frêle poitrine.

L'ombre d'Allanon sembla grandir et s'éleva au-dessus d'eux. Il regarda Par, qui sentit un doigt invisible s'enfoncer dans sa poitrine.

— *Par Ohmsford, porteur de la promesse de l'Enchantement de Shannara. Grâce à l'Épée, la vérité sera révélée, et par la vérité, les Ombreurs seront vaincus. Prends l'Épée, Par, et utilise-la selon ce que t'indiquera ton cœur. Car c'est toi qui découvriras la vérité sur les Ombreurs...*

Les yeux de l'ombre se déplacèrent.

— *Wren, fille de vies cachées et oubliées, ta mission est tout aussi importante. Les Terres ne guériront pas sans les elfes du monde magique. Trouve-les et ramène-les dans le monde des hommes. Trouve-les, jeune vagabonde. Cela seul permettra de mettre un terme à la maladie...*

Le lac Hadeshorn rugit comme une bête fauve.

— *Et toi, Walker Boh, qui ne crois à rien, cherche la foi et la compréhension nécessaire à l'étayer. Cherche le dernier remède qui rendra la vie aux Quatre Terres. Cherche Paranor et fais revenir les druides...*

Tous les visages reflétaient un étonnement sans bornes. Puis les voyageurs crièrent leur incompréhension, chacun essayant de couvrir la voix des autres pour se faire entendre.

— *Arrêtez,* ordonna l'ombre en écartant les bras.

Les eaux du lac Hadeshorn sifflaient derrière lui. Il faisait de plus en plus clair. L'aube était proche.

La voix d'Allanon redevint un murmure.

— *Vous aimeriez en savoir davantage. J'aurais voulu vous aider, mais c'est impossible. Je vous ai transmis ce que je pouvais. Dans la mort, je n'ai plus le pouvoir qui était mien dans la vie. J'ai seulement le droit de voir des fragments du monde qui était – ou du monde futur. Chaque jour, le souvenir qui m'en reste se délite. Tout ce que je perçois, c'est ce que je vous ai dit, et cela devra vous suffire. Écoutez-moi attentivement. Je ne peux pas vous accompagner, ni vous guider, et encore moins répondre aux questions que vous vous posez sur la magie, sur votre famille ou sur votre propre valeur. Vous devrez trouver les réponses vous-mêmes. Mon influence sur les Quatre Terres est caduque, descendants de Shannara. Comme cela fut le cas pour Bremen. Je ne suis pas retenu par les chaînes de l'échec, à l'inverse de lui, mais je reste quand même entravé. La mort limite à la fois le temps et l'être. Je suis le passé. L'avenir des Quatre Terres vous appartient…*

— Mais vous nous demandez des choses impossibles ! cria Wren.

— Pire encore ! cria Walker. Vous nous demandez des choses qui ne devraient pas être ! Le retour des druides ! La restauration de Paranor !

L'ombre répondit dans un murmure :

— *Je vous demande ce qui doit être. Vous avez les capacités, le courage, le droit et le besoin de faire ce que je vous dis. Faites-le, et les Ombreurs seront détruits…*

Par sentit sa gorge se nouer de désespoir. Déjà, l'ombre d'Allanon s'effaçait.

— Où devons-nous chercher ? cria-t-il. Où commencerons-nous notre quête ? Allanon, vous devez nous le dire !

Il n'y eut pas de réponse. L'ombre devint un peu plus transparente et commença à s'enfoncer dans les eaux du lac Hadeshorn.

— Non ! Vous ne pouvez pas partir ! cria Walker Boh, furieux.

La vallée entière sembla exploser. La terre trembla et des rochers s'éboulèrent. Un vent violent se leva, le lac Hadeshorn bouillonna comme un maelström de rage, et les morts crièrent. L'ombre d'Allanon s'enflamma.

Tous les membres du petit groupe furent renversés sur le sol par ces forces réunies. Alors, le monde se brouilla dans un tourbillon de lumière et de bruit.

Puis tout redevint calme et sombre. Ils levèrent la tête avec précaution et regardèrent autour d'eux. La vallée était vide. Plus d'ombres ni d'esprits. La terre ne tremblait plus, et le lac Hadeshorn était redevenu un lac placide reflétant l'image du soleil levant.

Par Ohmsford se leva lentement… avec l'impression de sortir d'un rêve.

Chapitre 16

Quand ils eurent repris leurs esprits, les compagnons découvrirent que Cogline avait disparu. Ils le cherchèrent, certains qu'il était tout près, mais sans résultat.

— L'ombre d'Allanon l'a peut-être emporté, avança Morgan, désireux d'alléger l'atmosphère.

Mais personne ne sourit. Ils étaient troublés par les événements, et la disparition du vieil homme les perturbait davantage. De plus, Cogline était leur dernier lien avec le sens des rêves et la raison de leur voyage. Si ce lien était brisé, ils seraient livrés à eux-mêmes.

Ils attendirent encore un peu, hésitants. Puis Walker déclara qu'ils perdaient du temps. Il rebroussa chemin et les autres le suivirent. Le soleil s'était levé dans un ciel sans nuages, et la chaleur de la journée s'installait déjà sur les pics arides des dents du Dragon. Par regarda derrière lui quand ils arrivèrent à la lisière de la forêt. Il lui sembla que le lac Hadeshorn, immobile et silencieux, lui rendait son regard.

Ils revinrent en silence à leur campement. Chacun pensait à ce que le druide avait dit, à la mission qu'il leur avait confiée, et aucun n'était encore prêt à en parler. Par savait qu'il ne l'était pas. Perturbé par ce qu'il avait entendu, il avait du mal à croire que cela pouvait être vrai.

Il resta à l'arrière avec Coll, pendant qu'ils redescendaient la piste menant à leur campement. Il se disait que Walker avait eu raison, que cette rencontre avec l'ombre d'Allanon n'était pas comme il l'avait imaginée. À un moment, Coll lui demanda s'il allait bien, et il hocha la tête. Redeviendrait-il jamais celui qu'il était avant ?

Récupérer l'Épée de Shannara, avait dit l'ombre. Par l'enfer, comment était-il censé accomplir cet exploit ?

L'impossibilité apparente de la mission était décourageante. Personne ne savait où était l'Épée depuis que Tyrsis avait été prise par la Fédération, une centaine d'années auparavant. Et elle avait peut-être disparu plus tôt. Comme la plupart des choses liées à la magie et aux druides, l'Épée appartenait à une légende quasiment oubliée. Il n'y avait plus de druides, plus d'elfes, et plus de magie, ou si peu.

Qu'était-il censé faire ? Et les autres ? Allanon ne leur avait rien donné, à part l'assurance que ce qu'il leur demandait était à la fois possible et nécessaire.

Il s'avisa soudain que rien n'avait été dit sur les utilisations possibles de l'Enchantement de Shannara. Il n'avait même pas eu l'occasion de poser des questions. Il ne savait rien de plus sur la magie qu'avant d'arriver au lac Hadeshorn.

Par était furieux, déçu et confus. Récupérer l'Épée de Shannara ! Et ensuite ? Qu'était-il censé faire avec ? Défier les Ombreurs ? Les poursuivre et les détruire un par un ?

Il s'empourpra. Il était stupide d'envisager ce genre d'action !

Là était le problème ! Devait-il seulement *envisager* de faire ce qu'Allanon lui avait demandé ? C'était cela qu'il devait décider.

Par tenta un moment de penser à autre chose. Mais il n'y parvint pas. Il vit Steff, devant lui, murmurer quelque chose à Teel, puis à Morgan. Il vit le dos rigide de Walker Boh, et Wren rejoindre leur oncle d'un pas si vif qu'on eût dit qu'elle voulait le renverser. Ils étaient tous aussi furieux et frustrés que lui, pas moyen de s'y tromper. Ils avaient espéré quelque chose de plus substantiel. Des réponses aux questions qu'ils se posaient tous !

Oui, ils s'étaient attendus à tout, sauf aux quêtes impossibles qu'on leur avait affectées !

Pourtant, selon Allanon, elles n'étaient pas impossibles et ils avaient les moyens, le courage et le droit de les accomplir.

Par soupira. Fallait-il y croire ou pas ?

Il se demanda de nouveau s'il devait *envisager* de faire ce qu'Allanon exigeait.

En fait, il l'envisageait déjà, se dit-il. Que faisait-il d'autre, en y réfléchissant ainsi ?

Par sortit des ombres de la paroi rocheuse et émergea sur le sentier semé de cailloux qui menait au campement. Soudain, il fit un effort pour oublier sa colère et sa frustration et pour réfléchir clairement. Que savait-il vraiment ? Les rêves avaient bien été envoyés par Allanon, c'était désormais une certitude. Le druide était venu à eux comme il était venu aux Ohmsford par le passé, demandant leur aide contre la magie noire qui menaçait les Quatre Terres. La seule différence, bien entendu, était qu'il avait dû se manifester sous la forme d'une ombre. Cogline, un ancien druide, avait été son messager de chair, s'assurant que le discours d'Allanon serait écouté. Cogline avait la confiance d'Allanon.

Par réfléchit, se demandant s'il croyait vraiment à cette affirmation. Il finit par décider que c'était le cas.

Les Ombreurs étaient réels. Dangereux et maléfiques, ils représentaient très certainement une menace pour les Quatre Terres et les Races.

Il s'interrompit. Si les Ombreurs étaient bien des êtres magiques, il faudrait de la magie pour les vaincre. S'il acceptait ce fait, cela rendait plus convaincant ce qu'Allanon et Cogline avaient dit. Et le récit de la naissance et de la croissance des Ombreurs devenait crédible. Cela confirmait que l'équilibre du monde était perturbé. Que les Ombreurs en soient responsables ou pas, il semblait clair que quelque chose n'allait plus dans les Quatre Terres. La Fédération avait jeté le blâme sur la magie des elfes et des druides, alors que les anciennes légendes jugeaient cette magie bénéfique. Par pensait que la vérité n'était pas aussi simple. La magie, en elle-même, n'était ni bénéfique ni maléfique. Tout dépendait de la manière dont on l'utilisait.

Par fronça les sourcils. C'était bien beau, mais si les Ombreurs se servaient de la magie pour créer des problèmes que personne parmi les Races n'était capable d'analyser ? Si la seule manière de combattre cette force était de la retourner contre son utilisateur, de la provoquer pour lui redonner sa finalité première ? Si les elfes, les druides et des artefacts comme l'Épée de Shannara étaient réellement nécessaires pour atteindre ce but ?

Oui, cette idée se tenait, reconnut-il à regret.

Le camp se dressa devant eux, intact et baigné par le soleil matinal. Toujours attachés à leurs piquets, les chevaux hennirent à leur approche. Par vit que celui de Cogline était avec les autres. Apparemment, le vieil homme n'était pas revenu au campement.

Par repensa à la façon dont, chaque fois, Cogline leur était apparu de manière inattendue. Il disait ce qu'il avait à dire, puis repartait. Il avait toujours procédé ainsi, les laissant décider seuls. C'était peut-être aussi pour cette raison qu'il avait disparu cette fois encore. Il leur laissait le temps de prendre leur propre décision.

Ils arrivèrent au camp sans avoir beaucoup parlé. Quelqu'un suggéra de manger ou de dormir mais les autres décidèrent de n'en rien faire. Ils n'avaient pas faim et ne se sentaient pas trop fatigués. Il était temps de faire le point sur ce qui venait de se passer.

— Très bien, dit Walker Boh après un silence tendu. Puisque personne ne veut le dire, je le ferai. Cette histoire est de la folie. Paranor a disparu. Les druides ont disparu. Il n'y a plus d'elfes dans les Quatre Terres depuis plus de cent ans. L'Épée de Shannara n'a pas été aperçue depuis au moins aussi longtemps. Aucun de nous n'a la plus petite idée de la manière de les retrouver, en supposant que ce soit *possible*. Mes amis, je pense que les druides, une fois de plus, se jouent des Ohmsford. Et j'en suis extrêmement contrarié !

Il était rouge de colère. Par se souvint de la fureur qu'il avait éprouvée dans la vallée, lors de leur rencontre. Ce n'était plus le Walker Boh dont il se souvenait.

— Je ne suis pas sûr que nous puissions résumer la situation ainsi, commença Par.

Walker s'en prit férocement à lui.

— Non, bien entendu ! Tu vois tout ça comme l'occasion de satisfaire ta curiosité mal placée sur les utilisations de la magie ! Je t'ai déjà dit que la magie n'était pas un don, mais une malédiction ! Pourquoi persistes-tu à penser qu'elle est autre chose ?

— Et si l'ombre avait dit la vérité ? avança Coll d'une voix calme et ferme.

Son intervention détourna l'attention de Walker.

— La vérité n'est pas le fort de ces maudits menteurs encapuchonnés ! Ils nous disent des fragments de vérité, jamais la vérité entière ! Ils nous utilisent ! Ils l'ont toujours fait !

— Mais pas pour des buts néfastes. C'est ce que nous apprennent les récits, dit Coll. Je ne plaide pas forcément pour que nous fassions ce que l'ombre a suggéré,

Walker. J'affirme seulement qu'il serait déraisonnable de rejeter cette possibilité parce que les druides ont tendance à jouer avec la vérité.

— Les fragments dont tu parles, intervint Par, étaient toujours fiables. Ce que tu veux dire, c'est qu'Allanon n'a jamais révélé toute la vérité dès le début. Il gardait toujours quelque chose de caché.

Walker les regarda comme s'ils étaient des enfants irresponsables.

— Une demi-vérité peut faire autant de mal qu'un mensonge, dit-il, sa colère devenue résignation. Tu devrais le savoir.

— Je sais que les deux sont dangereux, reconnut Par.

— Alors, pourquoi insister ? Abandonne !

— Mon oncle, dit Par, d'une voix dont le ton désapprobateur le surprit lui-même, je n'ai pas encore décidé d'accepter ce qu'on me demande de faire.

Walker le regarda un long moment, impassible.

— Vraiment ? souffla-t-il.

Il se détourna, ramassa ses couvertures et les enroula.

— Je le dirai d'une autre façon. Même si tout ce que l'ombre nous a révélé était vrai, cela ne ferait aucune différence. J'ai pris ma décision. Je ne ferai rien pour rendre Paranor et les druides aux Quatre Terres. Il n'y a rien dont j'aie moins envie ! L'époque de Paranor et des druides a vu plus de folie que la nôtre n'en connaîtra jamais. Tu voudrais que je ramène ces vieillards, avec leur magie, leurs invocations et leur manie de jouer avec la vie des gens ?

Il se leva et leur fit face, le visage aussi dur que du granit.

— Je préférerais me couper la main que de voir revenir les druides !

Les autres se regardèrent, consternés, tandis qu'il se détournait pour finir d'emballer ses affaires.

— Tu vas retourner te cacher dans ta vallée ? demanda Par, furieux.

Walker ne se retourna pas.

— Pourquoi pas ?

— Et si l'ombre a dit la vérité, Walker ? Qu'arrivera-t-il si ses prédictions se réalisent, et que les Ombreurs attaquent la Pierre d'Âtre ? Que feras-tu alors ?

— Ce que je devrai.

— Avec ta magie ? cracha Par. Celle que t'a enseignée Cogline ?

Walker sursauta.

— Comment as-tu appris ça ?

— Peu importe. Quelle différence y a-t-il entre ta magie et celle des druides, Walker ? Ne sont-elles pas identiques ?

— Par moments, Par, tu es un idiot, grogna Walker.

Il continua à s'occuper de ses bagages. Quand il se releva, un moment plus tard, il était calme.

— Je suis venu comme on me l'a ordonné, et j'ai écouté Allanon. Je n'ai pas d'autre obligation. À vous de décider de la marche à suivre. Moi, j'en ai terminé avec cette affaire.

Il traversa le campement sans s'arrêter, s'approcha des chevaux, attacha ses affaires sur le dos du sien, monta en selle et partit.

Les membres du petit groupe le regardèrent s'éloigner en silence.

Il a décidé rapidement, pensa Par.

Il se demanda pourquoi Walker avait été si prompt à prendre sa décision.

Quand son oncle eut disparu, il se tourna vers Wren.

— Et toi ? Qu'en penses-tu ?

— Je n'ai pas le fichu caractère de Walker, ni ses préjugés, mais je partage ses doutes.

Elle marcha jusqu'à une rangée de rochers et s'assit.

Par la suivit.

— Tu crois que l'ombre a dit la vérité ?

Wren haussa les épaules.

— Je me demande encore si elle était bien qui elle prétendait être, Par. J'en ai eu le sentiment, et pourtant... Je ne connais rien d'Allanon en dehors des récits, et je m'en souviens très mal. Tu connais ces légendes mieux que moi. Qu'en penses-tu ?

Par n'hésita pas.

— C'était bien Allanon.

— Et toi, crois-tu qu'il ait dit la vérité ?

Par vit que les autres se rassemblaient autour d'eux.

— Il y a des raisons de croire que oui...

Il leur exposa ses raisons et fut étonné d'avoir l'air aussi convaincant.

— Je n'y ai pas réfléchi autant que je l'aurais voulu. Mais pourquoi nous faire venir ici, si son but n'était pas de nous révéler la vérité ? Walker semble persuadé qu'il y a de la tromperie dans l'air, mais je ne comprends pas quelle forme elle prendrait ou quel but elle servirait.

» De plus, Walker a peur des druides, de la magie, et de je ne sais quoi. Il nous cache quelque chose, je le sens. Il joue le jeu qu'il accuse Allanon de jouer.

— Peut-être, dit Wren, mais il comprend les druides.

Par la regarda sans saisir ce qu'elle voulait dire.

— Les druides cachent réellement des choses, Par. C'est leur manière d'être. Ce qu'Allanon nous a dit était trop incomplet. En fait, il nous a traités exactement comme il traitait nos ancêtres.

Il y eut un long silence.

— Peut-être devrions-nous retourner dans la vallée cette nuit, et voir si l'ombre ne se manifeste pas de nouveau, suggéra Morgan d'une voix où s'entendait le doute.

— Ou donner à Cogline une chance de réapparaître, dit Coll.

— Nous ne reverrons ni l'un ni l'autre pour le moment. Il faudra nous décider sans leur aide.

— Je suis d'accord, dit Wren. Je suis censée trouver les elfes et... comment a-t-il dit ? « *les ramener dans le monde des hommes* ». Il n'a pas utilisé ces mots par hasard, mais leur sens m'échappe. Je n'ai pas la plus petite idée de l'endroit où sont les elfes. Je vis depuis près de dix ans dans les Terres de l'Ouest, et Garth depuis plus longtemps que ça, et nous sommes allés partout dans cette contrée. Sachez qu'on n'y trouve plus le moindre elfe. Où devrais-je chercher ?

Elle se campa devant Par.

— Je rentre chez moi. Je réfléchirai à cette histoire, mais ça ne sera peut-être pas suffisant. Si les rêves reviennent et m'indiquent où commencer cette recherche, j'essayerai peut-être de faire quelque chose. Mais pour le moment…

Elle haussa les épaules.

— Voilà. Au revoir, Par.

Elle le serra dans ses bras, puis étreignit Coll et même Morgan. Avec un geste d'adieu aux nains, elle commença à rassembler ses affaires.

Garth la rejoignit en silence.

— J'aurais aimé que tu restes encore un peu, Wren, dit Par, désespéré à l'idée d'être seul pour prendre sa décision.

— Pourquoi ne viens-tu pas avec moi ? Tu serais sans doute mieux dans les Terres de l'Ouest qu'ici.

Par regarda Coll, qui fronça les sourcils. Morgan détourna les yeux.

— Non. D'abord, je dois prendre ma propre décision. *Avant* de savoir où je devrais aller.

Wren parut comprendre. Ses affaires emballées, elle se tourna vers Par.

— Je penserais peut-être différemment si j'avais la magie pour me protéger, comme Walker et toi. Mais j'ai seulement une bourse avec trois pierres peintes. Si tu as besoin de moi, tu me trouveras dans le Tirfing. Sois prudent, Par.

Elle quitta le camp, Garth à ses côtés. Les autres les regardèrent partir.

Par continua de regarder vers l'ouest, même quand ils eurent disparu. Puis il se tourna vers l'est, où Walker Boh avait filé.

Il eut l'impression qu'on lui volait des morceaux de lui-même.

Coll insista pour qu'ils commencent par manger, parce que leur dernier repas remontait à plus de douze heures, et qu'il ne servait à rien d'essayer de prendre une décision l'estomac vide. Par fut content de ce répit, car il n'avait pas envie de réfléchir à la question immédiatement, trop déçu par le départ de Walker et de Wren. Il mangea le bouillon préparé par Steff, accompagné de pain et de fruits, but plusieurs gobelets de bière, puis gagna le ruisseau pour se laver. Quand il revint, il accepta la suggestion de son frère de s'allonger quelques minutes, et ne tarda pas à s'endormir profondément.

Il était midi quand il se réveilla, la gorge sèche et la tête douloureuse. Il avait rêvé de choses qu'il aurait préféré tenir loin de son esprit : Rimmer Dall, les Questeurs de la Fédération, des nains faméliques, des Ombreurs et Allanon, qui lui criait un avertissement à chaque nouveau danger, mais riait de ses malheurs. Nauséeux, il se lava de nouveau, but encore de la bière, s'assit à l'ombre d'un vieux peuplier et attendit que son malaise se dissipe. Il passa plus rapidement qu'il aurait osé l'espérer, lui permettant d'avaler un deuxième bol de bouillon.

Coll le rejoignit pendant qu'il mangeait.

— Tu te sens mieux ? Tu étais plutôt vert, quand tu t'es réveillé.

— Exact. J'étais mal fichu, mais ça va mieux.

Il sourit pour prouver à son frère que tout était rentré dans l'ordre.

Coll s'assit à côté de lui, contre l'écorce rude du vieil arbre.

— J'ai réfléchi à ce que je ferais si tu décidais de partir à la recherche de l'Épée.

— Coll, je n'ai pas encore...

— Non, laisse-moi terminer. J'ai l'habitude d'intervenir avant que tu aies pris tes décisions. Sinon, elles sont pour ainsi dire inébranlables !

» Tu te souviens peut-être que nous avons déjà eu cette conversation ? Je te répétais que je te connais mieux que tu ne te connais toi-même. Tu te rappelles, le jour où tu es tombé dans la Rappahalladran et où tu as failli te noyer, pendant que nous chassions un renard argenté dans la forêt de Duln ? On disait qu'il n'y avait plus de renards argentés dans les Terres du Sud, mais un vieux trappeur t'a raconté qu'il en avait vu un, et ça t'a suffi. C'était la fin du printemps, la Rappahalladran était en crue, et papa nous avait fait jurer de ne pas essayer de la traverser. À l'instant où tu as fait cette promesse, j'ai su que tu avais l'intention de la violer si tu l'estimais nécessaire.

Par fronça les sourcils.

— Eh bien, je ne dirais pas que...

— Ce que je voulais démontrer, c'est que je sais quand tu es décidé à faire quelque chose. Et Walker a raison. Tu es décidé à rechercher l'Épée, n'est-ce pas ?

Par dévisagea son frère sans cacher sa surprise.

— Tes yeux disent que tu vas le faire. Qu'il soit possible de la trouver ou pas, tu essayeras. Je te connais. Tu agiras, parce que tu penses pouvoir en apprendre plus sur la magie. Et parce que tu veux en faire quelque chose de bien. Une petite voix, dans ta tête, murmure que la magie est destinée à un but important. Non, non, attends ! Écoute-moi. Je ne dis pas que tu te trompes. Je comprends ton sentiment. Mais j'ignore si *tu* te comprends. Et il le faut, pour que tu sois en paix avec toi-même. Je sais que la magie m'est étrangère, mais je saisis probablement mieux le problème que toi.

» Tu aimes les défis que personne d'autre ne veut relever. C'est en partie ce qui se passe en ce moment. Tu vois Walker et Wren abandonner, et tu as envie de faire l'inverse. Tu ne peux plus abandonner maintenant !

» Crois-le ou pas, mais j'ai toujours admiré ça chez toi. Je sais qu'il y a d'autres raisons. Nos parents, toujours prisonniers à Valombre. Nous, sans foyer, devenus des hors-la-loi, en quelque sorte. Si nous abandonnons la quête que l'ombre d'Allanon nous a confiée, où irons-nous ? Comment changerions-nous les choses plus radicalement qu'en retrouvant l'Épée de Shannara ? Il y a ça. Et il y a aussi...

— Tu as dit : « *nous* », coupa Par.

Coll s'arrêta net.

— Quoi ?

— À l'instant, tu as dit : « *nous* ». Plusieurs fois. Tu as dit : « *si nous abandonnons la quête, où irons-nous ?* »

— C'est vrai... Je commence à parler de toi, et avant de m'en être aperçu, je parle aussi de moi. Mais voilà exactement le problème. Nous sommes si proches que je pense à nous comme si nous étions identiques. En fait, nous sommes très différents, et encore plus dans ce cas. Tu contrôles la magie, et on t'offre l'occasion d'en apprendre davantage à son sujet. Tu as une quête à mener. Moi, je n'ai rien de tout ça. Logiquement, que devrais-je faire si tu y vas ?

Par attendit un moment, puis demanda :

— La réponse ?

— Je suis ton frère et je t'aime. Ça signifie que je ne t'abandonnerai pas, même si je ne suis pas sûr d'être d'accord avec ce que tu fais. Je t'ai déjà dit ça. Ensuite, si tu y vas... (Il s'interrompit.) Tu vas y aller, n'est-ce pas ?

Par ne répondit pas.

— D'accord... Si tu y vas, ce sera un voyage dangereux, et tu auras besoin de quelqu'un pour te protéger. Et c'est ce que deux frères sont censés faire l'un pour l'autre.

Coll se racla la gorge.

— Enfin, j'ai réfléchi à tout ça en me mettant à ta place. Et dans ce cas, je pense que j'irais aussi...

— Pour être franc, Coll, voilà bien la dernière chose que j'attendais de ta part !

— C'est probablement pour cette raison que je l'ai dite. Je n'aime pas être prévisible.

— Donc, à ma place, tu irais ? (Par regarda son frère en silence un long moment.) Je ne suis pas certain de te croire...

— Bien entendu que tu me crois !

Les deux frères se regardaient toujours quand Morgan vint s'asseoir en face d'eux. Steff et Teel les rejoignirent aussi.

— Que se passe-t-il ? demanda finalement Morgan.

— Coll pense que je devrais faire ce que l'ombre a demandé. Et toi, Morgan, qu'en dis-tu ?

Morgan n'hésita pas un instant.

— Que je viens avec toi ! J'en ai assez de passer mon temps à faire des pieds de nez aux abrutis de la Fédération qui essaient de gouverner Leah. Il existe de meilleures missions pour un homme comme moi. (Il se leva.) De plus, mon Épée aimerait être mise à l'épreuve contre des suppôts de la magie noire ! Comme tout le monde ici en a conscience, la meilleure façon d'y arriver, c'est de rester dans les parages de Par Ohmsford !

— Morgan, tu ne devrais pas plaisanter...

— Plaisanter ! Mais c'est bien ça la question ! Depuis des mois, je joue des tours pendables à des idiots ! Et quel bien cela a-t-il apporté ? Voilà l'occasion de faire quelque chose de plus important que de harceler les ennemis de Leah. Allons, Par ! Tu dois voir les choses comme moi ! Tu ne peux pas penser autrement. (Il regarda les nains.) Et toi, Steff ? Qu'en penses-tu ? Et Teel ?

Steff éclata de rire.

— Teel et moi, nous partageons le même point de vue sur la question. Nous sommes venus avec vous parce que nous espérions trouver une arme, magique ou non, qui nous aide à libérer notre peuple de la Fédération. Nous ne l'avons pas encore, mais nous nous en rapprochons peut-être. Les propos d'Allanon sur les Ombreurs qui répandent la magie noire peuvent expliquer une grande partie de la folie qui consume les Quatre Terres. Il y a peut-être un rapport avec l'acharnement de la Fédération à briser l'échine des nains ! Vous l'avez vu vous-mêmes, c'est bien ce qu'elle cherche. Il y a de la magie noire là-dessous. Les nains le perçoivent mieux que les autres, parce que les parties les plus reculées des Terres de l'Est ont toujours servi de repaire aux forces maléfiques. Cette fois, le mal travaille au grand jour, nous menaçant tous. Et il se pourrait que trouver l'Épée de Shannara soit une étape sur le chemin de notre victoire.

— Bien parlé ! lança Morgan. De quelle meilleure compagnie pourrais-tu rêver, Par Ohmsford ?

— Aucune, Morgan, mais…

— Alors, dis que tu le feras ! Oublie Walker, Wren et leurs prétextes. Pense à ce que tu pourrais accomplir !

Steff flanqua un coup de coude à Morgan.

— Ne le pousse pas autant, montagnard ! Donne-lui un peu d'air !

— Coll…, souffla Par.

— Si tu y vas, j'y vais aussi. Je te suivrai jusqu'au bout du chemin.

— Dans ce cas, la question est réglée, conclut Par. Il en reste quand même une autre : par où commencerons-nous ?

Chapitre 17

Comme d'habitude, Morgan Leah avait un plan.

— Si nous voulons avoir une chance de localiser l'Épée, il nous faudra de l'aide. Après toutes ces années, retrouver l'Épée de Shannara sera comme chercher une aiguille dans une botte de foin. Et nous ignorons tout de la botte de foin en question ! Steff, Teel et toi, vous connaissez bien les Terres de l'Est, mais Callahorn et les régions frontalières vous sont inconnues. Idem pour les Valombriens et pour moi. Nous n'en savons pas assez sur la contrée. Et n'oublions pas que la Fédération surveillera tous les endroits où nous serons susceptibles d'aller. Les nains et les gens qui ont maille à partir avec la loi ne sont pas très bien vus dans les Terres du Sud. Il nous faudra aussi nous méfier des Ombreurs, qui semblent attirés par la magie comme des loups par l'odeur du sang. Il sera difficile de nous protéger, et encore plus de savoir où est passée l'Épée. Nous ne pouvons pas agir seuls. Pour nous aider, il faut quelqu'un qui connaisse bien les Quatre Terres... et qui puisse nous fournir des armes et des hommes.

Il regarda Par et lui sourit.

— Nous avons besoin de ton ami du Mouvement.

Par gémit. Il n'avait pas envie de s'associer aux hors-la-loi – une invitation à la catastrophe. Mais Steff, Teel et même Coll trouvèrent que c'était une bonne idée. Finalement, Par dut reconnaître que la proposition du montagnard n'était pas dénuée de bon sens. Les hors-la-loi avaient les ressources qui leur manquaient, et ils connaissaient les régions frontalières et les territoires libres qui les entouraient. Ils sauraient où chercher et quels pièges éviter. De plus, le sauveteur de Par et Coll semblait être un homme fiable.

— Il t'a dit que tu pouvais venir le voir si tu avais besoin d'aide, rappela Morgan. Il me semble que c'est le moment d'en profiter !

C'était parfaitement exact et il n'y avait rien à ajouter.

Ils passèrent le reste de la journée au campement puis dormirent d'un sommeil troublé. Au matin, ils emballèrent leurs affaires, montèrent à cheval et partirent. Leur plan était simple : ils iraient à Varfleet, chercheraient la forge de Kiltan au Bout de

Reaver, au nord de la cité, et demanderaient à voir l'Archer. Ensuite, ils verraient…

Ils chevauchèrent vers le sud, à travers la contrée qui bordait les plaines de Rabb, jusqu'à ce qu'ils rencontrent la branche est de la Mermidon, où ils tournèrent vers l'ouest. Puis ils suivirent la rivière jusqu'au début de l'après-midi.

Les cinq compagnons ne parlèrent pas beaucoup pendant le voyage. Ils n'avaient plus évoqué Allanon depuis leur départ, pas plus que Walker ou Wren. Par jouait de temps en temps avec la bague au faucon, se demandant de nouveau qui était l'homme qui la lui avait donnée.

Ils traversèrent la vallée qui donnait sur les monts de Runne, au nord de Varfleet, et s'approchèrent des faubourgs de la ville, qui s'étendaient sur une série de collines. Des cabanes et des taudis entouraient la cité, abris sordides pour des hommes et des femmes qui manquaient du plus strict nécessaire. Ces miséreux appelèrent les voyageurs quand ils passèrent au milieu d'eux, quémandant de l'argent et de la nourriture. Par et Coll leur donnèrent le peu qu'ils avaient. Morgan leur jeta un regard plein de reproche, comme un parent à un enfant naïf, mais il ne dit rien.

Un peu plus loin, Par regretta de ne pas avoir pris soin de dissimuler ses traits elfiques. Il ne l'avait pas fait depuis des semaines, et cette précaution lui était sortie de l'esprit. Heureusement, ses cheveux longs couvraient ses oreilles, mais il lui faudrait quand même être prudent.

Il regarda les nains, enveloppés dans leurs manteaux de voyage, leurs capuchons dissimulant leurs visages. Ils étaient en plus grand danger que lui, car chacun savait qu'ils n'étaient pas autorisés à voyager dans les Terres du Sud. Même à Varfleet, ils risquaient gros.

Une fois en ville, le trafic augmenta. Bientôt, il leur fut presque impossible d'avancer. Ils descendirent de cheval et cherchèrent une écurie. Morgan s'occupa de la transaction pendant que ses compagnons se faisaient le plus discrets possible, regardant les habitants de la cité aller et venir. Des mendiants vinrent leur réclamer des pièces. Par vit un mangeur de feu faire ses tours devant une petite foule d'hommes et de garçons admiratifs. Le murmure des voix emplissait l'air.

— Parfois, on a de la chance, dit Morgan. Nous sommes au Bout de Reaver ! Et la forge de Kiltan est à quelques rues d'ici.

Il leur fit signe de le suivre. Ils empruntèrent une rue latérale moins bondée, mais qui empestait plus. Bientôt, ils débouchèrent dans une allée qui serpentait autour d'un égout. Par fronça le nez. C'était la ville telle que Coll la voyait. Il se tourna vers son frère, mais il était très occupé à regarder où il posait les pieds.

Ils traversèrent plusieurs rues avant d'arriver dans une qui sembla satisfaire Morgan. Il tourna à droite et les conduisit jusqu'à une bâtisse de deux étages, le nom « Forge de Kiltan » écrit sur une enseigne en bois. L'enseigne, comme le bâtiment, était vieille et usée, mais les fournaises, à l'intérieur, fonctionnaient toujours. Des marteaux frappaient le métal chauffé au rouge, lui donnant sa forme. Le vacarme épouvantable couvrait les bruits de la rue.

Morgan se fraya un chemin dans la foule, ses compagnons le suivant en silence, et atteignit enfin l'entrée. Une poignée d'hommes travaillait aux fournaises sous la direction d'un colosse aux moustaches tombantes et au crâne chauve de la couleur de la suie. Le type les ignora jusqu'à ce qu'ils soient à l'intérieur, puis il se tourna vers eux.

— Je peux vous aider ?

— Nous cherchons l'Archer, dit Morgan.

— Qui avez-vous dit ?

— L'Archer, répéta Morgan.

— Et c'est qui ? demanda le type.

— Je l'ignore, reconnut Morgan. On nous a envoyés ici et on nous a dit de le demander.

— Qui vous a envoyés ?

— Écoutez...

— Qui ? Vous devez bien le savoir, non ?

Il faisait chaud dans la forge de Kiltan, et il était clair que Morgan allait avoir des ennuis si les choses continuaient sur cette lancée. Par s'avança impulsivement.

— Un homme qui porte une bague ornée d'un faucon.

Les yeux de l'homme s'étrécirent. Il étudia Par et ses traits visiblement elfiques.

— Celle-là, termina Par en lui montrant la bague.

L'homme sursauta.

— Ne montrez pas ça à tout le monde, jeune imbécile ! cracha-t-il.

— Dites-nous où trouver l'Archer ! rugit Morgan.

Il y eut soudain dans la rue une activité fébrile qui les força à se retourner. Une patrouille de soldats de la Fédération s'approchait de la forge.

— Cachez-vous, murmura le moustachu.

Les soldats entrèrent dans la forge. Le moustachu avança pour les saluer. Morgan et les Valombriens firent signe aux nains de les rejoindre. Puis ils reculèrent jusqu'au fond de la forge.

— Une commande d'armes, Hirehone, dit le chef de la patrouille en glissant une feuille de papier dans la main du moustachu. Il nous la faut pour la fin de la semaine. Et inutile de demander un délai supplémentaire !

Hirehone maugréa mais acquiesça. Le chef de la patrouille lui parla un moment. Les soldats regardaient autour d'eux, l'air nerveux.

L'un d'eux s'approcha des cinq voyageurs. Morgan se plaça devant ses compagnons pour essayer d'obliger le type à parler avec lui. Le militaire, un grand gaillard à la barbe rousse, hésita un instant. Puis il aperçut quelque chose et poussa le montagnard de côté.

— Vous, là ! cracha-t-il à Teel. Qui êtes-vous ?

Il rabattit le capuchon de la compagne de Steff.

— Des nains ! Capitaine, il y a...

Il n'eut pas le temps de terminer. Teel le tua d'un seul coup de couteau à la gorge.

Les autres soldats saisirent leurs armes, mais Morgan se jeta sur eux, l'Épée au clair, et les força à reculer. Quand il cria à ses compagnons de partir, les nains et les Valombriens foncèrent vers la porte. Ils déboulèrent dans la rue, Morgan derrière eux, et les soldats de la Fédération sur les talons.

La foule cria et recula quand le groupe l'atteignit. Il y avait une dizaine de soldats, mais deux étaient blessés, et les autres se bousculaient dans leur hâte d'atteindre le montagnard.

En hurlant comme un possédé, Morgan tua le soldat le plus proche.

Steff arriva devant la porte fermée d'un magasin, sortit sa massue et la démolit d'un seul coup puissant. Ils foncèrent dans le bâtiment et en sortirent par la porte de derrière. Mais ils se heurtèrent à une barrière et revinrent sur leurs pas.

Bien sûr, les soldats leur sautèrent dessus.

Par se servit de l'Enchantement et emplit l'espace, entre les soldats et eux, de frelons bourdonnants. Les militaires plongèrent à l'abri. Steff profita de la confusion pour faire éclater la barrière. Ils se glissèrent dans une autre allée, traversèrent un labyrinthe de resserres, tournèrent à droite et dépassèrent un portail en métal.

Ils débouchèrent dans une cour pleine de débris de métal, derrière la forge. Soudain, la porte de derrière s'ouvrit.

— Entrez, vite ! cria quelqu'un.

Ils coururent sans hésiter, foncèrent dans l'ouverture et entendirent la porte se refermer derrière eux.

Hirehone leur fit face, les mains sur les hanches.

— J'espère que vous valez tous les problèmes que vous avez provoqués ! dit-il.

Il les cacha dans un petit espace, sous le sol de la salle de stockage, et les y laissa pendant ce qui leur parut être des heures. Il faisait chaud, il n'y avait aucune lumière et ils entendirent deux fois des bruits de bottes au-dessus de leurs têtes. Quand Hirehone les laissa finalement sortir, la nuit était tombée, et ils apercevaient les lumières de la ville à travers les planches disjointes des murs de la forge. Hirehone les emmena dans une cuisine adjacente, les fit asseoir à table et leur donna à manger.

— Il fallait attendre que les soldats aient fini leur fouille. Ils étaient fichtrement furieux au sujet de leurs camarades tués.

Teel ne trahit pas ce qu'elle pensait, et aucun autre ne parla. Hirehone haussa les épaules.

— Moi aussi, je m'en fiche...

Ils mangèrent en silence, puis Morgan demanda :

— Et l'Archer ? Nous pouvons le voir, maintenant ?

Hirehone sourit.

— Je ne pense pas que ce sera possible...

Morgan en resta bouche bée.

— Mais alors, pourquoi... ?

— C'est un code, dit Hirehone. Une façon de me faire savoir ce qu'on attend de moi. Je vous testais. Je devais m'assurer que vous n'étiez pas des espions de la Fédération.

— Vous êtes un hors-la-loi, dit Par.

— Et vous êtes Par Ohmsford, répondit le forgeron. Finissez de manger, et je vous conduirai à l'homme que vous êtes venus voir.

Ils terminèrent leur repas et firent la vaisselle. Puis ils suivirent Hirehone dans la forge de Kiltan. Elle était vide, à part un ouvrier qui surveillait les fournaises pour les empêcher de s'éteindre.

Ils traversèrent l'immense forge à pas de loup.

Quand ils sortirent par une porte latérale, Morgan souffla à Hirehone :

— Nous avons laissé nos chevaux dans une écurie, à quelques rues d'ici.

— Ne vous en faites pas, dit l'homme, vous n'aurez pas besoin de chevaux là où nous allons.

Ils traversèrent silencieusement les allées de Varfleet, puis le secteur des taudis, avant de quitter finalement la ville. Ils allèrent au nord, suivant la Mermidon vers l'amont, là où elle rejoignait le pied des dents du Dragon. Ils marchèrent toute la nuit et traversèrent la rivière à sa jonction nord-sud, à l'endroit où elle passait par une série de rapides qui la séparaient en plusieurs petits cours d'eau. La rivière était basse à cette période de l'année, sinon ils n'auraient jamais pu traverser sans bateau. Malgré tout, l'eau arrivait presque au menton des nains. Ils passèrent en tenant leurs paquetages et leurs armes à bout de bras.

De l'autre côté de la rivière, une série de défilés et de ravins s'étendait sur des lieues.

— C'est la Clé de Parma, annonça Hirehone. Un terrain assez dangereux si on ne sait pas où l'on va.

C'était le moins qu'on pût dire, comme Par s'en aperçut rapidement. La Clé de Parma était un dédale de crêtes et de ravins accidentés, au milieu d'une étouffante forêt de pins. La nouvelle lune ne donnant aucune lumière, les étoiles étaient cachées par la cime des arbres et les ombres de la montagne.

Après un court trajet dans la forêt, Hirehone proposa à ses compagnons de s'asseoir en attendant l'aube.

Même à la lumière du jour, le chemin semblait impossible, car il était perpétuellement plongé dans l'ombre de la forêt montagneuse de la Clé de Parma, et semé de crêtes et de ravins. Il y avait une piste, invisible pour quiconque ignorait son existence. Hirehone la suivit sans effort, mais les autres perdirent rapidement tout sens de l'orientation. Midi arriva, et la faible lumière qui filtrait à travers les arbres ne chassait toujours pas la brume qui enveloppait encore la forêt.

Quand ils s'arrêtèrent pour avaler un rapide repas, Par demanda à leur guide à quelle distance ils étaient de leur destination.

— Plus très loin, dit Hirehone. Là !

Il montra une saillie rocheuse, au-dessus de la Clé de Parma, là où la forêt rencontrait les premières pentes des dents du Dragon.

— Ce lieu s'appelle la Saillie. C'est la forteresse du Mouvement.

— La Fédération sait-elle que la Saillie est ici ?

— Elle sait qu'elle se dresse quelque part dans cette forêt. Mais nos ennemis ignorent où exactement, et surtout, comment y arriver.

— Le mystérieux sauveteur de Par, le chef sans nom des hors-la-loi, n'est-il pas inquiet à l'idée que des visiteurs comme nous le sachent ? demanda Steff.

Hirehone sourit.

— Nain, pour revenir ici, il vous faudrait d'abord en sortir. Vous pensez pouvoir le faire sans moi ?

Steff reconnut que l'homme avait raison. On pourrait errer sans fin dans ce labyrinthe végétal…

Ils arrivèrent à la Saillie tard dans l'après-midi. Hirehone avait signalé leur approche en sifflant à plusieurs reprises au cours de la dernière heure de leur trajet, attendant qu'un sifflement lui réponde avant de reprendre la piste. À la base des falaises les attendait une plate-forme, installée dans une clairière, dont les cordes disparaissaient dans les rochers au-dessus d'eux. Elle était assez grande pour les accueillir tous. Ils s'élevèrent lentement et régulièrement jusqu'à ce qu'ils aient dépassé le sommet des arbres. Une deuxième plate-forme attendait. Ils montèrent dessus et furent de nouveau hissés le long de la paroi rocheuse. Par regarda en bas une fois et le regretta. Il aperçut le visage de Steff, livide sous son hâle. Hirehone semblait à l'aise et sifflotait.

Ils prirent une troisième plate-forme, sur laquelle le trajet fut plus court. Quand ils en sortirent, ils se retrouvèrent sur un promontoire assez grand, à mi-chemin de la paroi, prolongé par une série de cavernes. Des fortifications bordaient le promontoire et entouraient les grottes. Des poches de défense étaient installées dans la paroi couronnée de sommets déchiquetés. Une petite cascade se jetait dans une mare, et des bosquets d'arbres à grandes feuilles et de sapins émaillaient le promontoire.

Partout, des hommes vaquaient à différentes occupations. Hissant des armes, des outils et des caisses de fournitures, ils se criaient des instructions.

Le sauveteur de Par avança vers ses visiteurs, sa grande silhouette vêtue d'écarlate et de noir. Cette fois, il était rasé de près. Son visage hâlé aux os saillants taillé à coups de serpe, il était difficile de lui donner un âge. Ses cheveux bruns coiffés en arrière commençaient à être clairsemés. Mince et agile, il bougeait comme un félin. Il lança un cri de bienvenue et serra Hirehone dans ses bras. Puis il étreignit Par.

— Alors, jeune homme, vous avez changé d'avis ? Soyez le bienvenu ! Et vos compagnons aussi ! Votre frère, un montagnard, et un couple de nains. Une bien étrange troupe… Êtes-vous venus vous joindre à nous ?

Ce type est aussi direct que Morgan, pensa Par. Il se sentit rougir.

— Pas exactement. Nous avons un problème.

— Encore un ? Décidément, les ennuis vous suivent pas à pas ! Je voudrais bien récupérer ma bague, maintenant.

Par sortit la bague de sa poche et la donna à l'homme, qui la remit à son doigt.

— Le faucon… Un bon symbole pour quelqu'un qui est né libre, vous ne trouvez pas ?

— Qui êtes-vous ? demanda Par.

— Qui suis-je ? (L'homme éclata de rire.) Vous ne l'avez pas encore compris, mon ami ? Non ? Bon, je vais vous le dire. Regardez ma main. (Il tendit son poing fermé, un doigt pointé sur le nez de Par.) Une main en moins, remplacée par une pique. Qui suis-je ?

Ses yeux vert d'eau brillaient de malice. Il y eut un moment de silence pendant que le Valombrien le regardait, ébahi.

— Mon nom, Par Ohmsford, est Padishar Creel, dit enfin le chef des hors-la-loi. L'arrière-arrière-arrière – etc. – petit-fils de Panamon Creel.

Finalement, Par comprit.

Ce soir-là, au dîner, assis à une table isolée de celles des autres résidents de la Saillie, Par et ses compagnons écoutèrent dans un silence fasciné le récit de Padishar Creel.

— Ici, nous avons une règle : le passé de chacun est son affaire. M'entendre parler du mien pourrait mettre les autres mal à l'aise.

Il se racla la gorge.

— J'étais un propriétaire terrien, commença-t-il. Cultivant mes terres et élevant du bétail, je possédais une demi-douzaine de petites fermes et je contrôlais des acres de forêt réservées à la chasse. J'avais hérité la plus grande partie de ce domaine de mon père, qui les tenait du sien, et ainsi de suite. Apparemment, tout avait commencé avec Panamon Creel, m'a-t-on dit, même si je n'ai jamais pu m'en assurer. Après avoir aidé Shea Ohmsford à récupérer l'Épée de Shannara, il est retourné au nord, au sein des terres frontalières, où il a connu un vif succès dans la profession qu'il s'était choisie. Il a amassé une fortune assez considérable. Après avoir pris sa retraite, il a investi sagement son argent dans ce qui est devenu le domaine familial des Creel.

Par faillit sourire. Padishar Creel racontait son histoire sans sourciller, mais il savait, comme les Valombriens et Morgan, que Panamon Creel était un voleur de grand chemin quand Shea et lui s'étaient rencontrés.

— Il se donna le nom de baron Creel, reprit Padishar. Les chefs de famille, depuis, s'appellent tous ainsi. Le baron Creel. (Il s'interrompit, savourant le titre. Puis il soupira.) Mais la Fédération a pris ses terres à mon père, quand j'étais enfant. Elle nous les a volées sans rien nous proposer en échange. Mon père est mort en essayant de les récupérer. Et ma mère aussi. De manière assez mystérieuse…

Il sourit.

— J'ai donc rejoint le Mouvement.

— Comme ça ? demanda Morgan, l'air dubitatif.

Le chef des hors-la-loi embrocha un morceau de bœuf sur son couteau.

— Mes parents sont allés voir le gouverneur de la province, un sous-fifre de la Fédération qui s'était installé dans notre maison, et ils ont exigé qu'on leur rende ce qui leur appartenait de droit. Si rien n'était fait, promit mon père, le gouverneur le regretterait. Mon géniteur n'avait jamais été un homme très prudent. Sa requête refusée, ma mère et lui furent jetés hors des lieux. Sur le chemin du retour, ils disparurent. On les a retrouvés plus tard dans la forêt, pendus à un arbre, éventrés et écorchés.

» Après ça, j'ai grandi vite…

Il y eut un long silence. Puis Padishar Creel haussa les épaules.

— Tout ça est arrivé il y a longtemps. J'ai rapidement rejoint le Mouvement et, après avoir vu combien il était mal géré, j'ai créé ma propre compagnie. Quelques-uns des autres chefs n'ont pas apprécié. Ces salauds ont essayé de me livrer à la Fédération et ils ont rudement eu tort. Après avoir disposé d'eux, j'ai réuni sous ma bannière la plupart des autres bandes. Un jour ou l'autre, elles viendront toutes.

Padishar Creel leva soudain la tête.

— Personne n'a faim ? Il reste une bonne quantité de nourriture. Ne la gaspillons pas !

Ils terminèrent le repas. Le chef des hors-la-loi continua de donner des détails sur sa vie violente, toujours d'un ton détaché. Par se demanda avec quelle sorte d'homme il venait de s'associer. Il avait pensé que son sauveteur serait le champion dont les Quatre Terres manquaient depuis l'époque d'Allanon. Un homme capable de rallier les Races opprimées sous sa bannière. La rumeur disait que ce gaillard était le chef charismatique que le Mouvement de libération attendait depuis longtemps. Mais il avait plus l'air d'un assassin que d'autre chose ! Même si Panamon Creel avait été un homme dangereux, Par était convaincu que Padishar l'était encore plus.

— Voilà donc mon histoire, dit Creel. Y a-t-il quelque chose à son sujet que vous aimeriez demander ?

— À quel point est-elle vraie ? grogna Steff.

Chacun se figea. Mais Padishar Creel éclata de rire, sincèrement amusé. Il y avait un certain respect dans sa voix quand il répondit :

— Une partie l'est, mon ami des Terres de l'Est... Mais j'avoue qu'elle s'améliore chaque fois que je la raconte.

Creel ramassa son verre de bière et en but une rasade. Par regarda Steff avec admiration. Personne d'autre n'aurait osé poser cette question.

— Bon, dit le chef des hors-la-loi, assez parlé du passé. C'est le moment d'entendre les raisons de votre venue. Je vous écoute, Par Ohmsford. Ça a un lien avec la magie, n'est-ce pas ? Rien d'autre ne vous aurait amené ici. Racontez-moi tout.

Par hésita.

— Votre proposition – m'aider – est-elle toujours valable ? demanda-t-il.

L'homme eut l'air vexé.

— Ma parole vaut de l'or, gamin ! J'ai dit que je vous aiderai et je le ferai !

Il attendit. Par regarda ses compagnons, puis déclara :

— Il faut que je retrouve l'Épée de Shannara.

Il raconta à Padishar Creel son rendez-vous avec le fantôme d'Allanon, et la mission qu'il lui avait confiée. Il lui raconta aussi le voyage qui les avait conduits à cette réunion, leurs rencontres avec les soldats de la Fédération, les Questeurs et les monstres appelés les Ombreurs.

Par ne cacha rien, en dépit de ses réserves au sujet de cet homme, estimant préférable de jouer cartes sur table et de laisser Creel juger par lui-même. Après tout, même s'il décidait de ne pas les aider, ils en seraient au même point qu'avant, mais pas plus mal lotis pour autant.

Quand il eut terminé, le chef des hors-la-loi s'adossa à son siège et finit sa bière. Il sourit à Steff d'un air de conspirateur.

— Maintenant, à moi de demander ce qui est vrai dans ce récit !

Par commença à protester, mais Creel leva la main.

— Non, petit, économisez votre souffle. Je ne remets pas en question ce que vous m'avez dit. Vous y croyez, c'est évident. Mais j'ai tendance à toujours discuter...

— Vous avez les hommes, les armes, les fournitures et le réseau d'espions qui nous aideraient à trouver ce que nous cherchons, dit Morgan. C'est pour ça que nous sommes là.

— Et vous avez aussi la nature qu'il faut pour vous lancer dans ce genre de folie, ajouta Steff.

Padishar Creel se frotta pensivement le menton.

— J'ai plus que tout ça, mes amis, dit-il avec un sourire de prédateur. J'ai le sens du destin !

Il se leva et les conduisit au bord du promontoire, pour leur faire voir la Clé de Parma baignée par les derniers rayons du soleil couchant.

Il désigna la forêt.

— Ce sont désormais les terres du baron Creel. Mais je ne les garderai pas plus longtemps que les précédentes si je ne trouve pas un moyen de déstabiliser la Fédération. Le destin, je vous dis ! C'est en ça que je crois. Le destin a fait de moi l'homme que je suis, et il me détruirait aussi aisément si je ne mettais pas la main à la pâte. À présent, vous m'offrez l'occasion que je cherchais. Ce n'est pas un hasard, Par Ohmsford. C'était écrit. Je sais que c'est vrai, surtout maintenant, après avoir entendu ce que vous cherchez. Voyez-vous à quoi ça nous mène ? Mon ancêtre et le vôtre, Panamon Creel et Shea Ohmsford, sont partis à la recherche de l'Épée de Shannara il y a plus de trois cents ans. Maintenant, c'est notre tour. Un Creel et un Ohmsford ! Le début d'un changement dans les Terres, je le sens !

» L'amitié vous a réunis, et la nécessité vous a conduits jusqu'à moi. Jeune Par, il y a des liens entre nous, comme je vous l'ai dit quand nous nous sommes rencontrés. L'histoire doit se répéter. Il y a des aventures à partager et des batailles à gagner. C'est ce que le destin a décidé pour nous !

Par fut un peu perturbé par ces déclarations.

— Alors, vous acceptez de nous aider ?

— Oui ! (Le chef des hors-la-loi leva un sourcil.) Je tiens la Clé de Parma, mais les Terres du Sud sont perdues pour moi. Mon foyer, mes domaines, mon héritage... Je veux les récupérer. La magie est la réponse, aujourd'hui comme autrefois. Elle est le catalyseur du changement, la badine qui fera fuir la Fédération et la renverra se cacher dans son terrier !

— Vous avez dit ça plusieurs fois, intervint Par, et de plusieurs manières différentes. Selon vous, la magie peut miner la Fédération. Mais ce sont les Ombreurs qu'Allanon redoute, et que l'Épée est censée affronter. Alors, pourquoi... ?

— Ah, jeune homme, vous allez au cœur du problème, une fois de plus. Voilà la réponse à votre question : je perçois des liens de cause à effet entre tous ces événements. Les forces maléfiques comme la Fédération et les Ombreurs ne sont pas séparées. Elles sont connectées d'une manière ou d'une autre, peut-être comme les Creel et les Ohmsford le sont, et si nous trouvons un moyen de détruire l'une, nous arriverons aussi à détruire l'autre !

Derrière eux, les hommes se levèrent, quittèrent les tables et gagnèrent les aires de repos éparpillées sur le promontoire. Même à cette altitude, la nuit était chaude. Les étoiles se levèrent, accompagnées par le premier quartier de lune.

— Résumons, dit Par. Que pouvez-vous faire pour nous aider ?

Padishar Creel lissa les manches de sa tunique écarlate et inspira profondément.

— Je peux vous aider à faire ce que vous m'avez demandé, petit : trouver l'Épée de Shannara.

Il les regarda avec un sourire et ajouta :

— Voyez-vous, je pense savoir où elle est.

Chapitre 18

Les deux jours qui suivirent, Padishar Creel ne dit rien de plus sur l'Épée de Shannara. Chaque fois qu'un de ses visiteurs essayait de lui poser la question, il répondait qu'ils le sauraient en temps voulu, que la patience était une vertu, ou quelque autre platitude qui les exaspérait. Mais ils gardèrent leurs sentiments pour eux.

Car même si le chef des hors-la-loi les traitait ostensiblement comme des invités, en fait ils étaient prisonniers. Ils avaient le droit de se promener à leur guise sur la Saillie, mais pas de la quitter. D'ailleurs, ils n'auraient probablement pas pu : les treuils qui commandaient les plates-formes étaient toujours bien gardés, et personne n'avait le droit de s'en approcher sans une bonne raison. Et il n'y avait pas moyen de quitter le promontoire d'une autre façon.

Par et ses amis explorèrent la caverne centrale le premier jour, curieux de voir ce qu'elle abritait. Ils découvrirent que l'immense grotte ouvrait sur des dizaines de salles plus petites où les hors-la-loi stockaient des armes et des fournitures – et où ils habitaient quand le temps devenait moins clément. Il y avait aussi des salles d'entraînement et de réunion. Des tunnels conduisaient vers l'intérieur de la montagne, mais ils étaient fermés et surveillés. Quand Par demanda à Hirehone, resté quelques jours à la Saillie, où menaient ces tunnels, le maître de la forge de Kiltan sourit et répondit simplement :

— Comme les pistes de la Clé de Parma, ils conduisent à l'oubli.

Tant qu'ils ne s'approchaient pas des plates-formes et des tunnels, on laissait faire aux « invités » ce qu'ils voulaient. Padishar Creel ne posa pas de questions à Par sur ses compagnons. Il se fichait de savoir qui ils étaient, et si on pouvait leur faire confiance, comme si ça n'avait pas d'importance. Et il avait peut-être raison, pensait Par. Car la forteresse des hors-la-loi semblait imprenable.

Par, Coll et Morgan restèrent le plus souvent ensemble. Steff les accompagna parfois, mais Teel se tint à l'écart, aussi solitaire et renfermée que d'habitude. Les Valombriens et le montagnard devinrent une vision familière pour les hors-la-loi tandis qu'ils exploraient le promontoire, les fortifications et les cavernes, fascinés par tout ce qu'ils voyaient.

Mais rien ne semblait plus fascinant que Padishar Creel lui-même. Le chef des hors-la-loi était un paradoxe. Habillé d'écarlate, il se voyait partout comme le nez au milieu de la figure. Il parlait sans arrêt, racontait des histoires, criait des ordres et disait tout ce qui lui passait par la tête. Il paraissait toujours joyeux, comme si le sourire était la seule expression qu'il connût. Pourtant, sous cet aspect charmeur se cachait un noyau aussi dur que le granit. Quand il ordonnait quelque chose, c'était fait. Personne ne mettait ses ordres en question. Même s'il arborait un sourire éblouissant, sa voix pouvait se faire aussi froide qu'un glacier.

Il dirigeait très bien le camp des hors-la-loi. Ses hommes n'étaient pas de la racaille inapte à la vie sociale. Tout était précis et réfléchi. Dans le camp propre et bien rangé, les fournitures étaient cataloguées, ce qui permettait de trouver n'importe quoi en un instant. Chacun avait une tâche bien définie et l'exécutait ponctuellement. Il y avait un peu plus de trois cents hommes sur la Saillie, et aucun ne paraissait avoir de doutes sur ce qu'il faisait, ou sur qui le sanctionnerait s'il se relâchait.

Le deuxième jour, deux hors-la-loi comparurent devant Padishar Creel, suite à une accusation de vol. Leur chef écouta l'énoncé des preuves sans rien dire, puis leur permit de se défendre. Un des hommes reconnut sa culpabilité d'emblée, et l'autre la nia d'une manière peu convaincante. Padishar Creel fit fouetter le premier et le renvoya au travail. Il fit jeter le second dans le vide.

Personne ne sembla s'en offusquer.

Plus tard, ce jour-là, Padishar vint voir Par et lui demanda s'il était perturbé par cet événement. Attendant à peine la réponse du jeune homme, il lui expliqua que la discipline, dans un camp comme celui-là, était essentielle. De plus, la justice devait être rapide et efficace en cas d'infraction.

— Les apparences sont plus importantes que l'équité, dit-il de façon énigmatique. Dans une bande comme la nôtre, chacun doit pouvoir compter sur les autres. Si un homme n'est pas fiable dans le camp, il ne le sera pas sur le terrain, et là, il n'y aura pas que sa propre vie en jeu.

Creel changea ensuite de sujet et reconnut qu'il n'avait pas été entièrement honnête à propos de son passé, la première nuit. Ses parents n'étaient pas des propriétaires terriens, mais des marchands de soie morts en prison après avoir refusé de payer des impôts à la Fédération. Il ajouta cependant que l'autre histoire était plus jolie.

Quand Par rencontra Hirehone, un peu plus tard, il lui demanda s'il avait connu les parents de Padishar Creel.

— Non, ils sont morts de la fièvre avant que je me joigne à la bande.

— En prison ?

— En prison ? Non, dans une caravane, au sud de Wayford. Ils étaient marchands de métaux précieux. C'est Padishar qui me l'a dit.

Après le dîner, Par rapporta les deux conversations à Coll. Ils s'étaient isolés au bord du promontoire, dans une redoute où les bruits du camp étaient étouffés et d'où ils pouvaient regarder le crépuscule révéler lentement le firmament étoilé.

Coll éclata de rire quand Par eut terminé.

— Ce type est incapable de dire la vérité. Il ressemble davantage à Panamon Creel que Panamon Creel lui-même !

— C'est vrai, admit Par.

— Il s'habille comme lui, il parle comme lui, et il a une personnalité aussi exubérante que la sienne. (Coll soupira.) Alors, pourquoi ai-je ri ? Que faisons-nous ici avec ce cinglé ?

— Que nous cache-t-il, d'après toi ?

— Tout.

— Non, pas tout. Ce n'est pas son genre. (Par leva une main pour interrompre Coll, qui allait protester.) Réfléchis ! Toutes ces histoires sur sa vie sont soigneusement élaborées. Il ment par stratégie, pas par fantaisie. Padishar Creel a autre chose en commun avec Panamon Creel. Il s'est recréé dans l'esprit de tous ceux qui le connaissent. Il tisse une image de lui qui change d'un récit à l'autre, mais qui reste toujours haute en couleur. Et je parie qu'il fait ça pour une raison précise.

Leurs spéculations sur la biographie de Padishar Creel cessèrent peu après, quand ils furent appelés à une réunion. Hirehone vint les chercher, leur ordonna de le suivre et les guida de l'autre côté du promontoire, puis dans les cavernes, jusqu'à une salle de réunion où le chef des hors-la-loi les attendait. Des lampes à huile accrochées à des chaînes pendaient au plafond comme des araignées, leur lueur atteignant à peine les recoins les plus éloignés. Morgan et les nains étaient assis à une table avec des hors-la-loi que Par avait déjà vus dans le camp.

Chandos, un géant à l'air féroce, portait une grande barbe noire. Il lui manquait un œil et une oreille, d'un même côté du visage, et il était couvert de cicatrices.

Ciba Blue était un jeune homme imberbe aux cheveux blond terne. Sur sa joue gauche s'étalait une marque de naissance bleu foncé en forme de demi-lune.

Stasas et Drutt, des hommes maigres et nerveux, plus âgés, arboraient des barbes noires courtes.

Hirehone fit entrer les Valombriens, ferma la porte de la salle et se planta devant.

Par sentit les poils de sa nuque se hérisser d'appréhension.

Mais Padishar Creel les accueillit, jovial et rassurant.

— Ah, le jeune Par et son frère. (Il les présenta aux autres.) Nous partirons à la recherche de l'Épée demain à l'aube.

— Où est-elle ? demanda Par.

Le sourire du chef des hors-la-loi s'agrandit.

— Là où elle ne risque pas de nous échapper.

— Ce n'est pas très précis…

— Moins nous en dirons sur l'endroit où nous allons, plus nous aurons de chances de garder cet endroit secret, dit Padishar.

— Y a-t-il une raison à ce secret ? demanda tranquillement Morgan.

Le chef des hors-la-loi haussa les épaules.

— Aucune, en dehors des motifs classiques… Mais je suis toujours prudent quand je dresse des plans pour quitter la Saillie. Ne me contrariez pas, montagnard.

Morgan ne fit aucun commentaire, mais ne détourna pas le regard.

— Sept d'entre nous partiront, dit Creel. Stasas, Blue, Drutt, les Valombriens, le montagnard et moi.

Des protestations retentirent.

— Chandos, tu seras responsable de la Saillie en mon absence. Je veux quelqu'un de fiable quand je ne suis pas là. Hirehone, ta place est à Varfleet, pour garder un œil sur la Fédération. De plus, tu aurais du mal à te justifier, si on t'apercevait là où nous allons.

Il se tourna vers les nains.

— Quant à vous, mes amis des Terres de l'Est, je vous emmènerais si je le pouvais. Mais des nains attireraient l'attention, et nous ne pouvons pas nous le permettre. Il est déjà assez dangereux de laisser venir les Valombriens, avec les Questeurs qui les recherchent, mais il s'agit de leur mission.

— C'est la nôtre aussi, Padishar, dit Steff. J'ai fait un long chemin pour participer à cette aventure. Nous n'avons pas envie de rester en arrière. Et si nous nous déguisions ?

— Un déguisement ne marcherait pas, surtout où nous allons. Vous êtes un type plein de ressources, Steff, mais nous ne devons pas courir de risques inutiles.

— J'en déduis que vous irez dans une ville ?

— Exact...

Le nain eut un regard dur.

— Je serais très contrarié si on se moquait de nous...

Il y eut un grognement collectif, mais Padishar le fit taire aussitôt.

— Moi aussi, dit-il.

Steff soutint le regard de Creel, puis il tourna la tête vers Teel et fit signe qu'il acceptait.

— D'accord. Nous attendrons.

— Nous partirons à l'aube et nous en aurons pour environ une semaine. Si nous restons absents plus longtemps, il y a des chances pour que nous ne revenions pas. Des questions ?

Personne ne parla. Padishar Creel eut un sourire éblouissant.

— Quelque chose à boire, qu'en dites-vous ? Dehors, pour que les autres puissent nous souhaiter bonne chance. Debout, les gars ! Et que l'alcool nous donne la force d'aller affronter le lion dans son antre.

Il sortit, suivi par les autres. Morgan et les Valombriens s'attardèrent, mal à l'aise.

— Le lion dans son antre ? Je me demande ce qu'il entend par là ! marmonna Morgan.

Par et Coll n'étaient pas certains d'avoir envie de le savoir.

Par passa une nuit agitée, des rêves et des angoisses le laissant très peu reposé au réveil. Il se leva en même temps que Coll et Morgan et découvrit que Padishar et ses hommes en étaient déjà au milieu de leur petit déjeuner. Le chef des hors-la-loi avait abandonné ses vêtements écarlates pour le vert et le marron plus discrets des forestiers.

Les Valombriens et le montagnard se hâtèrent de s'habiller et de petit-déjeuner. Steff et Teel se joignirent à eux. Quand le repas fut terminé, les sept membres de l'expédition prirent leurs paquetages et allèrent au bord du promontoire.

Steff leur marmonna d'être prudents. Puis, suivi par Teel, il s'enfonça dans la pénombre. Morgan se frotta les mains et inspira profondément comme si c'était sa dernière occasion de le faire…

Ils empruntèrent la première plate-forme, puis passèrent sans un mot sur la deuxième et la troisième. Quand ils arrivèrent en bas, ils s'engagèrent dans la forêt embrumée. Padishar Creel ouvrit la marche avec Blue, les Valombriens et le montagnard se placèrent au milieu, Stasas et Drutt formant l'arrière-garde. En quelques secondes, la paroi rocheuse de la Saillie disparut.

Ils voyagèrent vers le sud pendant la plus grande partie de la journée et prirent vers l'ouest au milieu de l'après-midi, quand ils rencontrèrent enfin la Mermidon. Suivant la rivière jusqu'au coucher du soleil, sur sa rive nord, ils campèrent juste au-dessous de l'extrémité sud du col de Kennon, à l'ombre des dents du Dragon.

Après le dîner, Stasas et Drutt partirent prendre le premier tour de garde, l'un vers l'amont et l'autre vers l'aval. Ciba Blue s'enroula dans ses couvertures et s'endormit aussitôt. Padishar Creel resta avec les Valombriens et le montagnard, attisant le feu avec un bâton pendant qu'il sirotait sa bière.

— Nous allons à Tyrsis, n'est-ce pas ? lança soudain Par.

Padishar lui jeta un regard étonné.

— Il n'y a aucune raison que vous ne le sachiez pas, maintenant…

— Mais pourquoi chercher l'Épée de Shannara à Tyrsis ? Elle en a disparu il y a plus de cent ans, quand la Fédération a annexé Callahorn. Pourquoi y serait-elle revenue ?

— Peut-être parce qu'elle n'en est jamais partie…

Creel sourit, savourant son petit effet.

— Mes amis, que l'Épée de Shannara ait disparu ne signifie pas forcément qu'elle soit allée ailleurs. Parfois, une chose peut se volatiliser et rester en évidence. Simplement parce qu'elle ne ressemble plus à ce qu'elle était. Nous la voyons, mais nous ne la reconnaissons plus.

— Que voulez-vous dire ? demanda Par.

Le sourire de Padishar Creel s'élargit.

— Que l'Épée de Shannara peut très bien être à l'endroit exact où elle se trouvait il y a trois cents ans.

— Enfermée dans une salle souterraine, au milieu du parc du Peuple de Tyrsis, et personne ne s'en serait douté ? demanda Morgan Leah. Comment est-ce possible ?

Padishar but une gorgée de bière.

— Nous y serons demain. Attendez, et vous verrez…

Fatigué par la marche et en manque de sommeil, Par resta pourtant éveillé un long moment, alors que les autres ronflaient déjà. Il ne cessait de penser à ce que Padishar Creel avait dit. Plus de trois cents ans plus tôt, quand Shea Ohmsford l'avait utilisée pour détruire le Roi-Sorcier, l'Épée de Shannara était enfoncée dans un bloc de marbre rouge enfermé dans une salle souterraine du parc du Peuple. Elle y était restée jusqu'à l'arrivée de la Fédération à Callahorn. Tout le monde affirmait qu'elle avait disparu ensuite. Si ce n'était pas le cas, pourquoi tant de gens le croyaient ? Et si elle était toujours à la même place, pourquoi ne la reconnaissait-on pas ?

Évidemment, bien des choses arrivées du temps d'Allanon avaient perdu leur crédibilité. Et beaucoup de récits avaient pris des allures de légendes. Au moment de la disparition de l'Épée de Shannara, tout le monde ignorait ce qu'elle pouvait accomplir. Mais les gens devaient au moins savoir qu'elle était *là* ! C'était une relique nationale ! Alors, comment pouvaient-ils croire qu'elle avait disparu, si ce n'était pas vrai ? Cela n'avait pas de sens...

Pourtant, Padishar Creel semblait sûr de lui...

Par s'endormit sans avoir résolu le problème.

Ils se levèrent à l'aube, traversèrent la Mermidon à un gué et bifurquèrent vers le sud, en direction de Tyrsis. La journée étant chaude, ils marchaient à l'ombre quand c'était possible. Hélas, la forêt céda vite la place à une succession de plaines. Les sept voyageurs rationnèrent l'eau et adoptèrent une allure mesurée, mais ils transpiraient malgré tout abondamment. Vers midi, quand ils s'approchèrent des murs d'enceinte, leurs vêtements étaient trempés.

Tyrsis était la capitale de Callahorn, sa plus ancienne cité, et la forteresse la mieux défendue des Terres du Sud. Perchée sur un grand plateau, elle était protégée par des falaises impressionnantes au sud, et deux monstrueux murs de défense, au nord. Le mur extérieur culminait à près de cent pieds de haut au-dessus du plateau. Il n'avait été traversé par l'ennemi qu'une seule fois dans l'histoire de la ville, quand les armées du Roi-Sorcier avaient attaqué, à l'époque de Shea Ohmsford. Un deuxième mur formait une redoute pour les défenseurs. Jadis, la Légion frontalière, la plus formidable armée des Terres du Sud, y avait défendu la cité. Mais la Légion n'existait plus, dispersée par la Fédération. Désormais, des soldats fédéraux patrouillaient sur les remparts et les passerelles, occupant un territoire qui, jusqu'à cent ans plus tôt, n'avait jamais été pris.

Les troupes logeaient dans les baraquements de la Légion, à l'intérieur du premier mur, et les citoyens de la ville vivaient toujours à l'abri du second, dans la cité proprement dite, qui s'étendait du plateau à la base des parois rocheuses du sud.

Par, Coll et Morgan n'étaient jamais venus à Tyrsis. Ce qu'ils en savaient leur venait des histoires sur l'époque de leurs ancêtres. En approchant, ils s'avisèrent qu'il était impossible, avec des mots, de décrire ce qu'ils voyaient. La cité s'élevait comme un géant impressionnant, assemblage de blocs de pierre et de mortier qui dépassait tout ce qu'ils avaient jamais vu. Même sous le soleil brillant, elle avait quelque chose de sombre, comme si les rayons étaient absorbés par le roc.

La cité scintillait faiblement, un effet d'optique dû à la chaleur, et prenait ainsi des allures de mirage. Une immense rampe courait des plaines à la base du plateau, serpentant à travers des portails et des passerelles. Un flot continu de chariots et d'animaux la longeait dans les deux sens.

Quand ils arrivèrent au pied de la rampe, Padishar Creel se tourna vers les autres.

— Soyez prudents, les gars ! Rien ne doit attirer l'attention sur nous. Souvenez-vous qu'il est aussi difficile de sortir de cette cité que d'y entrer.

Ils se mêlèrent aux chariots et aux voyageurs qui montaient vers le sommet du plateau.

Des soldats de la Fédération surveillaient la foule, mais ils ne faisaient rien pour l'empêcher d'avancer. Il en fut de même à l'entrée, qui était défendue par des portes si hautes que Par s'étonna qu'un ennemi ait un jour réussi à les prendre d'assaut.

Les soldats semblaient se désintéresser de qui entrait ou sortait. C'était une cité occupée, se rappela Par, qui faisait beaucoup d'efforts pour garder l'air dégagé.

Ils passèrent les portes et avancèrent jusqu'à ce que le second mur se dresse devant eux, plus petit mais encore impressionnant.

Les secondes portes franchies, Padishar leur fit quitter la voie Tyrsienne – la route principale qui traversait la ville – et les guida dans un labyrinthe de voies secondaires. On trouvait des maisons et des commerces dans ces rues, mais moins de soldats et davantage de mendiants.

Ils traversèrent le quartier des tavernes et des maisons de tolérance, puis gagnèrent celui du commerce et des affaires. Ici, les demeures étaient opulentes, et dans chaque rue, entre une multitude de marchés couverts et de boutiques, des « artistes » itinérants – jongleurs, acrobates ou cracheurs de feu – se donnaient en spectacle pour quelques piécettes.

Padishar Creel ralentit et regarda autour de lui.

Puis il se dirigea vers la charrette d'un vendeur de pommes et en acheta un sac. Prenant une pomme pour lui, il tendit les autres à ses compagnons et se mit à grignoter la sienne.

Par comprit qu'il attendait quelque chose. Il mangea donc sa pomme, comme ses compagnons, et regarda attentivement autour de lui.

Il repéra un jongleur, un mime, une jeune fille qui faisait des tours de passe-passe et deux singes qui dansaient avec leur maître. Mais son regard retourna vite sur la jeune fille. Les cheveux roux étincelants, vêtue d'une cape de soie noire, elle tirait des pièces des oreilles de quelques enfants ébahis, puis les faisait de nouveau disparaître.

S'enhardissant, elle fit jaillir du feu de nulle part et l'envoya dans les airs. Par n'avait jamais vu personne réussir cela. La rousse était très douée.

Trop occupé à la regarder, il faillit ne pas voir Padishar Creel tendre quelque chose au gamin à la peau foncée qui s'était approché de lui. Le garçon prit l'objet et disparut sans un mot.

— C'est le moment d'y aller, annonça Creel quelques minutes plus tard.

Par jeta un dernier coup d'œil à la jeune fille rousse, qui faisait léviter devant elle un anneau qu'un petit garçon blond tentait d'attraper en criant de plaisir.

Le Valombrien sourit, touché par le bonheur du gamin.

Les sept compagnons retraversèrent le marché et ses étals.

Soudain, Morgan aperçut Hirehone. Le maître de la forge de Kiltan était debout au milieu d'une foule qui applaudissait un jongleur.

Le montagnard reconnut le crâne chauve et les moustaches tombantes du bonhomme, qui s'éclipsa quelques secondes plus tard.

Morgan cligna des yeux, réalisant qu'il avait dû se tromper. Qu'aurait fichu Hirehone à Tyrsis ?

Une minute plus tard, il avait oublié l'incident.

Ils passèrent les quelques heures suivantes dans l'entrepôt en sous-sol d'un fabricant d'armes qui devait être au service des hors-la-loi, puisque Padishar avait su où trouver la clé cachée près de la porte.

Ils y dénichèrent de la nourriture, des boissons, des couchettes, des couvertures et de l'eau pour se laver. Ravis d'être au sec et au frais, ils se reposèrent un moment en attendant la suite des événements.

Seul Creel semblait savoir de quoi il retournait. Mais comme d'habitude, il ne dit rien.

Fatigué, il se coucha et s'endormit comme une masse.

Il se réveilla quelques heures après, s'étira, se débarbouilla et alla voir Par.

— Nous sortons, dit-il. (Il se tourna vers les autres.) Restez ici jusqu'à notre retour. Nous ne serons pas absents longtemps et nous ne ferons rien de dangereux.

Coll et Morgan voulurent protester, mais se ravisèrent. Par suivit Padishar en haut de l'escalier qui menait à la porte. Le hors-la-loi regarda dehors, puis fit signe à Par de le suivre.

Tandis que les ombres de la fin d'après-midi s'allongeaient, Creel emmena Par vers le sud, en direction des falaises. Ils n'empruntèrent aucune des rues qu'ils avaient prises à l'aller, remontant des ruelles sinistres au sol défoncé. Les gens qu'ils croisèrent firent mine de les ignorer, mais leurs yeux brillaient de haine et de cupidité.

Padishar les traita par le mépris et Par jugea plus prudent de lui coller aux basques. Des passants le bousculèrent sciemment, mais il ne s'inquiéta pas, car il n'avait sur lui aucun objet de valeur.

Quand ils s'approchèrent des falaises, ils s'engagèrent sur la voie Tyrsienne. Devant eux, le pont de Sendic passait au-dessus du parc du Peuple et donnait sur un complexe de bâtiments. Au-delà, la forêt jaillissait d'un grand ravin. Encore plus loin se dressaient les tours de ce qui était jadis le palais des dirigeants de Tyrsis.

Par étudia le parc, le pont et le palais. Quelque chose semblait étrange. Le pont de Sendic n'était-il pas censé finir devant les portes du palais ?

Padishar s'arrêta.

— Alors, mon garçon, n'est-il pas difficile de croire que l'Épée de Shannara est cachée dans un lieu si public ?

— Où est-elle ? demanda Par.

— Patience. Vous aurez bientôt la réponse. (Passant un bras autour des épaules du Valombrien, Creel se pencha vers lui.) Quoi qu'il arrive, n'ayez pas l'air étonné.

Le chef des hors-la-loi s'immobilisa devant la charrette d'un marchand de fleurs. Il prit l'air pensif, comme s'il voulait choisir un bouquet.

Soudain, Par sentit un bras s'enrouler autour de sa taille. En se retournant, il découvrit la jeune fille aux cheveux roux si douée pour les tours de passe-passe.

— Bonjour, jeune elfe, dit-elle.

Ses doigts frais effleurèrent les oreilles de Par et elle l'embrassa sur la joue.

Deux enfants – un garçon et une fille – s'approchèrent de la charrette. La gamine prit la main de Padishar, et le garçon s'empara de celle de Par.

Padishar sourit, prit la petite fille dans ses bras, l'embrassa et lui donna la moitié du bouquet qu'il venait d'acheter. Il tendit l'autre au petit garçon, puis, en sifflotant, emmena tout son petit monde dans le parc.

Par remarqua que la jeune fille portait un panier couvert d'un chiffon coloré. Quand ils approchèrent du mur qui séparait le parc du ravin, Padishar choisit un érable et leur fit signe de s'asseoir dessous.

La rousse vida son panier, en sortit du poulet froid, des œufs durs, du pain, de la confiture, des gâteaux et du thé.

— Par Ohmsford, dit Creel, je vous présente Damson Rhee, votre fiancée pour la durée de notre petite aventure.

Les yeux verts de Damson Rhee s'illuminèrent.

— L'amour est passager, Par Ohmsford. Profitons-en tant qu'il dure.

Elle lui tendit un œuf.

— Vous êtes mon fils, dit Creel. Ces deux enfants sont votre frère et votre sœur. Hélas, leurs noms m'échappent pour le moment. Damson, rappelle-les-moi plus tard. Si quelqu'un nous pose la question, nous sommes une famille ordinaire venue faire un pique-nique tardif.

Personne ne vint les interroger.

Les deux hommes mangèrent en écoutant les enfants babiller. Damson Rhee s'occupa des bambins et rit aux éclats avec eux. Déjà jolie, quand elle souriait, la jeune fille devenait belle. Quand ils eurent fini de manger, elle fit le tour des pièces de monnaie à chaque enfant, puis les envoya jouer.

— Marchons un peu, proposa Padishar.

Il se leva.

Les trois compagnons avancèrent sous l'ombre des arbres, se dirigeant discrètement vers le mur qui défendait le ravin. Damson s'accrocha amoureusement à la taille de Par, qui s'aperçut que cela ne le dérangeait pas.

— Les choses ont changé à Tyrsis, depuis l'époque ancienne, dit Creel. Quand la lignée des Buckhannah s'est éteinte, la monarchie est morte avec elle. Tyrsis, Varfleet et Kern gouvernaient Callahorn, formant le Conseil des cités. Lorsque la Fédération a fait de Callahorn un protectorat, le Conseil a été dissous. Le palais lui servait de siège. Maintenant, c'est la Fédération qui s'en sert. Mais personne ne sait dans quel but…

Ils s'arrêtèrent devant le mur en pierre haut d'environ trois pieds et hérissé de piques.

— Regardez, dit le chef des hors-la-loi.

Par obéit. Le ravin à la pente abrupte donnait sur une masse d'arbres et de broussailles tellement enchevêtrés qu'on eût dit qu'ils s'étouffaient les uns les autres. De la brume enveloppait cette végétation déjà peu engageante.

Le ravin s'étendait sur une bonne lieue de chaque côté, et sur un quart de cette distance en direction du palais aux fenêtres et aux portes fermées. Une étroite passerelle menait des bâtiments apparemment abandonnés au portail délabré.

— Ce mur est une ligne de partage entre le passé et le présent, dit Creel. Le terrain où nous nous trouvons se nomme le parc du Peuple. Mais le véritable parc, celui de l'époque de nos ancêtres… (Il désigna le ravin.) … est là-dedans. Regardez sous le portail de la Fédération qui défend la passerelle.

Par se pencha et vit quelques gros blocs de pierre qui émergeaient à peine de la forêt.

— Ça, c'est tout ce qui reste du véritable pont de Sendic. Il a été à moitié démoli, dit-on, quand Tyrsis fut attaquée par le Roi-Sorcier, du temps de Panamon Creel. Quelques années après, il s'est effondré. Cet autre pont est de la poudre aux yeux.

Creel regarda Par.

— Vous comprenez, maintenant ?

Par avait saisi.

— Et l'Épée de Shannara ?

Damson Rhee eut soudain l'air étonnée.

— Elle est là-dedans, quelque part, sauf si je me trompe lourdement, dit Padishar. Là où elle a toujours été. Tu as quelque chose à dire, Damson ?

La rousse prit le bras de Par et le tira loin du mur.

— Vous êtes venu ici pour ça, Padishar ? demanda-t-elle, furieuse.

— Du calme, adorable Damson. Ne juge pas sans savoir.

— C'est risqué, Padishar. J'ai déjà envoyé des hommes dans la Fosse, comme tu le sais, et aucun n'est jamais revenu.

Padishar eut un sourire indulgent.

— La Fosse. C'est comme ça que les Tyrsiens appellent le ravin, de nos jours. Ça lui va bien…

— Tu prends trop de risques ! insista la jeune fille.

— Damson est mes yeux, mes oreilles et mon bras droit à Tyrsis, précisa Creel. Dis au Valombrien ce que tu sais de l'Épée, Damson.

— L'effondrement du pont de Sendic date du moment où la Fédération a annexé Callahorn et commencé l'occupation de Tyrsis. La forêt qui recouvre désormais l'ancien parc du Peuple a poussé en une nuit. Le nouveau parc et le nouveau pont ont surgi tout aussi rapidement. J'ai demandé aux doyens de la cité de quoi ils se souvenaient, et voici ce que j'ai appris. L'Épée n'a pas disparu. C'est la salle qui a disparu dans la forêt. Mais les gens oublient vite, surtout quand on leur ment. Aujourd'hui, presque tout le monde croit qu'il a toujours existé un seul pont de Sendic et un seul parc du Peuple. Et que l'Épée de Shannara, en supposant qu'elle ait existé, a simplement disparu.

— La forêt, le pont et le parc ont changé en l'espace d'une nuit ? demanda Par.

— Exactement.

— Mais…

— La magie, petit, murmura Padishar Creel.

Ils revinrent vers le chiffon coloré où s'étalaient les restes de leur pique-nique. Fatigués de jouer, les enfants finissaient les gâteaux…

— La Fédération n'utilise pas la magie, dit Par. Elle l'a mise hors-la-loi.

— Elle a proscrit son utilisation par les autres, oui, répondit Creel. Peut-être pour mieux s'en servir elle-même ? Ou pour permettre à quelqu'un d'autre – ou *quelque chose* d'autre – de l'utiliser ?

— Vous voulez dire, les Ombreurs ?

Padishar ne répondit pas.

La Fédération et les Ombreurs, complices ! pensa Par. Poursuivant un but que personne d'autre ne comprenait… Était-ce possible ?

— Je me demandais depuis longtemps ce qui était arrivé à l'Épée de Shannara, dit Padishar. Elle fait aussi partie de l'histoire de ma famille. Il m'a toujours paru étrange qu'elle ait disparu. Elle est restée enfoncée dans le marbre et enfermée dans une salle, pendant deux cents ans. Comment aurait-elle pu se volatiliser ? Et la salle qui la contenait ? Damson a passé beaucoup de temps pour trouver la réponse. Seuls quelques vieillards se souvenaient de la vérité. Ils sont tous morts depuis, mais ils nous ont légué leurs récits.

» Maintenant, j'ai une bonne raison de découvrir si cette histoire est vraie. L'Épée de Shannara est-elle toujours dans ce ravin ? Ensemble, nous découvrirons la réponse. La résurrection de la magie de Shannara, jeune Ohmsford, est peut-être la clé de la liberté des Quatre Terres. Nous devons savoir…

Damson Rhee secoua sa crinière rousse.

— Padishar, tu es trop prompt à risquer ta vie. Et celle des autres gens, comme ce pauvre garçon. Je ne comprendrai jamais.

Elle partit s'occuper des enfants. Par n'avait pas tellement aimé être traité de « garçon » par une fille qui avait l'air plus jeune que lui.

— Méfiez-vous de cette beauté, Par Ohmsford, murmura le hors-la-loi.

— Elle ne donne pas cher de nos chances de réussite, on dirait.

— Ah, elle s'inquiète pour rien ! Nous sommes sept pour affronter les éventuels gardiens de la Fosse. Et s'il y a de la magie, nous aurons votre Enchantement et la lame du montagnard. Ça suffira !

Creel leva les yeux.

— Il fera bientôt nuit. (Passant un bras autour des épaules du Valombrien, il l'entraîna vers l'endroit où Damson Rhee attendait avec les enfants.) Quand elle sera tombée, nous irons jeter un coup d'œil à ce qu'il est advenu de l'Épée de Shannara.

Chapitre 19

Quand la petite « famille » de Padishar Creel arriva au bord du parc et se prépara à reprendre la voie Tyrsienne, Damson Rhee se tourna vers le chef des hors-la-loi.

— Les sentinelles qui patrouillent devant le mur se relaient à minuit, en face du poste de garde de la Fédération. Je peux arranger une petite... perturbation... qui les distraira assez longtemps pour que vous vous glissiez dans la Fosse – si vous êtes décidés à le faire. Entrez par l'extrémité ouest.

Puis elle tendit la main, sortit une pièce d'argent de l'oreille de Par et la lui donna. Sur le côté face s'affichait le portrait de Damson.

— Pour vous porter chance, Par Ohmsford. Vous en aurez besoin si vous continuez à suivre ce gaillard !

Elle jeta un regard féroce à Padishar, prit les enfants par la main et partit sans se retourner. Le chef des hors-la-loi et le Valombrien la regardèrent s'éloigner.

— Qui est-elle, Padishar ? demanda Par.

— Celle qu'elle décide d'être... Il y a presque autant de récits différents sur ses origines que sur les miennes. Venez. C'est le moment d'y aller pour nous aussi...

Il ramena Par à leur point de départ, toujours le long de ruelles discrètes. La foule était dense et plus nerveuse que dans l'après-midi. Le crépuscule était tombé, mais il faisait toujours chaud dans la cité. On se serait cru dans une fournaise. Par regarda le ciel. Le croissant de lune était déjà visible au nord, et quelques étoiles apparaissaient à l'est. Par voulut réfléchir à ce qu'il avait appris sur l'Épée de Shannara, mais ses pensées tournèrent autour de Damson Rhee.

Avant la nuit, ils furent de retour, sains et saufs, dans le sous-sol de la boutique d'armes. Coll et Morgan les attendaient impatiemment. Coupant court aux questions, Creel annonça que tout était arrangé. À minuit, les Valombriens, le montagnard, Ciba Blue et lui feraient une incursion dans le ravin devant l'ancien palais. Ils descendraient avec une échelle de corde. Stasas et Drutt resteraient dans le parc et remonteraient l'échelle, histoire de la cacher jusqu'à ce que leurs compagnons les appellent. Ils s'occuperaient alors d'éliminer les sentinelles et de renvoyer l'échelle. Puis tout le monde repartirait.

Creel ne précisa pas pour quelle raison ils feraient cette expédition, et aucun de ses hommes ne le demanda. Coll et Morgan, de leur côté, eurent du mal à contenir leur impatience. Par leur expliqua en détail ce qui était arrivé. Quand il eut terminé, Morgan parut dubitatif.

— Je trouve difficile de croire qu'une ville entière a oublié qu'il y avait un autre pont de Sendic et un autre parc du Peuple ! dit-il.

— Ce n'est pas si étonnant que ça, si tu te souviens que ces gens ont eu plus de cent ans pour ça ! dit Coll. Réfléchis, Morgan. Depuis sa prise de pouvoir, la Fédération a carrément « révisé » l'histoire des Quatre Terres !

— Coll a raison, dit Par. Nous avons perdu notre seul véritable historien quand Allanon est mort. Les archives des druides étaient l'unique compilation écrite de l'histoire des Races, et nous ignorons ce qu'elles sont devenues. Il nous reste seulement les conteurs et leurs récits souvent tronqués.

— Tout ce qui concernait l'ancien monde a été traité de mensonge par la Fédération, continua Coll. Nous savons que c'est faux, mais nous sommes presque seuls à le croire. La Fédération a tout altéré pour servir ses propres fins. Après cent ans, je ne m'étonne pas que personne, à Tyrsis, ne se souvienne que le pont de Sendic et le parc du Peuple ne sont plus identiques à ce qu'ils étaient. Et en réalité, nul ne s'en soucie.

— Peut-être, concéda Morgan. Mais quelque chose continue à me tracasser. Je trouve inquiétant que l'Épée de Shannara ait été dans ce ravin depuis tout ce temps et que personne ne l'ait vue. Et n'oubliez pas que tous ceux qui y sont descendus pour jeter un coup d'œil n'en sont pas revenus !

— Moi aussi, ça m'inquiète, reconnut Coll.

Par jeta un coup d'œil aux hors-la-loi, qui ne leur prêtaient aucune attention.

— Aucun de nous n'a pensé un instant qu'il pouvait être dangereux de récupérer l'Épée, murmura-t-il, de l'exaspération dans la voix. Vous imaginiez qu'il suffirait d'y aller et de la ramasser ? Bien entendu, personne ne l'a vue ! C'est pour ça qu'on dit qu'elle a *disparu*. Et la Fédération a dû s'assurer que ceux qui entreraient dans la Fosse n'en ressortiraient pas. C'est pour ça qu'il y a un poste de garde. Savoir que la Fédération a fait tous ces efforts pour cacher l'ancien pont et l'ancien parc me pousse à croire que l'Épée est bien dans le ravin !

Coll regarda son frère sans sourciller.

— Et moi, ça me laisse penser que c'est là qu'elle restera !

Quand la nuit tomba, la chaleur se dissipa enfin. Le petit groupe prit un rapide repas. Personne ne parla, sauf Padishar. Toujours aussi bavard, il semblait se ficher que les autres ne répondent pas à ses plaisanteries. Trop énervé pour bien manger et pour converser, Par se demandait si Padishar était aussi peu affecté par les événements qu'il le paraissait. Rien ne semblait le perturber. Était-il très courageux, ou très bête ?

Par fut ennuyé de ne pas être capable de décider.

Le dîner fini, ils restèrent assis et parlèrent à voix basse.

À un moment, Padishar vint voir Par.

— N'avez-vous pas hâte de passer à l'action, petit ? demanda-t-il.

Personne d'autre n'était assez près pour entendre.

— Eh bien, oui, en un sens...

— Parfait ! Ça ne sera plus long, maintenant. Rappelez-vous le plan. Nous jetons un coup d'œil et nous filons ! Si l'Épée est là et que nous pouvons la prendre, tant mieux. Si elle n'y est pas, nous détalons. La prudence avant tout !

Il s'éloigna, laissant Par stupéfait.

Les minutes passèrent. Les deux frères restaient assis côte à côte, en silence, mais Par avait l'impression d'entendre les pensées de Coll. Les lampes à huile crachotaient. Une mouche des marais géante bourdonna près du plafond – jusqu'à ce que Ciba Blue la tue.

Finalement, Padishar annonça que le moment était venu. Tous se levèrent, prirent leurs armes et mirent leurs manteaux. Puis ils sortirent dans la nuit.

Les rues de la cité étaient vides et calmes. Des voix montaient des tavernes, ponctuées de rires et de cris. Les lampes étant cassées ou éteintes dans les rues secondaires qu'emprunta Padishar, il n'y avait que le clair de lune pour se repérer. Ils avancèrent prudemment, mais sans se cacher, pour ne pas attirer l'attention. Cependant, ils plongèrent plusieurs fois dans des allées obscures pour éviter des groupes de fêtards avinés. Les ivrognes et les mendiants qu'ils croisèrent leur jetèrent à peine un coup d'œil et ils ne virent aucun soldat. Visiblement, la Fédération laissait les pauvres de Tyrsis se débrouiller tout seuls.

Quand ils atteignirent le pont de Sendic et le parc du Peuple, Padishar leur fit traverser deux par deux la voie Tyrsienne et les envoya dans des directions différentes. Ils se regrouperaient plus tard.

Creel surveillait la grande avenue, histoire de voir arriver les soldats qui ne manqueraient pas de passer par là. Une seule patrouille se montra, et elle ne s'aperçut pas de la présence des intrus. Des sentinelles se tenaient devant le poste de garde, au centre du mur qui isolait la Fosse, mais des lampes brûlaient autour d'elles, leur reflet les empêchant de voir dans l'ombre, au-delà du cercle lumineux. Padishar guida rapidement ses compagnons dans le parc désert, vers l'ouest, à l'endroit où le ravin approchait de la jonction avec les parois rocheuses.

Là, il leur ordonna d'attendre.

Accroupi dans les ténèbres, immobile, Par écoutait les battements de son cœur qui résonnaient à ses oreilles. Autour de lui, il entendait les cris stridents des sauterelles. Les sept hommes s'étaient dissimulés derrière un énorme buisson qui leur obstruait malheureusement la vue. Mal à l'aise, Par se posait des questions sur le choix de cet emplacement. Il regarda Padishar Creel, mais le chef des hors-la-loi était occupé à superviser le déploiement de l'échelle de corde qui leur permettrait de descendre dans le ravin...

Par hésita. La Fosse. Descendre dans la Fosse. Il se força à répéter mentalement ces mots.

Il inspira profondément, essayant de se rassurer. Puis il se demanda si Damson Rhee était dans le secteur...

Une patrouille de soldats de la Fédération se matérialisa pratiquement en face d'eux. Les bruits de bottes les avertirent de leur arrivée, mais voir ces hommes fut tout de même effrayant. Par et les autres se tapirent dans les broussailles.

Les soldats s'arrêtèrent, parlèrent pendant un moment, puis firent demi-tour et repartirent.

Par souffla de soulagement et jeta un coup d'œil au ravin obscur.

Padishar et les autres hors-la-loi étaient en train d'attacher l'échelle de corde. Par se leva pour soulager ses muscles trop tendus. Il avait hâte d'en finir.

Il aurait voulu déborder de confiance, mais ce n'était pas le cas. Il se sentait de plus en plus mal à l'aise et il ignorait pourquoi. Quelque chose l'avertissait d'un danger – une sorte de sixième sens qu'il ne pouvait pas identifier.

Il crut entendre quelque chose. Pas dans le ravin, mais derrière eux, dans le parc. Il se retourna et sonda les ténèbres.

Une série de cris monta soudain du poste de garde.

— C'est le moment ! lança Padishar Creel.

Ils quittèrent leur abri et foncèrent vers le mur. Ciba Blue passa le premier. Il éprouva l'échelle pour voir si elle supporterait son poids, puis disparut dans la Fosse.

— Souvenez-vous, attendez mon signal, dit Padishar à Stasas et Drutt.

Il se tournait pour faire prendre le chemin de la Fosse à Par quand des soldats de la Fédération apparurent derrière eux, armés d'épées et d'arbalètes. Tout le monde se pétrifia. Par sentit son estomac se nouer sous le choc.

J'aurais dû le savoir, pensa-t-il.

Et il dut reconnaître qu'il s'était bien douté qu'il y avait un problème.

— Lâchez vos armes, dit une voix.

Un moment, Par craignit que Padishar Creel choisisse de se battre au lieu de se rendre.

Mais il n'y avait rien à faire. Creel se détendit, eut un sourire fataliste et laissa tomber son épée et son couteau. Ses compagnons l'imitèrent et les soldats de la Fédération se rapprochèrent. Ils prirent les armes et lièrent les bras de leurs prisonniers derrière leurs dos.

— Il y en a un autre dans la Fosse, dit l'un des soldats.

Le commandant de la patrouille, un petit homme aux cheveux courts, tourna à peine la tête.

— Coupez les cordes ! ordonna-t-il.

Un soldat obéit et l'échelle tomba dans le ravin. Par s'attendit à entendre un cri, mais il n'y en eut pas. Ciba Blue était peut-être déjà en bas.

Il regarda Coll, qui secoua la tête.

Le commandant de la patrouille avança vers Padishar.

— Je vous informe, Padishar Creel, que vous avez été trahi par l'un des vôtres.

Il attendit, mais Creel ne répondit pas. Seuls ses yeux trahissaient la rage qui bouillonnait en lui.

Puis un hurlement terrifiant sortit de la Fosse.

C'était Ciba Blue, comprit Par, horrifié.

Le commandant de la patrouille jeta un vague coup d'œil au ravin, puis il ordonna qu'on emmène les prisonniers.

On les conduisit vers le poste de garde, chacun séparé des autres par des soldats.

Par avança dans un silence angoissé, le hurlement de Ciba Blue résonnant toujours dans son esprit. Qu'était-il arrivé au hors-la-loi, seul dans la Fosse ? Le jeune homme déglutit péniblement et se força à penser à autre chose. Ils avaient été trahis, selon le commandant de la patrouille. Mais par qui ? Aucun des hors-la-loi présents là, de toute évidence. Donc, quelqu'un d'autre. Un des hommes de Padishar...

Par trébucha sur une racine, se redressa et continua d'avancer. On les conduisait dans une prison de la Fédération... Une fois enfermés, leur grande aventure serait terminée. Ils ne pourraient plus chercher l'Épée de Shannara, car personne ne sortait jamais des geôles de la Fédération.

Il devait fuir !

L'idée lui vint instinctivement. Il devait fuir. S'il ne le faisait pas, ils seraient tous enfermés et oubliés. Seule, Damson Rhee savait où ils étaient, et il s'avisa soudain qu'elle avait été dans une position parfaite pour les trahir.

Une possibilité déplaisante, mais cette conclusion était inévitable...

Par réfléchit. Il n'aurait pas de meilleure occasion de s'échapper. Une fois en prison, ce serait quasiment impossible. Padishar imaginerait peut-être un plan, mais Par ne voulait pas prendre le risque d'attendre. De manière peut-être peu charitable, il pensa que Padishar Creel, au fond, l'avait fourré dans ce guêpier...

Il regarda les lumières du poste de garde clignoter devant eux, entre les arbres du parc. Il lui restait quelques minutes. Il croyait pouvoir s'échapper, mais il devrait le faire seul. Hélas, il serait obligé d'abandonner Coll et Morgan. Il n'avait pas le choix.

Des voix retentirent devant eux. D'autres soldats attendaient le retour de la patrouille. Par inspira profondément. Dès qu'ils arrivèrent près d'un bosquet de bouleaux, il utilisa l'Enchantement de Shannara.

Il chanta doucement, sa voix se mêlant à la brise nocturne, aux trilles d'un oiseau et au crissement d'un criquet. Il laissa la magie de l'Enchantement s'infiltrer dans l'esprit des gardes les plus proches de lui, les forçant à détourner les yeux de lui...

Puis il se glissa dans le bosquet.

La colonne de prisonniers continua sans lui. Personne n'avait remarqué qu'il était parti. Si Coll, Morgan ou l'un des hors-la-loi s'en était aperçu, ils ne dirent rien.

Les soldats de la Fédération et leurs prisonniers s'éloignèrent.

Quand ils eurent disparu, Par se glissa furtivement dans la nuit.

Il trouva un pieu sur le mur du ravin, à cent pas de l'endroit où il avait quitté la colonne et coupa ses cordes en quelques minutes. Les soldats n'avaient pas encore donné l'alarme. Peut-être parce qu'ils n'avaient pas compté les prisonniers. Il faisait noir, et la capture avait eu lieu en quelques secondes.

Par était libre. Qu'allait-il faire ?

Il retourna vers la voie Tyrsienne en s'arrêtant souvent pour savoir si on le poursuivait. Il transpirait abondamment, sa tunique collée à son dos et son visage couvert de poussière. Encore excité à l'idée d'avoir réussi à fuir, il se lamentait de ne pas savoir comment en tirer avantage. Personne ne pouvait l'aider, ni à Tyrsis ni au-dehors. Il ignorait qui contacter dans la cité... et comment retourner à la Clé de Parma. Steff les aurait aidés, s'il avait su qu'ils avaient des ennuis. Mais comment le découvrirait-il avant qu'il ne soit trop tard ?

Les lumières de la voie Tyrsienne apparurent devant Par, entre les arbres. Il avança jusqu'au bord du parc, près de ses limites ouest, et se laissa tomber contre le tronc d'un vieil érable. Il devait faire quelque chose. Impossible de se contenter d'errer à l'aveuglette ! Il s'essuya le visage avec sa manche et appuya la tête contre l'écorce. Soudain nauséeux, il dut mobiliser toute sa volonté pour ne pas vomir.

Il fallait trouver un moyen de libérer Coll et Morgan.

En utilisant l'Enchantement de Shannara, pensa-t-il.

Mais de quelle manière ?

Une patrouille de la Fédération descendait la voie Tyrsienne. Par se tapit dans les ombres et attendit que les soldats soient hors de vue. Puis il s'approcha d'une fontaine et se passa de l'eau sur le visage.

Le bras qui le fit soudain pivoter était musclé et puissant.

— Qu'est-il arrivé ? demanda Damson.

Par chercha à sortir son couteau, avant de se rappeler que les soldats le lui avaient pris. Il poussa la jeune fille, essayant de se libérer, mais elle lui flanqua un coup de pied à l'estomac qui lui coupa le souffle.

— Que faites-vous, imbécile ? grogna-t-elle.

Sans attendre sa réponse, elle tira Par dans les ombres du parc et le jeta sur le sol.

— Si vous essayez encore une fois ce genre de choses avec moi, je vous casserai les bras !

Par s'assit, cherchant toujours un moyen de fuir. Mais elle le poussa sur le sol et s'accroupit à côté de lui.

— Recommençons au début, cher petit elfe. Où sont les autres ? Que leur est-il arrivé ?

Par déglutit, furieux.

— La Fédération les a capturés. Ses soldats nous attendaient, Damson ! Comme si vous ne le saviez pas !

— Que voulez-vous dire ?

— Ils nous attendaient. Nous avons été trahis ! Le commandant de la patrouille nous a dit que c'était par l'un des nôtres. Un hors-la-loi, Damson !

— Et vous avez décidé que c'était par moi ?

Par se souleva sur les coudes.

— Qui d'autre ? Vous étiez la seule au courant de notre plan. Et la seule qui n'ait pas été faite prisonnière. Si ce n'est pas vous, qui aurait pu nous vendre ?

Il y eut un long silence. Ils se regardèrent. Un bruit de voix retentit soudain : quelqu'un approchait.

Damson Rhee se pencha vers Par.

— Je l'ignore. Mais ce n'était pas moi. Maintenant, ne bougez plus jusqu'à ce qu'il n'y ait plus personne dans le secteur.

Damson poussa Par dans les buissons, puis le rejoignit et s'allongea à côté de lui. Il sentit la chaleur de son corps et son odeur agréable…

Deux soldats de la Fédération passèrent devant leur cachette. Ils s'arrêtèrent un moment, puis repartirent.

— Savent-ils déjà que vous vous êtes enfui ? souffla Damson.

— Je ne peux pas en être sûr..., murmura-t-il.

Elle lui prit le menton et le força à la regarder.

— Je ne vous ai pas trahi... Si j'avais eu l'intention de vous vendre à la Fédération, je vous aurais dénoncé à ces deux soldats, et ç'aurait été terminé.

L'argument se tenait. Pourtant, Par hésitait encore.

— Il faut décider immédiatement si vous me croyez ou pas.

— Ça n'est pas si facile !

— Ça l'est ! Regardez-moi, Par. Je n'ai trahi personne. Je hais la Fédération autant que Creel. Et je vous ai prévenu que votre entreprise était dangereuse. Padishar a insisté pour que vous y alliez quand même !

— Ça ne le rend pas responsable de ce qui est arrivé.

— Moi non plus ! Et la diversion que je vous avais promise ? N'est-elle pas venue à point nommé ?

— Oui...

— Vous voyez ? J'ai rempli ma part du contrat. Pourquoi m'en serais-je souciée si j'avais eu l'intention de vous trahir ?

Par ne répondit pas.

— Vous n'admettrez rien, n'est-ce pas ? rugit Damson, furieuse. Racontez-moi au moins ce qui est arrivé !

Par inspira profondément, puis il lui résuma leur capture, y compris l'effrayante disparition de Ciba Blue, restant délibérément vague sur les conditions de sa fuite. La magie était son affaire – un secret qui n'appartenait pas aux autres.

Mais Damson n'était pas prête à abandonner la partie.

— En fait, vous pourriez être le traître ! Sinon, comment vous seriez-vous échappé ?

Par s'empourpra.

— Pourquoi aurais-je fait ça à mes amis ?

— Exactement ce que je disais...

Ils se regardèrent en silence, chacun évaluant la force de l'autre. Damson avait raison, conclut Par. Elle avait des raisons de penser qu'il était le traître. Mais ça ne la lavait pas de tout soupçon.

— Décidez, Par ! Vous me croyez ou pas ?

Le jeune homme se sentit attiré par Damson d'une manière qu'il n'aurait pas crue possible. Cette jeune fille avait quelque chose de spécial. Ses yeux verts ne quittaient pas les siens, persuasifs. Il y lut seulement de la sincérité.

— D'accord, je vous crois...

— Alors, dites-moi comment vous avez pu vous échapper alors que les autres n'y sont pas arrivés ? Non, pas de discussion. Je dois avoir la preuve de votre innocence si nous devons travailler ensemble à libérer nos amis.

La résolution de Par – ne pas parler de l'Enchantement – s'effrita. Oui, elle avait raison. Il aurait demandé la même chose à sa place.

— J'ai utilisé la magie, dit-il.

Damson se pencha vers lui.

— De la magie ? Quelle sorte ? Un tour de passe-passe ? Un nuage enchanté ? Un truc de disparition ?

— Oui. J'ai la capacité de me rendre invisible si je le souhaite.

Il y eut un long silence.

— Vous contrôlez une magie réelle, n'est-ce pas ? Pas la fausse que j'utilise quand je fais apparaître et disparaître des pièces. Vous parlez de la variante de magie qui est interdite. Voilà pourquoi Padishar s'intéresse à vous. (Elle s'interrompit.) Qui êtes-vous, Par Ohmsford ? Dites-le moi.

Tout était calme dans le parc. Ils auraient pu être seuls au monde. Par réfléchit à ce qu'il devait répondre. Il avançait sur des sables mouvants...

— Je suis d'origine elfique, et cette part de moi est dotée de la magie de mes ancêtres. Je la maîtrise. Enfin, une petite partie, en tout cas.

Damson le regarda un long moment. Puis elle sembla arriver à une décision. Rampant hors du buisson, elle tira Par derrière elle. Ils brossèrent leurs vêtements en inspirant à pleins poumons l'air frais de la nuit. Le parc était désert.

— Je suis née à Tyrsis... La fille d'un forgeron et de son épouse. J'avais un frère et une sœur, plus âgés que moi. Quand j'ai eu huit ans, la Fédération a découvert que mon père fournissait des armes au Mouvement. Quelqu'un – un ami ou une connaissance, je n'ai jamais su qui – l'a trahi. Des Questeurs sont venus dans notre maison au milieu de la nuit. Ils l'ont incendiée après y avoir enfermé ma famille. J'ai échappé à ce sort parce que j'étais allée rendre visite à ma tante. Un an après, elle est morte, et j'ai été obligée de vivre dans la rue. C'est là que j'ai grandi. Je n'avais plus de famille et pas d'amis. Un magicien de rue m'a prise comme apprentie. Voilà ma vie. Vous deviez savoir pourquoi je ne dénoncerais jamais personne à la Fédération.

Elle tendit la main et lui effleura brièvement la joue.

— Par, nous devons faire ce qu'il faut cette nuit, sinon il sera trop tard. La Fédération sait qui elle tient entre ses griffes. Les soldats enverront chercher Rimmer Dall et ses Questeurs pour interroger Creel. Si ça arrive, il ne servira plus à rien de tenter de le sauver. Nous devons les aider *maintenant*.

Par sentit un frisson glacé lui parcourir l'échine à l'idée que Coll ou Morgan tombent entre les mains de Rimmer Dall. Sans parler de Padishar. Que ferait le Premier Questeur au chef du Mouvement ?

— Oui, cette nuit, pendant qu'ils ne s'y attendent pas. Padishar et les autres doivent encore être dans les cellules du poste de garde. Ils n'auront pas eu le temps de les déplacer. Les soldats commencent sûrement à être fatigués... Nous n'aurons pas de meilleure occasion.

Par regarda sa compagne, incrédule.

— Vous et moi ?

— Si vous acceptez de venir.

— Mais que pouvons-nous faire à deux ?

Damson tira le jeune homme vers elle.

— Parlez-moi de votre magie, Par Ohmsford. Que savez-vous faire avec ?

— Me rendre invisible, dit-il sans hésiter. Me donner une apparence différente. Faire croire aux autres qu'ils voient des choses qui n'existent pas. Bref, à peu près n'importe quoi, si ça ne doit pas durer trop longtemps. Ce sont seulement des illusions...

Damson s'éloigna de lui de quelques pas et s'arrêta, perdue dans ses pensées.

Par attendit, écoutant le silence qui s'étendait sur la cité comme les eaux d'un océan. Il aurait presque pu nager dans ce silence et dériver vers une époque plus clémente...

Il y avait en lui des peurs qu'il ne parvenait pas à contrôler. Mais ne rien tenter était impensable.

Et pourtant, que pouvaient-ils faire ? Ils n'étaient que deux...

Comme si elle lisait dans son esprit, Damson revint vers lui, le prit par le bras et murmura :

— Je crois que je connais un moyen.

— Dites-moi lequel...

Chapitre 20

Après avoir quitté ses compagnons, Walker Boh retourna directement à la Pierre d'Âtre.

Il traversa les plaines de Rabb, à l'est, dépassa Storland et ses guérisseurs, traversa les monts Wolfsktaag par le col de Jade et remonta le courant des flots de Chard jusqu'à ce qu'il arrive aux étendues Sombres. Trois jours plus tard, il était chez lui.

Il ne parla à personne en chemin, s'arrêtant juste le temps de manger et de dormir. Obsédé par sa rencontre avec l'ombre d'Allanon, il n'était pas de bonne compagnie pour les autres.

Vingt-quatre heures après son retour, l'Anar essuya un orage d'été particulièrement violent. Walker s'enferma dans sa petite maison pour s'abriter. La vallée boisée était inondée et martelée par la foudre.

Walker resta assis dans un silence maussade, à remâcher des pensées d'une noirceur qu'il n'aurait jamais crue possible.

Bref, il se désespérait.

Quel que soit le nom qu'il avait décidé de porter, Walker était un Ohmsford par le sang, et il savait que les Ohmsford avaient toujours fini par prendre fait et cause pour les druides. Il en était allé ainsi pour Shea et Flick, puis pour Wil, et enfin pour Brin et Jair. Maintenant, c'était son tour et celui de Wren et de Par. Par avait accepté son rôle facilement, bien entendu. Mais c'était un incurable romantique – un champion des pauvres et des opprimés. En clair, un imbécile.

Ou un réaliste, selon la façon dont on considérait les choses. Parce qu'il acceptait de son plein gré une charge que Walker serait lui aussi obligé d'assumer : faire ce que voulait Allanon. Obéir à un homme mort depuis trois cents ans ! L'ombre les avait tancés pour leur manque de diligence, puis leur avait ordonné de se lancer dans des missions absurdes. Ramener les druides ! Restaurer Paranor ! Faites tout cela parce que je dis, parce que j'affirme que c'est nécessaire. Parce que moi, une créature sans chair, je l'exige !

L'humeur de Walker s'assombrit à mesure qu'il réfléchissait. Changer la face du monde : voilà ce que l'ombre leur demandait ! Ils devraient prendre trois cents ans d'évolution des Quatre Terres et les éliminer en un clin d'œil.

Que voulait l'ombre, sinon cela ? Le retour de la magie et d'une époque à laquelle Allanon lui-même avait mis un terme ! De la folie ! Ils joueraient avec des vies comme des dieux et ils n'en avaient pas le droit.

À travers le brouillard de sa colère et de sa peur, Walker se souvint du visage de l'ombre. Allanon. Le dernier des druides, le gardien des archives des Quatre Terres, le protecteur des Races, le dispensateur de la magie et des secrets… Sa silhouette se dressait au cours des siècles comme un nuage devant le soleil, bloquant sa chaleur et sa lumière. Tout ce qui avait eu lieu durant sa vie portait sa marque. Avant lui, Bremen puis les druides du premier Conseil des Races avaient influencé le monde. Les guerres magiques, les luttes pour la survie, les batailles entre l'ombre et la lumière… Tout ça était le résultat de l'intervention des druides.

Et voilà qu'on lui demandait de recommencer !

On pouvait prétendre que c'était nécessaire. Ce ne serait pas la première fois… Ou affirmer que les druides travaillaient à protéger et préserver, jamais à modeler. Mais l'un était-il possible sans l'autre ? Et la nécessité, après tout, dépendait du point de vue qu'on adoptait. Les Rois-Sorciers, les démons et les spectres Mords du passé étaient remplacés par les Ombreurs. Mais qu'étaient ces monstres pour que les hommes aient besoin de la magie et des druides pour s'en débarrasser ? Les hommes ne pouvaient-ils pas lutter seuls, plutôt que de s'en remettre à des puissances qu'ils comprenaient à peine ? La magie apportait de la peine autant que de la joie, car son côté obscur était aussi capable d'influencer et de changer le monde que son côté lumineux. Walker devait-il vraiment la ramener et la confier à des gens qui avaient souvent démontré leur incapacité à la maîtriser ?

Comment faire une chose pareille ?

Pourtant, sans magie, le monde risquait de devenir la vision qu'Allanon leur avait montrée : un cauchemar de feu et de ténèbres où seuls les Ombreurs pourraient survivre. La magie était peut-être l'unique moyen de protéger les Races.

Peut-être…

Mais Walker n'avait aucune envie de prendre part à tout ça. À ses yeux, il n'était pas un enfant des Races ou des Quatre Terres. Il n'avait aucune empathie pour son peuple et aucune place en son sein. Car la magie l'avait isolé des autres. Une situation paradoxale, puisqu'il était le seul à ne pas craindre les Ombreurs. Mais on ne lui demanderait pas d'aide, car on le redoutait presque autant qu'eux. Il était l'Oncle Obscur, le descendant de Brin Ohmsford, récipiendaire de la mission que lui avait confiée Allanon, tant d'années plus tôt.

Ramener Paranor et les druides, voilà ce qu'Allanon attendait de lui ! Et cette idée tournait dans son esprit, essayant de circonvenir sa raison.

Les jours passèrent pendant qu'il réfléchissait.

Le soleil revint. Il sécha les plaines mais ne put rien contre la touffeur des forêts. Walker sortit enfin et parcourut la vallée avec Rumeur pour seule compagnie. Mais l'humeur de Walker ne s'améliora pas, et il ne trouva pas de solution à son dilemme.

La nuit même où Par Ohmsford et ses compagnons furent capturés, Cogline revint à la Pierre d'Âtre.

En fin de soirée, Walker revenait d'une visite à la Pierre, un lieu qu'il trouvait particulièrement apaisant, comme si l'immense rocher lui donnait de la force. La porte de la maison ouverte, les pièces étaient brillamment éclairées, comme toujours. Mais Walker sentit la différence, même avant que les poils de Rumeur se hérissent et qu'il cesse de ronronner.

Il avança et entra.

Cogline était assis à la vieille table de bois, ses robes grises pendant sur son corps squelettique. Près de lui reposait un gros paquet ficelé dans une toile cirée. Cogline mangeait un repas froid, un verre de bière presque plein posé à côté de son assiette.

— Je t'attendais, Walker, dit le vieil homme.

— Vous auriez pu vous éviter le dérangement, fit Walker.

— Le dérangement ? répéta le vieil homme en tendant une main sèche comme un tas de brindilles pour caresser Rumeur. Il était temps que je revoie ma maison !

— Est-ce vraiment la vôtre ? demanda Walker. Je croyais que vous étiez plus à l'aise au milieu des reliques des druides d'antan. Si vous êtes venu me persuader d'obéir à l'ombre, sachez que je refuse catégoriquement. Je ne changerai jamais d'avis.

— Oh, Walker, « jamais », cela dure si longtemps ! De plus, je n'ai aucune intention de te persuader de quoi que ce soit. J'imagine que tu t'en es déjà chargé…

Walker se sentait mal à l'aise dans l'entrée, trop exposé. Il vint s'asseoir en face de Cogline, qui but une grande gorgée de bière.

— Tu m'avais peut-être cru parti pour de bon, quand j'ai disparu devant le lac Hadeshorn. Peut-être le souhaitais-tu ?

Walker ne répondit pas.

— J'ai exploré le monde, mon ami ! J'ai voyagé dans les Quatre Terres, marché au milieu des Races, traversé des cités et des villages. J'ai pris le pouls de la vie… et je me suis aperçu qu'il faiblissait. Un fermier m'a parlé des prairies, sous les plaines de Streleheim. « *Plus rien ne pousse* », m'a-t-il dit. « *La terre s'étiole, comme frappée d'une maladie.* » Et cette maladie l'affectait aussi… J'ai vu un marchand de sculptures et de jouets errer dans un petit village, près de Varfleet, ne sachant pas où aller. « *Je m'en vais, parce que personne n'a plus besoin de moi. Les gens ne s'intéressent plus à mon travail. Ils ne font plus rien, ils broient du noir et ils dépérissent.* » La vie s'éteint dans les Quatre Terres, Walker, lentement, comme si la volonté de *continuer* disparaissait. Les arbres, les buissons, tout ce qui pousse se ratatine, les animaux et les hommes tombent malades et meurent. Tout se transforme en poussière, et un nuage de cette poussière tourbillonne dans l'air, laissant deviner ce que sera la Terre quand la vision d'Allanon se réalisera.

Les yeux perçants du vieillard se rivèrent sur ceux de Walker.

— Ça commence, Walker. Ça commence…

Walker Boh secoua la tête.

— Les Terres et leurs peuples ont toujours connu des mauvaises périodes, Cogline.

— Non, Walker ! Crois-moi, je ne veux rien avoir affaire avec les visions des druides. Je suis un pion dans ce jeu, comme toi. Crois ce que tu veux, mais je n'ai pas envie de m'impliquer. J'ai choisi ma vie, comme tu as choisi la tienne. Mais tu n'acceptes pas ça, n'est-ce pas ?

Walker eut un sourire mauvais.

— Vous avez étudié la magie parce que vous le souhaitiez. Étant un ancien druide, vous avez eu le choix. Vous vous êtes tourné vers un mélange de magie et de sciences parce que ça vous intéressait. Pas moi. Je suis né avec un héritage qui me répugne. La magie m'a été donnée de force, sans mon consentement. Je l'utilise parce que je n'ai pas le choix. C'est une pierre attachée à mon cou et qui veut me noyer. Je ne me fais pas d'illusion : la magie a ruiné ma vie. N'essayez pas de nous comparer, Cogline…

— Dures paroles, Walker Boh. À une époque, tu as accepté avec empressement mes enseignements sur la magie. Tu te sentais assez à l'aise avec elle pour vouloir apprendre ses secrets.

— Pour survivre, c'est tout. J'étais un enfant pris au piège monstrueux des druides. Alors, je me suis servi de vous pour rester en vie. Vous étiez mon seul recours. Ne vous attendez pas à des remerciements !

Cogline se leva avec une vivacité que son apparence frêle ne laissait pas prévoir. Il se campa au-dessus de l'homme vêtu de noir assis de l'autre côté de la table.

— Pauvre Walker, murmura-t-il. Tu nies toujours ta vraie nature. Ton existence même. Combien de temps pourras-tu continuer à faire semblant ?

Il y eut un silence tendu entre les deux hommes. Enroulé sur une couverture devant le feu, à l'autre bout de la pièce, Rumeur leva la tête.

— Pourquoi êtes-vous venu, vieil homme ? demanda Walker Boh, de la fureur dans la voix.

Il sentait dans sa bouche un goût cuivré qui n'était pas dû à la colère, il le savait, mais à la peur.

— Pour essayer de t'aider, dit Cogline, sans ironie. Afin de donner un sens à tes méditations.

— Je suis satisfait de ma vie et je n'ai pas besoin de vous…

— Satisfait ? Non, Walker, tu ne le seras jamais tant que tu n'auras pas appris à cesser de te combattre toi-même. Je pensais que mes leçons sur les utilisations de la magie t'auraient fait mûrir, mais je me trompais. Tu devras encaisser de dures leçons, Walker. Et tu n'y survivras peut-être pas.

Il poussa le lourd paquet devant Walker.

— Ouvre-le.

Walker hésita. Puis il cassa la ficelle d'un geste rapide et écarta la toile cirée.

Le paquet contenait un gros volume relié de cuir embossé d'or. Il tendit la main, toucha le livre, souleva la couverture, puis retira sa main comme si le papier l'avait brûlé.

— Oui, Walker… C'est un des tomes des archives perdues des druides…

— Où l'avez-vous trouvé ? demanda Walker.

— Je l'ai rapporté de Paranor, la citadelle disparue.

Walker Boh se leva lentement.

— Vous mentez !

— Vraiment ? Regarde-moi dans les yeux et dis-moi ce que tu y vois.

Walker se détourna.

— Peu m'importe où vous l'avez eu, et ce que vous avez manigancé pour me pousser à croire ce que je sais être impossible ! Reprenez-le, rapportez-le là d'où il vient ou jetez-le dans les marais ! Je ne veux rien avoir affaire avec ça !

— Non, Walker. Je l'ai pris dans le royaume du passé, où flottent les brumes grises de la mort. Je ne suis pas là pour te tourmenter. Je suis quelque chose comme ton ami, même si tu ne veux pas encore le croire. Je t'ai dit que j'étais venu t'aider. C'est vrai. Lis le livre, Walker ! Il contient des vérités que tu as besoin d'apprendre.

— Je refuse !

Cogline soupira.

— Comme tu veux... Mais ce volume restera là. Lis-le ou pas, c'est ton choix. Détruis-le même, si tu le souhaites. (Le vieil homme finit son verre de bière et le reposa sur la table.) J'en ai terminé ici...

Il fit le tour de la table.

— Au revoir, Walker. Je m'attarderais si je pensais que ma présence pouvait t'aider. Je te donnerais tout ce qu'il est en mon pouvoir de te donner, si tu étais prêt à le prendre. Mais ce jour n'est pas encore venu. Une autre fois, peut-être...

Cogline se détourna et ne jeta pas un coup d'œil en arrière en sortant. Walker le regarda s'enfoncer dans les ténèbres...

La maison redevint silencieuse et calme.

— Ce sera dangereux, Par, murmura Damson Rhee. S'il y avait un moyen plus sûr, je l'aurais choisi !

Par ne dit rien. Ils étaient revenus dans les profondeurs du parc du Peuple, accroupis à l'ombre d'un bosquet de cèdres, juste au-delà du cercle lumineux des lampes du poste de garde.

Le poste de garde se dressait devant eux, toutes ses portes et ses fenêtres fermées. Les murs qui protégeaient le ravin en partaient des deux côtés et le pont s'étendait derrière, le raccordant aux ruines de l'ancien palais. Des sentinelles dormaient debout devant la porte principale. Aucun bruit montant du poste de guet ne perturbait leur repos.

— Vous souvenez-vous assez de lui pour invoquer une image fidèle ? demanda Damson.

Par fit signe que oui. Il n'était pas près d'oublier le visage de Rimmer Dall !

— Si quelqu'un nous interpelle, gardez son attention rivée sur vous. Je m'occuperai des menaces éventuelles.

Ils attendirent, immobiles, chacun perdu dans ses pensées. Par avait peur, mais il était quand même déterminé. Damson et lui étaient la seule chance de Coll et des autres. Ils réussiraient cette mission risquée parce qu'ils n'avaient pas le choix.

Les sentinelles de la porte se réveillèrent quand les soldats qui patrouillaient le long du mur ouest arrivèrent en vue. Les gardes se saluèrent et échangèrent quelques paroles entre eux. Puis les soldats du mur est arrivèrent aussi.

Ils se passèrent une flasque, fumèrent la pipe, puis se dispersèrent. Les patrouilles repartirent vers l'est et l'ouest, et les sentinelles de la porte reprirent leurs postes.

— Pas encore, murmura Damson quand elle sentit Par s'agiter.

Les minutes passèrent.

Les gardes de la porte bâillèrent à s'en décrocher les mâchoires.

— C'est le moment, dit Damson.

Elle se pencha sur le Valombrien, qui sentit ses lèvres lui effleurer la joue.

— Que la chance soit avec nous, Par Ohmsford.

Ils se levèrent, marchèrent vers les gardes et traversèrent hardiment le cercle de lumière. Par avait déjà commencé à chanter, instillant dans l'esprit des sentinelles les images qu'il souhaitait qu'ils voient.

Les gardes virent deux Questeurs avancer vers eux, tout de noir vêtus. Le plus grand des deux « était » Rimmer Dall, le Premier Questeur en personne.

Les soldats se mirent aussitôt au garde-à-vous. La voix de Par resta régulière, induisant un déguisement permanent dans l'esprit des hommes.

— Ouvrez ! cracha Damson quand ils arrivèrent à l'entrée.

Les gardes se hâtèrent d'obéir. Ils tirèrent les verrous extérieurs, ouvrirent la porte grillagée puis frappèrent à la porte intérieure en bois pour alerter leurs camarades.

Une sorte de guichet s'entrebâilla. Par dévia aussitôt la force de l'Enchantement vers l'homme qui y passa la tête. Les yeux du garde s'écarquillèrent et il ouvrit la porte.

Par et Damson entrèrent.

Ils avancèrent dans une salle pleine de soldats de la Fédération. Occupés à jouer aux cartes et à boire, les hommes sursautèrent. L'arrivée des Questeurs les prenait par surprise et ça se voyait. Par remplit la pièce du bourdonnement léger de l'Enchantement, le rendant inaudible grâce à sa magie. Un effort colossal...

Damson comprit que son contrôle était vacillant.

— Tout le monde dehors ! ordonna-t-elle d'une voix glaciale.

La pièce se vida aussitôt. Un seul garde resta, l'officier de service, probablement. Il se mit au garde-à-vous, raide et mal à l'aise.

— Conduisez-nous aux prisonniers, dit Damson.

Le soldat se racla la gorge.

— Il me faut la permission de mon commandant...

— Où est-il ?

— Endormi dans la salle du dessous. Je vais le réveiller.

— Non, dit Damson. Nous irons ensemble.

Ils passèrent par une porte que le garde déverrouilla, de l'autre côté de la salle, et descendirent un escalier faiblement éclairé par des lampes à huile.

Par continua de murmurer l'Enchantement à l'oreille de l'homme, lui montrant une image de sa personne plus grande que la réalité et bien plus effrayante.

Tout se passait comme prévu. Leur ruse marchait à merveille. Ils descendirent plusieurs volées de marches.

Au pied de l'escalier, ils découvrirent deux portes. Celle de gauche, ouverte, donnait sur un couloir éclairé. Le garde leur fit passer cette porte, puis s'arrêta devant une autre et frappa.

— Qu'est-ce que c'est ? cracha une voix.

— Ouvrez immédiatement, commandant, dit Damson d'une voix si glaciale que même Par frissonna.

La porte s'ouvrit. Le commandant qu'ils avaient déjà vu, le type aux cheveux courts et aux yeux déplaisants, se campa sur le seuil, sa tunique à moitié boutonnée. Quand l'image projetée par l'Enchantement s'imprima dans son esprit, il eut l'air horrifié. Rimmer Dall !

Il cessa d'essayer de fermer ses boutons et sortit dans le couloir.

— Je n'attendais personne… Désolé. Y a-t-il un problème ?

— Nous en parlerons plus tard, fit sévèrement Damson. Pour le moment, conduisez-nous aux prisonniers.

Une lueur dubitative passa dans les yeux du commandant. Par resserra l'emprise de l'Enchantement de Shannara, lui offrant un aperçu des horreurs qui l'attendaient s'il n'obéissait pas. Cela suffit. Le commandant retourna à l'entrée du couloir, tira une clé d'un trousseau pendu à sa ceinture et ouvrit la deuxième porte.

Ils entrèrent dans un autre couloir, éclairé par une seule lampe. Le commandant la prit et ouvrit la marche. Damson suivit. Par fit signe à l'officier de garde de le précéder. Sa voix commençait à se fatiguer et l'illusion devenait plus difficile à maintenir. Il aurait dû renvoyer le deuxième homme en haut, pour n'avoir qu'une cible…

Le corridor aux murs de pierre empestait le moisi. Ils étaient dans une partie souterraine de la tour, probablement sous le ravin. Des rats énormes fuyaient devant la lumière et des traces humides phosphorescentes constellaient la pierre.

Ils arrivèrent bientôt devant les cellules – des réduits pas assez hauts pour qu'un homme s'y tienne debout. Creel et ses compagnons s'entassaient dans la première. Ils écarquillèrent les yeux quand l'image générée par la magie leur apparut, mais Coll comprit ce qui se passait. Il se leva d'un bond et courut à la porte. Les autres l'imitèrent.

— Ouvrez ! ordonna Damson.

Le commandant de la Fédération hésita.

— Ouvrez ! Immédiatement !

L'officier chercha une clé sur son trousseau et l'introduisit dans la serrure. Dès que la porte s'ouvrit, Padishar Creel saisit le commandant par le cou et serra jusqu'à ce qu'il arrive à peine à respirer. L'officier de garde essaya de s'enfuir mais Morgan le rattrapa et l'assomma.

Les prisonniers accueillirent Par et Damson avec des poignées de main et des sourires. Padishar, lui, ne leur prêta aucune attention.

— Qui nous a trahis ? demanda-t-il au commandant.

L'homme était rouge vif.

— C'était un des nôtres, avez-vous dit ! Qui ?

— … Sais pas… Jamais vu son…

Padishar secoua sa victime.

— Ne mentez pas !

— Pas vu… seulement… un message…

— Qui était-ce ? insista Padishar.

L'homme flanqua un coup de pied et Padishar lui cogna la tête contre le mur.

Le commandant s'écroula entre les bras de Creel.

— Ça suffit ! dit Damson. Nous perdons du temps. Il ignore la réponse, c'est évident. Filons d'ici. Nous avons pris assez de risques pour aujourd'hui.

Le chef des hors-la-loi lâcha le commandant.

— Je trouverai qui c'était, je le jure, lui dit-il.

Par n'avait jamais vu quelqu'un aussi furieux, mais Damson n'y prêta pas attention. Elle se tourna et fit signe au Valombrien de la précéder. Il ouvrit la marche. Quand ils avaient décidé de venir au secours de leurs amis, Damson et lui n'avaient pas prévu de plan de sortie.

La chance leur sourit. La salle du haut était vide quand ils y arrivèrent, et ils la traversèrent rapidement. Morgan s'arrêta pour récupérer l'Épée de Leah, rangée sur un râtelier près de celles des soldats. Avec un sourire sinistre, il l'attacha sur son dos et rejoignit ses camarades.

Ils assommèrent les gardes avant qu'ils aient eu le temps de les voir. Autour d'eux, le parc était vide. Tout dormait dans la cité. Les fugitifs se fondirent dans l'ombre et disparurent.

Au moment où ils partaient, Damson se tourna vers Par, lui fit un sourire éblouissant et l'embrassa passionnément. Un baiser plein de promesses…

Plus tard, quand il eut le temps de réfléchir, Par Ohmsford savoura ce moment. Pourtant, le baiser de Damson n'était pas l'événement le plus mémorable de la nuit. L'Enchantement de Shannara avait enfin été utile, et ça méritait d'être marqué d'une pierre blanche !

Chapitre 21

Les archives des druides devinrent pour Walker Boh un défi qu'il entendait relever.

Après le départ de Cogline, Walker ignora le livre pendant trois jours. Il le laissa sur la table de la salle à manger, sa couverture de cuir ancien luisant doucement à la lumière du soleil ou des lampes à huile. Il avait d'abord songé à s'en débarrasser, mais il s'était ravisé. Il aurait été trop facile de jeter le livre et encore plus aisé de le regretter ensuite. S'il supportait la tentation, vivant avec l'ouvrage sans succomber au désir de découvrir ses secrets, il se sentirait en paix lorsqu'il s'en débarrasserait. Cogline s'attendait à ce qu'il l'ouvre ou à ce qu'il le jette aussitôt. Mais il ne donnerait pas au vieil homme la satisfaction de l'avoir manipulé.

Trois jours passèrent sans que Walker n'ouvre le livre.

Puis quelque chose d'étrange arriva. Le quatrième jour, Walker commença à mettre en question son raisonnement. À quoi rimait de se débarrasser du livre après une semaine ou un mois, plutôt qu'immédiatement ? Qu'est-ce que cette attitude démontrerait ? Quel jeu jouait-il, et au bénéfice de qui ?

Walker réfléchit toute la journée. Puis il s'assit et regarda le livre, de l'autre côté de la pièce, jusqu'à ce que le feu, dans la cheminée, soit presque éteint et que minuit approche.

— Ce n'est pas de la force, murmura-t-il. En réalité, j'ai peur.

Il se leva, marcha jusqu'à la table et prit le livre.

Il vaut mieux connaître le démon qui vous pourchasse que l'imaginer...

Il retourna s'asseoir, l'ouvrage sur les genoux. Rumeur leva sa grosse tête et regarda son maître. Puis il cligna des yeux et se rendormit.

Walker Boh ouvrit le livre.

Il le lut lentement, ses yeux s'attardant sur les dorures et la calligraphie complexe.

Une fois de plus, Walker se demanda comment Cogline s'était procuré le livre – il ne l'avait certainement pas rapporté de Paranor ! Puis il oublia la question quand il se laissa emporter par le flot des récits.

Ils se situaient à l'époque de Bremen, au moment où le Roi-Sorcier et ses serviteurs avaient presque détruit le Conseil. Certains textes racontaient comment la magie noire avait transformé les druides rebelles en monstres. D'autres établissaient la liste des incantations et des invocations que Bremen avait découvertes, se montrant assez sage pour en avoir peur. Le livre évoquait tous les secrets effrayants de la magie et donnait des avertissements que trop de téméraires, hélas, avaient ignorés. En cette époque de bouleversements et de changements, seul Bremen avait compris ce qui se passait réellement.

Walker continua sa lecture, inquiet. Cogline voulait qu'il lise un passage particulier de ce volume. Mais il ne l'avait pas encore trouvé.

Les porteurs du Crâne s'étaient emparés de Paranor, disaient les chroniques. Mais le Roi-Sorcier s'y était senti menacé par la magie enfermée dans les pierres de la forteresse et dans la fournaise qui brûlait en permanence dans ses profondeurs. Emmenant les porteurs du Crâne avec lui, il était parti vers le nord.

Walker fronça les sourcils. Il avait oublié ces événements. Pendant un moment, Paranor avait été totalement abandonnée, alors qu'elle aurait pu appartenir aux rebelles. Après tout, la Deuxième Guerre des Races avait duré des années…

Walker continua sa lecture, cherchant quelque chose sans savoir quoi. Il avait oublié sa résolution de ne pas se laisser prendre au piège tendu par Cogline. Sa curiosité et son intelligence étaient trop exigeantes pour être modérées par la prudence. Il pouvait découvrir des secrets qu'aucun homme n'avait jamais connus depuis des centaines d'années, et un savoir que seuls les druides avaient possédé, le dispensant aux Races uniquement quand ils l'estimaient nécessaire. Combien de temps ce livre avait-il été inaccessible à tout le monde, à part à Allanon, à Bremen avant lui, à Galaphile avant lui et aux premiers druides avant eux ?

Boh s'arrêta de lire, conscient que le ton du récit avait changé. L'écriture devenue plus petite et plus précise, on trouvait au milieu des mots des signes étranges et des runes qui symbolisaient des gestes.

Walker Boh sentit son sang se glacer.

Par les ombres ! murmura-t-il mentalement. *Il s'agit de l'incantation magique qui a fait disparaître Paranor !*

Sa respiration s'accéléra et il détourna les yeux du livre. C'était ça que Cogline voulait qu'il découvre. Il ignorait pourquoi, mais il n'avait plus le moindre doute. Maintenant qu'il l'avait trouvé, il se demanda s'il ne ferait pas mieux de refermer aussitôt le livre.

Mais il savait que c'était la peur qui murmurait à ses oreilles.

Il baissa les yeux et reprit sa lecture.

C'était bien l'incantation qu'Allanon avait utilisée, trois cents ans auparavant, pour isoler Paranor du monde des hommes. Stupéfait, Walker s'aperçut qu'il la comprenait. L'enseignement de Cogline avait été plus complet qu'il l'aurait imaginé. Il finit de lire l'enchantement, puis tourna la page.

Il y avait un seul paragraphe.

« Une fois enlevée au monde des hommes, Paranor restera cachée et invisible. Une seule magie aura la puissance de la ramener, celle de l'unique Pierre elfique noire. Conçue par le peuple magique de l'ancien monde, comme les autres Pierres

elfiques, elle combine les qualités nécessaires au cœur, à l'esprit et au corps. Celui qui aura la nécessité et le droit de le faire s'en servira pour atteindre son but. »

C'était tout. Walker continua de lire, mais la suite était sans rapport avec le sujet. Il revint en arrière et relut le passage, cherchant s'il avait manqué quelque chose. Il n'avait aucun doute : c'était ce que Cogline voulait qu'il lise. Une Pierre elfique noire. Une magie capable de ramener Paranor. Le moyen d'accomplir la mission que l'ombre d'Allanon lui avait assignée.

« *Chercher Paranor et faire revenir les druides.* » Il entendait les paroles de l'ombre dans son esprit.

Bien entendu, il n'y avait plus de druides... Mais Allanon avait peut-être l'intention que Cogline reprenne le flambeau, une fois que la magie serait revenue. Une issue logique, malgré les déclarations du vieil homme, convaincu que son époque était révolue. Mais Walker était assez malin pour savoir que la logique, avec les druides et leur magie, empruntait souvent des chemins tortueux.

Il passa encore une heure à lire et ne trouva rien qu'il estima lui être destiné. Alors, il revint au paragraphe qui parlait de la Pierre elfique noire. L'aube pointait déjà. Walker se frotta les yeux et essaya de réfléchir. Pourquoi y avait-il si peu d'indications sur les objectifs et les propriétés de cette magie ? À quoi ressemblait-elle et que pouvait-elle accomplir ? Il s'agissait d'une seule pierre au lieu de trois... Pourquoi ? Et comment se faisait-il que personne n'en ait jamais entendu parler avant ?

Les questions tournaient follement dans sa tête. Il lut plusieurs fois le paragraphe, jusqu'à ce qu'il le sache par cœur, puis il ferma le livre.

Rumeur s'étira, bâilla, leva la tête et cligna des yeux.

Parle-moi, mon ami, pensa Walker. *Il existe des secrets que seuls les félins connaissent. Celui-ci en est peut-être un...*

Mais Rumeur se leva et sortit de la maison.

Walker s'endormit et ne se réveilla pas avant midi. Il se leva, se baigna, s'habilla et mangea son repas en regardant le livre fermé devant lui. Puis il sortit faire une longue promenade. Il alla vers le sud, jusqu'à une clairière où un ruisseau se jetait dans une mare regorgeant de petits poissons rouges et bleus. Il y resta un moment, puis retourna à la maison. Assis sur le porche, il regarda le soleil descendre à l'ouest dans une corolle de brume pourpre.

Je n'aurais jamais dû ouvrir ce livre. Il aurait fallu le remettre dans sa toile cirée et le jeter dans le trou le plus profond de la vallée.

Mais il était trop tard pour cela. Il l'avait lu, et les connaissances ainsi acquises ne pouvaient pas être oubliées aussi facilement.

Walker avait pensé impossible de ramener Paranor dans le monde des hommes. Mais il savait désormais qu'une certaine magie était capable de le faire. Les druides avaient-ils *écrit* le destin des Races, et le sien par-dessus le marché ?

Pourtant, sa vie lui appartenait ! Il n'était pas forcé d'accepter la mission confiée par l'ombre d'Allanon, même si elle était réalisable.

Mais sa curiosité ne le laissait pas en repos. Il pensait à la Pierre elfique noire, même quand il essayait de ne pas le faire. Elle était quelque part, telle une antique magie oubliée.

Où était-elle ?

Cette question et toutes les autres tourbillonnaient dans son esprit à mesure que la soirée avançait. Il mangea, marcha encore dans les bois, lut quelques pages d'un des précieux ouvrages de sa propre bibliothèque, écrivit quelques mots dans son journal, et surtout, pensa au paragraphe si perturbant du livre des archives.

Il y pensait toujours au moment de se coucher.

L'idée refusait de quitter son esprit, lui montrant des portes entrouvertes dans des pièces obscures… Des connaissances existaient et lui fourniraient les informations qu'il ne pouvait pas s'empêcher de désirer.

Cela lui apporterait peut-être aussi la paix de l'esprit.

Il dormit d'un sommeil troublé. Le mystère de la Pierre elfique noire le harcelait.

À l'aube, il décida qu'il devait faire quelque chose à ce sujet.

Ce matin-là, Par Ohmsford se réveilla aussi avec une décision à prendre. Voilà cinq jours que Damson et lui avaient tiré Coll, Morgan, Padishar Creel et ses hommes des griffes de la Fédération. Depuis, ils se cachaient. Ils n'avaient pas essayé de quitter la ville, certains que les portes seraient surveillées. Ils n'étaient pas retournés non plus dans le sous-sol du magasin du fabricant d'armes, craignant que le traître ait révélé son emplacement. Ils avaient erré d'un abri à l'autre, ne restant jamais au même endroit plus d'une nuit et sursautant à chaque bruit.

Cela suffisait. Par en avait assez de fuir.

Il se leva de sa couchette de fortune, dans le grenier d'un entrepôt, et regarda Coll, qui dormait encore à côté de lui. Déjà réveillés, les autres avaient dû descendre dans l'entrepôt, fermé jusqu'au début de la semaine de travail. Par gagna la petite fenêtre qui laissait entrer un peu de lumière et regarda dehors. La rue était vide, à part un chien errant qui fouillait dans une poubelle et un mendiant endormi devant la porte d'une fabrique, de l'autre côté de la rue. Les nuages bas et menaçants annonçaient de la pluie avant la fin de la journée.

Quand il revint mettre ses bottes, Coll était réveillé.

— Et voilà, un jour de plus, dit-il en bâillant. Quelle grange fascinante visiterons-nous aujourd'hui ?

— Aucune, en ce qui me concerne, dit Par.

— Vraiment ? Tu en as informé Padishar ?

— J'y vais de ce pas.

— J'imagine que tu as une autre solution. Que celle de se cacher, je veux dire. Parce que sinon Creel ne t'écoutera pas. Il n'est pas d'excellente humeur depuis qu'il a découvert que tous les rebelles ne l'adorent pas.

Par se demanda si Padishar était assez naïf pour se croire aimé de ses hommes… Mais Coll avait raison en ce qui concernait l'humeur du chef des hors-la-loi. Être trahi par l'un des siens l'avait rempli d'amertume. Il s'était replié sur lui-même, mais il demeurait le chef de cette expédition.

Damson Rhee était restée avec eux. Par ignorait si c'était volontaire, mais elle non plus ne pouvait pas atteindre Creel, tapi derrière un mur de silence.

— Il faut faire quelque chose. Nous ne pouvons pas courir d'un abri à l'autre jusqu'à la fin des temps ! Quant au plan, Padishar ferait bien d'en concocter un ! Nous n'arriverons à rien si nous continuons comme ça.

Coll s'assit et s'habilla.

— Tu n'as sans doute pas envie d'entendre ça, Par, mais c'est pourtant le moment de revenir sur cette histoire d'alliance avec le Mouvement. Nous serions peut-être mieux tout seuls...

Par ne répondit pas.

Ils finirent de se vêtir et descendirent retrouver les autres. Il y avait du pain, de la confiture et des fruits pour le petit déjeuner, et ils mangèrent avidement. Par se demandait pourquoi il était si affamé alors qu'il ne faisait rien. Il écouta Stasas et Drutt comparer leurs expériences de chasseurs dans leurs régions respectives, quelque part au sud de Varfleet.

Morgan montait la garde près de la porte et Coll le rejoignit. Assise sur une caisse vide, Damson sculptait quelque chose. Par ne l'avait pas beaucoup vue ces derniers temps, car elle sortait souvent avec Creel pour explorer la ville.

Padishar n'était pas là.

Après avoir mangé, Par retourna dans le grenier rassembler ses affaires. Après sa confrontation avec Padishar, avait-il réfléchi, ils devraient probablement déménager...

Damson le suivit.

— Vous devenez impatient, dit-elle quand ils furent seuls. La vie de hors-la-loi n'est pas faite pour vous, on dirait...

— Rester assis toute la journée dans des entrepôts et des sous-sols n'est pas ma tasse de thé. Padishar attend quoi ?

— Ce que nous attendons tous de temps en temps : entendre notre petite voix intérieure nous dire que faire. (Damson eut un sourire coquin.) Cette petite voix vous parle en ce moment ?

— Quelque chose le fait... Pourquoi êtes-vous toujours ici, Damson ? Padishar vous oblige à rester ?

— Non ! Je vais et viens à ma guise. Il sait que ce n'est pas moi qui l'ai trahi. Ni vous...

— Alors, pourquoi ne partez-vous pas ?

— Essentiellement parce que vous m'intéressez... Je n'ai jamais rencontré quelqu'un qui utilise la magie véritable.

Elle sortit une pièce de son oreille et la lui tendit. Il y avait son portrait d'un côté, et celui de Par de l'autre.

— C'est très bien fait...

— Merci. (Par crut la voir rougir.) Gardez-la avec l'autre pour vous porter chance.

Le jeune homme fourra la pièce dans sa poche.

— Il n'y a pas tant de différences que ça entre ma magie et la vôtre, dit-il. Les deux reposent sur l'illusion.

— Non, Par, vous vous trompez. L'une est acquise, l'autre est innée. La mienne a été apprise et elle ne progressera plus. La vôtre grandit constamment. Ses possibilités sont illimitées. Ne comprenez-vous pas ? La mienne est un métier. La vôtre est bien plus que cela : un don autour duquel vous devez bâtir votre vie.

Damson sourit, mais il y avait une ombre de tristesse dans ses yeux.

— J'ai du travail. Finissez d'emballer vos affaires.

Elle se leva et descendit.

Les heures se traînèrent et Padishar ne revenait toujours pas. Par échangea quelques mots avec Coll et Morgan, leur annonçant son intention d'affronter le chef des hors-la-loi. Aucun des deux ne sembla donner cher de ses chances.

L'après-midi était bien avancé quand Padishar revint. Il entra, traversa la pièce, fit signe à Par de le suivre et l'emmena dans un petit bureau situé au fond de l'entrepôt.

— J'ai bien réfléchi à ce que nous devrions faire, dit-il. Ou plutôt, à ce que nous ne devrions *pas* faire. Toute erreur risque d'être la dernière !

Ils s'assirent sur un banc.

— Il y a le problème de ce traître, continua Creel. J'ai d'abord été sûr qu'il s'agissait de l'un de nous. Mais ce n'est pas moi, ni Damson. Elle est au-dessus de tout soupçon. Ce n'est pas vous non plus. Ç'aurait pu être votre frère, mais il n'y est pour rien, n'est-ce pas ?

Par secoua la tête.

— Idem pour le montagnard… Restent Ciba Blue, Stasas ou Drutt. Blue est probablement mort. Si c'était lui, il a été assez idiot pour se faire tuer. Mais ça ne lui ressemble pas. Les deux autres sont avec moi depuis le début, ou presque. Il est inconcevable que l'un d'eux m'ait trahi. Leur haine de la Fédération est presque aussi grande que la mienne.

» Ce n'est peut-être pas l'un de nous, finalement… Mais qui d'autre aurait pu découvrir nos plans ? Votre ami le montagnard a mentionné ce matin quelque chose qu'il avait presque oublié. Quand nous sommes arrivés en ville, lors de notre passage au marché, il a cru voir Hirehone. Il a pensé s'être trompé, mais à présent, il s'interroge. Même en oubliant que Hirehone a tenu ma vie entre ses mains de nombreuses fois, comment aurait-il pu me trahir ? Personne, à part Damson et ceux qui sont venus avec moi, ne savait ce que nous allions faire. Pourtant, des soldats de la Fédération nous attendaient. Ils étaient informés !

— Alors, qui était-ce ? Qui pouvait être au courant ?

— Cette question m'obsède depuis le début. Tôt ou tard, je saurai. Pour le moment, nous avons des choses plus importantes à faire.

» J'ai passé la matinée avec un homme qui a accès aux cercles les plus élevés de la Fédération, à Tyrsis. C'est un allié dont je suis sûr. Même Damson ne le connaît pas. Il m'a dit des choses très intéressantes. Il semblerait que Damson et vous êtes venus me sauver juste à temps. Rimmer Dall est arrivé le matin suivant pour s'occuper personnellement de mon interrogatoire. (Le chef des hors-la-loi soupira de satisfaction.) Il a été très déçu de voir que je ne l'avais pas attendu…

Padishar se rapprocha de Par.

— Je sais que vous avez hâte que quelque chose se passe, mon ami. Je lis en vous comme dans un livre ouvert ! Mais la hâte entraîne souvent une mort rapide, dans notre métier. La prudence est toujours nécessaire. Ensemble, mon garçon, nous sommes une force avec laquelle la Fédération devra compter ! Le destin vous a amené à moi et il avait sûrement quelque chose à l'esprit pour nous deux !

Creel leva un poing devant le visage de Par, qui recula instinctivement.

— La Fédération a consenti tant d'efforts pour dissimuler l'emplacement de l'ancien parc du Peuple. Le pont de Sendic a été démoli et reconstruit, l'ancien parc a été caché derrière un mur, les gardes courent autour comme des fourmis à un pique-nique ! Pourquoi ? Parce qu'il y a quelque chose, dans ce ravin, que la Fédération ne veut pas montrer. J'en suis convaincu, maintenant, comme je l'étais il y a cinq nuits, quand nous avons essayé d'y aller.

— L'Épée de Shannara ? murmura Par.

— Je parierais dix ans de ma vie là-dessus ! Mais il nous reste toujours un moyen de le découvrir...

Creel leva les mains et les posa sur les épaules de Par. Son visage tanné aux os saillants redevint un masque de ruse et de détermination. L'homme déprimé qui les dirigeait depuis cinq jours avait disparu. L'ancien Padishar Creel était de retour !

— Selon l'homme à qui j'ai parlé, celui qui a des oreilles dans les salles de conseil de la Fédération, Rimmer Dall est persuadé que nous nous sommes enfuis. Il nous croit de retour dans la Clé de Parma. Mais il reste en ville parce qu'il n'a pas encore décidé que faire ensuite. Je suggère que nous lui donnions des indications sur le chemin à suivre, jeune Par.

Les yeux de Par s'écarquillèrent.

— Comment... ?

— En le surprenant, bien entendu ! dit Padishar. Au mépris de toute logique, nous retournerons dans la Fosse avant qu'ils aient la possibilité de comprendre où nous sommes ou ce que nous voulons faire. Nous explorerons ce trou trop bien gardé et si l'Épée de Shannara y est, nous l'enlèverons au nez et à la barbe de la Fédération ! Et nous agirons cette nuit !

Chapitre 22

Le crépuscule approchait quand Walker Boh arriva à destination. Il voyageait vers le nord de la Pierre d'Âtre depuis le milieu de la matinée, sans se hâter pour se laisser le temps de réfléchir à ce qu'il allait faire. Au moment de son départ, le ciel était dégagé et le soleil brillait. Mais à mesure que la journée passait, des nuages arrivèrent de l'ouest, et l'air devint épais et gris. Le territoire qu'il traversait était accidenté, une série de collines et de ravins brisant la symétrie de la forêt. Du bois mort et des saillies rocheuses bloquaient souvent la piste, et de la brume s'accrochait aux arbres tel un linceul.

Walker s'arrêta. Il regarda vers le bas, entre deux lignes de crête déchiquetées qui donnaient sur une vallée étroite où se nichait un lac minuscule. L'eau était à peine visible, à demi cachée par les pins et par la brume qui habillait sa surface et tourbillonnait lentement.

Le fantôme du Marais habitait ici.

Walker repartit presque aussitôt et descendit vers la vallée. La brume se referma autour de lui à mesure qu'il avançait, emplissant sa bouche de son goût métallique et obscurcissant sa vue. Il ignora les sensations désagréables qui l'assaillaient – le sentiment de proximité étouffante, les murmures imaginés, le calme troublant du lieu – et se concentra sur le simple fait de marcher. L'air devint rapidement frais, empestant la pourriture et l'humidité, et les pins se firent de plus en plus touffus. Le silence régnait sur la vallée. On entendait seulement le bruit des bottes de Walker sur le sol.

Il sentit les yeux du fantôme du Marais le surveiller.

Cela faisait bien longtemps…

Cogline l'avait prévenu au sujet du fantôme : l'ombre qui vivait dans le lac était plus vieille que les Quatre Terres. Elle prétendait être plus ancienne que les Grandes Guerres et se vantait d'avoir été vivante du temps du monde magique. Comme toutes les ombres, elle avait la capacité de deviner les secrets interdits aux vivants et elle contrôlait la magie.

Mais cette ombre, une créature haineuse et amère, était prisonnière de ce monde jusqu'à la fin des temps – ce pour des raisons que personne ne connaissait. Elle ne pouvait pas mourir et haïssait l'existence qu'elle était forcée de mener. En conséquence, elle se vengeait sur les humains qui lui rendaient visite. En leur confiant des bribes de vérité, en les confrontant à leur mortalité, où en leur montrant ce qu'ils auraient aimé garder secret.

Brin Ohmsford était venue parler au fantôme du Marais, trois cents ans plus tôt, pour trouver un moyen d'entrer dans la Maelmord. L'ombre s'était jouée d'elle, jusqu'à ce qu'elle utilise l'Enchantement de Shannara pour la forcer à révéler ce qu'elle voulait découvrir. Le fantôme n'avait jamais oublié l'occasion où un humain avait été plus rusé que lui. Dans son enfance, Walker avait entendu souvent ce récit.

Bien après être venu habiter à la Pierre d'Âtre, il avait découvert que le fantôme du Marais l'attendait. Brin Ohmsford était morte depuis longtemps, et l'ombre avait décidé que quelqu'un devrait payer pour cette humiliation. Faute de la véritable responsable, elle voulait frapper quelqu'un de sa lignée.

Cogline lui avait recommandé de ne pas s'approcher du fantôme, qui n'hésiterait pas à le détruire si l'occasion se présentait. Ses parents avaient reçu le même conseil et l'avaient écouté. Mais Walker Boh était alors à un stade de sa vie où il ne supportait plus de devoir s'excuser d'être ce qu'il était. Venu dans le pays Sauvage pour échapper à son héritage, il n'avait pas l'intention de passer le reste de sa vie à se demander si quelque chose dans ce monde pouvait le détruire. Autant s'occuper immédiatement de l'ombre ! Parce qu'elle n'apparaissait jamais à plus d'une personne à la fois, Cogline avait dû rester en arrière.

La confrontation avait été mémorable. Durant près de six heures, le fantôme du Marais assaillit Walker Boh avec tous les tours et les astuces qu'il connaissait, lui divulguant des secrets, réels ou imaginaires, sur son présent et son avenir. Puis il l'accabla de paroles et d'images destinées à le rendre fou. Walker Boh les supporta toutes.

Quand l'ombre eut épuisé son arsenal, elle maudit Walker et repartit dans les profondeurs de la brume.

Walker retourna à la Pierre d'Âtre avec le sentiment qu'un compte était réglé. Il laissa en paix le fantôme du Marais, et celui-ci fit de même avec lui. Même si on aurait pu souligner qu'il n'avait pas le choix, étant forcé de demeurer à jamais dans les eaux du lac.

Jusqu'à ce jour, Walker n'était jamais revenu.

Il soupira. Cette fois, ce serait plus difficile, puisqu'il voulait quelque chose de l'ombre. Certes, il pouvait mentir et garder pour lui la raison de sa venue : apprendre du fantôme l'endroit où était la mystérieuse Pierre elfique noire. Il pouvait parler de choses et d'autres, jouant ainsi un rôle qui déstabiliserait la créature. Mais cela ne suffirait probablement pas. Le fantôme du Marais semblait toujours tout savoir sur les gens.

Walker Boh sentit la brume l'effleurer comme des doigts minuscules s'accrochant à lui. Ce qui l'attendait ne serait pas agréable !

Il continua d'avancer tandis que les ténèbres se refermaient peu à peu autour de lui. Walker s'enveloppa dans son manteau, réfléchissant à ce qu'il dirait au fantôme, aux arguments qu'il utiliserait et au jeu qu'il jouerait si nécessaire. Il se remémora les événements de sa vie que l'ombre était susceptible d'utiliser contre lui, la plupart puisés dans son enfance, quand il était perturbé par ses différences et obsédé par ses angoisses.

À l'époque, les amis de Par et de Coll, leurs parents, et même les gens de Valombre qui ne le connaissaient pas appelaient déjà « l'Oncle Obscur » ce jeune homme pâle et renfermé qui pouvait lire dans les esprits, deviner les événements ou même les faire arriver, et qui comprenait tant de choses inaccessibles aux autres. L'oncle bizarre de Par et de Coll, sans parents, sans famille qui soit réellement la sienne. Sans passé non plus, ou avec une histoire personnelle qu'il refusait de partager. Même le nom d'Ohmsford ne semblait pas lui convenir. Il était toujours « l'Oncle Obscur », plus vieux que les autres – pas en années mais en connaissances. Des connaissances avec lesquelles il était né.

Son père avait essayé de le lui expliquer. La magie de Shannara était responsable de tout. Elle se manifestait de cette façon, mais ça ne durerait pas. C'était une phase qu'il devait traverser, à cause de ce qu'il était. « *Mais Par et Coll n'ont pas eu besoin de passer par ce stade* », répondait-il. « *Non*, répliquait son père, *ça ne concerne que toi et moi, les descendants de Brin Ohmsford, parce que nous sommes les Élus d'Allanon...* »

Walker chassa ces souvenirs de son esprit, furieux de sentir l'amertume revenir. Les « *Élus d'Allanon* », disait son père. Plutôt ceux qu'Allanon avait maudits !

Quand les arbres s'écartèrent devant lui, Walker sursauta. Il était au bord du lac et les eaux clapotaient doucement dans le silence.

Walker Boh se redressa. Son esprit se referma sur lui-même comme une huître et il se concentra.

Immobile, il attendit.

Il y eut des mouvements dans la brume, mais ils venaient de plusieurs endroits. Walker essaya de se concentrer, mais les mouvements disparurent aussi vite qu'ils étaient apparus. D'un endroit lointain, au-dessus de la brume qui couvrait le lac, quelque chose murmura dans son esprit.

Oncle Obscur.

Walker entendit les mots, à la fois lointains et proches, résonner dans son esprit. Il ne réagit pas, mais continua à attendre.

Alors, les mouvements fragmentaires qu'il avait perçus un peu plus tôt se focalisèrent sur un seul point pour former une image sans couleurs qui se dressa sur les eaux et avança vers lui. À mesure qu'elle se rapprochait, elle prit une forme plus solide, devenant plus grande que la silhouette humaine qu'elle imitait, comme si elle voulait tout écraser sur son passage.

Walker ne bougea pas. La silhouette éthérée devint une ombre, et l'ombre devint une personne.

Walker Boh regarda le fantôme du Marais se dresser devant lui et se doter du visage qui lui semblait le plus adapté à son interlocuteur.

— Es-tu venu accepter ma mission, Walker Boh ? demanda l'ombre.

Walker sursauta en dépit de sa résolution. La silhouette sombre et impressionnante d'Allanon se tenait devant lui.

L'entrepôt était silencieux, six paires d'yeux rivées sur Padishar Creel. Il venait de leur annoncer qu'ils retourneraient cette nuit dans la Fosse.

— Nous nous y prendrons différemment, dit-il. Nous ne nous glisserons plus dans l'ancien parc avec une échelle de corde. Il y a une entrée dans les niveaux inférieurs du poste de garde. Nous l'emprunterons, nous descendrons dans la Fosse et nous en ressortirons sans que personne n'ait rien vu.

Par jeta un coup d'œil à ses compagnons. Coll, Morgan, Damson et les deux hors-la-loi, Stasas et Drutt. Tous semblaient aussi stupéfaits et admiratifs que lui.

Ce que le chef des hors-la-loi proposait était invraisemblable. Et que son plan puisse marcher, encore plus !

Personne ne l'interrompit. Tous voulaient entendre de quelle façon il comptait s'y prendre.

— Les gardes sont remplacés deux fois par jour, une fois à l'aube et l'autre fois au crépuscule. Deux escouades de six hommes chacune. Une patrouille de remplacement vient une fois par semaine pour chaque équipe, mais à des jours différents. Aujourd'hui en est un. Les remplaçants du service de jour arriveront juste après le coucher du soleil. Je le sais, parce que j'ai fait en sorte de le découvrir.

Un sourire de prédateur apparut sur le visage de Creel.

— Aujourd'hui, une équipe spéciale se pointera quelques heures plus tôt, parce qu'il y aura une inspection du poste de garde ce soir. Le commandant veut que tout soit impeccable. Les soldats de jour seront contents de laisser l'équipe spéciale faire son travail. Et cette équipe, bien entendu, ce sera nous.

» Une fois entrés, nous éliminerons l'équipe de nuit. Si nous sommes assez discrets, l'équipe de jour continuera à faire ses rondes, assurant ainsi une partie de notre travail : empêcher les autres d'entrer. De toute façon, nous barricaderons la porte de l'intérieur. Puis nous descendrons dans les niveaux inférieurs du poste et nous sortirons dans la Fosse. Il devrait faire encore assez jour pour que nous trouvions l'Épée rapidement. Quand nous l'aurons, nous remonterons et nous repartirons par le même chemin.

Pendant un moment, personne ne parla. Puis Drutt marmonna :

— Nous serons reconnus, Padishar. Il y aura forcément dans le lot quelques-uns des soldats qui nous ont arrêtés.

— Non. Un changement d'équipe a eu lieu il y a trois jours.

— Et le commandant ?

— Il sera absent jusqu'au début de la semaine de travail. Il reste seulement un officier de garde.

— Il nous faudra des uniformes de la Fédération.

— Nous les avons. Je les ai apportés hier.

— Tu penses à ça depuis un certain temps, je vois, dit Stasas.

Le chef des hors-la-loi sourit.

— Depuis le moment où nous sommes sortis de la cellule !

Assis sur un banc près de Par, Morgan se leva.

— Si quelque chose va de travers, et qu'ils découvrent ce que nous faisons, ils assiégeront le poste de garde. Et nous serons pris au piège, Padishar.

— Non. Nous emmènerons des cordes et des grappins avec notre équipement de nettoyage. Si nous ne pouvons pas sortir par le même chemin, nous grimperons hors de la Fosse. Cette possibilité ne leur viendra même pas à l'idée…

Il n'y eut pas d'autres questions. Les six membres du groupe réfléchirent au plan, essayant de se persuader qu'il pouvait marcher. Par pensa qu'un nombre incroyable de choses pouvaient mal tourner…

— Alors, qu'en dites-vous ? demanda Padishar. Nous savons tous qu'il y a des risques, mais c'est dans la nature de notre travail. Je veux une décision. Qui veut le faire ? Qui est avec moi ?

Coll et Morgan restèrent immobiles comme des statues sur leur banc, près de Par. Stasas et Drutt, que tout le monde s'attendait à voir parler les premiers, regardèrent fixement le sol.

Damson se contenta de défier Padishar du regard.

Par comprit que personne ne parlerait. Ils attendaient tous sa décision.

Il se surprit lui-même, car il n'eut même pas besoin de réfléchir.

— J'irai.

— As-tu perdu l'esprit ? murmura Coll. C'était notre chance de nous sortir de ce guêpier !

Stasas et Drutt annoncèrent qu'ils iraient aussi.

Par se pencha vers Coll.

— Il le fait pour moi, tu n'as pas compris ? C'est moi qui veux l'Épée ! Je ne peux pas laisser Padishar prendre tous les risques.

Coll parut désespéré. Morgan fit un clin d'œil à Par et déclara qu'il suivrait les autres. Coll leva une main sans rien dire.

Restait Damson. Padishar la regardait, très calme. Par s'avisa soudain que Padishar aurait pu ordonner qu'on le suive. Mais demander était peut-être un test : il restait un traître en liberté quelque part…

— Je vous attendrai dans le parc, dit enfin Damson Rhee. Pour venir avec vous, il faudrait que je me déguise en homme. Ce serait un risque supplémentaire, et quel avantage cela vous apporterait-il ? S'il y a des problèmes, je vous serai plus utile à l'extérieur.

Padishar eut un grand sourire.

— Tu as raison, comme toujours, Damson. Tu nous attendras dans le parc.

Il sembla à Par que Creel avait été un peu trop rapide à accepter.

Des geysers explosèrent à la surface de l'eau grise du lac et l'écume glaça la peau de Walker quand elle lui tomba dessus.

— Dis-moi pourquoi tu es venu ici, Oncle Obscur, murmura l'ombre d'Allanon.

— Je n'ai pas besoin de vous répondre. Vous n'êtes pas Allanon, mais le fantôme du Marais.

Le visage d'Allanon disparut, remplacé par celui de Walker. Le fantôme ricana.

— Je suis toi, Walker Boh, ni plus ni moins. Tu ne te reconnais pas toi-même ?

Son visage passa par une série de transformations. Walker enfant, jeune homme puis adulte… Les images allèrent si vite que Walker arriva à peine à les suivre.

Il était terrifiant de voir les étapes de sa vie passer si rapidement devant soi.

Il se força pourtant à rester calme.

— Parlerez-vous avec moi, fantôme du Marais ?

— Te parleras-tu à toi-même ? répondit le fantôme.

Walker prit une profonde inspiration.

— Oui. Mais dans quel but devrais-je le faire ? Je n'ai rien à me dire que je ne connaisse déjà.

— Tout comme moi, Walker. Tout comme moi !

Le fantôme rétrécit pour être de la même taille que Walker. Il garda son visage, lui montrant par moments comment il serait quand l'âge le rattraperait – un vieillard ravagé par l'inutilité de sa vie.

— Je sais pourquoi tu es venu me voir, dit le fantôme. Je connais tes pensées les plus intimes et les petits secrets que tu aimerais cacher, y compris à toi-même. Aucun besoin de jeu entre nous, Walker Boh. Tu es mon égal en ce domaine, et je n'ai nul désir de me battre encore contre toi. Tu es venu me demander où aller pour trouver la Pierre elfique noire. Très bien. Je vais te le dire.

Aussitôt, Walker se méfia. L'ombre ne donnait jamais une information sans la déformer. Il fit un signe de tête, mais ne dit rien.

— Comme tu sembles triste, Walker. Aucune joie devant ma capitulation, pas de soulagement à l'idée d'avoir ce que tu veux ? Est-il si difficile d'admettre que tu as jeté aux orties ta fierté, que tu as oublié tes principes élevés et que tu as été gagné à la cause du druide ?

Walker se raidit.

— Vous vous trompez, fantôme du Marais. Rien n'a encore été décidé.

— Oncle Obscur, *tout* est décidé ! Ne t'y trompe pas. Ta vie s'étend devant moi comme une ligne droite, avec tes années en nombre limité et un trajet déterminé. Tu es pris dans les rets des paroles du druide. L'héritage qu'il a donné à Brin Ohmsford est devenu le tien, que tu le veuilles ou non. Tu as été modelé sans le savoir !

— Parlez-moi de la Pierre elfique noire, alors !

— Quand le moment sera venu. Patience !

Le fantôme du Marais bougea sous son manteau de brume. La lumière du jour disparut, avalée par le brouillard. Pourtant, là où Walker attendait, il restait une phosphorescence malsaine qui montait de l'eau.

— Tu as fait tant d'efforts pour échapper aux druides, continua le fantôme. Quelle folie ! (Le visage de Walker disparut, remplacé par celui de son père.) Souviens-toi, Walker, que nous sommes les porteurs de l'héritage confié par Allanon. Il l'a transmis à Brin Ohmsford pendant qu'il agonisait pour qu'il passe de génération en génération, jusqu'au moment où on aurait besoin de lui dans un lointain avenir…

Le père de Walker ricana.

— Maintenant, peut-être ?

Des images s'animèrent autour de Boh, tissées de brume et comme suspendues dans l'air, mais arborant les couleurs de la vie.

Walker recula. Il se vit lui-même, de la colère et du défi sur le visage, debout sur un nuage, au-dessus des corps ratatinés de Par, de Wren et des autres membres du groupe venu au lac Hadeshorn pour rencontrer l'ombre d'Allanon.

Le tonnerre gronda et des éclairs jaillirent. La voix de Walker s'éleva, et les paroles qu'elle prononça étaient bien les siennes.

« Je préférerais me couper la main que de voir revenir les druides ! »

Puis il leva un bras, montrant que sa main avait effectivement été coupée.

La vision disparut, remplacée par une autre. De nouveau Walker, debout sur la crête déserte d'une colline surplombant une plaine infinie. Le monde entier s'étendait devant lui. Les nations et leurs Races, les créatures de la terre et de l'eau, les morts et les vivants...

Le vent sifflait à ses oreilles, faisant tourbillonner ses robes noires. Une jeune fille se tenait près de lui, à la fois femme et enfant – un être magique d'une incroyable beauté, son regard noir d'une profondeur insondable. Ses longs cheveux argentés auréolant son visage, elle tendit la main vers lui pour qu'il l'aide à garder pied sur le rocher glissant.

Il la poussa violemment. Elle bascula dans l'abîme sans un cri et disparut lentement à la vue de Walker.

La vision se dissipa aussi. Une autre la remplaça. Il se vit une troisième fois, dans une forteresse vide et grise. La mort le suivait à travers les murs et les couloirs, ses doigts glacés cherchant des signes de sa vie. Il éprouva un besoin désespéré de fuir, conscient qu'il le devait s'il voulait survivre. Mais il ne pouvait pas bouger. Il resta immobile, laissant la mort approcher de lui. Quand sa vie se termina, il sentit le froid l'envahir et vit qu'une ombre vêtue de noir attendait derrière lui, l'empêchant de partir. L'ombre avait le visage d'Allanon.

Les visions disparurent et la grisaille revint sous la lueur phosphorescente du lac. Quand le fantôme du Marais baissa les bras, les eaux du lac bouillonnèrent et sifflèrent comme si elles étaient mécontentes.

Walker Boh sursauta quand l'écume l'atteignit.

— Qu'en dis-tu, Oncle Obscur ? murmura le fantôme.

Il avait de nouveau le visage de Walker.

— Vous jouez encore à vos petits jeux, dit calmement Walker. Ces mensonges et ces demi-vérités sont destinés à me troubler. Et vous ne m'avez rien dit sur la Pierre elfique noire.

— Vraiment ? demanda le fantôme. Tout cela n'est qu'un jeu, à ton avis ? Des mensonges et des demi-vérités ? Pense ce que tu veux, Walker Boh. Mais je vois l'avenir, et il serait stupide de croire que je ne t'en ai rien montré. Souviens-toi, Walker. Je suis toi, je parle de toi et de ce que tu es, comme avec tous ceux qui viennent me voir.

— Fantôme du Marais, vous ne pourrez jamais être moi. Vous êtes une ombre sans identité exilée et condamnée à croupir dans les eaux de ce lac pour l'éternité. Rien de ce que vous ferez ne changera jamais votre situation.

— Alors, quitte ces lieux, Oncle Obscur ! Emmène avec toi ce que tu es venu chercher et pars ! (Le visage de Walker disparut, remplacé par une tête de mort.) Tu penses que mon sort n'a rien à voir avec toi ? Prends garde ! Il y a plus de moi en toi que tu n'aimerais le reconnaître.

» Écoute-moi, Walker ! Tu veux savoir où est la Pierre elfique noire ? Ouvre tes oreilles, dans ce cas. L'obscurité la dissimule – des ténèbres qu'aucune lumière ne peut pénétrer, en un lieu où des yeux transforment un homme en pierre et où des voix le rendent fou. Au-delà, là où seuls les morts reposent, tu trouveras une niche gravée de runes, le signe du temps qui passe. La Pierre t'y attendra !

La tête de mort disparut. Il resta seulement des robes vides suspendues dans le brouillard.

— Je t'ai donné ce que tu voulais, Oncle Obscur, ricana l'ombre. Je l'ai fait, parce que ce don te détruira. Crève donc, que ta lignée maudite meure avec toi. Combien j'ai hâte que cela se produise ! Pars, maintenant ! Laisse-moi ! Je te souhaite un voyage rapide vers ta destruction !

Le fantôme du Marais se dissipa dans la brume et disparut. La lumière qu'il avait amenée avec lui s'évanouit aussi.

L'obscurité engloutit le lac et la rive, aveuglant momentanément Walker. Il resta où il était, attendant que ses yeux s'habituent et sentant la brume glacée effleurer sa peau.

Le rire du fantôme retentit dans son esprit.

— Oncle Obscur, souffla le fantôme.

Walker ferma son esprit.

Quand il y vit assez pour distinguer la silhouette des arbres autour de lui, il se détourna du lac et s'en alla.

Chapitre 23

L'après-midi avançait. Une pluie dense tomba sur Tyrsis. Elle lava ses rues poussiéreuses, les rendant luisantes et glissantes sous la lumière de la fin de journée. Des nuages d'orage touchaient presque les arbres du parc du Peuple vide et silencieux.

Des bruits de pas brisèrent ce silence. Une escouade de la Fédération arriva. Ses six membres enveloppés dans des manteaux à capuchon traînaient du matériel de nettoyage. Un couple d'oiseaux perchés sur un bouleau pelé leva la tête et les regarda avec curiosité. Un chien qui fouillait les poubelles s'éloigna en aboyant. Un enfant des rues tendit le cou sous le porche encore sec où il s'abritait.

Personne d'autre n'était là pour voir ces hommes avancer. Les rues étaient désertes, comme si la cité se blottissait dans les maisons pour échapper à l'humidité déplaisante.

Padishar Creel fit quitter la voie Tyrsienne à sa petite troupe. Bien dissimulés par leurs manteaux, les compagnons étaient venus sans encombre de l'entrepôt.

Tout marchait comme ils l'avaient espéré.

Par Ohmsford vit la masse sombre du poste de garde apparaître entre les arbres. Il arrondit les épaules pour lutter contre le froid de la pluie et la sueur désagréable qui coulait sous ses vêtements. Il se sentait à la fois prisonnier dans son propre corps et capable de regarder comme s'il en était à l'extérieur…

Le chemin étant plus sombre qu'on aurait pu l'imaginer le jour, il lui semblait être entré dans un tunnel dont les murs se refermaient sur lui, si lisses qu'il n'y trouvait aucune prise. Il tombait et son élan l'entraînait sans répit vers la terreur qu'il sentait se dresser devant lui…

Par était en train de perdre le contrôle de lui-même, comprit-il. Il avait déjà été effrayé dans sa vie : par exemple, quand Coll et lui avaient fui Varfleet, puis lorsqu'ils avaient rencontré la femme des bois. Ou encore quand Cogline leur avait dit ce qu'ils devaient faire. Et quand ils avaient, avec Morgan, traversé le lac Arc-en-ciel de nuit et dans le brouillard.

Idem lorsqu'ils avaient combattu le géant, dans les forêts de l'Anar, ou fui le gnoll dans les monts Wolfsktaag. Et enfin quand les gnomes-araignées et l'Ombreuse s'étaient emparés de lui.

Non, ce n'était pas tout, car il avait eu aussi peur quand Allanon leur était apparu. Mais tout ça n'était rien en comparaison de ce qu'il éprouvait en ce moment.

Il déglutit à grand-peine et essaya de se dire que tout allait bien. Cette sensation lui était venue d'un coup, comme une créature qui l'aurait attendu dans les rues pour le prendre dans ses filets. Il était frappé d'une terreur paralysante et il n'avait aucun moyen de s'en libérer. Il ne servait à rien d'en parler aux autres. Comment pourrait-il expliquer ce qu'il ressentait, alors qu'il ne le comprenait pas lui-même ?

Un coup de vent fit trembler les arbres chargés de pluie et inonda les faux soldats de gouttelettes. Par lécha l'eau sur ses lèvres, savourant son humidité.

Des ombres dansaient autour de lui, sapant son courage déjà chancelant. Cette expédition était une erreur, pensa-t-il. Sa peau se glaça à l'idée qu'il ne se trompait pas.

Il avait désormais un tout nouveau sentiment de sa propre mortalité. Jusque-là, il l'avait gardé caché dans un coin de son esprit, supposait-il, parce que c'était une notion trop effrayante pour qu'on l'examine de près. Il lui sembla – rétrospectivement – qu'il avait tenu tout ce qui était arrivé jusque-là pour une sorte de jeu. C'était ridicule, il le savait, et pourtant en partie exact. Il avait chargé droit devant lui, se prenant pour un héros comme ceux dont il chantait les exploits, décidé à connaître la vérité sur lui-même. Il s'était cru maître de sa destinée et il venait de comprendre que ce n'était pas le cas.

Il était allé d'une mésaventure à l'autre, se dit-il, pensant toujours – à tort – que ce qu'il faisait était utile. En réalité, qu'avait-il accompli ? Il était devenu un hors-la-loi traqué par les autorités, ses parents étaient prisonniers de leur propre maison et Walker le considérait comme un imbécile. Wren l'avait abandonné. Coll et Morgan restaient avec lui parce qu'ils entendaient veiller sur lui. Et Padishar Creel le prenait pour quelqu'un qu'il ne pourrait jamais être.

Enfin, parce qu'il avait accepté – encore à tort – la mission confiée par un druide mort depuis trois cents ans, cinq hommes bien vivants étaient sur le point de sacrifier leurs vies.

— Fais attention en marchant, avait-il dit à Coll en partant de l'entrepôt. Ne trébuche pas sur tes propres pieds, même si c'est un temps adéquat pour un canard.

Coll s'était gaussé de cet humour minable.

— Contente-toi de dresser l'oreille. Ça ne devrait pas être difficile, pour quelqu'un comme toi !

Par avait taquiné son frère pour faire semblant d'être courageux. Mais il n'avait donné le change à personne.

Allanon ! Il prononça mentalement le nom du druide comme une prière. *Pourquoi ne m'aidez-vous pas ?*

Mais une ombre, il le savait, ne pouvait secourir personne. Seuls les vivants en avaient la possibilité.

Il n'avait plus le temps de réfléchir ou de se torturer sur des décisions déjà prises. Les arbres s'écartèrent, et le poste de garde se dressa devant eux. Les deux sentinelles de la Fédération se raidirent à l'approche de la patrouille. Padishar n'hésita pas un instant. Il rejoignit les soldats, les informa de la mission de son escouade et échangea quelques banalités sur le temps avec les deux hommes, qui ouvrirent promptement les portes.

Les six compagnons entrèrent, tête basse.

Les soldats de la garde de nuit jouaient aux cartes autour d'une table. Ils étaient six et levèrent à peine la tête pour saluer les nouveaux venus.

Le commandant n'était pas là.

Padishar regarda par-dessus son épaule et fit un petit signe à Morgan, Stasas et Drutt, qui se répartirent autour de la table.

Un des joueurs leva la tête et demanda :

— Qui êtes-vous ?

— L'équipe de nettoyage, répondit Padishar.

Il se plaça derrière le soldat et se pencha pour voir ses cartes.

— C'est une main perdante, mon ami, dit-il.

— Reculez, vous me dégoulinez dessus ! protesta l'homme.

Padishar lui flanqua un coup de poing à la tempe et il s'écroula, foudroyé. Un deuxième suivit le même chemin presque aussitôt. Les autres se levèrent en criant, mais Morgan et les hors-la-loi leur réglèrent leur compte en quelques secondes.

Par et Coll sortirent des cordes et des bandes de tissus de leurs paquetages.

— Emmenez-les dans le dortoir, attachez-les et bâillonnez-les. Assurez-vous qu'ils ne puissent pas fuir.

Quelqu'un frappa à la porte. Padishar entrouvrit le guichet. Tout allait bien, assura-t-il aux sentinelles, qui pensaient avoir entendu du bruit. Mais la partie de cartes venait de se terminer, car les soldats pensaient qu'il valait mieux commencer à ranger.

Il ferma le guichet avec un sourire rassurant.

Quand les hommes de la garde de nuit eurent été enfermés dans le dortoir, Padishar tira la porte et la verrouilla. Il hésita, puis ordonna qu'on enclenche aussi les verrous de la porte d'entrée. Prendre des risques ne servait à rien, insista-t-il. Et ils ne pouvaient pas se permettre de laisser quelqu'un en arrière pour s'assurer qu'ils ne seraient pas dérangés.

Ils descendirent l'escalier qui menait au sous-sol du poste de garde. Le bruit de la pluie disparut derrière les murs de pierre, mais l'humidité les traversait. Il faisait si froid que Par frissonna. Il suivit ses camarades, prêt à faire ce qu'il faudrait, et pensant seulement à mettre un pied devant l'autre le temps qui serait nécessaire. Il n'avait aucune raison d'être effrayé, se répétait-il. Tout irait bien et ce serait vite terminé.

Au sous-sol, ils trouvèrent le commandant endormi. Ce n'était pas le même que la première fois. Ils le maîtrisèrent sans effort, l'attachèrent et le bâillonnèrent, puis l'enfermèrent dans sa chambre.

— Laissez les lampes ici, ordonna Padishar.

Ils dépassèrent les quartiers du commandant et continuèrent jusqu'au bout du couloir. Une porte de bois bardée de fer s'y dressait, aussi haute que deux hommes. La poignée massive portait le symbole du loup des Questeurs. Padishar la saisit à deux mains et tourna. Le verrou céda et le battant s'ouvrit. Derrière, tout était sombre et sentait le moisi et la pourriture.

— Restez groupés, murmura Padishar.

Il s'enfonça dans l'obscurité.

Coll se retourna, le temps de serrer l'épaule de Par, puis il suivit Creel.

Ils s'engagèrent dans un labyrinthe de troncs d'arbres, de broussailles enchevêtrées, de lianes, de ronciers et de brume. De la boue formait de petites mares tout autour d'eux. Des créatures volaient à travers cette jungle – des oiseaux ou des créatures moins agréables, c'était difficile à dire. Des odeurs les assaillirent – la pourriture et la moisissure – mais aussi quelque chose d'encore moins supportable.

La Fosse tout entière était plongée dans les ténèbres.

Chaque fibre du corps de Par Ohmsford lui criait qu'il fallait absolument sortir de là.

Padishar leur fit signe d'avancer. Drutt le suivit, puis Coll, Par, Morgan et Stasas. Ils avancèrent lentement en direction des ruines de l'ancien pont de Sendic. Par et Coll portaient les grappins et les cordes et les autres étaient armés.

Par regarda par-dessus son épaule et vit la lumière qui filtrait sous la porte du poste de garde se perdre dans les ténèbres. Il vit aussi l'Épée de Leah briller dans la main de Morgan, la pluie dégoulinant de sa lame polie.

Sous leurs pieds, la boue produisait d'atroces bruits de succion. La Fosse donnait l'impression d'être une gueule géante qui soufflait sur ses proies une haleine méphitique. Des créatures informes ondulaient dans les mares stagnantes, glissaient le long des branches pourrissantes ou rampaient entre les broussailles.

Ils marchèrent et les minutes passèrent lentement. À quelle distance était le pont en ruine ? se demanda Par. Ils auraient déjà dû y arriver !

Il se sentait pris au piège par le ravin, enfermé entre le mur, d'un côté, et les arbres de l'autre. Et les manteaux noirs de ses compagnons le faisaient penser à une sinistre procession, derrière un cercueil…

Padishar Creel s'arrêta et écouta. Par avait entendu aussi : une sorte de sifflement venu des profondeurs de l'obscurité, comme de la vapeur qui s'échappe d'une fissure. Les autres tendirent le cou et regardèrent autour d'eux. En vain. Le sifflement cessa et le silence revint, à peine troublé par le bruit de leurs respirations et celui de la pluie.

La grande épée de Padishar scintilla quand il leur fit signe de recommencer à avancer. Il leur fit accélérer l'allure, comme s'il devinait que quelque chose n'allait pas, la vitesse devant prendre le pas sur la prudence. Des troncs massifs se dressèrent devant eux, sentinelles silencieuses dans l'obscurité.

La lumière baissait rapidement, passant du gris au bleu foncé.

Par sentit qu'on les épiait. Il regarda autour de lui, inquiet. Mais rien ne bougeait dans la brume.

— Qu'y a-t-il ? demanda Morgan à voix basse.

Par secoua la tête, incapable de répondre.

Puis les blocs de pierre du pont en ruine furent enfin en vue, semblables à des dents jaillissant de la forêt.

Padishar avança plus vite et ses compagnons l'imitèrent. Ils s'éloignèrent du mur du ravin et s'enfoncèrent entre les arbres.

Devant eux, des vestiges du pont gisaient sous la végétation.

Par prit une profonde inspiration. L'Épée de Shannara, disait la légende, était enfoncée dans un bloc de marbre rouge et placée dans une salle souterraine, sous le pont de Sendic.

Elle devait être là, tout près…

Il hésita. Pourrait-il libérer l'arme du bloc de marbre ? Et entrer dans la salle, pour commencer ?

Et si l'Épée était enterrée sous les débris du pont ? Comment l'atteindraient-ils ?

Tant de questions sans réponses… Pourquoi Par ne se les était-il pas posées plus tôt ?

Dans la brume, il aperçut l'angle ouest du palais en ruine des rois de Callahorn. Ils étaient presque arrivés au mur opposé du ravin et il restait peu d'endroits où chercher l'Épée…

Je ne partirai pas sans elle. Peu importe ce qu'il faudra faire !

Par débordait soudain d'une conviction inébranlable.

Mais le sifflement retentit de nouveau, plus près. Il venait de plusieurs directions. Padishar ralentit, s'arrêta et regarda autour de lui. Drutt et Stasas à côté de lui, il avança pour faire un bouclier de son corps aux Valombriens et au montagnard, puis sonda les broussailles le long du pont brisé.

Le son se fit plus fort. Ce n'était plus un sifflement, mais une respiration.

Par sonda les ténèbres. Quelque chose venait vers eux, sans doute le monstre qui avait dévoré Ciba Blue et tous ceux qui étaient descendus avant lui dans la Fosse.

Pourtant, ce n'était pas cet ennemi qu'il cherchait du regard, mais la salle où attendait l'Épée de Shannara. Il avait hâte de la trouver, car il la voyait dans son esprit, aussi clairement que si on lui avait montré une image.

Alors, quelque chose d'étrange lui arriva.

Il sentit en lui s'agiter une entité liée à la magie de l'Enchantement de Shannara. Une créature qui tirait sur des menottes qu'il ne voyait pas et ne comprenait pas. Une pression montait en lui, telle qu'il n'en avait jamais connue avant.

Coll se tourna vers lui et pâlit.

— Par ? murmura-t-il, inquiet, secouant son frère.

Des petites lueurs rouges apparurent autour d'eux dans la brume, minuscules feux brûlant dans l'humidité. Puis des visages se matérialisèrent autour d'eux. Leur chair pourrissante à demi dévorée, leurs traits tordus, ils n'avaient plus rien d'humain.

Des corps sortirent de l'ombre, certains massifs et d'autres ratatinés, mais tous incroyablement déformés. Marchant ou rampant, ils encerclèrent le petit groupe en quelques secondes.

Des spectres noirs entraient et sortaient de leurs corps, par leurs bouches, leurs yeux, les pores de leur peau ou les racines de leurs cheveux.

Des Ombreurs !

Dans les entrailles de Par, la pression devint insupportable. Il sentit son estomac se nouer. Les visions de ses rêves se réalisaient : un monde obscur où les humains étaient devenus le bétail des Ombreurs.

Il voyait l'avenir annoncé par Allanon.

La pression devint trop forte et se relâcha. Par hurla, ses compagnons se figeant sous la violence de son cri.

Mais le son prit forme et devint des mots. Par chanta. L'Enchantement de Shannara zébra l'air, vif comme une flamme, et sa magie déchira les ténèbres.

Les Ombreurs reculèrent, leurs visages révélés dans toute leur horreur.

Empli d'un pouvoir que l'Enchantement lui avait jusque-là caché, Par eut une vision éblouissante.

Celle de l'Épée de Shannara.

La lumière née de la magie, d'abord illusoire, devint soudain réelle. Elle combattit les ténèbres d'une manière que Par trouva étrangement familière, faisant impitoyablement reculer l'obscurité. Puis elle tourna autour des vestiges du pont de Sendic pour éclairer une rotonde de pierre prisonnière d'un entrelacs de lianes, à moins de cent pas de l'endroit où se tenait Par.

Là !

Le mot explosa dans le silence de son esprit. Il vit de la pierre noire usée par le temps et put lire les mots gravés dessus.

Ici reposent le cœur et l'âme des nations
Leur droit à la liberté
Leur désir de vivre en paix
Leur courage...

Sa force l'abandonna avant qu'il puisse terminer sa lecture et la lueur magique s'éteignit. Par recula en titubant et de justesse, Coll l'empêcha de tomber.

Le descendant de Shannara n'entendit pas ce que disait son frère. Plus rien n'atteignait ses oreilles, à part l'étrange tintement de l'Enchantement – les vestiges d'une magie qu'il ne comprenait pas.

Dans son esprit, la vision ne s'effaça pas, unique trace de tout ce que la magie lui avait révélé.

La rotonde de pierre. Les mots familiers écrits sur la paroi.

L'Épée de Shannara.

Mais le tintement disparut... et la vision aussi. Par se retrouva égaré dans la Fosse et faible comme un nouveau-né. Les Ombreurs se rapprochaient, les acculant aux ruines du pont. Padishar avança pour affronter le premier, une immense créature très proche d'un ours.

Creel lui coupa les bras à coups d'épée, si vite que Par eut du mal à suivre le mouvement.

La créature ne tomba pas et parut à peine s'apercevoir de ce qu'on lui avait fait.

Par regarda l'Ombreur... et vit ses membres se raccrocher à son corps, comme le bras du géant qu'ils avaient combattu dans l'Anar.

— Padishar, l'Épée...

Mais le chef des hors-la-loi cria à ses compagnons de battre en retraite le long du mur – le chemin qu'ils avaient suivi pour venir.

— Non ! hurla Par.

Il n'arrivait pas à exprimer ce qu'il ressentait, mais ils *devaient* atteindre l'Épée.

Il essaya de se dégager de la poigne de Coll. Hélas, son frère le tenait bien et il l'entraîna à la suite des autres.

Les Ombreurs attaquèrent. Stasas tomba et une créature lui ouvrit aussitôt la gorge. Alors, une forme noire entra dans son corps agonisant.

Le monstre le força à se relever et à se jeter contre ses anciens compagnons.

Le petit groupe battit en retraite, ses épées taillant dans la chair de l'ennemi.

Ciba Blue apparut soudain – ou plutôt ce qui restait de lui. Incroyablement fort, il dévia l'épée de Drutt, le ceintura et s'enroula comme une sangsue autour de son ancien camarade. Le hors-la-loi hurla de douleur quand la créature lui arracha les bras.

Puis elle le décapita.

Alors, le cadavre animé de Ciba Blue se nourrit voracement de son corps.

Padishar était seul et assailli de toutes parts. Aussi rapide que fort, il parvint à éviter les mains qui essayaient de le retenir, mais il dut rapidement céder du terrain.

Morgan Leah le sauva. Abandonnant son rôle de défenseur de Coll et de Par, il courut secourir le chef des hors-la-loi. Sa chevelure rousse en bataille, il se jeta sur les Ombreurs. L'Épée de Leah s'abattit et la magie jaillie de la lame foudroya les créatures obscures, les réduisant en cendres.

Padishar se battit aux côtés du montagnard. Ensemble, ils ouvrirent un chemin dans la masse de monstres, puis crièrent à Par et à Coll de les rejoindre.

Les Valombriens obéirent, échappant ainsi de justesse aux Ombreurs qui s'étaient glissés derrière eux.

Par n'avait plus aucun espoir d'atteindre l'Épée. Deux de ses amis étaient morts, et les autres succomberaient s'ils ne sortaient pas immédiatement de là.

Ils coururent vers le mur du ravin, la magie de l'Épée de Leah tenant les créatures à distance.

Les Ombreurs émergeaient de partout, comme si la Fosse était le nid où ils se reproduisaient instantanément. À l'instar de la femme des bois et du géant de l'Anar, ils semblaient ne pas craindre les armes conventionnelles. Seul Morgan pouvait les détruire avec la magie de son Épée.

La retraite fut effroyablement lente. Morgan commençait à se fatiguer et le pouvoir de l'Épée de Leah déclinait en même temps que ses forces.

Par essaya d'invoquer l'Enchantement. En vain. Il refusa de se manifester. Il tenta de ne pas penser à ce que ça signifiait, toujours acharné à comprendre ce qui était arrivé plus tôt, quand la magie s'était libérée. Même en fuyant, il revoyait les événements. Comment avait-il pu perdre ainsi le contrôle de son pouvoir ? Et comment la magie avait-elle pu lui fournir cette étrange lumière, *réelle*, pas illusoire ?

Cela avait-il tenu à sa volonté ? Que lui était-il arrivé ?

Ils atteignirent enfin le mur du ravin et s'y appuyèrent, épuisés.

Des cris retentirent dans le nouveau parc, au-dessus d'eux. Leur bataille contre les Ombreurs avait attiré l'attention des sentinelles de la Fédération. Dans peu de temps, le poste de garde serait assiégé.

— Les grappins ! cria Padishar.

Par avait perdu le sien, mais Coll en avait toujours un accroché dans le dos.

Le Valombrien recula, déroula la corde et lança le grappin, qui s'accrocha au rebord du mur.

Quand Coll la testa en tirant dessus, la corde résista.

Padishar poussa Par contre le mur.

— Grimpez, ordonna-t-il d'une voix rauque.

Il tira Coll vers le mur.

— Tous les deux. Allez-y ! Grimpez jusqu'à ce que vous soyez hors de cet enfer et foncez dans le parc. Damson vous retrouvera et vous conduira à la Saillie.

— Damson, répéta Par, d'une voix sans timbre.

— Oubliez vos soupçons, et les miens ! murmura le hors-la-loi d'une voix où perçait une ombre de tristesse. Faites-lui confiance ! C'est la meilleure partie de moi-même !

Soudain, des Ombreurs surgirent des ténèbres, derrière eux.

Morgan leur fit face.

— File d'ici, Par ! cria-t-il.

— Grimpez ! ordonna Padishar Creel. Tout de suite !

— Mais vous...

— Par l'enfer ! explosa Creel. Je reste avec le montagnard pour m'assurer que vous vous tirerez de là ! Respectez ma décision ! Quoi qu'il nous arrive, vous devez survivre ! La magie de Shannara nous permettra de gagner un jour cette bataille. Filez !

Coll prit les choses en main. Il tira et poussa Par pour le faire grimper. Il céda, des larmes de frustration aux yeux.

Coll le suivit.

Par s'arrêta une seule fois pour regarder en bas. Les Ombreurs avaient encerclé Padishar Creel et Morgan Leah, qui protégeaient l'accès à la corde.

Le Valombrien détourna le regard. Ravalant son désespoir, il continua de grimper.

Morgan Leah ne détourna pas les yeux des Ombreurs. Il savait que Padishar Creel était à côté de lui. Les monstres avaient cessé d'avancer et ils attendaient à la lisière du rideau de brume. Ayant découvert que l'arme de Morgan était mortelle pour eux, ils devenaient prudents.

Des créatures sans âme ! J'aurais pu avoir une fin plus digne...

La fatigue pesait sur Morgan comme une chape de plomb. Il savait que c'était un effet secondaire de la magie. L'utiliser était d'abord stimulant au-delà de l'imaginable, mais ça ne durait pas. Et il y avait autre chose : la magie se liait à son corps et l'emplissait d'un désir qu'il ne pouvait pas expliquer. Mais l'abandonner maintenant, même pour se reposer, lui semblait une perspective terrifiante.

Il eut peur de ne pas être capable d'y renoncer – jusqu'à ce qu'il soit trop faible pour faire autrement.

Ou mort...

Il n'entendait plus de bruits d'escalade derrière lui. La Fosse était de nouveau silencieuse, n'était la respiration sifflante des Ombreurs.

Padishar se pencha vers Morgan.

— En avant, montagnard, dit-il doucement.

Ils commencèrent à avancer le long du mur, d'abord lentement. Quand ils virent que les Ombreurs n'osaient pas les suivre de trop près, ils accélérèrent le pas.

Les Ombreurs les attaquèrent deux fois pendant leur retraite, mais l'Épée de Leah les repoussa. Les corps grotesques des monstres furent instantanément transformés en cendres, et Morgan sentit une partie de lui-même l'abandonner à chaque éclair qui jaillissait de sa lame.

Il se demanda vaguement s'il n'était pas en train de se tuer…

Au-dessus d'eux, dans le nouveau parc, les cris continuaient. Mais Morgan savait qu'il n'y avait aucun secours à attendre des soldats de la Fédération.

Il trébucha et dut mobiliser toute sa volonté pour se redresser.

Le poste de garde fut enfin en vue.

Morgan pensa confusément que quelque chose n'allait pas.

— Par là ! cria Padishar en le poussant si fort qu'il faillit tomber.

Ils foncèrent vers la porte – ou plutôt vers l'endroit où elle aurait dû se trouver, car elle avait mystérieusement disparu. Aucune lumière ne brillait sur le mur du poste de garde.

Quelqu'un ou quelque chose leur avait barré le chemin de la liberté !

Padishar derrière lui, Morgan vit que le portail qui leur avait permis d'entrer était maintenant fermé et verrouillé. Désespérés, ils poussèrent de toutes leurs forces. En vain.

Morgan explora les bords du portail et s'aperçut, horrifié, qu'il y avait tout autour des marques qu'ils n'avaient pas vues en sortant. Des runes magiques luisaient faiblement, scellant le portail plus sûrement que n'importe quelle serrure.

Derrière eux, le montagnard entendit s'approcher les Ombreurs. Il se retourna et chargea, les forçant à se disperser.

Padishar continuait de pousser la porte. Il n'avait pas compris que la magie les empêchait de sortir, pas une serrure de fer.

— Écartez-vous, Padishar ! cria Morgan.

Il se jeta sur la porte, l'Épée de Leah brandie.

Il l'abattit plusieurs fois comme un marteau. Les runes émirent une lueur verte malsaine. Morgan hurlait comme un possédé, le pouvoir de l'Épée absorbant ses forces de plus en plus vite.

Puis tout explosa et les ténèbres enveloppèrent Morgan.

Par sortit de la Fosse et se hissa par-dessus les piques du mur. Les bras et les jambes couverts de coupures, de la sueur lui coulant dans les yeux, il haletait. Un instant, sa vue se brouilla, et la nuit, autour de lui, devint un mur de ténèbres impénétrable constellé de petites lueurs.

Des torches, comprit-il. *Devant l'entrée du poste de garde…*

Par entendit des cris et l'écho de coups frappés à une lourde porte. Les sentinelles essayaient de forcer l'entrée du poste de garde.

Coll passa par-dessus le mur, derrière Par, et se laissa tomber sur la terre humide. Ses cheveux étaient détrempés. Dans ses yeux brillait une lueur que Par ne sut interpréter.

— Tu peux marcher ? demanda Coll.

Par hocha la tête, ignorant s'il le pouvait vraiment. Ils se relevèrent, endoloris et le souffle court. Gagnant des broussailles, ils s'arrêtèrent pour voir si l'on s'était aperçu de leur présence.

— Nous devons filer d'ici, dit Coll. (Par tourna vers lui un regard accusateur.) Je sais ! Mais nous ne pouvons plus les aider. Pas maintenant, en tout cas. Il faut d'abord nous mettre à l'abri. Je t'en prie !

Par fit signe qu'il était d'accord.

Ils avancèrent lentement en évitant les chemins qui menaient au poste de garde. La pluie s'était arrêtée sans qu'ils s'en aperçoivent mais les arbres dégoulinaient encore.

Par pensait sans cesse à ce qui venait d'arriver. Se souvenant des avertissements qu'il avait reçus, il se demanda pourquoi il n'y avait pas prêté attention. Pourquoi avait-il été si obstiné ?

Les lumières de la voie Tyrsienne apparurent enfin devant eux. Ils se dirigèrent vers le chemin qui les conduirait en sécurité.

— Et maintenant, où allons-nous ? murmura Par en s'appuyant contre son frère.

Coll tira son frère vers la rue, loin de la lumière des torches. Ils n'avaient pas fait dix pas quand une silhouette menue se matérialisa devant eux.

Damson, se dit Par. Il souffla ce nom à Coll et ils attendirent qu'elle les rejoigne.

— Avancez, dit-elle en passant le bras libre de Par autour de ses épaules pour aider Coll à le soutenir. Où sont les autres ?

Par leva les yeux et secoua la tête.

Derrière eux, dans le parc, une explosion illumina la nuit.

Un silence pesant la suivit.

— Ne regardez pas en arrière, murmura Damson.

Les Valombriens obéirent.

Morgan Leah gisait sur la terre calcinée de la Fosse. De la vapeur sortait de ses vêtements et l'odeur âcre de la fumée envahissait sa bouche et ses narines.

Il comprit qu'il était encore vivant, par miracle, mais quelque chose en lui clochait. Il se sentait brisé, comme si on lui avait arraché les entrailles pour faire de lui une coquille vide. Il sentait de la douleur, mais elle n'était pas physique. Une souffrance mentale qui affectait sa lucidité…

— Montagnard !

La voix rude de Padishar perça les couches de douleur. Morgan ouvrit les yeux. Des flammes léchaient le sol près de lui.

— Levez-vous, vite ! dit Padishar en tirant le montagnard par le bras.

Morgan s'entendit hurler de douleur. Dès que sa vision s'éclaircit, des arbres et des blocs de pierre apparurent devant lui.

Il tenait toujours la garde de l'Épée de Leah, mais la lame était brisée. Il en restait moins d'un pied, noirci et déchiqueté.

— Qu'ai-je fait ? murmura Morgan.

— Vous nous avez sauvé la vie, mon ami ! dit Padishar. Voilà ce que vous avez fait !

De la lumière sortait d'un trou énorme, dans le mur du poste de garde. La porte avait disparu...

— C'est votre arme qui a réussi ça, dit Padishar. Votre magie a fait exploser la porte ! Ça nous donne une chance, si nous sommes assez rapides. Dépêchez-vous ! Appuyez-vous contre moi. Dans une minute ou deux, il sera trop tard...

Padishar poussa son compagnon dans l'ouverture. Morgan eut vaguement conscience qu'ils remontaient un couloir, puis qu'ils gravissaient des marches.

La douleur continuait de le torturer, l'empêchant de parler. Il n'arrivait pas à détourner le regard de l'Épée brisée. Son Épée, sa magie, lui-même... Il ne parvenait plus à faire la différence.

Des cris et des bruits de pas le firent sursauter.

— Doucement, dit Padishar, dont la voix semblait venir de très loin, à demi couverte par le bourdonnement qui emplissait les oreilles de Morgan.

Ils entrèrent dans la salle de garde. Des coups ébranlaient la porte, et les renforts de fer commençaient à céder.

— Restez là, ordonna Padishar en appuyant Morgan contre un mur. Ne dites rien quand ils entreront. Avec un peu de chance, ils nous prendront pour des frères d'armes blessés. Rangez ça ! (Il prit l'Épée de Leah à Morgan et la glissa dans son fourreau.) Nous essaierons de la réparer plus tard.

Il tapota la joue de Morgan et alla ouvrir la porte.

Des soldats de la Fédération entrèrent en criant à tue-tête. Padishar cria avec eux, puis les dirigea vers le sous-sol.

Morgan regarda sans vraiment comprendre ce qui se passait. Il se sentait indifférent à tout, comme si sa vie n'avait plus de sens, aussi soudainement détruite que la lame de l'Épée de Leah.

Plus de magie, pensa-t-il. *Je l'ai perdue. J'ai tout perdu.*

Padishar revint, le soutint de nouveau et le tira dehors. Ils croisèrent des soldats, mais aucun ne les interpella.

— Nous avons vraiment déclenché le chaos, dit Padishar. J'espère que nous ne souffrirons pas trop de conséquences.

Il emmena Morgan loin du cercle de lumière.

Comme des fantômes, ils disparurent dans les ténèbres.

Chapitre 24

Par Ohmsford se réveilla peu après l'aube. Il resta immobile sur sa couchette et rassembla ses esprits. Il lui fallut un moment pour se rappeler où il était : dans la réserve d'un magasin de jardinage, dans le centre de Tyrsis. Damson les avait amenés ici pour se cacher, après...

Le souvenir lui revint avec une clarté horrifiante.

Il se força à ouvrir les yeux et les images disparurent. Une lumière grise filtrait des fentes des volets fermés de la réserve, laissant apercevoir les outils entassés un peu partout. L'odeur de la poussière et du gazon fraîchement coupé emplissait l'air. Il n'y avait pas de bruit dehors. La cité sommeillait toujours.

Par leva la tête et regarda autour de lui. Coll dormait encore, le souffle régulier et profond. Damson n'était pas là. Il se rallongea et se laissa le temps de se réveiller complètement. Puis il sortit de sous ses couvertures et se leva. Il était raide et ses articulations le faisaient souffrir. Mais ses forces lui étaient revenues.

Coll grogna et se retourna, puis replongea dans le sommeil. Par gagna la fenêtre la plus proche. Il était tout habillé. On lui avait seulement enlevé ses bottes. Le froid du petit matin montait du sol, lui glaçant les pieds, mais il n'y prêta pas attention. Il colla un œil à un volet et regarda dehors par une fente. Il ne pleuvait plus, mais le ciel était nuageux, et tout avait l'air humide et vide. Il ne vit rien bouger...

Derrière lui, la porte s'ouvrit et Damson entra. Ses vêtements étaient constellés de rosée et sa chevelure rousse semblait ternie.

— Que faites-vous ? demanda-t-elle, exaspérée.

Elle prit le jeune homme par le bras comme s'il était sur le point de tomber.

— Vous ne devez pas quitter le lit, pour le moment ! Retournez-y tout de suite.

Elle ramena Par à sa couchette et le força à se recoucher. Il essaya de résister, mais découvrit qu'il avait moins de forces qu'il l'avait cru.

— Damson, écoutez..., commença-t-il.

La jeune fille lui plaqua un doigt sur les lèvres.

— Non, écoutez-moi ! Quel est votre problème ? N'avez-vous aucun sens commun ? Vous vous en êtes tiré vivant de justesse la nuit dernière, et vous essayez déjà de risquer à nouveau votre vie ? N'avez-vous pas la moindre considération pour vous-même ?

Elle inspira profondément. Par trouva que sa main était délicieusement chaude sur son visage. Elle sembla lire dans ses pensées et la retira, laissant ses doigts lui caresser la joue.

Il saisit la main de la jeune fille et la garda dans la sienne.

— Désolé... Je ne pouvais plus dormir. Des cauchemars au sujet de la nuit dernière... Je ne peux pas cesser de penser à Morgan et à Padishar.

Il s'interrompit. Tout cela était si effrayant ! À côté de lui, Coll se réveilla.

— Que se passe-t-il ? demanda-t-il d'une voix ensommeillée.

Les doigts de Damson serrèrent plus fort la main de Par.

— Votre frère ne peut pas dormir. Il se fait du souci pour tout le monde... excepté pour lui-même.

Par regarda un moment son amie, puis demanda :

— Des nouvelles d'eux, Damson ?

— Je vous propose un marché : si vous me promettez de vous rendormir, ou au moins de ne pas quitter ce lit, je jure d'essayer de trouver la réponse à votre question. Ça vous va ?

Le Valombrien acquiesça. Il se souvint de ce que Padishar lui avait dit en dernier : *« Faites-lui confiance. C'est la meilleure partie de moi-même. »*

Damson regarda Coll.

— Je compte sur vous pour lui faire respecter sa promesse. (Elle lâcha la main de Par et se leva.) Je rapporterai aussi quelque chose à manger. Ne bougez pas. Ici, personne ne vous dérangera...

Elle s'arrêta, comme si elle n'avait pas envie de sortir, puis quitta la pièce.

— Elle est amoureuse de toi, souffla Coll.

Par rougit, mais secoua la tête.

— Non. C'est l'instinct de protection, rien de plus...

Coll soupira et se rallongea.

— Vraiment ?

Son frère se taisant, Par crut qu'il s'était rendormi. Mais il reprit la parole.

— Que t'est-il arrivé, hier, Par ?

— Tu veux dire au sujet de l'Enchantement ?

Coll ouvrit les yeux.

— Bien entendu ! Je sais comment fonctionne l'Enchantement de Shannara et je ne l'ai jamais vu faire ça. Tu n'as pas créé une illusion, mais une chose réelle. Je ne pensais pas ça possible.

— Moi non plus.

— Alors ?

Comme son frère, Par se demandait ce qui s'était passé. Il réfléchit un moment.

— J'ai une théorie, dit-il enfin. Tu te souviens de la manière dont la magie de l'Enchantement de Shannara est née ? Wil Ohmsford s'est servi des Pierres elfiques pendant sa bataille contre le Faucheur. Il y a été obligé pour sauver la jeune elfe, Amberle. Nous avons raconté cette histoire assez souvent ! C'était dangereux pour lui, parce qu'il n'avait pas assez de sang elfique pour se le permettre. Cela l'a transformé d'une manière qu'il n'a pas pu définir immédiatement. Après la naissance de ses enfants, Brin et Jair, il découvrit ce qui s'était passé. Une partie de la magie elfique des Pierres était entrée en lui. Et cette partie a été transmise à Brin et à Jair sous la forme de l'Enchantement de Shannara.

Il se dressa sur un coude et Coll l'imita. Il faisait désormais assez clair pour qu'ils se voient sans difficulté.

— Cogline nous a dit que nous ne comprenions pas la magie. Elle fonctionne de différentes manières, mais tant que nous ne la comprendrons pas, a-t-il précisé, nous ne pourrons l'utiliser que d'une seule façon. Plus tard, au lac Hadeshorn, il nous a révélé que la magie changeait, laissant des traces de son passage comme des vagues dans l'eau d'un lac. Il a mentionné spécifiquement l'héritage de Wil Ohmsford, la magie qui est devenue l'Enchantement de Shannara.

Par s'interrompit. Quand il reprit la parole, sa voix lui sembla différente.

— Maintenant, suppose qu'il ait raison et que la magie évolue en permanence. Après tout, c'est arrivé quand celle des Pierres elfiques est passée de Wil Ohmsford à ses enfants. Et si elle avait changé de nouveau – en moi, cette fois ?

— Que veux-tu dire ?

— Supposons que la magie soit redevenue ce qu'elle était à l'origine. Les Pierres elfiques bleues qu'Allanon avait données à Shea Ohmsford pouvaient trouver tout ce qui était caché à leur porteur.

— Par..., souffla Coll.

— Laisse-moi finir ! La nuit dernière, la magie s'est manifestée d'une manière inédite. J'ai à peine pu la contrôler. Tu as raison, Coll : ce n'était plus une illusion. Mais la magie a réagi d'une manière logique : elle a cherché ce qui m'était caché, et je pense qu'elle l'a fait parce que – inconsciemment – je l'ai *voulu*. Coll, supposons que le pouvoir autrefois inhérent aux Pierres elfiques soit maintenant associé à ma magie !

Il y eut un long silence. Coll plissa le front, écrasé par l'énormité de ce que Par suggérait. Du doute passa dans son regard, puis de l'acceptation, et enfin de la peur.

— Les Pierres elfiques avaient une autre propriété : défendre leur porteur contre tous les dangers. Elles pouvaient être une arme d'une puissance incroyable.

Par attendit, devinant ce que Coll allait dire.

— Tu penses que la magie de l'Enchantement de Shannara est capable de faire la même chose pour toi ?

— Oui, Coll, je le crois.

À midi, la brume matinale se leva et les nuages furent chassés par le vent. Le soleil brillait sur Tyrsis, enveloppant la ville de chaleur.

Le trafic était important aux portes du mur extérieur. Les gardes de la Fédération, deux fois plus nombreux que d'habitude à cause des perturbations de la nuit précédente, étaient déjà très irrités quand le croque-mort barbu se présenta devant eux. Les voyageurs et les marchands s'écartèrent en le voyant approcher. En haillons, voûté, il sentait plus mauvais que s'il avait dormi dans un égout.

L'homme poussait devant lui une lourde charrette aux planches pourries et disjointes. Un cadavre reposait dessus, couvert d'un linceul et maintenu par des liens de cuir.

Les gardes se dévisagèrent quand le croque-mort arriva en poussant négligemment sa charrette.

— Chaude journée pour travailler, n'est-ce pas, messires ? dit-il d'une voix pleurnicharde.

Les gardes reculèrent, le nez pincé.

— Vos papiers ? demanda l'un d'eux.

— Voilà, voilà..., grogna le croque-mort.

Il brandit un document qui semblait avoir été utilisé pour essuyer de la boue et désigna le cadavre.

— Il faut que je creuse une tombe vite fait, dit-il. Ce macchabée se décomposera vite avec une chaleur pareille.

Un des gardes s'approcha assez pour toucher le mort du bout de son épée.

— Doucement, dit le croque-mort. Même les trépassés ont droit à un peu de respect !

Le soldat le regarda, soupçonneux, puis enfonça son épée dans le cadavre et la retira aussitôt. Le croque-mort gloussa.

— À votre place, je nettoierais bien mon épée, messire, dit-il, parce que ce quidam est crevé de la fièvre jaune.

Le soldat recula, blanc comme un linge. L'homme qui avait pris les papiers du type puant les lui rendit et lui fit signe d'avancer.

Le croque-mort haussa les épaules et continua de pousser sa charrette le long de la rampe en sifflotant entre ses dents.

Quel ramassis d'imbéciles, pensa Padishar Creel, méprisant.

Quand Padishar atteignit les premiers arbres, au nord, la ville de Tyrsis n'étant plus qu'une ligne indistincte à l'horizon, il lâcha les poignées de la charrette, en fit tomber le cadavre qu'il transportait, prit une barre de fer et commença à soulever les planches du double fond de la charrette. Puis il aida Morgan à sortir de sa cachette. Le montagnard était très pâle, autant à cause de la chaleur et de l'inconfort de sa cachette que des effets de la bataille de la nuit passée.

— Buvez un peu, dit le chef des hors-la-loi en lui tendant une gourde de bière.

Morgan accepta la gourde en silence. Il savait ce que Padishar pensait : il n'était plus lui-même, depuis leur fuite de la Fosse.

Abandonnant la charrette et le cadavre, ils marchèrent jusqu'à une rivière où ils purent se laver. Après s'être baignés, ils enfilèrent les vêtements propres que Padishar avait cachés dans le double fond. Puis ils s'assirent pour manger.

Très vite, Padishar fut incapable de supporter le silence.

— Nous réparerons la lame, montagnard. La magie n'est peut-être pas perdue...

Morgan secoua la tête.

— Ce n'est pas une chose qu'on peut « réparer », dit-il.

— Non ? Expliquez-moi pourquoi. Dites-moi comment l'Épée fonctionne.

Morgan fit ce que son compagnon lui demandait, pas parce qu'il le désirait, mais parce que ce serait le moyen le plus simple pour que Padishar cesse d'en parler. Il lui raconta comment l'Épée de Leah était devenue magique, Allanon trempant la lame dans les eaux du lac Hadeshorn. Tout ça pour que Rone Leah ait une arme capable de protéger Brin Ohmsford.

— La magie était dans la lame, Padishar. Si elle est brisée, elle ne peut pas être réparée. Le pouvoir est perdu.

Padishar fronça les sourcils, puis il haussa les épaules.

— Dans ce cas, il a été perdu pour une bonne cause, montagnard. Elle nous a sauvé la vie !

Morgan le regarda, l'air confus.

— Vous ne comprenez pas. Il y avait un lien entre l'Épée et moi. Quand elle s'est brisée, j'ai cru que ça m'arrivait à moi ! Ça n'a pas de sens, je sais, mais c'est comme ça. Quand la magie a été perdue, une partie de moi m'a abandonné.

— C'est ce que vous croyez pour le moment, petit. Mais qui peut dire si ça ne changera pas ? (Padishar eut un sourire encourageant.) Donnez-vous du temps. Laissez la blessure se cicatriser, comme on dit…

Morgan délaissa sa nourriture. Il n'avait pas envie de manger. Les genoux ramenés contre la poitrine, il resta assis sans rien dire. Une idée le perturbait : rien n'était allé comme il fallait depuis leur décision d'entrer dans la Fosse pour récupérer l'Épée de Shannara.

Padishar fronça les sourcils, irrité.

— Il faut y aller, dit-il abruptement.

Il se leva. Morgan ne bougeant pas, il grogna :

— Écoutez-moi bien, montagnard. Nous sommes vivants et nous le resterons, Épée ou pas ! Je ne vous laisserai pas continuer à vous comporter comme un chiot à demi mort…

Morgan se leva d'un bond.

— Ça suffit, Padishar ! Inutile que vous vous fassiez du souci pour moi ! Pourquoi ne pas vous inquiéter plutôt pour les Valombriens ? Savez-vous ce qui leur est arrivé ? Pourquoi les avons-nous abandonnés comme ça ?

— C'est donc ça qui vous perturbe, n'est-ce pas ? Ma foi, montagnard, les Valombriens sont probablement mieux lotis que nous. On nous a vus sortir du poste de garde, vous vous souvenez ? La Fédération n'est pas stupide au point de ne pas remarquer que deux « gardes » ont disparu. Les soldats ont sûrement nos signalements à l'heure qu'il est. Si nous n'avions pas quitté la ville aussitôt, nous n'aurions probablement pas pu en sortir du tout !

» Quant aux Valombriens, personne ne les a vus. Donc, personne ne les reconnaîtra. De plus, ils doivent être entre les mains de Damson en ce moment. Elle sait qu'il faudra les conduire à la Saillie. Et elle les fera sortir aisément de Tyrsis dès qu'elle en aura l'occasion.

— Peut-être. Et peut-être pas… Vous étiez sûr que nous récupérerions l'Épée de Shannara, et regardez ce qui est arrivé !

Padishar s'empourpra.

— Les risques liés à cette entreprise n'étaient un secret pour personne !

— Dites ça à Stasas, à Drutt et à Ciba Blue !

Le chef des hors-la-loi saisit Morgan par sa tunique et le tira vers lui.

— Les gars qui ont péri dans la Fosse étaient mes amis ! Pas les vôtres ! Alors, ne me jetez pas leur mort au visage ! Nous avons besoin de l'Épée de Shannara. Tôt ou tard, il faudra retourner la chercher, Ombreurs ou pas ! Vous le savez aussi bien que moi. Quant aux Valombriens, je suis furieux d'avoir été obligé de les laisser en arrière ! Mais nous n'avions pas le choix !

Morgan essaya en vain de se libérer.

— Vous auriez au moins pu les chercher !

— Où ? Damson n'est pas une imbécile ! Elle les a sûrement cachés dans l'endroit le plus invraisemblable de Tyrsis. Par l'enfer, montagnard ! Ne comprenez-vous pas ce qui est arrivé la nuit dernière ? Nous avons découvert un secret que la Fédération a tout fait pour cacher. Je doute que nous en comprenions toutes les implications, mais ça n'arrêtera pas nos ennemis ! Ils voudront notre peau à tout prix !

» J'ai eu un avant-goût de ce qui nous attend quand je vous ai fait passer les portes de Tyrsis. Les autorités de la Fédération ne se contentent plus de doubler les gardes et d'augmenter le nombre de patrouilles. Elles ont mobilisé toute la garnison ! Jeune Morgan Leah, ces chiens ont décidé de nous éliminer une fois pour toutes, vous, moi, et tous les autres membres du Mouvement sur lesquels ils mettront la main. Nous sommes une menace pour eux, désormais, parce que nous commençons à comprendre ce qu'ils magouillent. Et ils n'accepteront pas ça.

Creel resserra sa prise sur la tunique de Morgan.

— La Fédération se lancera à nos trousses, et nous ferions mieux de ne pas être à l'endroit où elle nous attrapera !

Il lâcha le montagnard. Puis il inspira profondément et se redressa.

— Je refuse de parler encore de ça avec vous… Vous vous êtes bien battu, dans la Fosse, et ça vous a peut-être coûté cher. Mais ça ne vous donne pas le droit de discuter mes ordres. Je connais mieux que vous les moyens de rester en vie, et vous feriez bien de vous en souvenir.

Morgan était livide de rage, mais il se maîtrisa.

Le chef des hors-la-loi ne changerait pas d'avis. Et il savait, même s'il avait du mal à l'admettre, que Padishar avait raison sur toute la ligne.

Il s'éloigna de Creel et lissa ses vêtements froissés.

— Je veux seulement être sûr que nous sommes d'accord sur un point : nous n'oublierons pas les Valombriens !

Padishar eut un sourire dur.

— Je ne les oublierai pas… Quant à vous, vous êtes libre de faire ce que vous voulez à leur sujet.

Creel s'enfonça entre les arbres. Après un moment d'hésitation, Morgan ravala sa colère et le suivit.

Par se réveilla pour la deuxième fois au milieu de l'après-midi. Coll le secouait et une odeur de soupe chaude emplissait le petit abri. Par cligna des yeux et s'assit lentement. Sur un établi, Damson servait de la soupe fumante dans des bols. Elle regarda le Valombrien et sourit. Sa chevelure brillait sous les rayons de soleil qui filtraient des volets. Par éprouva un besoin presque irrésistible de tendre la main pour la caresser.

Damson leur servit la soupe avec des fruits frais, du pain et du lait. Par se dit que c'était le repas le plus merveilleux qu'il ait jamais fait. Il mangea tout ce qu'elle lui donna, comme Coll. Tous les deux étaient affamés au-delà de ce qu'ils auraient cru possible. Par fut étonné de s'être rendormi, mais il se sentait beaucoup mieux. Il était reposé, et la plupart de ses crampes et de ses courbatures avaient disparu.

Ils parlèrent peu pendant le repas, et cela lui laissa le temps de réfléchir. Il passa des horreurs de la nuit précédente à ce qui arriverait ensuite, dressant des plans sur les événements désormais probables.

Cette idée le faisait frémir d'excitation et d'angoisse. Déjà, découvrit-il, il commençait à prendre plaisir à l'idée de tenter l'impensable.

Quand les Valombriens eurent fini de manger, ils se débarbouillèrent avec une bassine d'eau fraîche. Puis Damson les fit asseoir et leur annonça ce qu'il était advenu de Padishar et de Morgan.

— Ils se sont enfuis, annonça-t-elle sans préambule. J'ignore comment ils s'y sont pris, mais ils ont réussi. Il m'a fallu un moment pour vérifier qu'ils étaient réellement sortis de la Fosse, mais je voulais être sûre de ce qu'on m'avait dit.

Par sourit à son frère, soulagé. Coll haussa les épaules.

— Connaissant ces deux-là, ils ont probablement persuadé les soldats de les laisser partir ! dit-il d'une voix bourrue.

— Où sont-ils ? demanda Par.

Il avait le sentiment qu'on venait d'ajouter des années à sa vie. Padishar et Morgan s'étaient enfuis ! La meilleure nouvelle qu'on aurait pu lui apprendre.

— Ça, je l'ignore, répondit Damson. Ils semblent s'être volatilisés. Soit ils se sont cachés dans la cité, soit ils sont en route vers la Saillie. La seconde solution me semble plus probable, parce que la Fédération mobilise toute la garnison pour traquer Padishar et ses hommes, y compris dans la Clé de Parma. Apparemment, ce que vous avez fait, la nuit dernière, a énervé la Fédération. Certains disent que des dizaines de soldats de la Fédération ont été tuées par des monstres, au poste de garde. D'autres affirment que ces créatures sont en liberté dans la cité. Quoi qu'il en soit, Padishar a dû comprendre ce que ça signifiait aussi facilement que moi. Donc, il a dû quitter la ville et partir vers le nord.

— Vous êtes certaine que la Fédération n'a pas remis la main sur lui ? demanda Par, anxieux.

— Oui. Sinon, je l'aurais appris.

Damson était appuyée à l'établi pendant que Par et Coll étaient assis sur leurs couchettes. Elle inclina la tête en arrière, la lumière jouant sur les courbes douces de son visage.

— À vous, maintenant. Dites-moi ce qui est arrivé, Par. Qu'avez-vous trouvé dans la Fosse ?

Aidé par Coll, Par raconta son histoire. Il parla donc de leur rencontre avec les Ombreurs et de la manière bizarre dont l'Enchantement de Shannara s'était comporté et même de ses soupçons sur l'influence des Pierres elfiques.

Quand il eut terminé, ils se regardèrent un moment en silence, chacun pensant à ce que leur exploration de la Fosse leur avait permis de découvrir, et à ce que cela impliquait.

Coll parla le premier.

— Il semble que nous ayons plus de questions que de réponses…

— Mais nous avons appris certaines choses, Coll, dit Par. Nous savons qu'il existe un lien entre la Fédération et les Ombreurs. La Fédération sait certainement ce qu'il y a dans la Fosse. Elle a peut-être même aidé à créer ces monstres. Des prisonniers sont peut-être jetés dans la Fosse, comme Ciba Blue, pour devenir les monstres que nous avons rencontrés. Et pourquoi sont-ils toujours dans la Fosse, sinon parce que la Fédération les y garde ? Ne se seraient-ils pas échappés depuis longtemps, s'ils l'avaient pu ?

— C'est ce que j'ai dit, fit Coll. Plus de questions que de réponses…

Il se tortilla sur la couchette pour adopter une position plus confortable.

— Il y a quelque chose de bizarre, dit Damson. Pourquoi la Fédération aurait-elle un rapport avec les Ombreurs ? Ils représentent tout ce qu'elle rejette : la magie, les anciennes mœurs, la subversion des Terres du Sud et de son peuple. Et comment aurait-elle pu conclure un tel arrangement, pour commencer ? Elle n'a aucune défense contre la magie des Ombreurs. Comment s'en protégerait-elle ?

— Elle n'en a peut-être pas besoin, dit soudain Coll. Imaginons qu'elle ait livré aux Ombreurs des gens qui ne lui servaient à rien. C'est peut-être ce qui est arrivé aux elfes. Et qui est en train d'arriver aux nains…

Ils réfléchirent en silence. Par n'avait plus pensé aux nains depuis un moment, les horreurs de Culhaven repoussées de son esprit par les événements des dernières semaines. Il se souvint de ce qu'il avait vu : la misère et l'oppression. Les nains étaient exterminés par la Fédération pour des raisons inconnues. Se pouvait-il que Coll ait raison ? La Fédération avait-elle passé un traité épouvantable avec les Ombreurs ?

— Mais qu'obtiendrait la Fédération en échange ?

— Du pouvoir, dit aussitôt Damson.

— Du pouvoir sur les Races et sur les Quatre Terres, renchérit Coll. Oui, ça pourrait être ça !

— Mais qu'arrivera-t-il quand il ne restera personne excepté les membres de la Fédération ? Quelqu'un a dû penser à ça ! Qui empêchera les Ombreurs de se nourrir aussi de ces gens ?

Personne ne répondit.

— Il nous manque un élément, dit enfin Par. Un élément important !

Il se leva, traversa la pièce, regarda un moment dans le vide, puis revint à côté de ses compagnons.

— Revenons à la question des Ombreurs de la Fosse, dit-il. Voilà un mystère que nous arriverons peut-être à résoudre. (Croisant les bras, il se pencha et regarda ses compagnons.) À mon avis, leur mission est d'empêcher quiconque d'atteindre l'Épée de Shannara.

— Par ! essaya d'intervenir Coll, mais son frère lui coupa la parole.

— Penses-y un moment… Padishar avait raison. Pourquoi la Fédération se serait-elle donné tout ce mal pour refaire le parc du Peuple et le pont de Sendic ? Pourquoi cacher les restes de l'ancien parc et du vieux pont dans ce ravin ? Pourquoi, sinon pour dissimuler l'Épée ? Et nous avons vu la rotonde, Coll. Nous l'avons vue !

— La rotonde, d'accord, mais pas l'Épée, souligna Damson.

— Mais si l'Épée n'est pas dans la Fosse, pourquoi y a-t-il des Ombreurs ? demanda Par. Certainement pas pour protéger une rotonde vide ! Non, je suis sûr que l'arme est toujours là, depuis trois cents ans. C'est pour ça qu'Allanon m'a envoyé à sa recherche. Il savait...

— Il aurait pu nous épargner beaucoup de problèmes en le disant, fit remarquer Coll.

— Ce n'est pas sa façon de faire. Pense à l'histoire de l'Épée. Bremen l'a remise à Jerle Shannara, il y a un millier d'années, pour détruire le Roi-Sorcier. Le roi des elfes n'a pas pu s'en servir, parce qu'il n'était pas prêt à accepter ce que l'arme exigeait de lui. Quand Allanon a choisi Shea Ohmsford pour finir le travail, cinq cents ans plus tard, il a décidé que le Valombrien devait d'abord prouver sa valeur. S'il n'était pas assez fort pour l'Épée et assez déterminé à la retrouver, le pouvoir serait également trop fort pour lui. Et si ça arrivait, Allanon savait que le Roi-Sorcier s'enfuirait de nouveau.

— Et il pense qu'il en ira de même pour vous, acheva Damson. (Elle regarda Par comme si elle le voyait pour la première fois.) Si vous n'êtes pas assez fort et si vous n'êtes pas prêt à donner assez de vous-même, l'Épée de Shannara sera inutile. Les Ombreurs l'emporteront.

Par fit un petit signe de tête.

— Mais pourquoi les Ombreurs, ou la Fédération, auraient-ils laissé l'Épée dans la Fosse depuis toutes ces années ? demanda Coll. Pourquoi ne pas l'avoir retirée de là ou simplement détruite ?

— Parce que je doute que la Fédération ou les Ombreurs puissent la détruire – pas un artefact d'un tel pouvoir ! répondit Par. En fait, je doute que les Ombreurs puissent seulement la toucher. Le Roi-Sorcier en était incapable. Mais je ne comprends pas pourquoi la Fédération ne l'a pas cachée ailleurs.

» De toute façon, peu importe. Le fait est que l'Épée est toujours là, dans sa rotonde. Nous attendant...

Coll comprit enfin ce que Par suggérait.

— Tu n'es pas sérieux... Après ce qui est arrivé la nuit dernière ? Après avoir vu... (Il s'interrompit.) Tu ne survivrais pas deux minutes !

— C'est faux ! répondit Par. Je sais que j'y arriverai. Allanon me l'a dit.

— Allanon ! De quoi parles-tu ? fit Coll, horrifié.

— Il a dit que nous avions les capacités nécessaires pour accomplir ce qu'il nous demandait, Walker, Wren et moi. Tu te souviens ? Dans mon cas, j'ai cru qu'il parlait de l'Enchantement de Shannara.

— Il ne nous a pas beaucoup aidés jusque-là ! cracha Coll, furieux.

— Parce que j'ignorais ce qu'il pouvait faire. Maintenant, je pense avoir compris.

— Tu penses ! Tu *penses* ? Par l'enfer, Par !

— Et que ferions-nous d'autre ? Retourner à la Saillie ? Rentrer chez nous ?

Passer le reste de nos jours à nous cacher ? Coll, je n'ai pas le choix ! Je dois essayer !

Coll serra les lèvres pour retenir les paroles qu'il brûlait de dire. Il se tourna vers Damson, mais la jeune fille avait les yeux rivés sur Par.

— Donc, tu redescendrais dans la Fosse sur la base d'une intuition. Tu risquerais ta vie en pariant que l'Enchantement de Shannara – une magie qui ne t'a pas protégé lors de trois rencontres avec les Ombreurs – te protégera maintenant. Tout ça parce que tu imagines avoir compris ce que voulait dire un homme mort depuis trois cents ans ! Je n'arrive pas à croire que tu ferais quelque chose d'aussi… stupide !

— Coll…

— Pas un mot de plus ! Je suis allé partout avec toi, je t'ai suivi, je t'ai soutenu, j'ai fait tout ce que je pouvais pour te garder en sécurité… Et maintenant, tu décides de jeter ta vie aux orties ! Comprends-tu ce que tu fais, Par ? Tu veux te sacrifier, persuadé que tu as le don de déterminer ce qui est juste. Tu ne peux jamais laisser tomber, même quand le bon sens te le dicte !

Coll serra les poings. Par ne l'avait jamais vu aussi furieux.

— N'importe qui d'autre y réfléchirait à deux fois et déciderait d'aller chercher de l'aide. Mais tu n'en as pas l'intention, n'est-ce pas ? Je le vois dans tes yeux. Tu n'en as ni le temps ni la patience. Messire Par a décidé. Il a tout oublié, excepté lui-même. Tu veux avoir cette Épée ! Tu donnerais même ta vie pour ça !

— Je ne suis pas si aveugle…

— Damson, parlez-lui ! coupa Coll. Je sais que vous avez de l'affection pour lui. Dites-lui qu'il est un véritable idiot !

— Non, lâcha Damson, je ne ferai pas ça. Je n'en ai pas le droit.

Coll se tut, comme s'il se résignait.

Personne d'autre ne parla. La lumière du soleil éclairait maintenant l'extrémité opposée de la réserve, et les ombres commençaient à s'allonger. Des voix résonnèrent dans la rue, puis moururent.

Par sentit quelque chose se nouer en lui. Il savait que Coll se sentait trahi, mais il n'y pouvait rien. Il y avait une seule chose qu'il pouvait dire pour changer ça, et il ne la dirait pas.

— J'ai un plan, annonça-t-il. (Il attendit que Coll le regarde.) Je sais ce que tu penses, mais je n'ai pas l'intention de courir plus de risques que nécessaire. (Coll eut l'air de ne pas en croire ses oreilles.) La rotonde est tout près de la base de la paroi, au-dessous des murs de l'ancien palais. Si je pouvais entrer dans le ravin par l'autre côté, j'aurais une courte distance à couvrir. L'Épée en main, je serais à l'abri des Ombreurs.

Cette dernière affirmation reposait surtout sur des suppositions, mais Damson et Coll ne le lui firent pas remarquer. Par sentit de la sueur perler à son front. La difficulté de ce qu'il allait proposer était terrifiante.

— La passerelle qui court du poste de garde à l'ancien palais me donnerait une voie d'accès.

Coll leva les mains.

— Tu as l'intention d'entrer une *troisième* fois dans le poste de garde ?

— Tout ce qu'il me faut, c'est une ruse ou un moyen de détourner l'attention des gardes…

— As-tu perdu l'esprit ? Une ruse ne marchera plus ! Ils se méfient. Cette fois, tu seras repéré en moins de trois secondes !

— Coll ! s'écria Par, exaspéré.

— Il a raison, dit Damson Rhee.

Par se tourna vers elle, puis s'arrêta et dévisagea de nouveau son frère. Rouge de colère, Coll lui jeta un regard de défi.

— Bon. Il faudra que je trouve un autre chemin.

— Il n'existe pas d'autre chemin.

— Ce n'est pas sûr, dit Damson. Quand les armées du Roi-Sorcier ont assiégé Tyrsis, à l'époque de Balinor Buckhannah, la cité a été envahie deux fois de l'intérieur, suite à une trahison : la première par les portes principales, et la seconde par des souterrains qui passent sous les parois, derrière l'ancien palais, et qui débouchent dans ses caves. Ces passages existent peut-être toujours et ils nous permettraient d'accéder au ravin.

Coll détourna les yeux, écœuré. Il avait espéré mieux de la part de Damson…

— C'est arrivé il y a plus de quatre cents ans, dit Par. J'avais tout oublié de ces souterrains. Savez-vous quelque chose à leur sujet ? Où sont-ils, comment y entrer, si on peut toujours les traverser ?

Damson secoua la tête.

— Non. Mais je connais quelqu'un qui le sait peut-être. S'il accepte de nous parler.

Damson chercha le regard de Coll et le soutint. Il y eut soudain dans ses yeux une douceur qui surprit Par.

— Nous avons tous le droit de faire nos propres choix, dit-elle.

Coll semblait perturbé. Par l'étudia un moment, se demandant s'il devait dire quelque chose, puis il se tourna vers Damson.

— M'amènerez-vous voir cette personne, ce soir ?

La jeune fille se leva, aussitôt imitée par les Valombriens.

— Ça dépend. Vous devez d'abord me promettre quelque chose. Quand vous retournerez dans la Fosse, quel que soit le chemin que vous prendrez, vous emmènerez Coll. Et moi.

Il y eut un lourd silence. Il aurait été difficile de dire lequel des deux Valombriens était le plus étonné. Damson leur laissa un instant pour assimiler sa question, puis elle regarda Par.

— Je ne vous donne pas le choix, j'en ai peur. Je ne peux pas. Vous vous sentiriez obligé d'être chevaleresque et de nous laisser en arrière, mais ce serait une erreur. Vous avez besoin de nous.

Damson se tourna vers Coll.

— Et nous devons aller avec lui, comprenez-vous ? L'oppression par la Fédération, les Ombreurs et la maladie qui infecte les Quatre Terres finiront uniquement si quelqu'un les détruit. Par a peut-être une chance d'y arriver. Mais nous ne pouvons pas le laisser la tenter seul. Nous devons l'aider, parce que c'est aussi notre combat. Pas question de rester en arrière et d'attendre que quelqu'un agisse à notre place. Personne ne se proposera. Si nous avons appris quelque chose dans cette vie, c'est bien ça !

Elle attendit. Coll avait l'air perturbé, comme s'il pensait qu'il y avait une autre possibilité, mais qu'il ne pouvait pas la voir. Il regarda brièvement Par, puis détourna les yeux.

Par fixait le sol, le visage inexpressif.

— Je trouve déjà assez moche d'être obligé d'y aller, dit-il enfin.

— Le mot est faible, marmonna Coll.

Par l'ignora et se tourna vers Damson.

— Et si je suis le seul à pouvoir entrer ?

— Ça n'arrivera pas. Vous le savez. (Damson se pencha et l'embrassa doucement.) C'est d'accord ?

Par inspira profondément. Coll et Damson... Il mettait leurs vies en danger en se lançant à la recherche de l'Épée. Têtu au-delà du raisonnable, il se laissait emporter par ses besoins et ses ambitions. Il y avait de bonnes raisons de penser que cela les ferait tuer tous les trois.

Alors, abandonne, se dit-il.

Mais il sut, en le pensant, qu'il ne pourrait jamais faire cela.

— C'est d'accord, dit-il.

Il y eut un bref silence.

— C'est d'accord, lâcha Coll.

Damson caressa le visage de Par, puis s'approcha de Coll et le serra dans ses bras. Par fut très surpris que son frère rende son étreinte à la jeune fille.

Chapitre 25

Épuisés, Padishar Creel et Morgan Leah arrivèrent à la Saillie le jour suivant au crépuscule.

Ils avaient voyagé sans relâche depuis leur départ de Tyrsis, s'arrêtant seulement pour manger. Et ils avaient dormi moins de six heures la nuit précédente. Malgré tout, ils seraient arrivés plus tôt et en meilleur état sans l'insistance de Padishar pour brouiller leur piste. Quand ils furent dans la Clé de Parma, Creel revint constamment en arrière, leur faisant traverser des ravins, des lits de rivière et des saillies rocheuses.

Morgan avait trouvé que le chef des hors-la-loi poussait la prudence trop loin et avait fini par le lui dire.

— Par l'enfer, Padishar ! Nous perdons du temps ! Qu'y aurait-il derrière nous ?

— Rien que nous puissions voir, mon garçon…

Pendant qu'ils montaient au moyen des plates-formes, les deux hommes virent les ombres de la nuit s'étendre sur les forêts, au-dessous d'eux. Des insectes bourdonnaient autour d'eux, attirés par l'odeur de leur sueur. Padishar regardait toujours vers le sud, comme s'il s'attendait à voir leurs poursuivants. Morgan regarda aussi, mais ne vit rien.

Creel secoua la tête.

— Je ne le vois pas, murmura-t-il, mais je le sens arriver.

Il ne précisa pas de quoi il parlait, et le montagnard ne posa pas la question. Fatigué et affamé, il savait que ce qu'il dirait ou pas ne changerait pas les plans de la créature qui les poursuivait – si créature il y avait. Leur voyage était terminé, et ils avaient fait tout leur possible pour dissimuler leurs traces.

Morgan entendit son estomac gronder et pensa au dîner qui les attendait. Leur repas du midi avait été frugal : quelques racines, du pain rassis, du fromage dur et de l'eau.

— Je sais que les hors-la-loi sont censés pouvoir survivre avec peu de nourriture, s'était-il plaint, mais vous auriez peut-être pu faire mieux que ça ! C'est minable !

— Certainement, mon garçon ! Eh bien, la prochaine fois, vous serez le croque-mort et moi le type planqué dans le double fond !

Leurs différends s'étaient effacés à ce moment, peut-être pas oubliés, mais remis en perspective. Padishar ne pensait plus à leur confrontation cinq minutes plus tard, et Morgan en avait conclu, à la fin de la journée, que tout était revenu à la normale. Il avait du respect pour cet homme. Padishar Creel était un chef né, et cela lui allait bien. Il y avait indéniablement de la force en lui, et elle incitait les gens à le suivre. Et il comprenait qu'un chef doive donner quelque chose en retour à ses hommes. Conscient du rôle de Morgan dans le voyage des Valombriens, Padishar s'était fait un point d'honneur à reconnaître la légitimité de ses inquiétudes à leur sujet. Il avait promis plusieurs fois que Par et Coll Ohmsford ne seraient pas abandonnés, et qu'il s'assurerait de leur survie. Creel était un homme complexe et charismatique, et Morgan l'appréciait, même s'il pensait que le hors-la-loi ne serait pas en mesure de tenir parole.

À chaque changement de plate-forme, les hommes serrèrent la main de Padishar en signe de bienvenue.

Si ses gars croient autant en lui, se demanda Morgan, *ne devrais-je pas faire de même ?*

Mais la confiance, hélas, était aussi éphémère que la magie. Il pensa brièvement à son Épée brisée. La foi et la magie fondues dans une seule lame, puis détruites. Il inspira profondément. Il souffrait toujours de cette perte malgré sa résolution de se laisser le temps de guérir. Morgan ne pouvait rien faire pour changer les choses et il devait aller de l'avant. Il avait vécu des années sans la magie de l'Épée. Bref, il n'était pas plus mal loti maintenant que précédemment.

Pourtant, la douleur refusait de le quitter. Ce vide lui donnait l'impression d'être sans cesse à la recherche des parties de lui-même qui lui rendraient son intégrité. Il pouvait toujours se dire qu'il était comme avant, mais son expérience de la magie l'avait marqué au fer rouge.

Tout cela était désormais perdu pour lui. Comme la mort d'un parent, d'un enfant ou d'un frère, ce traumatisme ne pourrait jamais être totalement oublié.

Il regarda les étendues de la Clé de Parma et eut le sentiment de se ratatiner comme une pomme pourrie.

Quand ils atteignirent la Saillie, Chandos les attendait. Le bras droit de Padishar avait l'air encore plus grand et plus sombre que d'habitude. Enveloppé dans un manteau qui semblait ajouter du volume à son corps déjà impressionnant, il prit la main de Padishar et la serra.

— Bonne chasse ?

— Dangereuse serait un meilleur terme…

Chandos regarda Morgan.

— Et les autres ?

— Ils ont livré leur dernière bataille, excepté les Valombriens. Où est Hirehone ? Ici ou reparti à Varfleet ?

Morgan se tourna vers Padishar. Ainsi, il cherchait toujours à découvrir qui les avait trahis.

Il n'avait plus mentionné le maître de la forge de Kiltan depuis que Morgan avait dit l'avoir vu à Tyrsis.

— Hirehone ? répéta Chandos, l'air étonné. Il est reparti juste après vous, le même jour. Je suppose qu'il est retourné à Varfleet, comme tu lui as dit. Mais tu as des visiteurs.

— Des visiteurs ?

— Des trolls, Padishar.

— Vraiment ? Des trolls ? Ma foi… Et comment se fait-il qu'ils soient ici ?

Ils partirent en direction des feux de camp, Padishar et Chandos côte à côte, Morgan derrière.

— Ils ne veulent pas le dire. Ils sont sortis des bois il y a trois jours, comme si nous trouver ici n'était pas un problème ! Ils sont venus sans guide et nous ont localisés aussi facilement que si nous campions au milieu d'un champ avec des étendards pour signaler notre présence. Ils sont vingt, des types impressionnants, venus du nord – des monts Charnal. Ils se baptisent eux-mêmes trolls des Rochers kelktiques. Ils sont restés bien en vue jusqu'à ce que je descende leur parler. Ils ont demandé à te rencontrer. Quand j'ai dit que tu étais parti, ils ont annoncé qu'ils attendraient.

— Vraiment ? Déterminés, les bougres !

— Ça, on peut le dire ! Je les ai fait monter quand ils ont accepté de nous remettre leurs armes. Il ne m'a pas paru correct de les laisser attendre en bas, alors qu'ils avaient fait tout ce chemin pour te trouver. Et qu'ils s'étaient sacrément bien débrouillés pour nous localiser ! (Il ricana dans sa barbe.) De plus, je me suis dit que trois cents gaillards suffiraient à maîtriser une poignée de trolls !

Padishar sourit.

— Mon ami, il faut plus qu'une bourrade pour éliminer un troll. Où sont-ils ?

— Par là, le feu de gauche.

Morgan et Padishar regardèrent dans la pénombre. Des ombres sans visage s'étaient déjà levées et les regardaient approcher. Ces gaillards étaient immenses. D'instinct, Morgan tendit la main pour effleurer la garde de son Épée… et se rappela soudain que c'était tout ce qu'il en restait.

— Le chef s'appelle Axhind, dit Chandos à voix basse. C'est leur maturens.

Padishar avança vers les trolls, sa fatigue oubliée. Un des trolls vint à sa rencontre.

Morgan n'en avait jamais vu. Il avait entendu des récits à leur sujet, bien entendu. Tout le monde en racontait. Une fois, longtemps avant la naissance du montagnard, des trolls étaient venus des Terres du Nord, leur pays natal, pour commercer avec les membres des autres Races. Un certain temps, quelques-uns avaient même vécu parmi les hommes de Callahorn. Mais tout cela avait cessé avec l'arrivée de la Fédération. Les trolls n'étaient plus les bienvenus au-dessous des plaines de Streleheim, et ceux qui s'étaient installés au sud repartirent rapidement vers le nord. De nature solitaire, il leur avait fallu peu de temps pour retourner vers leurs forteresses montagnardes. Depuis, ils n'en sortaient plus.

Morgan essaya de ne pas regarder trop ostensiblement les visiteurs, mais c'était difficile. Les trolls étaient lourdement musclés et leur peau tannée semblait aussi rude que l'écorce. Leurs visages plats et informes, sans oreilles visibles, ils étaient vêtus de cuir épais.

— Je suis le baron Creel, le chef du Mouvement, annonça Padishar.

Le troll marmonna quelque chose d'incompréhensible. Morgan saisit seulement son nom, Axhind. Tous se serrèrent la main, puis Axhind fit signe à Padishar de s'asseoir avec lui autour du feu. Les autres trolls s'écartèrent quand le chef des hors-la-loi et ses compagnons avancèrent dans le cercle de lumière. Morgan regarda autour de lui, mal à l'aise, lorsqu'il vit les immenses créatures revenir vers eux. Il ne s'était jamais senti aussi exposé.

Pourtant, Chandos n'avait pas l'air de s'inquiéter. Il s'était placé derrière Padishar, à quelques pas.

Morgan s'assit à côté de Creel.

La conversation s'engagea aussitôt, mais le montagnard n'y comprit rien. Padishar semblait à l'aise avec la langue des trolls, s'arrêtant rarement pour trouver ses mots.

— Comment se fait-il que Padishar parle leur langue ? demanda Morgan à Chandos.

— Nous voyons plus de choses à Callahorn que vous dans vos montagnes…

Morgan mourait de faim, mais il se força à ne plus y penser. La conversation continua et Padishar parut content de la direction qu'elle prenait.

— Ils veulent se joindre à nous, murmura Chandos au bout d'un moment. Et pas seulement ceux-là, mais vingt et une tribus ! (Il continua d'écouter.) Cinq mille trolls ! Ils veulent conclure une alliance !

— Avec nous ? Pourquoi ?

Chandos ne répondit pas tout de suite.

— Le Mouvement leur a déjà demandé leur aide, mais ils nous ont toujours trouvés trop divisés. Apparemment, ils ont changé d'avis. Selon eux, Padishar a suffisamment uni les factions pour qu'ils reconsidèrent son offre. Ils cherchent un moyen de ralentir l'avancée de la Fédération sur leurs terres. Par l'enfer, quelle bonne fortune pour nous !

Axhind distribuait des gobelets et les remplit d'un liquide contenu dans une grande jarre. Morgan prit celui qu'on lui offrait et baissa les yeux pour découvrir un breuvage aussi noir que du charbon. Avant de boire, il attendit que Padishar et Axhind lèvent leurs verres.

Il eut du mal à ne pas recracher cette boisson aussi amère que la bile.

Chandos surprit sa réaction.

— Du lait de troll, dit-il avec un grand sourire.

Ils finirent leurs gobelets, même Morgan, qui constata que le breuvage apaisait sa faim. Puis ils se levèrent, Axhind et Padishar se serrèrent la main de nouveau, et les hors-la-loi s'éloignèrent.

— Vous avez entendu ? demanda Padishar pendant qu'ils s'enfonçaient dans la pénombre.

— Oui, dit Chandos.

— Cinq mille trolls ! Par l'enfer ! Nous pourrions affronter ce que la Fédération a de mieux à nous opposer ! Le Mouvement peut faire appel à deux mille hommes, et les nains en fourniront encore plus que ça !

Creel se frappa la paume du poing, puis flanqua une claque amicale sur le dos de Chandos et de Morgan.

— Il est temps que les choses tournent en notre faveur ! Vous n'êtes pas d'accord, les gars ?

Peu après, Morgan savoura son repas, assis seul à une table près du feu. Son appétit lui était revenu grâce aux odeurs délicieuses qui montaient des marmites. Padishar et Chandos étaient partis parler de ce qui s'était passé pendant l'absence du chef. Morgan n'avait pas jugé utile de participer à cet entretien.

Il chercha Steff et Teel, mais ne les trouva pas. Il avait presque fini de manger quand le nain s'approcha et se laissa tomber à côté de lui.

— Comment ça a marché ? demanda-t-il sans le saluer.

Steff semblait épuisé et nerveux...

Morgan lui raconta brièvement les événements des dernières semaines. Quand il eut terminé, le nain soupira.

— Vous avez de la chance d'être en vie ! Il s'est passé des choses bizarres, ici, après votre départ.

Le nain se racla la gorge et regarda autour de lui avant de continuer.

— Teel est tombée malade le jour de votre départ. Elle a été découverte évanouie sur le promontoire, vers midi. Elle respirait, mais je n'ai pas réussi à la réveiller. Je l'ai emmenée dans une grotte, je l'ai enveloppée dans des couvertures et je l'ai veillée pendant plus d'une semaine. Je n'ai rien pu faire d'autre... Mais j'ai pensé qu'elle avait été empoisonnée.

» Ça me paraissait possible. De nombreux membres du Mouvement se fichent pas mal des nains. Teel a fini par se réveiller, en vomissant, si faible qu'elle pouvait à peine bouger. Je lui ai donné du bouillon et elle a récupéré. Elle ignore ce qui lui est arrivé. La dernière chose dont elle se souvient, c'est de s'être posée une question sur Hirehone...

Morgan sursauta.

— Ça te dit quelque chose, Morgan ?

— C'est bien possible ! J'ai cru apercevoir Hirehone à Tyrsis. Il n'aurait pas dû y être, et je me suis dit ensuite que je m'étais trompé. Maintenant, je n'en suis plus si sûr... Quelqu'un nous a dénoncés à la Fédération. Ç'aurait pu être lui.

— C'est un peu étrange, non ? Il aurait pu nous dénoncer au début, à Varfleet. Pourquoi attendre jusqu'à maintenant ? De plus, Padishar a toute confiance en lui.

— Peut-être, marmonna Morgan en buvant sa bière. Mais il a été étrangement rapide à demander où il était, en arrivant ici !

Steff réfléchit un instant à la question, puis passa à autre chose.

— Ce n'est pas tout. Les hors-la-loi ont trouvé quelques cadavres au bord de la paroi, il y a deux jours. Les gardes de nuit, ceux des plates-formes. Tous égorgés. Aucun signe de celui qui a fait ça. (Il détourna un instant le regard.) Les plates-formes étaient toutes en haut, Morgan.

Le montagnard fronça les sourcils.

— Donc, le coupable était déjà ici ?

— Il semble que oui. Mais pour quelle raison, tous ces meurtres ? Et si c'était quelqu'un de l'extérieur, comment s'y est-il pris pour les tuer et repartir en laissant les plates-formes en place ?

Morgan réfléchit, mais il ne trouva pas de réponse.

— Je pensais qu'il valait mieux que tu sois au courant… Padishar l'apprendra de son côté, je suppose. (Steff vida sa chope.) Je dois retourner auprès de Teel. Je déteste la laisser seule après ce qui lui est arrivé. Elle est encore terriblement faible. (Il se frotta le front et grimaça.) Et moi, je ne me sens pas très bien…

— Vas-y, alors, dit Morgan, se levant aussi. Je viendrai vous voir tous les deux demain matin. Pour le moment, j'ai besoin de rattraper deux nuits de sommeil ! (Il s'interrompit.) Tu es au courant pour les trolls ?

— Au courant ? Je leur ai déjà parlé. Axhind et moi, on se connaît depuis un bout de temps.

— Oh, encore un mystère ! Bon, tu m'en parleras demain, d'accord ?

— D'accord. Demain, dit Steff en s'éloignant. Fais attention à toi, montagnard !

Morgan Leah avait déjà pensé que ce serait plus prudent…

Le montagnard dormit bien cette nuit-là et il se réveilla reposé. Quand il regarda dehors, il y avait plus d'activité que d'habitude dans le camp des hors-la-loi, et il voulut immédiatement savoir de quoi il s'agissait. Il se dit un instant que les Valombriens étaient peut-être revenus. Mais c'était peu probable, car ils l'auraient réveillé s'ils étaient arrivés. Il s'habilla, enfila ses bottes, se lava, mangea et gagna le bord du promontoire. Il vit aussitôt Padishar, de nouveau dans ses vêtements écarlates, qui criait des ordres à plusieurs hommes.

Le chef des hors-la-loi regarda le montagnard et grogna.

— J'espère que le bruit ne vous a pas réveillé, dit-il. (Il brailla des instructions à un groupe d'hommes, puis reprit, d'une voix normale :) Je détesterais que nous vous ayons dérangé.

Morgan voulut répondre, mais il se ravisa quand il vit le sourire moqueur de son interlocuteur.

— Je vous taquinais un peu, montagnard… Ne commençons pas la journée sur un mauvais pied. Il y a trop de choses à faire. J'ai envoyé des éclaireurs explorer la Clé de Parma pour m'assurer que je me suis trompé en pensant qu'on nous traquait, et j'ai expédié d'autres types, au sud, à la recherche de Hirehone. Nous verrons bien ce qu'il en sortira. Pendant ce temps, Axhind et sa famille attendent. On m'a dit que ce sont tous des parents… Hier, il s'agissait seulement de préliminaires. Aujourd'hui, nous déterminerons comment nous allons mettre un plan sur pied. Vous voulez venir aussi ?

Morgan fit signe que oui. Finissant d'ajuster le baudrier qui contenait les restes de l'Épée de Leah, et qu'il portait maintenant par habitude, il suivit Padishar vers le camp où les trolls étaient déjà rassemblés.

En chemin, il lui demanda s'il avait des nouvelles de Par et de Coll. Hélas, il n'en avait pas.

Morgan regarda autour de lui, s'attendant à apercevoir Steff et Teel, mais ils ne se montrèrent pas. Il se promit d'aller les voir plus tard.

Quand ils arrivèrent à côté des trolls, Axhind donna l'accolade au chef des hors-la-loi et serra la main du montagnard. Puis il leur fit signe de s'asseoir. Peu après, Chandos les rejoignit avec plusieurs compagnons, des hommes que Morgan ne connaissait pas, et la réunion commença.

Elle dura toute la matinée et une bonne partie de l'après-midi. Une fois de plus, Morgan fut incapable de comprendre ce qu'on y disait, et Chandos était trop occupé pour traduire.

Morgan resta quand même. Il étudia les trolls, essayant de deviner ce qu'ils pensaient. Ses efforts ne furent pas couronnés de succès. Autant essayer d'analyser les sentiments de souches d'arbres animées ! Peu de trolls parlèrent, et ceux qui le firent, comme Axhind, ne furent pas volubiles. Une grande économie d'efforts caractérisait tout ce qu'ils faisaient. Morgan se demanda à quoi ils ressemblaient au combat, puis décida qu'il valait mieux pour lui ne pas le savoir…

Il y eut une brève pause pour le repas, où Creel fit une allusion rapide au montagnard, soulignant l'étendue du soutien dont bénéficiait le Mouvement. Morgan resta prudemment silencieux, conscient qu'on l'avait amené là uniquement pour illustrer ce soutien.

L'après-midi tirait à sa fin quand le messager arriva, hors d'haleine et visiblement effrayé. Padishar l'aperçut et fronça les sourcils, ennuyé par cette interruption. Mais il s'excusa et alla écouter ce que l'homme avait à dire. Il hésita un instant, puis fit signe au montagnard de les rejoindre. Morgan se leva, alarmé par l'expression de Creel.

Padishar renvoya le messager dès que Morgan arriva près de lui.

— Ils ont trouvé Hirehone, dit-il doucement. À la lisière ouest de la Clé de Parma, près du chemin que nous avons suivi au retour. Il est mort. Selon la patrouille qui l'a découvert, il était en bouillie.

— Que se passe-t-il, Padishar ?

— Ne manquez pas de me le dire quand vous l'aurez découvert ! Mais il y a des nouvelles encore pires. Mon intuition ne ment jamais ! Une armée de la Fédération est à deux lieues d'ici. Je parie que c'est la garnison de Tyrsis. Et ces chiens se dirigent droit sur nous, petit ! Ils ont découvert notre refuge, et je suppose que nous savons tous les deux comment ils ont fait, pas vrai ?

— Qui nous a vendus ?

Padishar haussa les épaules.

— Quelle importance, maintenant ? (Il regarda par-dessus son épaule.) Il faut que je le dise à Axhind et ses guerriers, et ça ne m'enchante pas. À leur place, je filerais d'ici plus vite que le vent.

Mais les trolls ne furent pas de cet avis. Quand la réunion fut terminée, Axhind et ses compagnons ne firent pas mine de partir. Ils demandèrent qu'on leur rende leurs armes – une impressionnante collection de haches, de piques et d'épées – et se mirent en devoir de les astiquer et de les aiguiser. On eût dit qu'ils attendaient avec impatience le combat.

Morgan alla voir les nains. Ils étaient installés dans un petit bosquet de sapins, sous une saillie rocheuse formant un abri naturel. Steff le salua sans enthousiasme. Teel était assise sur une souche, son étrange visage masqué ne révélant rien de ses sentiments, même si ses yeux restaient attentifs. Elle avait l'air plus forte et sa main ne trembla pas quand elle serra celle de Morgan.

Le montagnard raconta à ses amis l'histoire de Hirehone et les informa de l'approche d'une armée de la Fédération. Steff hocha la tête et Teel ne broncha pas. Morgan partit, se sentant mal à l'aise après cette brève visite.

L'armée de la Fédération arriva à la tombée de la nuit, s'installa dans la forêt, au-dessous des falaises de la Saillie, et entreprit de nettoyer le territoire pour dresser un camp. Les soldats sortirent du couvert des arbres par milliers, leurs bannières flottant devant eux.

Chaque compagnie planta dans le sol son étendard. Des drapeaux noirs rayés de rouge et de blanc pour les troupes régulières de la Fédération, et une tête de loup blanche sur fond noir pour les Questeurs.

Ils montèrent leurs tentes et leurs râteliers d'armes puis allumèrent des feux. Presque aussitôt, des équipes du génie commencèrent à construire des armes de siège.

Les hors-la-loi regardèrent le spectacle du haut de la Saillie, leurs propres fortifications déjà en place. Morgan resta avec eux et constata qu'ils étaient à l'aise et détendus. Il y avait seulement trois cents défenseurs, mais la Saillie pouvait résister à une armée cinq fois plus importante que celle-là.

Bien entendu, les plates-formes avaient été tirées vers le haut. Il n'y avait plus de moyen de monter, sauf en escaladant les parois. L'ennemi devrait utiliser des échelles de corde ou des grappins, et une poignée d'hommes suffirait à l'arrêter.

Il faisait nuit quand Morgan put de nouveau parler à Padishar. Ils se rencontrèrent à côté des plates-formes, désormais sous bonne garde. En bas, les hommes de la Fédération continuaient à travailler.

— Je n'ai pas peur d'avouer que tous ces efforts me perturbent, marmonna le chef des hors-la-loi.

— Même avec des machines de siège, comment peuvent-ils espérer arriver jusqu'à nous ?

— Ils ne le peuvent pas. Et c'est bien ce qui m'inquiète.

Ils regardèrent encore un peu, puis Padishar entraîna Morgan vers une partie retirée du promontoire.

— Inutile de vous rappeler que nous avons été trahis deux fois, murmura-t-il. Le salaud est toujours là, sûrement parmi nous. Si la Saillie doit être prise, ce sera probablement par la ruse. Je ferai de mon mieux pour que notre bastion tienne. Mais gardez les yeux ouverts, montagnard. Vous verrez les choses d'un autre œil que moi, puisque vous êtes nouveau, ici. Vous remarquerez peut-être un détail que j'aurai manqué. Observez-nous tous, et je vous devrais une sacrée faveur si vous découvrez quelque chose.

Morgan hocha la tête. Cette mission lui donnait une raison d'être ici. Il était dévoré par le sentiment de vide qu'il éprouvait depuis la triste fin de l'Épée de Leah. Et il était perturbé d'avoir dû abandonner Par et Coll Ohmsford. Ce travail le détournerait un peu de ses soucis. Il en fut reconnaissant à Padishar.

Quand ils eurent terminé, il alla à l'armurerie et demanda qu'on lui donne une épée. Puis il enleva l'arme brisée de son fourreau et y mit la nouvelle. Fouillant parmi les vieux fourreaux, il en trouva un où l'Épée de Leah entrait. Il le coupa à la bonne longueur et l'attacha à sa ceinture.

Pour la première fois depuis des jours, il se sentait mieux.

Il dormit comme un loir, bien que la Fédération ait continué de monter des armes de siège toute la nuit. Quand le soleil apparut, ils cessèrent le travail.

Morgan se réveilla à ce moment-là, déconcerté par le silence soudain. Il s'habilla, prit ses armes et retourna au bord du promontoire. Les hors-la-loi étaient déjà en place, prêts au combat. Tous regardaient ce qui se passait en dessous.

L'armée de la Fédération se rassemblait. Bien entraînés, les soldats encerclèrent en quelques minutes la base de la Saillie – en se plaçant hors de portée des arcs et des frondes. Tous portaient des échelles ou des grappins. Les tours de siège étaient prêtes, faisant environ un tiers de la hauteur des parois rocheuses.

Morgan effleura l'épaule de Steff. Le nain regarda autour de lui, l'air incertain. Puis il détourna les yeux.

Morgan fronça les sourcils. Steff ne portait aucune arme !

Des trompettes retentirent et les soldats de la Fédération bombèrent le torse. La lumière du soleil se reflétait sur les armures et les armes, et la rosée brillait sur la végétation.

Morgan Leah eut l'impression que c'était un matin comme les autres.

Puis, derrière les lignes ennemies, dans les arbres, quelque chose bougea. Les rangs de la Fédération se partagèrent en deux, laissant un espace de plus de trente pas de large. Les hors-la-loi et leurs alliés se raidirent, tandis que le sol de la forêt tremblait.

Par l'enfer, pensa Morgan.

La créature sortit des ombres. Elle était immense et semblait composée de pièces mécaniques et de restes humains. Des poils, des muscles et des os associés à des plaques et des barres de métal. Ce monstre ressemblait à un crustacé ou à un ver géant, mais il n'était ni l'un ni l'autre. Il avança d'un pas pesant, ses yeux brillants cherchant le bord du promontoire.

Un instant, Morgan crut qu'il s'agissait d'une machine. Puis il vit que c'était une créature vivante.

— Par le sang du démon ! cria Steff. Ils ont amené un Grimpeur !

Avançant entre les rangs des soldats de la Fédération, le monstre fonçait sur eux.

Chapitre 26

À ce moment-là, Morgan Leah se souvint des récits.

Il y avait toujours eu des histoires sur les Grimpeurs, semblait-il. On se les racontait de génération en génération, dans les montagnes comme dans le reste des Terres du Sud. Les hommes qui parlaient des Grimpeurs, assis en rond autour des feux de camp en buvant de la bière, faisaient frissonner de terreur et d'excitation les gamins comme Morgan, qui les écoutaient à l'extérieur du cercle. Mais personne ne croyait aux récits. On les pensait de la même eau que les histoires sur les porteurs du Crâne, les spectres Mords et autres monstres d'une époque reculée. Pourtant, nul n'était prêt à jurer qu'ils n'existaient pas, parce que certains nains, dans les Terres de l'Est, restaient fermement persuadés qu'il ne s'agissait pas de légendes.

Steff était l'un d'eux.

Il raconta à Morgan que la Fédération avait créé les Grimpeurs. Une centaine d'années plus tôt, la guerre contre les nains s'embourba dans les profondeurs de l'Anar, quand les armées des Terres du Sud se heurtèrent à la jungle et aux montagnes qui les empêchaient de coincer leurs proies. La Fédération avait alors donné vie aux Grimpeurs. À cette époque, les nains, nombreux et organisés, étaient décidés à éviter la capture et à harceler les envahisseurs jusqu'à ce qu'ils quittent leur terre natale. De leurs tanières-forteresses, dans les labyrinthes de gorges et de défilés du Ravenshorn, ils attaquaient les armées moins mobiles de la Fédération et disparaissaient comme des ombres.

Les mois passèrent et la Fédération n'avançait pas. Les Grimpeurs apparurent à ce moment-là.

Personne ne savait d'où ils venaient. Certains disaient qu'ils étaient des machines construites par la Fédération, mastodontes sans cervelle dont le seul but était de faire tomber les fortifications des nains. D'autres objectaient qu'aucune machine n'aurait pu faire ce que les Grimpeurs avaient réussi. Donc, ces créatures possédaient une intelligence et un instinct. Quelques-uns encore murmuraient qu'il s'agissait de monstres magiques.

Quelle que soit leur origine, les Grimpeurs se matérialisèrent dans les forêts de l'Anar et se mirent à chasser. Ils traquèrent les nains et les détruisirent tous. La guerre s'acheva en un peu plus d'un mois…

Après cet exploit, les Grimpeurs disparurent aussi mystérieusement qu'ils étaient venus, comme si la terre les avait avalés. Seules restèrent des légendes, de plus en plus sinistres et de moins en moins exactes à mesure qu'on les racontait. Finalement, à part les nains, personne ne continua à y croire.

Morgan Leah regarda la créature, se remémora les récits de son enfance et se tourna vers Steff. Le nain le regardait, déjà de profil, comme s'il se préparait à fuir, la terreur déformant son visage couturé de cicatrices.

— Un Grimpeur, Morgan ! Après toutes ces années ! Tu sais ce que ça signifie ?

Morgan n'eut pas le temps d'y réfléchir. Padishar Creel, qui avait entendu crier le nain, apparut soudain à côté d'eux. Il saisit Steff par les épaules et le força à se tourner vers lui.

— Dites-moi tout, vite ! Que savez-vous de cette créature ?

— C'est un Grimpeur, répéta Steff, d'une voix rauque, comme si ce nom suffisait.

— Oui, oui, j'ai entendu ! dit Padishar. Peu m'importe ce que c'est ! Je veux savoir comment l'arrêter !

Steff secoua la tête, comme s'il essayait de s'éclaircir les idées.

— On ne peut pas. Il n'y a aucun moyen de l'arrêter. Personne n'en a jamais trouvé.

Les hommes les plus proches grognèrent en entendant les paroles du nain, et les autres frémirent. Morgan n'avait jamais connu Steff si défaitiste ! Il regarda Teel. Elle avait entraîné Steff loin de Padishar, ses yeux réduits à des fentes derrière son masque.

Padishar les ignora et se tourna vers ses hommes.

— Restez à vos postes ! cria-t-il, furieux, à ceux qui avaient fait mine de reculer. J'écorcherai vif le premier qui n'obéira pas.

Les murmures cessèrent et les hors-la-loi s'immobilisèrent. Padishar jeta un coup d'œil rageur à Steff.

— Aucun moyen, dites-vous ? Pas pour vous, peut-être, même si je vous aurais cru plus hardi que ça. Mais sachez qu'il y a *toujours* un moyen !

Un grattement retentit et tout le monde retourna au bord du parapet. Le Grimpeur était au pied de la paroi et commençait à l'escalader, repérant des prises là où aucun humain n'aurait pu en trouver. Le soleil se reflétait sur ses plaques de blindage et ses tiges de fer. En bas, les tambours de la Fédération roulaient en cadence, scandant l'approche du monstre.

Padishar sauta d'un bond sur le parapet.

— Chandos ! Une dizaine d'archers, vite !

Les archers accoururent. Ils arrosèrent la créature de flèches, mais elle ne ralentit pas. Les projectiles rebondissaient sur son blindage ou s'enfonçaient dans sa peau épaisse sans paraître la gêner. Même ses yeux, hideux et énormes, semblaient invulnérables.

Padishar fit reculer les archers. Aussitôt, des cris de joie montèrent des rangs de la Fédération.

Creel appela des lanciers, mais leurs armes de jet ne ralentirent pas la progression du monstre. Elles se brisèrent ou ricochèrent sur les plaques de blindage, et le Grimpeur continua de monter.

Des hommes firent rouler des rochers énormes puis les firent tomber sur le monstre. Plusieurs le touchèrent, avec le même manque d'efficacité que les flèches et les lances.

Les murmures recommencèrent. Padishar cria aux hommes de se taire. Cette fois, il eut du mal à se faire obéir. Il demanda qu'on apporte des fagots, qu'on y mette le feu et qu'on les lance sur le Grimpeur. En vain. L'huile enflammée qu'il fit jeter ensuite déchaîna sur le Grimpeur un enfer de fumée et de feu. La chaleur devint si intense que les défenseurs du promontoire durent reculer. Morgan battit en retraite avec les autres, suivi par Teel et Steff. Très pâle, le nain avait l'air désorienté.

Morgan l'aida à s'éloigner.

— Tu es malade ? murmura-t-il. Steff, quel est le problème ?

— Le feu ne l'arrêtera pas, Morgan. On a déjà essayé. Ça ne marche pas !

Il avait raison. Quand les flammes moururent, le Grimpeur continuait son ascension à un rythme régulier. Il était à mi-chemin, noirci par les flammes mais indemne. En bas, les roulements de tambour et les cris recommencèrent.

Les hors-la-loi s'affolaient. Il était clair qu'il serait impossible d'arrêter le Grimpeur. Que feraient-ils quand il arriverait en haut ? Invulnérable aux flèches et aux lances, serait-il vaincu par de simples épées ? Les défenseurs n'eurent pas de mal à répondre à cette question…

Seuls Axhind et ses trolls restèrent imperturbables. Debout à l'extrémité de la ligne de défense, ils protégeaient une saillie, en contrebas du promontoire. Ils ne parlaient pas, ne paraissaient pas nerveux et regardaient Creel, attendant de voir ce qu'il ferait.

Padishar ne les fit pas attendre longtemps. Il avait remarqué quelque chose que personne n'avait vu, et qui lui donnait une lueur d'espoir.

— Chandos ! appela-t-il.

Son lieutenant à la barbe noire apparut.

— Fais apporter toute l'huile que nous avons. De cuisine, de nettoyage, tout ! Ne perds pas ton temps à poser des questions, obéis !

Chandos fila comme le vent. Padishar revint vers la ligne de défense, à côté de Morgan et des nains.

— Préparez une des plates-formes ! cria-t-il aux hommes de garde.

Puis il se tourna vers Steff.

— Steff, comment ces créatures se comportent-elles sur les surfaces glissantes ?

Steff le regarda, comme si la question dépassait son entendement.

— Je l'ignore…

— Il faut bien qu'ils s'agrippent, pour grimper. Que se passe-t-il s'ils ne le peuvent pas ?

Creel partit sans attendre la réponse. La matinée étant chaude, il transpirait abondamment. Irrité, il enleva sa tunique et la jeta par terre. Puis il prit ses deux ceinturons à un autre hors-la-loi, les boucla autour de sa taille, ramassa une hache à manche court et la glissa dans un des ceinturons. Ainsi équipé, il se dirigea vers les plates-formes.

Morgan le suivit, comprenant ce qu'il voulait faire. Chandos revint des cavernes, suivi par des hommes qui portaient des récipients divers.

— Là-dessus, ordonna Padishar en désignant la plate-forme. Chandos, je vais descendre jusqu'au niveau de ce monstre et lui verser l'huile dessus.

— Padishar, non !

— Écoute-moi bien : le Grimpeur ne pourra pas arriver ici s'il ne peut pas escalader, et il n'escaladera pas s'il glisse. L'huile le fera patiner. Avec un peu de chance, il tombera. Ce n'est pas une idée réjouissante ?

Les trolls s'étaient rapprochés et ils écoutaient.

— Non ! cria Chandos. Tu crois que l'ennemi te laissera approcher assez pour faire ça ? Les archers te transperceront avant que tu aies eu le temps d'agir !

— Non, pas si nos hommes et toi les tenez en respect. De plus, mon vieil ami, quel choix avons-nous ?

Creel bondit sur la plate-forme.

— Ne me laisse pas tomber ! cria-t-il à son lieutenant.

La plate-forme commença à descendre. Chandos mania le treuil, amenant rapidement Creel à l'endroit où était arrivé le Grimpeur. Un hurlement monta des rangs de la Fédération quand les soldats virent ce qui se passait. Des rangées d'archers se mirent en position. Mais les hors-la-loi s'y attendaient. Bien placés sur leur promontoire, ils les criblèrent de flèches en quelques instants. Aussitôt, d'autres soldats prirent leur place. Ils connurent très vite le même sort que les précédents.

Hélas, les fédérés avaient eu le temps d'amener des catapultes aux premiers rangs. Des rochers s'envolèrent et s'écrasèrent contre la paroi, autour de la plate-forme. L'onde de choc déstabilisa la plate-forme et l'envoya percuter la paroi. Entendant du bruit, le Grimpeur leva la tête.

Debout au bord du promontoire, Morgan regardait la terrible scène, Steff et Teel à côté de lui. La plate-forme de Padishar oscillait comme sous l'effet d'un vent violent.

— Tenez bon ! cria Chandos aux hommes qui maniaient le treuil.

Mais les mouvements de la plate-forme les entraînèrent au bord du promontoire, où ils luttèrent pour ne pas basculer par-dessus bord. Les flèches de la Fédération arrosaient à présent le promontoire. Deux hors-la-loi tombèrent et personne ne les remplaça. Chandos regarda par-dessus son épaule, les yeux écarquillés.

La corde glissa.

Ils ne peuvent plus la retenir, comprit Morgan.

Il se jeta en avant. Mais Axhind fut plus rapide. À une vitesse étonnante pour sa corpulence, il bondit et saisit la corde. À lui seul, il parvint à retenir la plate-forme. Trois autres trolls arrivèrent près de lui et l'aidèrent à remonter un peu la corde. Chandos leur cria des instructions.

Morgan jeta un coup d'œil en bas, où des soldats de la Fédération gisaient, le corps transpercé d'une flèche. Les rangs de l'armée ennemie n'étaient plus aussi ordonnés. Les catapultes lançaient des rochers et les archers arrosaient toujours la paroi, autour de la plate-forme. Mais elle résistait toujours, suspendue à quelques pouces de la tête du monstre noir.

Soudain, Padishar Creel éventra un tonneau d'huile avec sa hache et le vida le long de la paroi. La tête et le torse du Grimpeur furent aussitôt couverts d'huile, et il cessa d'avancer.

Padishar lui vida dessus un deuxième tonneau, puis un troisième. Des flèches volèrent vers lui. Touché deux fois, il s'écroula.

— Remontez-le ! cria Chandos.

Les trolls tirèrent sur la corde, pendant que les hors-la-loi, au bord du promontoire, hurlaient de colère et arrosaient de flèches les soldats de la Fédération.

Padishar se releva, ouvrit les deux tonneaux restants et les vida aussi sur le Grimpeur.

La créature resta accrochée à la paroi, immobile tandis que l'huile se déversait sur elle.

Une catapulte frappa la plate-forme et la fracassa. Les hors-la-loi hurlèrent, mais Padishar ne tomba pas. Il saisit la corde au vol et y resta accroché malgré les flèches et les pierres qui volaient autour de lui. Sa poitrine et ses bras étaient couverts de sang...

La corde remonta rapidement. Padishar Creel atteignit le bord du promontoire, où ses hommes le tirèrent rapidement en sécurité.

Chandos hurla à tout le monde de reculer. En vain.

Les hors-la-loi s'attroupèrent autour de leur chef blessé. Padishar se releva. Touché à l'épaule droite et au flanc gauche, il était pâle comme un mort.

Il tendit une main, brisa la flèche enfoncée dans son flanc et la sortit en grimaçant.

— Retournez à vos postes ! hurla-t-il à ses hommes. Vite !

Les hors-la-loi obéirent. Padishar dépassa Chandos et tituba jusqu'au bord du promontoire pour regarder le Grimpeur.

Il était toujours au même endroit, comme collé à la paroi. Les archers et les catapultes continuaient d'arroser les hors-la-loi, mais à l'évidence, la Fédération aussi attendait de voir ce qui se passerait.

— Tombe, maudite bestiole ! cria Padishar.

Le Grimpeur se déplaça légèrement vers la droite pour se dégager du film d'huile. Ses griffes glissèrent sur le rocher et il commença à lâcher prise. D'abord lentement, puis de plus en plus rapidement à mesure que ses membres se détachaient du mur les uns après les autres.

Un cri de désespoir monta des rangs de la Fédération. Le Grimpeur glissa vers le bas, puis il lâcha complètement prise et tomba. Quand il percuta le sol, la paroi trembla sous la force de l'impact.

Le Grimpeur resta où il était, à la base de la paroi.

— Voilà qui est mieux ! cria Padishar Creel.

Puis il se laissa choir sur le sol et ferma les yeux.

— Tu l'as éliminé pour de bon ! s'écria Chandos en s'accroupissant près de son chef.

— Mais nous ne sommes pas sortis d'affaire, dit Padishar. Demain, ils inventeront une autre horreur... Et que ferons-nous, puisque nous avons utilisé toute notre huile ? (Il ouvrit les yeux.) Sortez-moi cette flèche de l'épaule, que je puisse me reposer un peu !

La Fédération n'attaqua plus ce jour-là, l'armée se retirant à la lisière de la forêt pour s'occuper de ses blessés. Seules les catapultes restèrent en place, envoyant sporadiquement des rochers dont la plupart retombaient avant la paroi.

Malheureusement, le Grimpeur n'était pas mort. Au bout d'un moment, il se releva et retourna à l'abri de la Clé de Parma. Il était impossible de dire à quel point il avait été endommagé, mais personne n'aurait juré qu'on ne le reverrait pas.

Les blessures de Padishar Creel soignées, on le mit au lit. Il était affaibli par l'hémorragie et la douleur, mais il ne resterait pas handicapé. Pendant que Chandos s'occupait de lui, il donnait des ordres pour la défense de la Saillie. Il fallait construire une arme spéciale, dit-il. Morgan entendit Chandos en parler à un groupe d'hommes qu'il envoya dans la plus grande caverne pour se charger de ce travail. Morgan demanda en quoi consistait l'arme, mais Chandos ne voulut pas le lui dire.

— Vous la verrez quand elle sera terminée, montagnard, dit-il d'une voix bourrue.

Morgan obéit – parce qu'il n'avait pas le choix. Ne sachant que faire, il retourna vers l'endroit où Teel avait emmené Steff. Il trouva son ami enveloppé dans des couvertures, visiblement fiévreux.

Teel le regarda de travers quand il toucha le front du nain. Elle ne faisait plus confiance à personne, et Morgan pouvait difficilement l'en blâmer. Il parla un moment avec Steff, mais le nain avait du mal à rester éveillé. Il valait mieux le laisser dormir. Le montagnard se leva et s'éloigna.

Il passa le reste de la journée à aller des fortifications aux cavernes et à rendre visite à Padishar Creel et à Steff. L'après-midi, il se demanda une fois de plus à quoi il servait, coincé sur la Saillie avec les hors-la-loi, loin de Par et de Coll. Comment retrouverait-il les Valombriens, maintenant qu'ils avaient été séparés ? Ils n'essaieraient sûrement pas de venir dans la Clé de Parma tant qu'elle serait assiégée par la Fédération. Damson Rhee ne les laisserait pas faire.

Sauf si elle pensait qu'il existait un moyen sûr d'entrer... Morgan réfléchit. Et s'il y avait plus d'un chemin pour accéder à la Saillie ? Même avec des défenses aussi solides, Padishar Creel n'aurait pas couru le risque d'être pris au piège contre les parois rocheuses en cas d'invasion. Il avait sûrement prévu une autre façon de sortir.

Donc d'entrer.

Morgan décida de découvrir laquelle. Le crépuscule approchait quand il en eut l'occasion.

Padishar était réveillé. Morgan le trouva assis sur le bord de son lit. L'épaule et la poitrine bandées, il étudiait une série de dessins grossiers avec Chandos. D'autres que lui auraient dormi pour récupérer leurs forces, mais Creel semblait prêt à se battre. Les deux hommes levèrent la tête à l'arrivée de Morgan, et Padishar cacha les dessins.

— Montagnard, dit Creel, venez nous rejoindre.

Étonné, Morgan avança et s'assit sur une caisse. Chandos sortit sans dire un mot.

— Comment va notre ami le nain ? Mieux, j'espère ?

— Non. Il a un gros problème et j'ignore lequel. (Il s'interrompit.) Vous ne faites confiance à personne, n'est-ce pas ? Pas même à moi.

— Particulièrement pas à vous ! (Padishar eut un sourire désarmant, puis il redevint sérieux en un clin d'œil.) Je ne peux plus me permettre de faire confiance à quiconque. Il s'est passé trop de choses qui me rendent méfiant. (Il bougea et grimaça de douleur.) Quelle est la raison de votre visite ? Avez-vous vu quelque chose d'intéressant ?

En fait, Morgan avait oublié la mission dont Padishar l'avait chargé. Il ne le dit pas, mais secoua la tête.

— J'ai une question. Sur Par et Coll Ohmsford. Pensez-vous que Damson Rhee essaiera de les amener ici ? Y a-t-il un autre chemin pour entrer dans la Saillie ?

Padishar lui jeta un regard entendu, mais ne répondit pas. Morgan pâlit, soudain conscient que sa question pouvait être mal interprétée.

Il inspira profondément.

— Je ne vous demande pas où est cette entrée, seulement si elle…

— Je comprends, coupa Padishar. Oui, il existe un autre chemin. J'imagine que vous étiez arrivé à cette conclusion tout seul. Vous connaissez assez la stratégie pour savoir qu'il doit toujours y avoir plus d'un chemin pour entrer ou sortir d'un refuge.

Morgan ne fit aucun commentaire.

— Bien… Montagnard, je vous dirai seulement que Damson Rhee ne mettrait pas les Valombriens en danger en les conduisant ici alors que la Saillie est assiégée. Elle les gardera en sécurité à Tyrsis ou ailleurs…

» Maintenant que Hirehone est mort, personne à part moi, Chandos et Damson ne connaît l'autre chemin. Il vaut mieux que ça reste ainsi jusqu'à ce que le traître ait été démasqué. Je n'aimerais pas que la Fédération entre par la porte de derrière pendant que nous serons occupés à défendre l'entrée principale !

Morgan n'y avait pas pensé et l'idée le glaça.

— L'autre chemin est-il bien protégé ? demanda-t-il.

— Oui. Et maintenant, allez dîner, montagnard. Et n'oubliez pas de garder les yeux ouverts.

Creel retourna à ses croquis. Morgan hésita un moment, puis il se détourna et partit.

Ce soir-là, Morgan s'assit à l'autre bout du promontoire, seul, à l'endroit où un petit bosquet de trembles abritait une clairière. Il regarda la vallée de la Clé de Parma, puis vit la lune, de nouveau à demi pleine, se lever à l'horizon.

Le camp était silencieux, à part le bruit étouffé des travaux qui continuaient dans la caverne. Les catapultes et les arcs ne tiraient plus, et les soldats de la Fédération, comme les hors-la-loi, se reposaient ou étaient plongés dans leurs pensées. Padishar conversait avec Chandos et les trolls, et Morgan n'avait pas été invité. Steff dormait. Sa fièvre n'avait pas augmenté, mais il ne semblait pas avoir récupéré pour autant.

Morgan n'avait rien à faire, sinon somnoler ou réfléchir, et il avait préféré cette dernière activité.

Il avait toujours été intelligent et rusé. C'était un don qui remontait à ses ancêtres, entre autres Menion et Rone Leah – de vrais princes à leur époque et des héros –, et aussi une aptitude que Morgan avait longtemps travaillé à développer et à affiner. Car il avait passé la plus grande partie de sa jeunesse à trouver des moyens de rouler dans la farine les responsables de la Fédération qui occupaient et gouvernaient sa terre natale. Il était très bon à ce jeu – peut-être le meilleur. Il connaissait tous les tours et en avait conçu la plupart. Bref, il pouvait se montrer plus futé que quiconque, si on lui en laissait le temps et l'occasion.

Il eut un sourire désenchanté. Du moins, voilà ce qu'il s'était toujours dit... Aujourd'hui, il était temps de prouver que c'était vrai en découvrant comment la Fédération avait si souvent eu un coup d'avance sur eux. Car ils avaient tous été trahis : les hors-la-loi, les Valombriens, le petit groupe parti de Culhaven...

Il s'appuya au tronc d'un vieil arbre et récapitula ce qu'il savait.

La liste des trahisons était longue. Quelqu'un avait informé la Fédération que Padishar les emmenait à Tyrsis pour récupérer l'Épée de Shannara. Puis avait découvert ce qu'ils avaient l'intention de faire et prévenu les sentinelles de leur arrivée. *« L'un de vous »*, avait dit le commandant à Padishar.

Puis *quelqu'un* avait révélé l'emplacement de la Saillie à la Fédération.

Morgan fronça les sourcils. Non. Les trahisons avaient commencé avant ça, si on considérait que quelqu'un avait envoyé le gnoll sur leurs traces dans les monts Wolfsktaag et avait informé l'Ombreuse de la crête de Toffer de l'endroit où les gnomes-araignées pourraient s'emparer de Par.

Donc, les trahisons avaient commencé à Culhaven.

Quelqu'un les pistait-il depuis le village des nains ?

Morgan écarta aussitôt cette possibilité. Un tel exploit était impensable.

Mais il y avait plus. Il avait vu Hirehone à Tyrsis, et l'homme avait été trouvé mort dans la Clé de Parma. Il y avait aussi le massacre des sentinelles des plates-formes. Quel rapport ces événements avaient-ils avec le reste ?

Morgan laissa toutes les pièces du puzzle se mettre en place dans son esprit. Il entendit des oiseaux de nuit chanter dans les profondeurs de la Clé de Parma, et le vent souffla doucement sur son visage, tiède et odorant. Quand rien de plus ne lui vint à l'esprit, il reprit son puzzle et le retravailla mentalement.

Mais quelque chose lui échappait...

Il se frotta les mains. Bien. Il essaierait d'une autre façon. Il éliminerait ce qui ne collait pas et verrait ce qui resterait.

Personne ne pouvait les avoir suivis aussi longtemps. Donc, il devait s'agir d'un traître infiltré parmi eux. Mais si ce félon était responsable de tout, du gnoll jusqu'aux plus récents événements, il fallait que ce soit un membre du groupe d'origine : Par, Coll, Steff, Teel ou lui-même. Il réfléchit d'abord à Teel, parce qu'il en savait moins sur elle que sur les autres. Il ne pouvait pas imaginer que le coupable soit un des Valombriens, ou Steff. Mais pourquoi Teel aurait-elle été une meilleure candidate que les autres ? Entre les mains de la Fédération, n'avait-elle pas autant souffert que Steff ?

De plus, quel rapport Hirehone aurait-il eu avec tout ça ? Et pourquoi abattre les gardes de la plate-forme ?

Morgan se corrigea aussitôt. Les sentinelles avaient été tuées pour que quelqu'un puisse entrer dans le camp… ou en sortir sans être remarqué. Mais les plates-formes étaient en haut. Donc, ces hommes avaient été exécutés après avoir fait monter quelqu'un dans le camp, probablement pour cacher l'identité du visiteur.

Morgan retourna cette idée dans sa tête. On en revenait à Hirehone. Ce type était la clé. Et si c'était vraiment lui qu'il avait vu à Tyrsis ? Si c'était lui qui les avait trahis ? Mais Hirehone n'était pas revenu à la Saillie après son départ. Donc, comment aurait-il pu tuer les sentinelles ? Et pourquoi aurait-il été éliminé après ? Se pouvait-il qu'il y ait plus d'un traître ? Hirehone et quelqu'un d'autre ?

Quelque chose se mit en place dans le puzzle.

Morgan Leah sursauta. Qui était l'ennemi ? Le *véritable* ennemi ? Pas la Fédération, mais les Ombreurs ! N'était-ce pas ce qu'Allanon leur avait dit ? Et les Ombreurs pouvaient adopter l'apparence et la façon de parler de n'importe qui. Certains en étaient capables, en tout cas. Les plus dangereux, comme Cogline l'avait précisé.

Morgan sentit son pouls s'accélérer et son visage s'empourprer. Ils n'avaient pas affaire à un être humain, mais à un Ombreur ! Oui, un Ombreur avait pu se cacher parmi eux. Il aurait pu appeler un gnoll, prévenir un autre Ombreur à la crête de Toffer, arriver à Tyrsis avant eux, avertir la Fédération et repartir sans être vu.

Un Ombreur aurait pu se déguiser en Hirehone. Et pire encore, *devenir* Hirehone ! Puis le tuer une fois qu'il n'aurait plus eu besoin de lui. Et enfin, abattre les sentinelles pour qu'elles ne disent pas l'avoir vu partir, quel que soit le visage qu'il avait adopté.

L'Ombreur avait révélé l'emplacement de la Saillie à la Fédération et il avait sûrement dessiné une carte !

Morgan se laissa aller contre le tronc. Le puzzle était reconstitué. Il savait qui était le coupable. Steff ou Teel. Les seuls, à part lui, qui étaient avec la compagnie depuis le début. Teel avait été inconsciente pendant presque toute l'absence de Padishar. Cela aurait donné à son compagnon toute latitude de partir discrètement et de revenir. Et de toute façon, les nains étaient restés à l'écart de tous la plupart du temps.

Un moment, Morgan pensa qu'il devenait fou et qu'il ferait mieux de recommencer à réfléchir de zéro. Mais il s'aperçut vite qu'il avait forcément raison.

Steff ou Teel.

Son instinct lui soufflait qu'il s'agissait de Teel.

Chapitre 27

Trois jours passèrent entre la décision de retourner dans la Fosse chercher l'Épée de Shannara et le moment où Damson Rhee fit enfin sortir les Valombriens de leur cachette.

Par bouillait d'impatience. Il avait voulu partir immédiatement. Le temps comptait plus que tout, avait-il dit. Mais Damson avait refusé. Trop de patrouilles écumaient la cité. Il fallait attendre…

Quand elle jugea le danger passé, ils sortirent par une nuit glaciale et si brumeuse qu'on n'y voyait pas à trois pas devant soi.

Damson avait fourni à ses compagnons des manteaux à capuche épais dans lesquels ils s'emmitouflèrent avec reconnaissance. L'eau tombait des toits et des gouttières et la brume s'accrochait à eux avec une insistance déplaisante.

Le bruit de leurs pas résonnait à peine. Ils prirent les petites rues, comme d'habitude, évitant la voie Tyrsienne et les autres avenues principales.

Ils avaient rendez-vous avec la Taupe.

— Tout le monde l'appelle comme ça parce que c'est le nom qu'il se donne lui-même, avait dit Damson. S'il a jamais eu un *vrai* nom, je doute qu'il s'en souvienne. Il vit seul dans les égouts et les catacombes de Tyrsis et il ne vient presque jamais à la surface. Son univers, ce sont les souterrains de la cité. Personne ne les connaît mieux que lui.

— S'il existe encore des passages menant sous le palais des rois de Tyrsis, la Taupe les connaîtra ? avait demandé Par.

— Il les connaîtra…

— Pouvons-nous lui faire confiance ?

— La question est plutôt de savoir s'*il* nous fera confiance. C'est un solitaire. Il décidera peut-être de ne pas nous parler.

— Il le devra, affirma Par.

Coll ne dit rien. Il n'avait pas beaucoup parlé de toute la journée. Quand Damson avait annoncé ce qu'ils allaient faire, on eût dit qu'il venait d'avaler un médicament particulièrement amer. Mais il semblait avoir décidé qu'il ne servirait à rien de débattre de la question.

Il se tenait aussi près de Par que possible, sa présence plus oppressante que réconfortante. Par n'aimait pas éprouver ces sentiments envers son frère, mais il n'y pouvait rien. Coll avait décidé de son propre rôle, très difficile à jouer, car il refusait d'adhérer aux plans de Par sans pour autant accepter de se séparer de lui.

Damson les conduisit devant un escalier étroit qui reliait deux bâtiments obscurs. Par entendit de l'eau couler et gargouiller comme si elle rencontrait un obstacle. Ils descendirent prudemment les marches glissantes, accrochés à la vieille rampe rouillée et branlante. Au bout de l'escalier, ils trouvèrent une étroite passerelle parallèle à un canal d'égout. L'eau sortait d'un passage à demi bouché par les détritus venus des rues, au-dessus d'eux.

Damson précéda les Valombriens dans le tunnel.

Il y faisait noir et des odeurs nauséabondes agressèrent leurs narines. Damson s'arrêta pour sonder un moment les ténèbres. Puis elle dénicha une torche et l'alluma avec un morceau de silex.

Ils arrivèrent devant un deuxième escalier qui s'enfonçait plus profondément dans les entrailles de la cité. Ils l'empruntèrent, passant devant plusieurs niveaux, jusqu'à ce que le bruit de l'eau ait disparu.

Les Valombriens s'enveloppèrent plus étroitement dans leurs manteaux. Au pied des marches commençait un autre passage, plus étroit, où l'humidité céda la place à la poussière. Ils avancèrent quelques minutes de plus.

Arrivée sous un puits équipé d'une échelle, Damson s'arrêta.

— Ce n'est plus très loin, quelques centaines de pas à partir du sommet de cette échelle. Nous devrions le trouver… ou il nous trouvera. Il m'a amenée ici il y a longtemps, un jour où je lui avais témoigné un peu d'humanité. Il est très gentil, mais assez spécial…

L'échelle menait à un palier qui donnait sur une série de passages. Il y faisait plus chaud et tout était beaucoup moins poussiéreux.

— Ces tunnels étaient autrefois des cachettes pour les défenseurs de la cité. À une certaine époque, ils allaient jusqu'aux plaines. Ne vous éloignez pas de moi.

Ils entrèrent dans un des couloirs, qui croisait d'autres tunnels, et traversèrent des salles au plafond étayé par des poutres de bois boulonnées.

Les Valombriens étaient de plus en plus perdus, mais Damson n'hésita pas.

Ils pénétrèrent enfin dans la première d'une série de salles. Des tapisseries pendaient aux murs et toutes ces pièces abritaient des trésors étranges : des coffres pleins de vieux vêtements, des tas de meubles, des sacs de plumes, des bijoux bon marché et même des animaux en peluche. Quelques armes rouillées traînaient sur le sol à côté de paniers en osier.

Des lampes à huile étaient accrochées aux plafonds et aux murs, leur fumée s'évacuant par des conduits d'aération.

Les Valombriens regardèrent autour d'eux. Il n'y avait personne.

Damson n'eut pas l'air étonné. Elle les conduisit dans une salle qui contenait une table à tréteaux et huit chaises en chêne sculpté. Elle leur fit signe de s'asseoir, mais les chaises étaient déjà occupées par des animaux en peluche.

— Choisissez une place, ramassez le jouet et tenez-le sur vos genoux, dit Damson.

Elle prit une chaise où trônait un lapin en velours vert miteux et le posa sur ses genoux après s'être assise.

Coll fit de même en se disant que tout ça n'était pas plus étrange que le reste. Par prit l'animal de son siège, un chat ou un chien, il n'aurait su le dire.

Mais il se sentit vaguement ridicule.

Ils restèrent assis en silence.

Par perdit vite patience.

Puis les lumières s'éteignirent une à une.

— Ne bougez pas, dit Damson.

La seule lampe restante brillait dans la première pièce, produisant une pâle lueur. Par attendit que ses yeux s'habituent à la pénombre. Quand ce fut fait, il découvrit un visage rond et barbu, de l'autre côté de la table, à deux sièges de Damson.

— Bien le bonsoir, Taupe, dit Damson Rhee.

La Taupe leva la tête. Son cou et ses épaules apparurent – puis ses bras. Ce personnage était couvert de poils noirs de la tête aux pieds, sauf au niveau du nez et du front.

— Et bien le bonsoir à vous, adorable Damson.

La Taupe avait une voix d'enfant, mais qui sonnait bizarrement, comme s'il parlait dans un tonneau.

— Je vous ai vue arriver et j'ai allumé les lumières pour vous, dit-il. Mais je n'aime pas beaucoup la clarté. Maintenant que vous êtes là, je les ai éteintes. Ça vous convient ?

— Parfaitement, dit Damson.

— Qui avez-vous amené avec vous ?

— Des Valombriens.

— Des Valombriens ?

— Des frères, venus d'un village lointain du sud. Par et Coll Ohmsford.

— Bienvenue chez moi. Que diriez-vous de prendre le thé ?

La Taupe disparut sans attendre de réponse, si silencieusement que Par ne l'entendit pas bouger.

Il sentit le thé quand leur hôte le rapporta, mais ne vit rien jusqu'à ce que les tasses soient posées devant lui. Il y en avait deux, une de taille normale et une minuscule. Elles étaient très anciennes et passablement écaillées.

Ébahi, Par vit Damson offrir une gorgée de thé à l'animal en peluche.

— Les enfants vont bien ? demanda-t-elle.

— Très bien, répondit la Taupe.

Il tenait un gros ours en peluche sur ses genoux et lui offrit du thé. Coll et Par l'imitèrent…

— Chalt a été de nouveau méchant. Il a renversé son thé et émietté ses gâteaux. Quand je monte écouter les nouvelles, à travers les grilles de la rue et les passages des murs, il croit qu'il peut faire ce qui lui plaît. C'est exaspérant ! Lida a eu une mauvaise fièvre, mais elle est guérie. Et Westra s'est coupé la patte.

Par regarda Coll, qui lui jeta un coup d'œil interrogateur.

— Il y a de nouveaux membres dans la famille ? demanda Damson.

— Everlind, dit la Taupe. (Il désigna le lapin qu'elle tenait.) Elle est venue habiter avec nous il y a deux nuits. Elle aime mieux être ici que dehors.

Par ne sut que penser. La Taupe ramassait des vieilleries un peu partout et les rapportait dans sa tanière. Pour lui, les animaux étaient réels. Du moins, il faisait semblant de le croire. Mais Par se demanda, mal à l'aise, s'il se rendait *vraiment* compte...

La Taupe se tourna vers lui.

— Dans la cité, on murmure que quelque chose a perturbé la Fédération. Des intrus qui menacent sa souveraineté. Il y a davantage de patrouilles dans les rues, et les sentinelles aux portes fouillent tout le monde.

» Adorable Damson, il vaut mieux vivre ici, sous terre.

— Ces troubles sont liés à notre venue...

La Taupe ne parut pas entendre.

— Oui, c'est mieux d'être ici, bien caché sous les rues et les tours, là où la Fédération ne vient jamais.

— Nous ne sommes pas ici pour demander asile, dit Damson.

La Taupe eut l'air déçu. Il posa sa tasse, lâcha son animal en peluche et inclina la tête.

— J'ai trouvé Everlind derrière la maison d'un homme qui est comptable pour les collecteurs d'impôts de la Fédération. Il est rapide et ne se trompe jamais. Il était autrefois le conseiller du peuple, mais la ville ne le payait pas aussi bien que la Fédération. Il a accepté de travailler pour elle. Toute la journée, il fait des comptes, et le soir, il rentre chez lui. La semaine dernière, il a offert un nouveau chaton en peluche à sa fille. Elle a jugé son nouveau jouet plus agréable et jeté Everlind.

» Le père et sa fille ne comprennent pas à quoi ils ont renoncé. Chacun voit seulement la surface, et rien de ce qui est dessous. Voilà le danger de vivre au-dessus du sol.

La Taupe se frotta les mains.

— Belle Damson, que désirez-vous ?

Damson se redressa et écarta de son front une mèche de cheveux roux.

— Il y avait autrefois des tunnels sous le palais des rois de Tyrsis. S'ils y sont toujours, nous voulons les emprunter.

— Pour aller sous le palais ?

— Sous le palais... et dans la Fosse.

Il y eut un long silence. La Taupe reprit son nounours et le serra contre lui.

— Il y a des horreurs dans la Fosse, dit-il enfin.

— Des Ombreurs, dit Damson.

— Des Ombreurs ? Oui, ce nom leur va bien. Des Ombreurs...

— Les avez-vous vus, Taupe ?

— J'ai vu tout ce qui vit dans la cité. Ne suis-je pas les yeux de cette ville !

— Des tunnels mènent-ils dans la Fosse ? Pouvez-vous nous y conduire ?

— Dites-leur comment nous nous sommes rencontrés, souffla la Taupe, avant de se pencher en arrière pour se dissimuler dans les ombres. Dites-leur ce qui est arrivé...

Damson se tourna vers les Valombriens.

— Un soir, je me promenais dans un parc. C'était l'été, il faisait chaud et l'air sentait bon. Je me suis reposée un moment sur un banc, et Taupe est apparu à côté de moi. Il m'avait vue exécuter mes tours de magie et m'a demandé si j'accepterais d'en faire un ou deux pour lui. Je lui ai donné satisfaction, et il m'a priée de revenir la nuit suivante. Au bout d'une semaine, il m'a emmenée ici pour me montrer sa maison et sa famille. Depuis, nous sommes devenus amis.

— De bons amis, adorable Damson. Les meilleurs du monde. (La Taupe sortit de l'ombre.) Je ne peux rien vous refuser. Mais j'aurais aimé que vous ne me demandiez pas ça.

— C'est important, Taupe !

— Vous êtes plus importante. J'ai peur pour vous.

Damson tendit la main et effleura celle de leur hôte.

— Tout ira bien...

La Taupe attendit qu'elle retire sa main, puis cacha la sienne sous la table.

— Des tunnels courent à travers la roche, sous le palais des rois de Tyrsis. Ils sont reliés à des caves et à des cachots oubliés depuis longtemps. Quelques-uns, un ou deux, je crois, donnent dans la Fosse.

— Il faut que vous nous y emmeniez, dit Damson.

— Les créatures noires – les Ombreurs – seront là. Et si elles nous trouvent ? Que ferons-nous ?

Les yeux de Damson se posèrent sur Par.

— Le Valombrien est aussi un magicien. Mais un vrai, Taupe ! Il n'a pas peur des Ombreurs et il nous protégera.

La Taupe regarda Par, puis il battit des paupières.

— Très bien. Demain, j'irai dans les tunnels et je m'assurerai qu'on peut toujours les traverser. Revenez quand la nuit sera de nouveau tombée. Si le chemin est libre, je vous emmènerai.

— Merci, dit Damson.

— Finissez votre thé, conseilla la Taupe.

Restés seuls en compagnie des animaux en peluche, les trois amis obéirent.

Il pleuvait toujours quand ils quittèrent le labyrinthe souterrain. Damson les conduisit d'un pas sûr dans la brume, tel un chat qui n'aurait pas craint l'humidité. Elle ramena les Valombriens dans leur cachette et les laissa pour qu'ils puissent dormir. Elle reviendrait vers midi, dit-elle. Avant, elle avait des choses à faire.

Par et Coll ne dormirent pas. Ils montèrent la garde, sondant le brouillard derrière leur petite fenêtre. L'aube approchait et il faisait frisquet dans la remise. Les frères s'enveloppèrent de leurs couvertures et essayèrent d'oublier leur inconfort et tout ce qui les attendait.

— À quoi penses-tu ?

Coll ne répondit pas.

— À Taupe ?

Coll soupira.

— Un peu. Je devrais être inquiet à l'idée de remettre ma vie entre les mains d'un type qui vit dans des souterrains avec des animaux en peluche comme unique compagnie. Pourtant, je ne le suis pas. J'ignore pourquoi. Peut-être parce qu'il ne paraît pas beaucoup plus bizarre que les autres gens que nous avons rencontrés depuis notre fuite de Varfleet. En tout cas, il n'a pas l'air plus fou.

Par ne répondit pas, connaissant les sentiments de son frère sur toute leur aventure.

Il ferma les yeux, fatigué par les mouvements du brouillard. Il aurait voulu que le moment de passer à l'action arrive vite. Attendre lui répugnait…

— Pourquoi ne dors-tu pas un peu ? demanda Coll.

— Je ne peux pas. Et toi, pourquoi ne dors-tu pas ?

Coll haussa les épaules et ce mouvement parut lui coûter un gros effort. Le jeune homme était perdu à l'intérieur de lui-même, essayant de déterminer une direction à suivre au milieu d'un labyrinthe inextricable de circonstances et d'événements.

— Coll, pourquoi ne me laisses-tu pas agir seul ? demanda Par. Je sais que nous avons déjà eu cette conversation, ne me le rappelle pas. Mais pourquoi ne pas te séparer de moi ? Je sais ce que tu penses de ma décision, et tu as peut-être raison. Alors, reste ici et attends-moi.

— Non.

— Pourquoi ? Je peux me débrouiller seul !

— Foutaises ! Je crois même que c'est la chose la plus ridicule que je t'aie jamais entendu dire.

Par rougit de colère.

— Juste parce que…

— Il n'y a pas eu un seul instant, depuis le début, où tu n'aies pas eu besoin d'aide. Ne te méprends pas : je ne dis pas que tu étais le seul. Nous en avons tous eu besoin, même Padishar Creel. C'est comme ça que marche la vie. (Il leva un doigt et tapota la poitrine de Par.) Mais tout le monde, à part toi, le sait et l'accepte ! Toi, tu essaies de tout faire seul. Le foutu type qui sait tout, qui a toutes les réponses et qui bénéficie d'une certaine clairvoyance. Tu refuses de voir la vérité. Tu veux savoir une chose, Par ? Taupe, avec sa famille d'animaux en peluche et sa cachette souterraine… Eh bien, tu es exactement comme lui ! Un illuminé qui se crée sa propre réalité. Ce qui est vrai t'importe peu, ou ce que les autres pensent.

» Voilà pourquoi je viendrai avec toi. Parce que tu en as besoin pour connaître la différence entre les animaux en peluche et les vrais.

Coll se détourna de nouveau et regarda par la fenêtre.

Par serra les lèvres. Son frère était d'un calme souverain et ça lui tapait sur les nerfs.

— Je connais la différence, Coll ! cria-t-il.

— Non. Tu décides ce que tu veux, et la question est réglée. C'est ce que tu as fait avec l'ombre d'Allanon et la mission dont elle t'a chargé. Et c'est comme ça maintenant. Animaux en peluche ou non, cela t'importe peu. L'important, c'est la manière dont tu les perçois.

— Ce n'est pas vrai ! rugit Par.

— Vraiment ? Alors, réponds-moi : qu'arrivera-t-il demain si tu te trompes ? Si l'Épée de Shannara n'est pas là ? Si les Ombreurs nous attendent ? Si l'Enchantement de Shannara ne fonctionne pas comme tu le prévois ? Réponds-moi, Par ! Qu'arrivera-t-il si tu te trompes ?

» Qu'arrivera-t-il si les animaux en peluche sont de vrais animaux ? Que feras-tu ? (Coll attendit un instant.) C'est aussi pour ça que je viendrai avec toi.

— Si j'ai tort, quelle différence fera ta présence ? cria Par.

Coll ne répondit pas tout de suite. Puis il se tourna vers son frère et lui fit un petit sourire ironique.

— Tu ne le sais pas ?

Par se mordit la lèvre de frustration. Dehors, la pluie redoublait. Se sentant soudain tout petit et effrayé, Par comprit que son frère avait raison. Il était un idiot impulsif et son insistance à retourner dans la Fosse mettait leurs vies à tous en danger. Mais il *devait* y aller en dépit de tout. Coll avait raison sur ce point-là aussi : il avait pris sa décision et il ne la modifierait pas.

— Je t'aime, Par, souffla Coll. En fin de compte, c'est surtout pour ça que je viens...

Par ne répondit pas, mais il sentit une agréable chaleur se répandre en lui.

— J'ai besoin de toi, Coll, dit-il. Vraiment !

Coll fit un petit signe de tête.

Ensuite, ils ne parlèrent plus.

Chapitre 28

Après avoir rencontré le fantôme du Marais, Walker Boh retourna à la Pierre d'Âtre. Il passa presque une semaine à penser aux implications de ce que le spectre lui avait dit. Le temps étant agréable, chaud et ensoleillé, il se sentait à l'abri dans la vallée. Rumeur lui tenait compagnie, et cela lui suffisait. Le grand félin le suivait lors de ses longues promenades solitaires, présence silencieuse et rassurante. La nuit, il restait à côté de lui sur le porche de la maison, somnolant pendant que son maître admirait le ciel constellé d'étoiles.

Boh réfléchissait aux paroles du fantôme du Marais, qui le hantaient. Les mots résonnaient dans sa tête, le forçant à essayer de déterminer ce qui était vrai et ce qui était faux. Il savait à l'avance que les paroles du fantôme seraient vagues et énigmatiques et qu'il devrait travailler dur pour obtenir les réponses qu'il cherchait. Il le savait, mais cela ne rendait pas la tâche plus aisée.

Il parvint vite à trouver l'emplacement de la Pierre elfique noire. Il existait un seul endroit où des yeux pouvaient transformer un homme en pierre, où des voix risquaient de le rendre fou et où les morts reposaient dans les ténèbres absolues : la salle des Rois, au cœur des dents du Dragon. On disait que ce lieu datait d'avant l'époque des druides. Ces cavernes étaient un labyrinthe où reposaient les monarques des Quatre Terres. Une immense crypte où les vivants n'avaient pas le droit de s'aventurer, protégée par les ténèbres et des statues, les Sphinx, à moitié humaines et à moitié animales, capables de transformer les humains en pierre. On y trouvait aussi des créatures sans substance appelées les Banshee. Elles occupaient une partie des cavernes nommée le couloir des Vents, et leur cri était censé rendre instantanément fous ceux qui l'entendaient.

Le tombeau lui-même, où la niche gravée de runes abritait la Pierre elfique noire, était défendu par le serpent Valg.

S'il était toujours vivant. Du temps de Shea Ohmsford, il y avait eu une terrible bataille entre ce monstre et le groupe dirigé par Allanon. Personne n'avait réussi à déterminer si le serpent avait survécu. À la connaissance de Walker, nul n'était retourné s'en assurer.

Allanon y était peut-être allé, mais il n'avait jamais rien dit.

La difficulté n'était pas de savoir où se trouvait la Pierre, mais de décider d'aller à sa recherche ou pas. La salle des Rois était un lieu dangereux, même pour un homme comme Walker, qui avait pourtant moins à craindre que les mortels ordinaires. La magie, y compris celle d'un druide, risquait de ne pas être une protection suffisante. Et celle de Boh était bien moins puissante que celle d'Allanon.

Walker s'inquiétait aussi de ce que le fantôme du Marais n'avait *pas* dit. Il lui avait caché quelque chose, comme toujours – sans doute un élément qui pouvait entraîner sa mort.

Il y avait aussi les visions. Il en avait eu trois, toutes plus dérangeantes les unes que les autres. Dans la première, il était debout sur des nuages au-dessus des autres membres du groupe, prétendant préférer se couper une main plutôt que de voir revenir les druides. Dans la deuxième, il avait provoqué la mort d'une femme aux cheveux argentés, une créature magique d'une extraordinaire beauté. Dans la troisième, Allanon l'avait retenu alors que la mort tendait les bras vers lui pour l'emporter.

Il y avait une partie de vérité dans chacune de ces visions. Assez pour que Walker soit obligé de les étudier, non de les rejeter comme des illusions créées par le fantôme pour le tourmenter. Les visions avaient un sens. À lui de comprendre lequel !

Mais les jours passaient et les réponses dont il avait besoin refusaient de jaillir dans son esprit. Il n'était sûr que d'une seule chose : l'emplacement de la Pierre elfique noire, qui l'attirait comme la flamme d'une bougie fascine un insecte. Et l'insecte, conscient que la mort l'attendait, volait quand même vers la flamme.

Walker fit de même, en fin de compte. Malgré sa résolution d'élucider les diverses énigmes du fantôme, le désir de récupérer la Pierre elfique finit par l'emporter. Il s'était répété cent fois son entretien avec le spectre et s'était finalement convaincu qu'il n'en apprendrait pas plus. Il ne lui restait aucune solution, sinon partir à la recherche de la Pierre. Ce serait dangereux, mais il avait déjà survécu à pires situations. Il résolut donc de ne pas être effrayé, seulement prudent.

Il quitta la vallée à la fin de la semaine, à l'aube, vêtu d'un long manteau de forestier et muni d'un sac à dos plein de provisions. En chemin, il trouverait les autres choses dont il aurait besoin…

Il marcha vers l'ouest, dans les étendues Sombres, et ne regarda pas en arrière jusqu'à ce que la Pierre d'Âtre soit hors de vue. Il n'emmena pas Rumeur, même s'il aurait préféré l'avoir avec lui. Peu d'ennemis osaient se frotter à un félin de la lande adulte. Mais hors de ses forêts, l'animal aurait été en danger. De plus, c'était la quête de Walker, et il devait l'accomplir seul.

L'ironie de la situation ne lui échappait pas. Il avait autrefois juré de ne jamais rien avoir affaire avec les druides et leurs machinations. Il était allé au lac Hadeshorn de mauvais gré, persuadé que l'ombre du druide se jouait des Ohmsford. Puis il avait quasiment jeté Cogline hors de sa propre maison, lui disant que ses enseignements avaient ralenti sa croissance au lieu de la faciliter. Il avait aussi menacé de jeter le livre d'archives des druides dans le trou le plus profond qu'il trouverait.

Quand il avait lu le texte sur la Pierre elfique noire, tout avait changé. Il n'était pas certain d'en comprendre la raison. Sa curiosité était en partie responsable.

Existait-il une Pierre elfique noire ? Pouvait-elle ramener Paranor, comme le prétendait le livre ? Walker n'avait jamais résisté à l'attrait des questions et des réponses... Percer les secrets de la connaissance était son but ultime.

Il voulait bien croire que son sens de la justice et sa compassion l'avaient aussi poussé à prendre cette décision. Malgré ce qu'il pensait des druides, il y avait peut-être à Paranor un artefact qui aiderait les Quatre Terres à lutter contre les Ombreurs.

Si l'antique forteresse pouvait réellement être ramenée... Eh bien, dans ce cas, l'idée de condamner les Races à un avenir sans espoir le mettait mal à l'aise.

Avant de partir, Walker se promit qu'il n'en ferait pas plus que nécessaire. Il resterait son propre maître et ne se laisserait pas manipuler.

Les journées étaient lourdes et des nuages s'accumulaient à l'ouest, sous les dents du Dragon. Il y aurait des orages quand il arriverait aux montagnes.

Il longea un moment les flots de Chard, puis grimpa dans les monts Wolfsktaag et en sortit assez vite. Il lui fallut trois jours de voyage pour atteindre Storland.

Il se réapprovisionna auprès des Stors et, le matin du quatrième jour, partit vers les plaines de Rabb. Les orages éclatèrent à ce moment-là. Sous la pluie, Walker rencontra des patrouilles de la Fédération et des caravanes de marchands qui ne lui prêtèrent aucune attention.

Cette nuit-là, il dormit dans les plaines de Rabb, abrité sous un bosquet de peupliers. Il n'avait pas de bois sec pour faire un feu et il était trempé jusqu'aux os. Enveloppé de son manteau, il frissonna dans le froid et l'humidité.

Au matin, la pluie diminua et les nuages s'effilochèrent, laissant filtrer les rayons du soleil. Walker se leva, mangea un petit déjeuner froid et reprit la route. Il arriva au col qui conduisait à la vallée de Schiste, au lac Hadeshorn puis à la salle des Rois.

Ce jour-là, il n'alla pas plus loin et dressa son campement sous une saillie rocheuse où la terre était encore sèche. Il trouva du bois et fit un feu où il sécha ses vêtements. Après un bon repas chaud, il regarda les ténèbres descendre sur les étendues désertes, autour de lui. Puis il pensa à son enfance et se demanda ce qu'il aurait dû faire pour que les choses soient différentes.

Quand la pluie recommença, le monde disparut au-delà du cercle de lumière de son petit feu.

Il dormit bien, sans rêve déplaisant, et se réveilla prêt à affronter ce qui se présenterait. En somme, très confiant, mais pas au point de se montrer imprudent.

La pluie s'était de nouveau arrêtée. Il écouta un moment les bruits matinaux, autour de lui, y cherchant un avertissement caché. Par bonheur, il n'en trouva pas.

Il s'enveloppa de son manteau, reprit son sac à dos et repartit.

Dans le col, plus prudent que jamais, il sonda du regard les rochers et les défilés, attentif à tout signe de danger. Il avançait en silence, choisissant son chemin avec soin dans les montagnes désertes et silencieuses comme des géants endormis.

Il traversa la vallée de Schiste, dont les rocs noirs brillaient, et contourna les eaux du lac Hadeshorn.

Ensuite, la pente se fit plus raide et la montée devint plus difficile. Le vent se leva, chassant la brume. La température baissa, d'abord lentement, puis rapidement.

De la glace apparut sur les rochers et des flocons de neige dérivèrent vers Walker par petites rafales. Il resserra son manteau autour de lui et continua son chemin.

À un moment donné, Boh eut l'impression qu'il n'avançait plus, tant le terrain était accidenté. Le vent impitoyable lui glaçait les mains et le visage, soufflant si fort qu'il le poussait parfois en arrière. Le paysage ne changeait jamais, l'empêchant d'estimer le chemin parcouru. Walker cessa d'essayer de voir ou d'entendre ce qui n'était *pas* devant lui et se concentra pour continuer de mettre un pied devant l'autre.

Il pensa à la Pierre elfique noire, à l'aspect qu'elle aurait, à son contact, à la forme que prendrait sa magie. Reclus dans le silence de son esprit, il joua avec cette image, s'isolant du monde où il marchait et des mauvaises conditions climatiques.

Au fond, il brandissait mentalement l'image devant lui, comme une balise qui éclairait son chemin.

À midi, il entra dans une gorge, entre les pics. Elle donnait sur une vallée et, au-delà, débouchait dans un étroit passage qui serpentait entre les montagnes.

Boh traversa la gorge et entra dans le défilé. Dès que le vent mourut, le froid devint moins mordant. Le voyageur émergea de sa concentration et examina le passage. Quand les parois rocheuses disparurent, Walker comprit que son voyage était terminé.

L'entrée de la salle des Rois se dressait devant lui, gueule noire béante flanquée de grandes sentinelles de pierre – des guerriers en armure aux visages usés par le passage du temps, la lame de leurs épées enfoncée dans le sol devant eux. Leurs yeux étaient rivés sur l'intrus, comme s'ils pouvaient réellement le voir.

Boh s'arrêta. Même si ses échos résonnaient toujours à ses oreilles, le vent était tombé et la brume avait disparu.

Walker éprouva un sentiment particulier, qu'il reconnut aussitôt. Cette sensation l'enveloppa comme une seconde peau, puis s'infiltra en lui, se glissant jusque dans la moelle de ses os.

Il sentait la mort.

Sondant les ténèbres du regard, il laissa son esprit se projeter autour de lui… et ne découvrit rien.

Les minutes passèrent.

Walker Boh reprit son chemin.

C'était le milieu de l'après-midi dans les Terres de l'Ouest, à l'endroit où le Tirfing s'étendait des rives brûlées de soleil de la Mermidon aux étendues vides du Bord-du-Linceul. L'été ayant été sec, les herbes survivantes étaient ratatinées. Partout où il n'y avait pas d'ombre, la terre se craquelait.

Assise contre le tronc d'un grand chêne, à côté des chevaux qui se désaltéraient dans une mare, Wren regardait le soleil sombrer à l'horizon. Elle leva une main pour se protéger les yeux et sonda les environs. Être surprise en train de somnoler par Garth n'aurait pas été tragique. Mais pas question de se laisser avoir par la personne qui les suivait !

Depuis deux jours, elle savait qu'on les pistait. Elle l'avait senti plutôt que vu, car l'espion était resté soigneusement caché. Ce matin, Garth était revenu sur leurs pas pour découvrir de qui il s'agissait. Il avait enlevé ses vêtements voyants et enfilé des habits ordinaires. Le visage et les mains couverts de boue, une assurance de discrétion, il était parti comme un fantôme.

Leur compagnon indésirable allait avoir une mauvaise surprise !

Mais la journée touchait à sa fin, et le vagabond géant n'était pas revenu. Leur adversaire était peut-être plus rusé qu'ils l'avaient pensé.

— Que veut-il ? se demanda Wren à voix haute.

Elle avait posé la même question à Garth et il avait passé son index en travers de sa gorge – une réponse éloquente.

Wren laissa son regard errer dans la plaine, vers l'est. Être suivi n'avait jamais rien d'agréable. Là, cela devenait inquiétant, car c'était certainement lié à sa quête des elfes.

La jeune femme soupira, vaguement irritée par la manière dont tournaient les événements. Elle était revenue troublée de sa rencontre avec l'ombre d'Allanon, mécontente de ce qu'elle avait appris… et se demandant ce qu'elle devait faire. Le bon sens lui soufflait que la mission que l'ombre lui avait affectée était irréalisable. Mais en elle, le sixième sens auquel elle se fiait tant murmurait que les druides en avaient toujours su plus que le commun des mortels, les avertissements et les quêtes confiées aux habitants des Quatre Terres ayant toujours été justifiés.

Par s'était sans doute déjà lancé à la recherche de l'Épée de Shannara. Et même si Walker les avait quittés, jurant qu'il ne voulait plus avoir affaire avec les druides, sa colère n'avait sûrement pas duré. Il était trop intelligent et lucide pour rejeter ce qu'on lui avait demandé. Comme elle, il devait avoir des doutes.

Un moment, Wren avait cru sa décision irrévocable. Persuadée que la logique devait gouverner ses actions, elle était revenue avec Garth au sein de son peuple, oubliant tout d'Allanon et des elfes. Mais les doutes étaient restés. Consciente qu'elle avait eu tort d'abandonner ainsi, la jeune femme avait commencé à poser des questions sur les elfes. Une démarche judicieuse, puisque les vagabonds parcouraient sans cesse les Terres de l'Ouest. Les villages et les communautés se succédant, il y avait toujours de nouvelles personnes à interroger.

Wren avait posé la question sérieusement ou sous le couvert de la plaisanterie. Dans les deux cas, elle avait reçu la même réponse : les elfes étaient partis depuis longtemps. En fait, bien avant la naissance de tous ses interlocuteurs – la plupart n'étant même pas sûrs que cette race ait existé.

Wren commençait à se sentir stupide de poser une question aussi idiote. Agacée, elle était partie avec Garth pour une expédition de chasse, un bon moyen d'être seule et de réfléchir…

C'est alors que leur poursuivant s'était manifesté. Désormais, Wren se demandait s'il n'y avait pas quelque chose à découvrir, après tout…

Elle capta un mouvement du coin de l'œil, dans la plaine, et se leva. On n'était jamais assez prudent…

La jeune femme resta immobile à l'ombre du chêne jusqu'à ce qu'elle reconnaisse Garth. Le vagabond géant la rejoignit au pas de course. Il était à peine essoufflé, infatigable colosse que la chaleur accablante de l'été n'affectait pas.

Il fit quelques signes et secoua la tête. L'importun qui les suivait lui avait échappé.

Wren soutint son regard un instant, puis ramassa son outre d'eau et la lui tendit. Pendant qu'il buvait, elle s'adossa au tronc de l'arbre et regarda les plaines désertes. D'instinct, elle caressa la bourse de cuir pendue à son cou, puis fit rouler son contenu entre ses doigts. Les fausses Pierres elfiques... Son porte-bonheur. À quoi lui servait-il en ce moment ?

Peu importait ! Wren en avait assez. Elle n'aimait pas être suivie comme cela et elle allait y mettre un terme. Ils changeraient de direction, brouilleraient leurs traces, chevaucheraient toute la nuit et se débarrasseraient de quiconque leur collait aux basques.

Wren lâcha la bourse, les yeux brillants.

Parfois, il valait mieux ne compter que sur soi...

Walker Boh entra dans la salle des Rois à pas de loup. Il s'enfonça dans les ténèbres, s'arrêtant le temps que ses yeux s'habituent à la pénombre. Heureusement, il y avait un peu de lumière – une faible lueur verte phosphorescente, sur les parois rocheuses. Il n'aurait donc pas besoin d'allumer une torche pour trouver son chemin.

Une image mentale de la caverne s'afficha dans son esprit. Cogline lui avait dessiné une carte, des années auparavant. Si le vieil homme n'était jamais entré dans la caverne, d'autres druides l'avaient fait, y compris Allanon. Cogline avait étudié leurs rapports et dévoilé tous leurs secrets à son élève. Grâce à cela, Walker pensait pouvoir s'orienter.

Dans ce passage assez large, le sol et les murs étaient lisses, sans crevasses ni arêtes coupantes. On y gelait, car le froid s'était installé dans les profondeurs de la montagne au fil des siècles, et plus rien ne le délogerait. Walker frissonna malgré ses vêtements chauds. Un sentiment de solitude, d'insignifiance et de futilité le submergea. Les cavernes le faisaient se sentir tout petit – une créature indigne dont la présence en ce lieu ancien et secret était un outrage. Il lutta contre ce sentiment, conscient qu'il était dangereux, et parvint à l'étouffer.

Il atteignit très vite la caverne des Sphinx et s'arrêta pour se donner le temps de se replier au plus profond de lui-même, dans un refuge où les esprits de pierre ne pourraient pas l'atteindre. Quand ce fut fait, il avança, dissimulé par des mots de pouvoir, gardant les yeux rivés sur le sol, totalement concentré sur le mouvement régulier de ses jambes.

Il vit – en esprit – les Sphinx se dresser au-dessus de lui. Ces monolithes de pierre massifs, fabriqués par les mains qui avaient sculpté les sentinelles, avaient, disait-on, des visages humains et des corps d'animaux – des créatures d'un autre âge qu'aucun homme n'avait jamais vues. Ils étaient si vieux que leur vie se mesurait par centaines de générations de mortels. Tant de monarques étaient passés sous leurs yeux, cheminant solennellement vers le repos éternel.

Tant de monarques, dont aucun ne reviendrait.

Regarde-nous, murmuraient les Sphinx. *Vois à quel point nous sommes merveilleux !*

Walker sentit leurs regards peser sur lui. Il entendit le murmure de leurs voix dans son esprit, arrachant l'une après l'autre les couches protectrices dont il s'était enveloppé. Il avança plus vite, lutta pour bannir les voix et résista au désir suicidaire de leur obéir. À présent, les monstres de pierre semblaient hurler dans son esprit.

Walker Boh ! Regarde-nous ! Tu le dois !

Il continua d'avancer, mais sa résolution s'effritait. De la sueur perla à son front malgré le froid, et ses muscles se nouèrent jusqu'à devenir douloureux.

Walker serra les dents pour lutter contre sa faiblesse. Il pensa à Allanon et se souvint qu'il était venu ici avec sept hommes sous sa protection – et qu'il n'avait pas cédé.

L'Oncle Obscur ne céda pas non plus. Au moment où il était sur le point de craquer, il arriva au fond de la caverne et s'engagea dans un tunnel.

Les voix faiblirent puis se turent. Walker avait laissé les Sphinx derrière lui. Il résista à l'envie de regarder par-dessus son épaule et reprit son chemin.

Le tunnel devint plus étroit et commença à descendre. Walker ralentit, conscient que le danger pouvait surgir à tout instant devant ou derrière lui. La lumière verdâtre étant plus diffuse ici, il dut plisser les yeux pour mieux voir.

Il se ramassa sur lui-même, certain que quelque chose attendait pour l'attaquer. Pensant un moment à utiliser sa magie pour s'éclairer, il abandonna rapidement cette idée. S'il invoquait la magie, il alerterait les gardiens de la salle des Rois. Son pouvoir lui rendrait de bien meilleurs services face à des adversaires pris par surprise.

Rien ne se montra. Walker se força à ignorer son malaise et continua jusqu'à ce que le tunnel s'élargisse de nouveau.

Alors, le son retentit.

Walker savait que ça arriverait. Pourtant, il n'était pas prêt. Le son attaqua, s'enroulant autour de lui comme des chaînes de fer. Il entendit le hurlement du vent dans un défilé, le grondement d'un orage dans une plaine ou le martèlement des vagues contre des falaises… Et les cris épouvantables d'âmes soumises à des tourments indicibles.

Walker Boh rassembla ses forces pour se défendre. Il était dans le couloir des Vents, les Banshee hurlant à ses oreilles. Au prix d'un énorme effort de volonté, il se concentra sur une image mentale de lui-même, lui donnant l'apparence de la vie, de la force et de la détermination. Il avança, étouffant les cris des Banshee jusqu'à ce qu'ils deviennent un bourdonnement qui tentait en vain de percer ses défenses.

Ainsi, Walker Boh traversa le couloir des Vents, une caverne déserte où rien n'existait à part les hurlements.

Malgré ses efforts, les sons refusaient de disparaître, l'attaquant comme s'ils étaient vivants. Walker se sentit faiblir, comme lors de l'assaut des Sphinx. Il combattit, au bord du désespoir, quand il vit l'image mentale qu'il avait forgée commencer à se troubler.

Il perdait le contrôle. Dans une minute ou deux, ses protections s'effondreraient.

Une fois encore, il quitta le couloir des Vents au moment où il allait craquer et déboucha en titubant dans une petite caverne.

Les cris des Banshee se turent. Tremblant de tous ses membres, Walker se laissa aller contre la paroi la plus proche. Le temps semblant ralentir, il inspira lentement et ferma les yeux un instant.

Quand il les rouvrit, il vit en face de lui deux portes de pierre fixées au rocher par des charnières de fer. Des runes étaient gravées sur ces battants, aussi rouges que le feu.

Walker était arrivé devant l'Assemblée, où gisaient les rois des Quatre Terres.

Il s'approcha des portes, étudia les inscriptions un moment, puis posa une main sur la pierre et poussa. La porte s'ouvrit et Walker Boh entra dans la salle.

Dans l'immense caverne circulaire éclairée par une lumière verdâtre, des niches fermées s'alignaient sur les parois, les morts qu'elles abritaient défendus par du mortier et des pierres. Des statues solennelles et sans âge veillaient sur les monarques défunts. Devant elles, les trésors de leurs maîtres s'entassaient dans des coffres et des caisses : des joyaux, des fourrures, des armes… Couverts de poussière, ces objets étaient à peine identifiables.

À l'autre bout de la grotte, Walker vit une porte à double battant fermée. Le serpent Valg habitait jadis dans la salle qu'elle protégeait. On y trouvait aussi le bûcher funéraire, un autel où les cadavres des monarques défunts étaient exposés un nombre de jours variable – selon leur importance – avant d'être inhumés. Des marches en pierre conduisaient de l'autel à la mare où se cachait Valg, le serpent chargé de monter la garde près des défunts. Mais Walker n'aurait pas été étonné d'apprendre qu'il s'en nourrissait…

Il écouta un long moment pour s'assurer que rien ne bougeait. Rassuré, il étudia la salle funéraire. La Pierre elfique noire y était cachée. S'il était assez rapide et prudent, il n'aurait pas besoin de découvrir si Valg vivait toujours.

Il avança lentement le long des cryptes, passant devant leurs statues et leurs trésors. Il ne toucha pas aux reliques. Selon Cogline, elles étaient enduites d'un poison qui tuait instantanément au moindre contact.

Walker étudia les parois de pierre et les runes qui y étaient gravées. Il fit le tour complet de la salle… et ne trouva pas ce qu'il cherchait.

Où était la niche qui contenait la Pierre elfique noire ?

Walker balaya la caverne du regard. Il avait dû rater quelque chose…

Fermant les yeux, il laissa ses pensées jaillir hors de lui et chercher dans l'obscurité. Il sentait quelque chose, une présence ténue qui semblait murmurer son nom. Il rouvrit les yeux. La présence n'était pas dans les parois, mais dans le sol !

Walker traversa la salle, se laissant guider par ce qu'il captait. Car toute Pierre elfique avait une vie propre et se manifestait si on l'appelait.

Il s'éloigna des statues, de leurs trésors et des cryptes, les yeux rivés sur le centre de la caverne.

Quand il se trouva au centre, il vit le fragment de rocher rectangulaire posé sur le sol. Des runes y étaient gravées, usées par le temps au point qu'il ne pouvait les lire. Il hésita, mal à l'aise. Mais si ces runes étaient elfiques, elles remontaient sans doute à des milliers d'années. Les déchiffrer était impossible.

Boh s'agenouilla, épousseta les inscriptions et tenta encore une fois de les lire. Sa patience épuisée, il abandonna et poussa la pierre à deux mains.

Elle glissa sur le côté sans émettre de grincement.

Le trou qu'elle dévoila était si obscur que Boh ne vit rien. Mais il y avait bien quelque chose…

Au mépris de toute prudence, Walker Boh tendit la main.

Quelque chose s'enroula aussitôt autour de son poignet. Walker éprouva une douleur fulgurante, immédiatement suivie par une sensation d'engourdissement. Il essaya de se dégager, mais ne parvint pas à bouger. La panique l'envahit. Et il ne voyait toujours pas ce qu'il y avait dans le trou !

En désespoir de cause, il se servit de la magie, invoquant de la lumière pour éclairer l'orifice.

Ce qu'il vit le glaça jusqu'aux os. Il n'y avait pas de Pierre elfique mais un serpent qui s'était enroulé autour de sa main. Il ne s'agissait pas d'un reptile ordinaire. Cette créature, bien plus dangereuse, était un Asphinx, conçue en même temps que ses grands frères les Sphinx. Être de chair et de sang jusqu'à ce qu'elle frappe sa proie, elle se transformait ensuite en pierre.

Et sa proie aussi.

Walker vit que sa main était déjà grise. L'Asphinx était toujours enroulé autour. Mort et rigide, il se lovait dans le compartiment, formant une spirale si serrée qu'il était impossible de la briser.

Walker Boh tira violemment, mais il ne parvint pas à retirer sa main.

La peur lui déchira les entrailles. Il était empoisonné. Comme sa main, le reste de son corps se transformerait en pierre.

Lentement et inexorablement… jusqu'à ce qu'il se change lui-même en statue.

Chapitre 29

Sur la Saillie, l'aube fut précédée par un changement de temps, car l'orage qui était passé au-dessus de Tyrsis dériva vers le nord et envahit la Clé de Parma. Il faisait encore nuit quand les premiers bancs de nuages occultèrent la lune et les étoiles. Alors, le vent mourut et l'air devint lourd et oppressant. Quelques gouttes de pluie tombèrent. Puis cela tourna à l'averse et de la vapeur monta du sol de la forêt, en contrebas, se mêlant à la pluie pour former un rideau impénétrable.

Quand l'aube se leva enfin, sa lueur était si faible qu'elle passa presque inaperçue. Sous un véritable déluge, même les sentinelles durent se mettre à l'abri.

Et personne ne vit le Grimpeur.

Il avait dû sortir de la forêt à la faveur de l'obscurité et commencer aussitôt à escalader la paroi. Ses griffes et ses plaques de blindage grincèrent tandis qu'il montait, mais ces sons furent noyés par les roulements de tonnerre, le bruit de la pluie et le vacarme que produisaient les hommes et les animaux du camp ennemi.

De plus, les hors-la-loi de garde, fatigués et irrités, étaient convaincus que rien n'arriverait avant le jour.

Le Grimpeur était presque arrivé à leur niveau quand ils comprirent leur erreur et donnèrent l'alarme.

Leurs hurlements réveillèrent Morgan. Il s'était endormi dans le bosquet de trembles, à l'autre bout du promontoire. Réfléchissant toujours à ce qu'il devait faire au sujet du traître, il s'était roulé en boule sous le plus grand arbre.

Les muscles endoloris, il eut du mal à se lever. Mais les cris continuèrent, et il se força à se redresser. Tirant l'épée attachée à son dos, il alla rejoindre ses compagnons.

Une grande agitation régnait sur le promontoire. Les hommes couraient dans tous les sens, les armes à la main, ombres noires dans un monde gris et humide. Quelques torches apparurent, mais furent aussitôt éteintes par l'averse. Morgan suivit le mouvement, cherchant dans la pénombre l'origine de ce chahut.

Il la découvrit vite. Le Grimpeur avait pris pied sur le promontoire. Une sentinelle morte, pratiquement coupée en deux, finissait de se vider de son sang dans une de ses pinces.

Les hors-la-loi se ruaient sur le monstre. Ils le lardaient de coups d'épées et de lances, tentant désespérément de le forcer à reculer pour qu'il bascule dans le vide. Mais le Grimpeur avait une force colossale. Morgan ralentit.

Les hommes n'avaient aucune chance de le déloger de sa position !

Le Grimpeur avança vers les défenseurs. Les lances et les épées se brisèrent et les hommes les plus proches moururent écrasés sous ses pieds ou broyés par ses pinces. Une partie des fortifications s'effondra sous le poids de la créature.

Les hors-la-loi reculèrent tandis que le monstre écrasait sous ses pas les armes et les provisions. Insensible aux coups, le Grimpeur progressait toujours au même rythme, détruisant tout sur son passage.

— Hommes libres ! cria soudain une voix. Ralliez-vous à moi !

Padishar Creel surgit de nulle part, sa silhouette écarlate nettement visible malgré la brume et la pluie. Ses hommes répondirent à son appel et se précipitèrent à côté de lui.

Creel forma rapidement des escouades. La moitié de ces groupes furent affectés à ralentir le Grimpeur, en utilisant de longs pieux massifs pour éviter ses pinces, et le reste l'attaqua sur les flancs et l'arrière.

Hélas, le Grimpeur ne cessa pas d'avancer.

— Hommes libres, hommes libres !

Les cris jaillissaient de toutes parts, emplissant l'air de leur fureur.

Axhind et ses trolls des Rochers apparurent, haches de guerre au poing. Ils attaquèrent le Grimpeur de face, visant ses pinces. Trois de ces braves moururent presque aussitôt, si promptement déchiquetés qu'ils disparurent dans une pluie de sang et de chair. Mais les autres frappèrent le monstre avec une telle détermination qu'ils firent éclater sa pince gauche, qui tomba sur le sol, désormais inutilisable.

Le Grimpeur ralentit. Derrière lui, le sol était jonché de cadavres. Morgan se tenait toujours entre le monstre et les cavernes. N'arrivant pas à décider ce qu'il devait faire, il ne comprenait pas pourquoi il lui semblait être pris dans des sables mouvants.

Il vit la bête se cabrer sur ses pattes arrière, se préparant à écraser ses adversaires.

Les trolls et les hors-la-loi reculèrent, criant des avertissements.

Morgan chercha Padishar du regard, mais il avait disparu. Un moment, le montagnard crut qu'il était tombé sous les coups du monstre. La pluie coulant dans ses yeux, il cligna des paupières pour s'en débarrasser. Sa main serra plus fort la garde de son épée, mais il ne bougea pas.

Le Grimpeur avançait lentement, se protégeant de son mieux des attaques latérales. D'un coup de queue, il projeta plusieurs hommes au loin. Des épées et des flèches le frappaient sans relâche, rebondissant contre ses plaques de blindage. Il poussait les défenseurs de plus en plus près des cavernes. Bientôt, les hors-la-loi seraient acculés…

Morgan Leah tremblait de tout son corps.

Fais quelque chose ! cria une voix dans sa tête.

À cet instant, Padishar sortit de la plus grande caverne et cria à ses hommes de battre en retraite. Une étrange machine le suivait dans un concert de craquements et de grincements.

Des rangées d'hommes apparurent, tirant sur des cordes en haletant. Morgan vit clairement l'arme secrète quand elle sortit de la caverne.

Une arbalète géante !

Padishar ordonna à ses hommes de la placer devant le Grimpeur. Derrière l'arme, Chandos actionnait un grand treuil pour tendre la corde. Un énorme carreau était déjà en place dans la baliste.

Le Grimpeur hésita, comme s'il redoutait cette nouvelle arme. Puis il se baissa et reprit sa marche, sa pince encore intacte cliquetant sinistrement.

Padishar ordonna de tirer le premier carreau alors que la cible était à quinze pas. Le projectile rata le Grimpeur, qui accéléra aussitôt.

Chandos réarma rapidement la corde. L'arbalète tira de nouveau. Cette fois, le carreau fit mouche, mais fut dévié par une plaque de blindage. Pourtant, l'impact déséquilibra le monstre. Hélas, il se rétablit et avança encore.

Morgan comprit qu'il ne restait pas assez de temps pour un troisième tir. Le Grimpeur était trop près. Pourtant, Chandos tendit la corde une troisième fois avec l'énergie du désespoir. Le Grimpeur n'était plus qu'à quelques pas. Les hors-la-loi et les trolls l'attaquaient de tous côtés, mais il ne se laissait pas détourner de son but. Ayant compris que l'arbalète était la seule défense efficace de ses adversaires, il entendait la détruire.

Chandos mit le troisième carreau en place et s'apprêta à appuyer sur la détente.

Trop tard ! Le Grimpeur se jeta sur l'arbalète et l'écrasa. Des éclats de bois volèrent en tous sens, et les roues de la baliste cédèrent sous le poids.

Chandos disparut dans les ténèbres. Des hommes s'éparpillèrent en criant. Le Grimpeur se dégagea des vestiges de l'arme géante. Il se dressa de toute sa hauteur, devinant qu'il allait gagner et qu'il lui suffirait d'une dernière attaque pour l'emporter.

Mais Padishar Creel fut plus rapide. Pendant que les autres hors-la-loi fuyaient, que Chandos gisait quelque part dans les ténèbres et que Morgan se débattait avec son indécision, il attaqua. À peine visible dans la pénombre, il saisit un des carreaux de réserve, courut sous le Grimpeur et le planta dans le sol. Occupé à détruire l'arme, le monstre ne s'aperçut pas de la présence de Padishar. Il frappa l'arme, écrasant ce qui en restait... et s'empala sur le carreau.

Padishar eut à peine le temps de rouler de côté avant que le Grimpeur percute le sol.

Le monstre perdit l'équilibre et tomba sur le flanc, se contorsionnant désespérément pour déloger l'arme qui le tuait. Puis il bascula sur le dos...

— Hommes libres ! cria Padishar.

Les hors-la-loi et les trolls se jetèrent sur le monstre, le lardant de coups de haches et d'épées. Padishar leur hurla des encouragements, puis il attaqua avec eux, maniant son épée avec toute la force dont il disposait.

La bataille fut féroce. Même blessé, le Grimpeur était encore dangereux. Des hommes périrent écrasés sous son poids et d'autres furent déchiquetés par ses griffes. La lutte continua jusqu'à ce que quelqu'un apporte un autre carreau d'arbalète et l'enfonce dans l'œil du monstre, puis dans son cerveau.

Le Grimpeur se convulsa une dernière fois et mourut.

Morgan Leah regardait la scène comme s'il était trop loin pour intervenir. Il tremblait toujours quand la bataille cessa. Trempé de sueur ? Il n'avait pas levé un doigt pour aider à tuer le monstre.

Désormais conscients que la Saillie n'était pas imprenable, les hors-la-loi perdirent toute leur superbe. Padishar, irascible, abreuva tout le monde d'injures. Il était furieux contre la Fédération, qui avait utilisé un Grimpeur, contre le monstre lui-même et contre les sentinelles, qu'il accusait de négligence. Mais surtout contre lui-même, pour n'avoir pas été mieux préparé. Dégoulinant de pluie et marmonnant de mécontentement, ses hommes accomplissaient leurs tâches sans enthousiasme. Si la Fédération avait envoyé un Grimpeur, disaient-ils, qui l'empêcherait d'en faire venir un autre ? Et dans ce cas, comment l'arrêteraient-ils ? Et que feraient-ils si la Fédération leur expédiait quelque chose de pire ?

Dix-huit hommes avaient perdu la vie lors de l'attaque. Deux fois plus avaient été blessés et certains ne passeraient pas la nuit. Padishar fit enterrer les morts à l'autre bout du promontoire et installa les blessés dans la plus grande caverne, transformée en hôpital de campagne. Ils avaient des médicaments et quelques gars capables de traiter les blessures, mais pas de véritable guérisseur.

Les gémissements des blessés et des mourants étaient atroces.

On tira le Grimpeur au bord du promontoire et on le fit basculer dans le vide. Une corvée épuisante, mais Padishar ne voulut pas tolérer la présence de la carcasse du monstre sur le promontoire une minute de plus.

Ses hommes se servirent de cordes et de poulies pour traîner la créature dans le camp, et ils y passèrent la matinée. Morgan travailla avec eux, sans parler à personne et luttant pour comprendre ce qui lui était arrivé.

Il y parvint enfin. Toujours en train d'aider à traîner le cadavre, il eut soudain l'esprit clair. C'était à cause de l'Épée de Leah, ou plutôt, de la magie qu'elle contenait, ou *avait* contenu. Quand il avait découvert le pouvoir de l'Épée, il s'était cru invincible. Il se souvenait encore de sa lutte – pratiquement seul – contre les Ombreurs de la Fosse. Cela avait été merveilleux !

Mais épuisant... Chaque fois qu'il faisait appel au pouvoir, il semblait lui arracher quelque chose.

Quand il avait brisé l'Épée de Leah et perdu sa magie, il avait commencé à mesurer ce que cela lui avait coûté. Et aussitôt perçu le changement, en lui. Padishar avait affirmé qu'il se trompait. Selon le hors-la-loi, il oublierait ce qu'il avait perdu et guérirait avec le temps. Morgan savait maintenant que c'était faux. Il ne guérirait jamais complètement. La magie l'avait irrévocablement transformé. Sans elle, il n'était plus le même. Il l'avait brièvement contrôlée, mais les effets seraient permanents. Il voulait la retrouver. Il en avait besoin ! Sans elle, il était perdu et effrayé. Voilà pourquoi il n'avait pas réussi à agir pendant la bataille contre le Grimpeur. Et le reconnaître lui coûtait un prix qu'il n'arrivait pas à évaluer.

Il continua à travailler, telle une machine, assommé par l'idée que la perte de la magie ait pu le paralyser ainsi. Il se tapit dans ses pensées, dissimulé par la pluie et la grisaille, et espéra que personne – surtout pas Padishar Creel – n'avait remarqué son échec. Le pire, se dit-il, était que cela pouvait recommencer.

Après un moment, il pensa à Par. Il n'avait jamais réfléchi à ce que vivait le Valombrien, obligé de se débattre sans cesse avec sa propre magie. Forcé de voir ce que la magie de l'Épée de Leah signifiait pour lui, le montagnard commençait à comprendre combien les choses devaient être difficiles pour Par. Comment son ami avait-il appris à vivre avec l'incertitude liée à l'Enchantement de Shannara ? Qu'éprouvait-il quand sa magie échouait, comme cela s'était produit si souvent lors de leur voyage vers Allanon ? L'idée que le Valombrien ait trouvé un moyen de s'en arranger redonna du courage à Morgan.

À midi, le Grimpeur avait disparu et les dégâts étaient pour la plupart réparés. La pluie cessa finalement quand les orages se dirigèrent vers l'est. Le soleil se montra, éclairant les grandes étendues vertes de la Clé de Parma. La brume s'évaporant, il resta seulement sur la végétation une rosée aux reflets argentés.

La Fédération ramena les catapultes et les tours de siège et se relança à l'assaut. Les archers tiraient régulièrement du haut des tours, et les catapultes bombardaient la Saillie de pierres.

L'ennemi n'essaya pas d'escalader la paroi. Les tirs durèrent toute la journée et ne cessèrent pas la nuit tombée. Les hors-la-loi ne purent rien faire pour arrêter l'attaque, car les soldats adverses étaient trop loin et trop bien protégés. Hors des cavernes, il n'y avait plus d'endroit sûr. À l'évidence, la perte du Grimpeur n'avait pas découragé la Fédération, qui ne lèverait pas le siège. Tôt ou tard, les défenseurs seraient assez affaiblis pour succomber à une attaque frontale. Qu'il faille des jours, des semaines ou des mois, l'issue serait inévitable.

Sur les hauteurs, les hors-la-loi évitaient la pluie de projectiles, criaient des injures à l'armée et faisaient leur travail de leur mieux. Mais le cœur n'y était plus. En dépit de ce qu'ils avaient cru, la Saillie tomberait un jour ou l'autre.

Morgan Leah avait ses propres soucis. De nouveau isolé dans le bosquet de trembles, loin des principales défenses du camp, où se concentrait l'attaque de la Fédération, il était parvenu à surmonter provisoirement la perte de la magie de Leah. Mais un autre dilemme le tourmentait.

Que faire au sujet de ses soupçons ? Il devait les confier à quelqu'un, bien entendu. Mais à qui ?

Padishar Creel ? S'il lui en parlait, le chef des hors-la-loi prendrait des mesures radicales. Creel se souciant aussi peu de Steff que de Teel, il se débarrasserait des deux. Après tout, il n'y avait aucun moyen de savoir lequel était coupable. Et Padishar n'était pas d'humeur à attendre une réponse…

Non, conclut Morgan, il ne pouvait pas en parler à Padishar.

À Steff ? S'il choisissait cette option, cela revenait à décider que Teel était le traître. Il le pensait, mais était-ce la vérité ? Et même si ça s'avérait, Morgan prévoyait la réaction de Steff. Son ami était amoureux de Teel. Elle lui avait sauvé la vie. Il n'accepterait pas des accusations sans preuve. Et Morgan n'en avait aucune.

Il écarta aussi Steff.

Il aurait parlé à Coll ou à Par s'ils avaient été là, voire à Wren ou à Walker Boh. Mais les membres de la famille Ohmsford s'étaient éparpillés aux quatre vents.

Le montagnard resta assis sous les arbres, isolé au milieu d'une bataille qui ne le concernait plus vraiment. Il devait faire quelque chose, mais la direction à prendre refusait de lui apparaître. Il avait tant voulu lutter contre la Fédération, rejoindre les hors-la-loi, chercher l'Épée de Shannara, voir les Ombreurs détruits… Il avait tant d'aspirations en partant pour cette aventure ! Après des années de résistance ridicule, il allait devenir un homme et porter un coup mortel à la Fédération !

À présent qu'il pouvait tout changer, il restait là, paralysé.

Le soir, l'assaut continua. N'ayant pas résolu son dilemme, Morgan quitta le bosquet pour aller voir Steff et Teel – ou plutôt, pour les espionner. Mais les nains étaient comme d'habitude. Steff, très affaibli, se révéla incapable de parler plus de quelques minutes avant de se rendormir. Teel se montra taciturne, comme toujours. Le montagnard les observa aussi discrètement que possible, essayant de trouver une preuve ou un indice. Mais il repartit les mains vides.

Il faisait presque nuit quand Padishar Creel vint le voir dans son bosquet.

— Vous vous isolez beaucoup, en ce moment, montagnard !

Morgan sursauta.

— Quoi ? Oh, Padishar. Désolé…

Le hors-la-loi s'assit en face de Morgan. Il allongea les jambes et s'appuya sur les coudes, grimaçant à cause de ses blessures.

— C'était une mauvaise journée, montagnard, dit-il. Vingt-deux hommes morts, deux qui ne passeront probablement pas la nuit… Et nous voilà acculés comme des renards pourchassés par une meute de chiens.

Morgan ne répondit pas.

— À vrai dire, je n'aime pas la façon dont les choses tournent. La Fédération continuera le siège jusqu'à ce que nous ayons tous oublié pourquoi nous sommes ici… Voilà qui ne fera pas grand-chose pour aider les Quatre Terres. Enfermés ici, nous ne servons à rien. Mais nous avons d'autres refuges et nous aurons le temps, plus tard, de régler nos comptes avec les lâches qui nous envoient des monstres pour faire le boulot à leur place. J'ai donc décidé qu'il était temps de partir.

Morgan se raidit.

— Fuir ?

— Par la porte dérobée dont nous parlions l'autre jour. J'ai pensé que vous devriez être mis au courant, parce que j'aurai besoin de votre aide.

— Mon aide ?

— Je veux que quelqu'un livre un message à Tyrsis – à Damson et aux Valombriens. Ils doivent savoir ce qui arrive ici. J'y serais bien allé, mais je dois rester avec mes hommes. J'ai pensé que cette mission vous intéresserait.

— C'est exact. Je suis partant !

— Pas si vite ! Nous ne quitterons pas la Saillie avant trois jours. Pour le moment, les blessés ne sont pas transportables. Mais je veux que vous partiez plus tôt. Demain, pour être précis. Damson est une fille intelligente mais entêtée. J'ai réfléchi depuis que vous m'avez demandé si elle tenterait d'amener les Valombriens ici. Je me suis peut-être trompé en affirmant que non. Vous devez vous assurer qu'elle ne viendra pas…

— Je m'en occuperai.

— Vous partirez par la porte de derrière, jeune homme. Seul.

Morgan fronça les sourcils.

— Seul, petit. Vos amis resteront avec moi. Pour commencer, vous ne pourriez pas traverser Callahorn avec deux nains, même s'ils étaient en état de voyager, et l'un des deux ne l'est pas. La Fédération vous mettrait aux fers en moins de temps qu'il n'en faut pour le dire. Ensuite, nous ne pouvons pas courir de risques, après toutes ces trahisons. Personne ne doit connaître nos plans.

Le montagnard réfléchit un court moment. Padishar avait raison. Il semblait inutile de courir des risques supplémentaires. Il s'en irait seul, sans rien dire à personne, et surtout pas à Steff et à Teel. Il faillit parler de ses soupçons, mais décida de se taire.

— Bien. La question est réglée. À part un détail. (Padishar se leva.) Suivez-moi.

Il emmena Morgan dans la plus grande caverne, au-delà de la salle où les blessés étaient installés. Les tunnels commençaient là, s'entrecroisant et disparaissant dans les ténèbres. Padishar ramassa une torche et l'alluma à celle qui brûlait dans un support mural. Il regarda autour de lui pour s'assurer que personne ne les suivait, puis fit signe à Morgan d'avancer. Ignorant les tunnels, il conduisit le montagnard à travers les stocks de provisions, vers le fond de la caverne, des centaines de pas à l'intérieur de la montagne.

Il s'arrêta devant une paroi où étaient entassées des caisses et regarda de nouveau derrière lui.

Confiant sa torche à Morgan, il tendit les mains, glissa ses doigts entre deux caisses et tira. Une partie du mur pivota, révélant un tunnel.

— Vous avez vu comment j'ai fait, petit ? demanda doucement Padishar.

— Oui.

Padishar reprit la torche et éclaira l'intérieur du tunnel. Morgan se pencha pour mieux voir. Les parois du passage secret s'enfonçaient à perte de vue dans la roche.

— Ce tunnel traverse la montagne, dit Padishar. Suivez-le jusqu'au bout et vous sortirez au-dessus de la Clé de Parma, au sud des dents du Dragon, et à l'est du col de Kennon. Si vous tentiez d'emprunter les autres tunnels, ceux que je fais garder ostensiblement, nous ne vous reverrions jamais. C'est clair ?

Creel referma la porte secrète et recula.

— Je vous montre tout ça maintenant, parce que je ne serai pas avec vous quand vous partirez. Je resterai sur le promontoire pour protéger vos arrières. Mais assurez-vous de filer rapidement !

Ils revinrent dans la caverne principale, puis retournèrent sur le promontoire. Creel s'arrêta, s'étira et inspira profondément l'air frais du crépuscule.

— Écoutez-moi, petit, dit-il. Vous devez arrêter de ruminer votre histoire d'Épée. Vous ne pouvez pas porter ce fardeau et espérer garder l'esprit clair. C'est une charge trop lourde, même pour un garçon déterminé comme vous. Laissez-la tomber ! Vous avez assez de courage pour vous en sortir sans la magie.

Il sait ce qui est arrivé ce matin, comprit Morgan. *Et il me dit que ça n'est pas grave.*

— Tous mes os sont endoloris, soupira Padishar, mais aucun n'est aussi blessé que mon cœur. Je déteste ce qui est arrivé ici et ce qu'on nous a fait. C'est ce que je veux dire en parlant de fardeaux inutiles. Réfléchissez-y.

Creel se détourna et partit. Morgan faillit le rappeler. Il fit même un pas pour le suivre, pensant à lui confier ses soupçons sur l'identité du traître. Cela aurait été facile, le libérant de sa frustration. Et lui retirant la responsabilité d'être le seul à savoir.

Il se débattit avec l'indécision qui le torturait depuis le début de la journée.

Et, une fois de plus, il perdit.

Le montagnard dormit dans le bosquet de trembles. La terre ayant séché et la nuit étant tiède, il bénéficia d'un sommeil vraiment réparateur. Les soucis et les indécisions le quittèrent comme de l'eau qui coule sur les plumes d'un canard. Les fantômes de sa magie perdue bannis par la fatigue, il dériva voluptueusement dans le sommeil.

Puis il se réveilla en sursaut.

Une main le secoua si brutalement qu'il pensa qu'on l'attaquait. Il se débarrassa de son manteau et se leva d'un bond.

Enveloppé dans ses couvertures, Steff transpirait malgré l'agréable fraîcheur de la nuit. Ses yeux noirs brûlant de fièvre exprimaient un désespoir sans fond.

— Teel est partie, murmura-t-il, la voix brisée.

— Partie où ? demanda Morgan.

— Je l'ignore, avoua Steff, le souffle court. Elle s'en est allée il y a une heure. Je l'ai vue. Elle croyait que je dormais, mais… Quelque chose ne va pas, Morgan. Je le sens. Où est-elle partie ?

À cette seconde, Morgan comprit qu'il ne s'était pas trompé.

Chapitre 30

La même nuit, Par Ohmsford retourna pour la dernière fois dans la Fosse, à la recherche de l'Épée de Shannara.

La pluie et la brume s'étaient transformées en un brouillard si épais que les bâtiments, les étals et les charrettes des marchés, et même les pavés des rues n'étaient plus visibles, comme si on les avait gommés. On ne voyait pas la lune et les étoiles, et les lumières de la ville tremblaient, telles des chandelles qu'on pourrait éteindre facilement.

Damson Rhee conduisit les Valombriens hors de leur cachette. La nuit était tombée tôt, et le froid de la veille avait été remplacé par une chaleur tout aussi désagréable, qui sentait le moût et la pourriture. Toute la journée, les habitants de Tyrsis avaient marmonné sur l'étrangeté du temps. Dès que la lumière eut fini de disparaître, ils s'enfermèrent dans leurs maisons comme s'ils étaient assiégés.

Damson et les Valombriens marchaient pratiquement seuls dans les rues silencieuses. Dans le brouillard, les quelques passants qu'ils croisèrent ressemblaient à des fantômes. On entendait des sons, mais sans pouvoir repérer leur source. Des formes bougeaient autour d'eux, silhouettes qui flottaient un instant dans l'air puis disparaissaient en un clin d'œil.

Une nuit propice à imaginer des choses terribles…

Par fit de son mieux pour ne pas tomber dans ce piège, mais n'y réussit qu'en partie. Il était hanté par ses propres fantômes, qui parurent se matérialiser dans la brume et les ombres. Là, à gauche de la lumière d'un lampadaire, se tenait la promesse que Par avait faite à Damson et Coll : les garder en sûreté cette nuit quand ils descendraient dans la Fosse. Derrière, il vit sa conviction de posséder, avec la magie de l'Enchantement, un pouvoir suffisant pour tenir cette promesse. Oui, il pourrait l'utiliser comme les Pierres elfiques, jadis – non comme une source d'images et d'illusions, mais comme une arme véritable. Sa conviction traquait sa promesse, la seconde encore plus petite et frêle que la première.

De l'autre côté du chemin, avançant le long du mur d'un magasin, courbée en deux comme si elle était enlisée dans des sables mouvants, il vit la culpabilité qu'il éprouvait à n'écouter que son propre avis quand il fallait prendre une décision…

Planant au-dessus de tout cela comme un oiseau de proie géant, parfaitement à l'aise dans la nuit impénétrable, il vit dériver sa détermination à mener à bien la mission que l'ombre d'Allanon lui avait affectée : récupérer l'Épée de Shannara dans la Fosse en dépit des Ombreurs qui y rôdaient.

Oui, l'Épée était là. Elle l'attendait.

Mais les fantômes refusaient de se laisser chasser, et les murmures de ses doutes sapaient son assurance. Lui reprochant sa fierté et son arrogance, ils lui montraient des images atrocement réalistes de ce qui les attendait s'il se trompait.

Par s'isola mentalement des fantômes, comme il le faisait depuis le début. Mais il lui fut impossible d'ignorer leur présence. Alors, il se retira à l'intérieur de lui-même pendant que ses compagnons et lui avançaient dans les rues désertes de la cité.

Par trouva un refuge dans le noyau imperturbable de sa résolution. Il risquait tout sur l'idée qu'il avait raison. Mais s'il se trompait ? Qui d'autre que Damson et Coll souffrirait de ses erreurs ?

Il pensa un moment à tous les gens dont il avait été séparé depuis le début de son odyssée. Ses parents, des gens doux et aimables qui n'avaient jamais fait de mal à personne et ne savaient rien de toute cette affaire. Que leur arriverait-il s'il échouait, se demanda-t-il. Et à Morgan Leah, au robuste nain Steff ou à l'énigmatique Teel ? En ce moment, ils ourdissaient sûrement des plans contre la Fédération, en sécurité sur la Saillie. Son échec leur coûterait-il aussi quelque chose ? Et les autres compagnons venus au lac Hadeshorn ? Walker Boh était retourné à la Pierre d'Âtre, Wren repartie dans les Terres de l'Ouest. Cogline, lui, avait disparu.

Et Allanon ? Qu'en était-il de l'ombre du druide ? Oui, qu'en était-il d'Allanon, qui n'avait peut-être jamais existé ?

Non, ce n'était pas vrai. Sur ce point, il ne s'était pas trompé. Il le savait avec une certitude absolue.

Damson ralentit. Ils étaient arrivés devant les étroites marches de pierre qui menaient aux égouts. La jeune femme regarda brièvement Par et Coll, puis leur fit signe de la suivre et commença à descendre. Damson ouvrait la marche et Coll la fermait. Personne ne parla. Par n'était pas sûr d'en être capable…

Damson prit une torche et l'alluma. Par la regarda, puis se tourna vers Coll. Tous deux étaient pâles et tendus.

Il leur fallut moins d'une heure pour arriver chez la Taupe, qui les attendait à la sortie du puits, caché dans les ténèbres.

— Taupe ? appela doucement Damson.

Accroupi dans un recoin sombre, presque invisible, la Taupe ne répondit pas tout de suite. Et sans la torche de Damson, ils ne l'auraient pas vu. Il les regarda sans parler, comme s'il évaluait leur détermination.

Puis il avança d'un pas ou deux.

— Bonsoir, adorable Damson, murmura-t-il.

Il regarda les Valombriens mais ne les salua pas.

— Bonsoir, Taupe, répondit Damson. Pourquoi vous cachiez-vous ?

— Je réfléchissais…

Damson hésita, puis elle glissa la torche dans un support mural et s'accroupit devant son ami.

— Qu'avez-vous découvert ?

La Taupe portait un pantalon et une tunique en cuir presque recouverts par sa fourrure. Ses pieds nus étaient aussi poilus que le reste de son corps.

— Un chemin conduit dans le palais des rois de Tyrsis, et de là, dans la Fosse, dit-il. Mais il y a aussi des Ombreurs.

— Pouvons-nous passer sans qu'ils nous voient ?

— Peut-être... Nous essayons ?

Damson lui sourit et hocha la tête. La Taupe se leva, petite boule de fourrure d'où dépassaient des membres qu'on aurait cru rajoutés après coup. Qu'était-il donc, se demanda Par ? Un nain, un gnome ? Autre chose ?

— Par là, dit l'étrange ami de Damson en s'engageant dans un passage obscur. Emportez la torche si vous voulez, nous nous en servirons un moment. (Il se tourna vers les Valombriens.) Mais que personne ne parle.

Il les conduisit dans les entrailles de la cité, des catacombes qui serpentaient dans ses sous-sols et que personne n'avait arpentées depuis des siècles. Il faisait plus chaud dans ces couloirs, où l'humidité et le brouillard n'entraient pas.

Ils traversèrent des salles qui avaient autrefois servi de refuge aux défenseurs de la cité, au stockage des provisions et des armes – voire à cacher toute la population de Tyrsis. Il y avait des portes pourries, rouillées et à demi arrachées de leurs charnières. De-ci de-là, des rats filaient devant eux.

Par perdit bientôt toute notion du temps. Même si lui ne semblait pas en avoir besoin, la Taupe les laissait se reposer assez souvent. Si les Valombriens et la jeune fille avaient apporté de la nourriture et de l'eau, la Taupe n'avait rien sur lui, pas même une arme. Quand ils s'arrêtaient, ils s'asseyaient en cercle dans les ténèbres, quatre aventuriers enterrés sous des centaines de pieds de roche. Trois d'entre eux buvaient et grignotaient. Le quatrième les regardait avec étonnement, comme s'ils sacrifiaient à quelque étrange rituel.

Ils marchèrent jusqu'à ce que les jambes de Par commencent à lui faire mal. Ils avaient remonté des dizaines de couloirs et le Valombrien n'aurait su dire où ils étaient ni dans quelle direction ils marchaient. Leur torche d'origine avait déjà été remplacée deux fois. Leurs vêtements, leurs bottes et leurs visages étaient couverts de poussière. Par avait la gorge si sèche qu'il arrivait à peine à déglutir.

La Taupe s'arrêta sous un puits d'où partaient plusieurs tunnels. Sur le mur, devant eux, une lourde échelle en fer boulonnée dans la roche montait dans l'obscurité.

La Taupe se tourna, désigna le haut, puis se plaqua un doigt sur les lèvres. Personne n'eut besoin de demander ce que ça signifiait.

Ils gravirent l'échelle en silence, écoutant les échelons craquer sous leur poids. La lueur de la torche projetait leurs ombres sur les parois du puits, dessinant des silhouettes étranges et inquiétantes. Les couloirs, à leurs pieds, disparurent dans les ténèbres.

Au sommet de l'échelle, une trappe les arrêta. La Taupe s'appuya contre le bois et poussa.

Dès que la trappe se fut soulevée de quelques pouces, la Taupe regarda par l'entrebâillement. Puis il poussa de nouveau le battant, qui retomba sur le sol au-dessus d'eux.

La Taupe sortit du puits, suivi par Damson et les Valombriens.

Ils venaient de déboucher dans une salle aux murs de pierre remplie de gros tonneaux bardés de fer. Des menottes et des chaînes pendaient au mur et d'innombrables corridors partaient en étoile dans les ténèbres. Un grand escalier, de l'autre côté de la cave, se perdait dans l'obscurité.

La Taupe s'approcha de Damson et murmura quelques mots. Damson fit un signe de tête, puis se tourna vers les Valombriens, désigna l'escalier et souffla : « Ombreurs ».

La Taupe leur fit traverser rapidement la salle jusqu'à une petite porte, sur le mur de droite. Il la déverrouilla sans bruit, les fit passer très vite de l'autre côté et referma le battant derrière eux.

Ils remontèrent un petit couloir barré par une autre porte. La Taupe les fit encore avancer et entrer dans une pièce vide où un rat effrayé se hâta de battre en retraite dans une fente du mur.

La Taupe tira sur la manche de Damson, qui se baissa pour écouter. Quand il eut terminé, elle se tourna vers les Valombriens.

— Nous avons traversé la cité par en dessous, et nous voilà dans le palais. Plus exactement dans les niveaux inférieurs, où étaient les prisons. C'est par ici que les armées du Roi-Sorcier ont tenté de passer, à l'époque de Balinor Buckhannah, le dernier roi de Tyrsis.

La Taupe dit autre chose et Damson fronça les sourcils.

— Il y a peut-être des Ombreurs dans les salles, au-dessus de nous... Pas des Ombreurs comme ceux de la Fosse, mais un autre genre... Il dit qu'il les perçoit, même s'il ne peut pas les voir.

— Qu'est-ce que ça signifie ? demanda aussitôt Par.

— Que les percevoir lui suffit amplement ! Il n'en approchera pas davantage !

Inquiet, Par chercha le regard de Damson. Ils parlaient à voix basse, mais était-ce suffisant ?

— Peuvent-ils nous entendre ? demanda-t-il.

— Pas ici, apparemment. Mais ensuite, nous ne pourrons plus parler beaucoup. (Elle regarda Coll.) Ça va ?

Le jeune homme fit signe que oui, mais il était livide.

Damson se tourna de nouveau vers Par.

— Nous sommes encore loin de la Fosse. Il faudra traverser les catacombes pour arriver au passage, dans la paroi de la colline, qui nous permettra d'y entrer. Mais nous devrons être très prudents. Il n'y avait pas d'Ombreurs dans les tunnels hier, quand Taupe est venu en reconnaissance, mais ça a pu changer.

Par regarda leur guide, à peine visible à la lisière du cercle de lumière.

Mal à l'aise, le Valombrien manœuvra pour que Damson soit entre la Taupe et lui, puis il souffla :

— Vous êtes sûre que nous pouvons lui faire confiance ?

Damson ne changea pas d'expression, mais détourna le regard.

— Aussi sûre que possible. Mais avons-nous le choix ?

Par secoua lentement la tête.

Damson eut un sourire ironique.

— Alors, inutile de nous faire du souci !

Elle avait raison, bien entendu. Les soupçons de Par ne servaient à rien, sauf s'il acceptait de rebrousser chemin. Et il avait décidé qu'il ne le ferait pas. Il regretta de ne pas avoir testé la magie de l'Enchantement de Shannara pour voir s'il pouvait l'utiliser comme il le pensait. Dommage, une petite expérience réussie l'aurait rassuré.

Pourtant, il savait qu'il n'existait aucun moyen de tester la magie. Invoquer le pouvoir réel de l'Enchantement n'aurait pas été possible hors d'une situation de crise. En supposant que cela le fût à ce moment-là...

Pourtant, le pouvoir était là, se dit Par, essayant désespérément de se rassurer.

— Nous n'aurons plus besoin de ça, annonça Damson en lui tendant la torche.

Elle fouilla dans ses poches et en sortit deux étranges pierres blanches veinées d'argent. Elle en garda une et donna l'autre au Valombrien.

— Éteignez la torche ! ordonna-t-elle. Puis placez vos mains autour de la pierre pour la réchauffer. Quand vous sentirez sa chaleur, ouvrez les mains.

Par éteignit la torche dans la poussière, prit la pierre entre ses mains et attendit. Quelques secondes plus tard, il sentit qu'elle se réchauffait. Quand il écarta les paumes, la pierre émit une faible lueur argentée. À mesure que ses yeux s'adaptaient à la pénombre, le jeune homme vit que la lumière était suffisante pour éclairer le visage de ses compagnons, plus une zone de quelques pas, devant eux.

— Si la lumière faiblit, réchauffez de nouveau la pierre entre vos mains.

Damson ferma les mains sur sa pierre, les leva, puis écarta à son tour les paumes. Sa lueur argentée était encore plus brillante...

Par sourit, ne cachant pas son étonnement.

— Un joli tour, Damson, dit-il.

— Ma propre magie, Valombrien, souffla la jeune fille. Celle d'une magicienne des rues. Pas aussi extraordinaire que le vrai pouvoir, mais fiable. Pas de fumée, pas d'odeur, facile à dissimuler... C'est mieux qu'une torche, si nous devons nous cacher.

— Exact, admit Par.

La Taupe les fit sortir de la salle et les guida dans les ténèbres sans paraître avoir besoin de lumière. Damson le suivit avec une pierre et Par avec la seconde. Coll fermant de nouveau la marche, ils sortirent par une deuxième porte et s'engagèrent dans un corridor où ils avancèrent en silence, osant à peine respirer.

Par se posa de nouveau des questions sur la Taupe. Pouvait-on lui faire confiance ? La petite créature était-elle ce qu'elle prétendait être, ou autre chose ? Les Ombreurs étaient capables de prendre l'apparence de n'importe qui. Et si la Taupe en était un ? Tant de questions et aucune réponse... Il n'y avait personne en qui il ait vraiment confiance, excepté Coll. Et Damson. Il se fiait à elle.

N'est-ce pas ?

Par chassa ses doutes. Il ne pouvait pas se permettre de se poser des questions pareilles ! C'était trop tard. Il avait tout misé sur Damson et il devait croire qu'il ne s'était pas trompé.

Il repensa aux Ombreurs et se demanda soudain s'il y en avait dans le camp des hors-la-loi. L'ennemi qu'ils essayaient désespérément d'éviter était peut-être déjà infiltré en leur sein. Le traître que cherchait Padishar Creel pouvait-il être un Ombreur qui avait pris l'aspect d'un humain ? Comment le savoir ? La magie était-elle l'unique moyen d'identifier ces créatures ? Était-ce à cela que servirait l'Épée de Shannara ? Il se posait cette question depuis qu'Allanon l'avait envoyé à sa recherche. Mais il semblait impossible que l'artefact soit conçu pour un tel travail. Et il leur faudrait une éternité pour tester tous ceux qui seraient susceptibles d'être des Ombreurs…

Par se souvint des paroles d'Allanon.

« Grâce à l'Épée, la vérité sera révélée, et par la vérité, les Ombreurs seront vaincus. »

La vérité. L'Épée de Shannara détruisait les mensonges et faisait apparaître la réalité. Shea Ohmsford l'avait utilisée ainsi quand il avait vaincu le Roi-Sorcier. L'usage prévu pour l'artefact, cette fois-là aussi…

Ils gravirent un long escalier en spirale et débouchèrent sur un palier où se dressait une porte fermée et verrouillée. Ils attendirent pendant que la Taupe ouvrait les serrures l'une après l'autre.

Par sentit son pouls s'accélérer sous l'effet de la peur. Quelque part, des Ombreurs les regardaient, cachés dans les ténèbres. Il percevait leur présence. C'était irrationnel… et pourtant ça lui semblait vrai.

Dès que la porte fut ouverte, ils entrèrent rapidement.

Ils déboulèrent dans une petite pièce sans fenêtre. Au centre, un escalier en spirale se perdait dans les hauteurs. À gauche, une porte ouvrait sur un corridor vide. De la lumière filtrait des fentes, dans les murs du corridor. À l'autre bout, à quelques pas, se dressait une nouvelle porte fermée.

La Taupe fit signe à ses compagnons d'avancer dans le couloir.

Par s'approcha d'une fente du mur et y colla un œil. Ils étaient dans le palais, donc de nouveau à la surface. Il vit au loin des collines couvertes de pins. Au-dessus des arbres planaient des nuages épais et gris.

Par recula. L'aube se levait. Ils avaient marché toute la nuit.

— Adorable Damson, dit la Taupe, il y a devant nous une passerelle qui traverse la cour du palais. L'emprunter nous fera gagner beaucoup de temps. Si vos amis et vous montez la garde, je m'assurerai que les créatures de l'ombre ne sont pas dans les environs.

— Où voulez-vous que nous nous placions ?

La Taupe fit signe à Damson et à Par de prendre position à l'extrémité du couloir. Ils convinrent que Coll resterait où il était.

Après un signe de tête rassurant, il se glissa par la porte et disparut.

Le Valombrien et la jeune fille s'assirent en face l'un de l'autre. Par regarda de l'autre côté du couloir pour vérifier que Coll était toujours en vue. Quand son frère leva la tête, il agita la main dans sa direction. Coll répondit d'un geste.

Les minutes passèrent. La Taupe ne revenait toujours pas.

Par se rapprocha de Damson.

— Vous pensez que tout va bien pour lui ?

La jeune fille hocha la tête.

Par inspira profondément.

— Je déteste attendre !

Damson ne répondit pas. Elle appuya sa tête contre le mur et ferma les yeux. Comme elle resta un long moment dans cette position, Par se demanda si elle s'était endormie. Il regarda Coll, le vit à la même place, et se concentra de nouveau sur Damson, qui ouvrit les yeux.

— Vous aimeriez que je vous dise quelque chose sur moi que personne d'autre ne connaît ? demanda-t-elle.

— Oui, répondit Par sans hésiter.

Elle s'approcha de lui jusqu'à ce que leurs épaules se touchent.

— Quand on dit à quelqu'un un secret sur soi-même, c'est comme si on abandonnait une partie de sa personne. Un cadeau qui vaut bien plus que tout ce qu'on peut acheter… Je ne parle pas de moi à beaucoup de gens. En partie parce que je n'ai jamais possédé grand-chose, à part moi-même. Et je ne veux pas donner le peu que j'ai…

» Mais j'ai envie de *vous* donner quelque chose. C'est comme ça depuis le premier jour, dans le parc. Peut-être parce que nous avons la magie en commun. La vôtre est différente de la mienne, mais ça n'a pas d'importance. L'important, c'est que nous vivons en utilisant la magie. Parce qu'elle nous confère notre identité.

Damson s'interrompit, comme si elle attendait un commentaire.

Par hocha simplement la tête.

— Je vous apprécie beaucoup, jeune elfe. Vous êtes obstiné et déterminé. Parfois, vous ne prêtez attention à personne, à part à vous. Mais j'agis de la même façon. Il le faut sans doute pour parvenir à survivre lorsqu'on est comme nous.

» Si je dois mourir, j'aimerais vous laisser quelque chose de moi. Quelque chose de spécial que vous seriez le seul à avoir.

Par ouvrit la bouche pour protester, mais elle lui posa ses doigts sur les lèvres.

— Laissez-moi terminer. Je ne dis pas que je vais mourir, mais c'est du domaine du possible. Donc, vous confier ce secret me protégera peut-être. Comme un talisman. Vous comprenez ?

Elle retira ses doigts.

— Vous rappelez-vous le jour où je vous ai parlé de moi, quand vous vous êtes échappé, après avoir été capturé par les soldats de la Fédération ? J'essayais de vous convaincre que je n'avais pas trahi. Vous m'avez parlé de la magie et de la façon dont elle fonctionne. Vous vous souvenez ?

— Oui. Vous m'avez dit que vous étiez devenue orpheline à huit ans, et que c'était la faute de la Fédération.

— Je vous ai dit que ma famille avait péri dans un incendie allumé par la Fédération, quand elle a découvert que mon père fournissait des armes au Mouvement. J'ai ajouté qu'un magicien des rues m'avait adoptée et m'avait appris mon métier…

Damson prit une grande inspiration.

— Ce n'était pas entièrement vrai. Mon père n'est pas mort dans l'incendie. Il s'est échappé et c'est lui qui m'a élevée, pas ma tante ni un magicien ambulant. Après, j'ai grandi en compagnie de magiciens des rues, et c'est comme ça que j'ai appris mon métier. Mais c'est mon père qui s'est occupé de moi et il n'a jamais cessé. Au fait, il se nomme Padishar Creel…

— Padishar est votre père ?

— Personne ne le sait, à part vous. C'est plus sûr. Si la Fédération en était informée, elle se servirait de moi pour essayer de le piéger. Ce que je vous ai dit cette nuit-là, Par, visait à vous prouver que je ne trahirais jamais personne après la façon dont ma famille a été traitée. Et c'est aussi pour ça que mon père est furieux qu'il y ait un vendu parmi ses hommes. Il n'a jamais oublié ce qui est arrivé à ma mère, à mon frère et à ma sœur. L'idée de perdre quelqu'un d'autre à cause d'une trahison le terrorise.

» Je lui ai promis de ne jamais dire la vérité à personne, mais j'ai fait une exception pour vous. Je voulais que vous le sachiez…

La jeune femme sourit.

— Damson, dit Par, souriant lui aussi, il vaut mieux que rien de mal ne vous arrive ! Si c'était le cas, ce serait ma faute, et que dirais-je à Padishar ? Bon sang, je n'oserais pas m'aventurer à moins de dix lieues de lui !

Damson rit doucement et lui donna une bourrade comme s'ils étaient des enfants en train de jouer. Puis elle se pencha vers lui et le serra dans ses bras. Il la laissa faire, sans lui retourner son étreinte, au début. Il jeta un coup d'œil à Coll, mais il ne regardait pas dans sa direction. Depuis le début de cette aventure, les amis et les traîtres fourmillaient, et il n'y avait aucun moyen de distinguer les uns des autres.

À part Coll. Et maintenant, Damson.

Par l'enlaça sans retenue.

Peu après, la Taupe revint si discrètement qu'ils ne s'aperçurent de rien jusqu'à ce que la porte s'ouvre dans leur dos. Par lâcha Damson, se leva d'un bond et sortit son couteau. La Taupe jeta un coup d'œil par l'entrebâillement de la porte et replongea à l'abri.

Damson saisit le bras de Par.

— Taupe ! murmura-t-elle. Tout va bien…

Le visage rond de l'étrange personnage reparut. Quand il vit que l'arme avait été rangée, il sortit de derrière la porte.

Coll s'approcha aussi.

— La passerelle est libre, annonça la Taupe, et elle le restera si nous nous dépêchons. Mais ne faites plus aucun bruit.

Ils traversèrent le couloir et sortirent sur un balcon qui faisait le tour d'une grande rotonde vide. À mi-chemin de ce cercle, la Taupe les fit entrer dans un couloir qui dominait directement la cour principale du palais. Une passerelle courait jusqu'à un grand mur, en face d'eux. La cour était autrefois un labyrinthe de jardins et d'allées dont subsistaient seulement des pierres écroulées et de la terre. De l'autre côté du mur, les profondeurs obscures de la Fosse attendaient les quatre compagnons.

La Taupe les appela d'un geste. Ils s'engagèrent sur la passerelle, la sentant osciller et grincer sous leur poids. Le vent soufflait par rafales, comme s'il avait voulu les faire tomber dans le vide. En bas, des herbes s'agitaient et des débris tourbillonnaient. Mais il n'y avait aucun signe de vie… et pas d'Ombreurs en vue.

Ils traversèrent rapidement, sans se soucier des grincements de la passerelle. Les mains sur la rambarde, ils ne quittaient pas le palais des yeux. Quand ils mirent pied sur les remparts, chacun tendait la main pour aider le compagnon qui le suivait.

La Taupe les fit emprunter un escalier qui descendait dans les ténèbres. Ils avancèrent en silence, éclairés par la lumière des pierres de Damson. À présent, ils étaient tout près de la Fosse. Par sentit l'excitation le gagner et son sang battit à ses oreilles.

Plus que quelques minutes…

En bas de l'escalier, ils longèrent un couloir qui s'arrêtait devant une porte en bois bardée de fer. La Taupe s'immobilisa. Quand il se tourna vers eux, Par comprit qu'ils étaient arrivés.

— Merci, Taupe, dit-il doucement.

— Oui, merci, répéta Damson.

La Taupe les regarda timidement.

— Vous pouvez jeter un coup d'œil par là, dit-il.

Tendant la main, il ouvrit un petit judas.

Par avança et y colla un œil.

Il vit le sol de la Fosse, grande étendue sauvage semée d'arbres et de rochers. Dans les ombres, des silhouettes bougeaient et disparaissaient comme des fantômes. Les ruines du pont de Sendic étaient juste à droite de la porte.

Il n'y avait pas trace de la rotonde qui abritait l'Épée de Shannara.

Mais il l'avait vue ici, devant le mur du palais ! La magie de l'Enchantement la lui avait révélée. Elle était là. Il sentait sa présence aussi bien que si elle avait été vivante.

Il laissa Damson jeter un coup d'œil, puis Coll. Ensuite, les trois amis s'interrogèrent du regard.

— Attendez-moi ici. Montez la garde pour voir si des Ombreurs arrivent.

— Monte la garde toi-même, dit Coll. Je viens avec toi.

— Moi aussi, fit Damson.

Coll lui barra le chemin.

— Non, pas vous ! L'un de nous seulement peut accompagner Par. Regardez autour de vous, Damson. Nous sommes dans un piège ! Il n'y a aucun moyen de sortir de la Fosse, sauf par cette porte et en remontant l'escalier qui mène à la passerelle. La Taupe peut surveiller la passerelle, mais il ne peut pas s'occuper de la porte en même temps. Vous devez vous en charger.

Damson voulut protester, mais Coll l'en empêcha.

— Ne discutez pas ! Vous savez que j'ai raison. Je vous ai écoutée quand il le fallait. Maintenant, à votre tour de le faire !

— Peu importe qui écoute qui, coupa Par. Personne ne vient avec moi.

Coll ignora cette intervention.

— Tu n'as pas le choix, dit-il à son frère.

— Pourquoi n'irais-je pas à votre place, Coll ? demanda Damson.

— Parce que Par est mon frère ! cria Coll. Je vais avec lui. C'est pour ça que je l'ai suivi jusqu'ici.

Damson détourna le regard.

— D'accord, dit-elle, de la colère dans la voix. Taupe, surveillez la passerelle.

— Oui, adorable Damson…

Par ouvrit la bouche, mais Coll le saisit par les épaules et le plaqua contre la porte.

— Ne perdons pas davantage de temps à discuter de ça, d'accord ? Allons-y et finissons-en. Toi et moi…

Par essaya de se dégager, mais Coll se révéla trop fort pour lui. Quand il cessa de se débattre, son cadet le lâcha.

— Par, fit Coll, implorant, j'ai dit la vérité. Je *dois* venir !

Ils se regardèrent un moment en silence. Par pensa à tout ce qu'ils avaient affronté jusque-là.

Il aurait voulu dire à Coll combien tout cela comptait pour lui. Et qu'il l'aimait. Et qu'il avait peur pour lui. Il aurait voulu lui lancer que ses pieds de canard étaient trop grands pour qu'il entre là-dedans discrètement.

Il aurait voulu hurler sa peur.

Mais il se contenta de lâcher :

— Je sais.

Puis il déverrouilla la porte et tira sur la poignée usée. Dès que le battant s'ouvrit, la demi-lumière de la Fosse s'infiltra dans l'escalier, accompagnée par l'odeur fétide, le froid mordant et les bruits sifflants caractéristiques de ce lieu maudit.

Par regarda Damson Rhee, qui lui fit un signe de tête. Le Valombrien se demanda ce qu'il voulait dire. Qu'elle attendrait ? Qu'elle comprenait ?

Coll à ses côtés, il entra dans la Fosse.

Chapitre 31

Où était Teel ?

Morgan Leah s'agenouilla près de Steff et lui toucha le visage. Il était glacé ! Le montagnard prit son ami par les épaules et le serra très fort, mais il sembla ne rien sentir. Morgan retira ses mains et se balança d'avant en arrière en sondant les ténèbres autour d'eux. Il frissonnait, mais ce n'était pas seulement de froid.

Où était Teel ? se répéta-t-il.

Peut-être partie chercher un verre d'eau pour Steff, ou quelque chose à manger, ou une couverture supplémentaire. Était-elle allée jeter un coup d'œil alentour, alertée par quelque sixième sens ? Allait-elle revenir ?

Non. Morgan connaissait la réponse. La naine était partie par le tunnel secret. Elle reviendrait bien, mais pour conduire les soldats de la Fédération dans la Saillie. Car elle s'apprêtait à les trahir une dernière fois.

« Maintenant que Hirehone est mort, personne à part moi, Chandos et Damson ne connaît l'autre chemin. »

Voilà ce que lui avait dit Padishar Creel. Morgan n'y avait plus pensé – jusqu'à maintenant. Si son raisonnement était bon, le traître étant un Ombreur qui avait usurpé l'identité d'Hirehone pour les suivre à Tyrsis, l'Ombreur en question possédait tous les souvenirs d'Hirehone. Et il connaissait donc le tunnel secret.

Et si l'Ombreur était redevenu Teel…

Morgan sentit les poils de sa nuque se hérisser. Il aurait fallu des mois à la Fédération pour prendre la Saillie en l'assiégeant. Mais si le siège était un leurre ? Et le Grimpeur aussi ? La Fédération, depuis le début, pouvait avoir eu l'intention de prendre la Saillie par traîtrise…

Je dois faire quelque chose !

Morgan Leah eut l'impression d'avoir des jambes en plomb. Il devait laisser Steff ici et aller prévenir Padishar Creel. Si ses soupçons sur Teel étaient exacts, il fallait la poursuivre et l'arrêter.

Si…

L'horreur de ce qu'il pensait le submergea. Si Teel était leur pire ennemie depuis Culhaven, elle les avait magistralement trompés ! Surtout Steff, qui croyait lui devoir la vie et était amoureux d'elle…

— Où est-elle, Morgan ? demanda soudain Steff. Tu le sais ! Je le vois dans tes yeux !

— Je *crois* que je le sais. Mais tu dois attendre ici, Steff. Laisse-moi aller seul à sa recherche.

— Non. Je viens avec toi.

— Tu ne peux pas. Tu es trop malade…

— Je viens, Morgan ! Dis-moi où elle est !

Le nain tremblait de fièvre, mais Morgan savait qu'il ne pourrait pas s'en aller seul sans le malmener.

— D'accord. Par là…

Le montagnard passa un bras sous les épaules de son ami pour le soutenir. Il était impossible de le laisser en arrière, même si l'avoir avec lui ne lui faciliterait pas les choses. Il ferait ce qu'il devrait faire, voilà tout.

Il trébucha et tomba, entraînant Steff avec lui. Il n'avait pas vu le rouleau de corde, sur le sol. Se relevant, il tira Steff avec lui. Puis il se força à ralentir, s'avisant qu'il n'avait pas pris le temps de réfléchir à ce qu'il avait découvert. Teel avait trahi, il devait l'accepter. Steff ne le pouvait pas, mais lui, c'était différent.

Teel avait…

Il se corrigea mentalement.

Non. Cette créature n'est pas Teel. Teel est morte, ou si près de la mort que ça ne fait pas de différence. Non, il ne s'agit pas de Teel, mais de l'Ombreur caché en elle.

Sa respiration s'accéléra alors qu'il avançait dans la nuit, Steff accroché à lui. L'Ombreur avait dû quitter le corps de la naine et prendre celui d'Hirehone pour suivre Padishar et son groupe à Tyrsis et les dénoncer à la Fédération. Puis il avait abandonné le corps d'Hirehone, était retourné au camp et avait tué les sentinelles parce qu'elles l'avaient vu revenir. Ensuite, il avait repris le corps de Teel. Steff n'avait pas compris ce qui se passait, croyant que sa compagne avait été empoisonnée. L'Ombreur le lui avait suggéré. Il avait même réussi à faire soupçonner Hirehone en racontant qu'il l'avait suivi jusqu'au bord du promontoire avant de s'évanouir.

Morgan se demanda depuis combien de temps Teel était une Ombreuse.

Longtemps, se répondit-il.

Il se représenta mentalement une coquille vide et grinça des dents à cette image. Puis il se souvint de la description de l'Ombreuse de la crête de Toffer, quand elle avait essayé d'entrer en Par. Il se souvint de l'horreur et de la révulsion que le Valombrien avait connues. Cela avait dû être pareil pour Teel…

Il n'avait plus le temps de s'appesantir là-dessus, car ils approchaient de la caverne principale. L'entrée était brillamment illuminée. Padishar Creel ne dormait pas, comme Morgan l'avait espéré. Il parlait avec les hommes qui s'occupaient des blessés, son épée et ses couteaux pendus à son ceinturon.

— Que fais-tu ? cria Steff, furieux. C'est entre toi et moi, Morgan ! Pas lui !

Morgan ignora les protestations du nain et le tira dans le cercle de lumière.

Padishar Creel se retourna quand les deux amis arrivèrent à côté de lui et les prit chacun par une épaule.

— Oh là, les gars, doucement ! Pourquoi foncez-vous dans l'obscurité comme ça ? (Il resserra sa prise quand Steff essaya de se dégager.) Je vois dans vos yeux que quelque chose vous a fait peur. Gardons ça entre nous, pour le moment. Qu'est-il arrivé ?

Steff se raidit et Morgan hésita. Les hommes de Padishar les regardaient, et ils étaient assez près pour entendre ce qu'il dirait. Il eut un sourire désarmant.

— Je crois que nous avons trouvé la personne que vous cherchiez, dit-il.

Padishar sursauta, mais se ressaisit très vite.

— C'est tout ? lança-t-il d'un ton badin. Bien, suivez-moi dehors et parlons-en.

Comme si tout allait bien, il fit un signe nonchalant aux hommes qui écoutaient puis entraîna le nain et le montagnard dehors.

Quand ils furent assez loin, il demanda :

— Qu'avez-vous découvert ?

Morgan regarda Steff, qui transpirait abondamment.

— Padishar, dit-il, Teel a disparu. Steff ignore où elle est. Je crois qu'elle est partie par le tunnel.

Il attendit, implorant en silence le chef des hors-la-loi de ne pas lui en demander plus. Il n'était pas encore tout à fait sûr, et Steff ne le croirait jamais.

Padishar comprit.

— Allons jeter un coup d'œil. Vous et moi, montagnard !

— Je viens aussi, dit Steff.

— Vous n'en avez pas la force, mon garçon.

— Ça me regarde !

— Voilà qui est bien vu, mon gars, capitula Padishar.

Ils entrèrent dans l'hôpital de fortune. Creel appela un des hors-la-loi et lui parla à voix basse. Morgan entendit à peine ce qu'il disait.

— Va réveiller Chandos. Dis-lui que tout le monde se tienne prêt. Puis assure-toi que les sentinelles sont réveillées… et vivantes. Que Chandos se prépare à évacuer tout le monde, puis qu'il me rejoigne dans le tunnel secret. Il comprendra… Ajoute qu'il devra m'amener des renforts. S'il hésite, précise que le secret est éventé, donc peu importe que les autres sachent ce qu'il fait. Dépêche-toi !

L'homme partit, et Padishar fit signe à Morgan et à Steff de le suivre. Quand ils furent dans la salle de stockage, il alluma trois torches, en garda une et donna les autres à ses compagnons. Puis il les conduisit devant la porte secrète.

Il tendit sa torche à Morgan, saisit les caisses à deux mains et tira. Ils franchirent la porte secrète et Padishar la referma derrière eux.

— Restez à côté de moi, murmura-t-il.

Ils avancèrent au pas de course dans le tunnel large mais sinueux.

Très vite glacé jusqu'aux os, Morgan frissonnait en suivant Padishar. Derrière lui, Steff marchait seul, mais d'un pas très hésitant.

Morgan se demanda ce qu'ils feraient quand ils trouveraient Teel.

Ses deux dagues, l'épée prise à l'armurerie et le moignon qui restait de la lame de Leah ne serviraient pas à grand-chose contre une Ombreuse. Et comment réagirait Steff, même après avoir découvert la vérité ? *Si j'avais encore ma magie…*

Morgan se força à oublier cette idée, sachant à quoi elle le mènerait. Pas question que son indécision le paralyse de nouveau !

Les parois du tunnel rétrécirent, puis s'élargirent de nouveau. En fait, elles changeaient sans arrêt de forme et de taille. Ils traversèrent une série de cavernes où la lumière des torches n'était pas assez puissante pour tout éclairer. Un peu plus loin, des crevasses s'ouvrirent devant eux, certaines atteignant vingt pieds de large. Des passerelles fixées aux parois par des goujons de fer permettaient de traverser. Elles se balancèrent sous leur poids, mais tinrent bon.

Steff commençait à avoir du mal à suivre. Très fort et très résistant quand il était en bonne santé, la maladie le privait de ces qualités – s'il n'avait pas été empoisonné, comme Morgan commençait à le croire.

Le nain tomba à plusieurs reprises et se releva avec peine. Padishar ne ralentit pas et Morgan dut convenir, à contrecœur, qu'il avait raison.

Ils avaient parcouru près d'une lieue dans la montagne quand une lueur vacillante apparut devant eux. Padishar accéléra, ne faisant aucun effort pour dissimuler leur approche.

Ils entrèrent dans une grotte illuminée par des torches qui saturaient l'air de fumée. Au milieu, une grande crevasse courait d'une paroi à l'autre. Un pont-levis permettait de passer à l'endroit où elle était la plus étroite. Le pont, baissé, reliait les deux moitiés de la caverne. De l'autre côté, le tunnel continuait à s'enfoncer dans les ténèbres.

Debout devant le système de halage du pont, Teel le frappait à grands coups de barre de fer.

Padishar Creel s'arrêta.

Teel ne les avait pas encore vus ni entendus.

Padishar posa sa torche.

— Elle a bloqué la machinerie. On ne peut plus relever le pont. Steff, si nous la laissons faire, elle conduira les soldats de la Fédération jusqu'à nous.

— Non, haleta Steff, incrédule.

Padishar l'ignora. Tirant son épée, il avança.

Steff courut derrière lui, trébucha et s'étala.

— Teel ! cria-t-il.

La naine se retourna et brandit sa barre de fer.

Morgan vit clairement les dégâts qu'elle avait faits : les treuils brisés, les poulies arrachées, les engrenages écrasés.

Padishar leva son épée à deux mains.

— C'est la fin du voyage pour vous, ma fille ! cracha-t-il.

Steff se leva et avança en chancelant.

— Padishar, attendez !

Morgan bondit pour intercepter le nain.

— Non, Steff ! Ce n'est plus Teel ! Écoute-moi ! C'est une Ombreuse. Depuis combien de temps n'as-tu plus vu le visage caché sous ce masque ? L'as-tu regardé ? Ce n'est plus Teel. Elle a disparu depuis bien longtemps.

— Morgan, non ! Je l'aurais su ! Je m'en serais aperçu !

— Steff, écoute…

— Morgan, il va la tuer ! Laisse-moi !

Le nain se dégagea, mais le montagnard le retint de nouveau.

— Steff, regarde ce qu'elle a fait ! Elle nous a trahis !

— Non !

Il frappa Morgan, qui tomba à la renverse.

Il se releva sur les genoux, sonné et surpris, et regarda le nain courir vers Padishar en hurlant quelque chose qu'il ne comprit pas.

Steff rattrapa le chef des hors-la-loi à quelques pas de Teel et le força à baisser son bras armé.

Padishar hurla de colère et essaya de se libérer. En vain. Steff s'était enroulé autour de lui comme un serpent.

Teel profita de la confusion pour attaquer. En quelques secondes, Steff et Padishar furent sonnés pour le compte.

Morgan avança en titubant.

La naine marcha vers lui lentement.

À cet instant, tous les souvenirs que Morgan avait d'elle lui revinrent. Il revit la jeune fille menue qu'il avait rencontrée à Culhaven dans la cuisine de grand-mère Élise et tante Jilt, sa chevelure blonde à peine visible sous les plis de son capuchon. Il la revit écouter les autres parler, à la lisière des feux de camp. Ou blottie contre Steff au pied des dents du Dragon, avant qu'ils aillent voir l'ombre d'Allanon.

Il força ses images à s'effacer, désireux de la voir comme elle était maintenant, bien trop rapide et forte pour être ce qu'elle prétendait. Malgré tout, il trouva difficile de croire qu'il s'agissait d'une Ombreuse, et encore plus d'admettre qu'elle les avait parfaitement trompés.

Morgan sortit son épée et attendit. Il devrait être rapide. Il se souvint des créatures de la Fosse. Les épées n'avaient pas suffi à les tuer.

Teel bondit. Morgan feinta au corps, puis frappa, visant les jambes. Hélas, la naine esquiva le coup aisément. Quand il frappa de nouveau, elle para avec sa barre de fer.

Après une série de coups contre la barre de fer, la lame de Morgan se brisa. Mais il se servit de son moignon d'épée pour arracher la barre de fer des mains de Teel.

Elle se jeta aussitôt sur lui, ses mains se refermant autour de sa gorge.

Le montagnard saisit la dague accrochée à sa ceinture et la plongea dans le ventre de Teel. Elle recula, stupéfaite.

Morgan tira de sa botte sa seconde dague et l'enfonça dans le flanc de Teel.

Elle le frappa du revers de la main, si fort qu'il tomba sur le sol. Des points noirs dansèrent devant ses yeux, mais il parvint à reprendre son souffle et à se relever.

Teel était toujours debout malgré les dagues plantées dans son corps. Elle les arracha, puis les jeta négligemment sur le sol.

Elle sait que je ne peux pas lui faire de mal, pensa Morgan.

La naine avança vers lui.

Morgan recula et chercha une arme du regard. Apercevant la barre de fer, il la ramassa.

Teel ne sembla pas s'en inquiéter. Il y eut un mouvement diffus autour d'elle – un frémissement dans l'obscurité – comme si la créature qui l'habitait se préparait au combat.

Morgan recula encore, manœuvrant pour s'approcher de la crevasse. Pourrait-il attirer son adversaire assez près pour la faire basculer dedans ? Cela suffirait-il à la tuer ? Il l'ignorait. Mais s'il échouait, tous ses compagnons mourraient.

Je ne suis pas assez fort – pas sans la magie !

Il était à quelques pieds seulement de la crevasse. Teel s'approcha. Il la frappa avec la barre de fer, mais elle la saisit et la lui arracha.

Puis elle se jeta sur lui, le plaqua au sol et tenta de l'étrangler. Morgan se débattit, mais elle était bien trop forte. Il ferma les yeux et sentit un goût cuivré dans sa bouche.

Il allait abandonner quand quelque chose se laissa tomber sur eux.

— Teel, ne fais pas ça ! cria une voix.

Steff !

Les mains relâchèrent leur pression et la vision de Morgan s'éclaircit assez pour qu'il voie le nain accroché au dos de Teel afin de la tirer en arrière.

Steff était couvert de sang. Il avait une blessure béante à la tête.

Morgan porta une main à sa ceinture et trouva la garde de l'Épée de Leah.

Teel s'arracha à l'étreinte de Steff, lui prit la dague qu'il portait à la ceinture et la lui planta dans la poitrine.

Le nain bascula en arrière.

Quand Teel se tourna vers Morgan pour l'achever, il lui enfonça dans le ventre la lame brisée de l'Épée de Leah.

La naine recula en hurlant si fort que le montagnard frémit malgré lui. Puis quelque chose d'étrange arriva. L'Épée de Leah devint chaude et… brilla. Morgan la sentit bouger comme une créature vivante.

La magie ! C'est la magie !

Le pouvoir coula en lui, le liant à l'arme, puis se déversa dans le corps de Teel.

Consumée de l'intérieur, la naine se contorsionna en hurlant. Quand son masque tomba, Morgan fut certain qu'il n'oublierait jamais ce qu'il découvrit.

Le visage d'une créature issue du plus profond des ténèbres infernales, plus hideux que tout ce qu'il aurait cru possible.

Teel s'était effacée. Il ne restait plus que l'Ombreuse, avec à la place du visage un trou noir horrible qui absorbait la lumière et la vie.

Des mains invisibles tentèrent de pousser Morgan et de lui arracher son arme… et son âme.

— Leah ! Leah ! hurla-t-il.

Le cri de guerre de ses ancêtres, les rois et les princes de leur pays pendant des milliers d'années.

L'Ombreuse s'effondra et disparut. Teel redevint une coquille vide.

Elle s'affaissa sur le montagnard.

Morgan eut besoin de quelques minutes pour trouver l'énergie d'écarter le cadavre de Teel qui pesait sur lui.

Alors, il comprit pour de bon qu'il avait survécu !

Son pouls s'accéléra soudain. C'était la magie qui l'avait sauvé ! Par l'enfer, elle n'avait pas disparu ! Il en restait une partie, la preuve évidente qu'il était possible de « réparer », contrairement à ce qu'il avait cru...

Le montagnard se mit à quatre pattes et regarda la dépouille de Teel, ratatinée comme si un acide avait dissous ses os. Son visage restait atroce – une pauvre masse de chair torturée – mais il n'avait plus rien de démoniaque.

Morgan entendit Steff haleter. Incapable de se lever, il rampa vers son ami, allongé sur le dos, la lame toujours dans la poitrine. Le montagnard commença à la retirer, puis se ravisa. D'un coup d'œil, il avait compris qu'il était trop tard pour intervenir.

Il posa une main sur l'épaule de son ami.

Steff ouvrit les yeux et le regarda.

— Teel ? demanda-t-il doucement.

— Elle est morte, murmura Morgan.

Le nain se tordit de douleur et cracha du sang.

— Je suis désolé, Morgan. J'ai été aveugle... Tout ça est arrivé à cause de moi.

— Pas seulement toi...

— J'aurais dû... comprendre la vérité. Mais je suppose que je n'en avais pas envie...

— Steff, tu nous as sauvé la vie. Si tu ne m'avais pas réveillé...

— Écoute-moi, montagnard ! Tu es mon ami le plus proche. Je veux que tu fasses quelque chose pour moi. Retourne à Culhaven et assure-toi... que grand-mère Élise et tante Jilt sont en sécurité. (Steff ferma les yeux, puis les rouvrit.) Tu comprends, Morgan ? Elles sont en danger à cause de Teel...

— Je comprends, oui...

— Elles sont tout ce qui me reste, murmura Steff. Promets-moi...

— Je te le jure.

— Je l'aimais, Morgan, souffla le nain.

Et ce furent ses derniers mots.

Morgan resta un moment près du cadavre de Steff. Puis il se souvint de Padishar Creel, se leva avec peine et alla se pencher sur le hors-la-loi.

Padishar était vivant, mais inconscient. Le bras gauche cassé, il avait à la tête une profonde blessure qui saignait encore abondamment. Morgan enroula un chiffon autour pour arrêter l'hémorragie, mais il ne toucha pas au bras cassé.

Il n'avait pas le temps de s'en occuper pour le moment.

La machinerie du pont était irréparable. Si la Fédération décidait d'envoyer des hommes attaquer cette nuit-là – et il supposait qu'elle le ferait – il serait impossible de relever le pont. Il restait quelques heures avant l'aube, les soldats de la Fédération étant probablement déjà en chemin. Même sans Teel pour les guider, ils n'auraient pas de problème pour remonter le tunnel jusqu'à la Saillie.

Morgan se demanda ce qui était arrivé à Chandos et aux hommes qu'il devait amener. Ils auraient déjà dû être là.

À l'évidence, il ne pouvait pas courir le risque de les attendre. Il devait partir d'ici – en portant Padishar, puisqu'il n'était pas parvenu à le ranimer.

Hélas, il devrait abandonner la dépouille de Steff.

Il lui fallut quelques minutes pour décider ce qu'il emporterait. D'abord, il récupéra l'Épée de Leah et la remit avec soin dans son fourreau. Puis il tira Teel, et Steff ensuite, jusqu'à la crevasse et les jeta dedans.

Quand il eut terminé, horrifié par cet acte terrible, il se sentit incroyablement faible. Pourrait-il retourner par le tunnel, surtout en portant Padishar ?

Non sans peine, il parvint à hisser le hors-la-loi sur ses épaules. Une torche à la main, il rebroussa chemin.

Il marcha une petite éternité sans rien voir ni entendre. *Où est Chandos ?* se demanda-t-il de temps en temps. *Pourquoi n'est-il pas venu ?*

Le montagnard tomba tant de fois qu'il en perdit le compte. Ses genoux et ses mains ensanglantés, son corps entier commençait à s'engourdir. Il pensa à des choses étranges : à son enfance, à sa famille, aux aventures qu'il avait partagées avec Par et Coll en grandissant, à Steff, fiable et sûr, aux nains de Culhaven... Il pleura sans retenue, accablé par tout ce qu'il avait perdu en si peu de temps.

Quand il se sentait au bord de l'évanouissement, il parlait à Padishar, mais son ami ne reprit pas conscience.

Quand Chandos apparut enfin, accompagné par plusieurs hors-la-loi, Axhind et ses trolls, Morgan avait cessé de marcher. Gisant sur le sol du tunnel, il était à bout de forces.

Comme Padishar, on le porta sur le reste du chemin. Il essaya d'expliquer ce qui s'était passé... et ne se souvint jamais exactement de ce qu'il avait dit.

Chandos, lui, parla d'un nouvel assaut de la Fédération, qui l'avait empêché de venir vite.

Il faisait encore nuit quand ils arrivèrent au promontoire. La Saillie était attaquée. Peut-être une diversion pour détourner l'attention des soldats qui se glissaient dans le tunnel. Mais il fallait quand même riposter.

Par bonheur, les préparatifs à l'évacuation étaient terminés. Les blessés qui pouvaient marcher partiraient à pied, les autres sur des civières.

Morgan faisait partie de ce dernier groupe. Devant l'entrée du passage secret, Chandos vint lui parler.

— Tout va bien, montagnard, dit-il. Il y a déjà des soldats de la Fédération dans le tunnel, mais nous avons coupé les cordes des ponts. Ça les ralentira un moment – assez longtemps pour que nous partions tous. Nous emprunterons un autre tunnel. Il est plus difficile, avec quelques passages dangereux, mais Padishar sait comment les négocier. Ce diable d'homme ne laisse jamais rien au hasard. Au fait, il est réveillé et il amène les autres ici. Un sacré dur, ce vieux Padishar ! Mais pas plus que vous... Mon ami, vous lui avez sauvé la vie ! Et vous l'avez sorti du tunnel juste à temps. Reposez-vous un peu, maintenant...

Morgan ferma les yeux et bascula dans le néant.

Il dormit mal, souvent réveillé par le balancement de la civière sur laquelle on le portait et par les cris des autres blessés, autour de lui.

Une fois ou deux, il lui sembla entendre des bruits de bataille. Mais personne ne s'affola, et il conclut qu'il devait rêver.

Puis il se força à se réveiller, effrayé d'être inconscient alors que n'importe quoi pouvait se passer. Mais autour de lui, rien ne semblait avoir changé. N'avait-il donc pas dormi plus de quelques instants ?

Quand il essaya de lever la tête, une douleur fulgurante lui déchira la nuque. Il se rallongea, pensant à Steff et à Teel, et au mince fil qui séparait la vie de la mort.

La tête bandée et le bras gauche en écharpe, Padishar Creel vint marcher un moment à côté de la civière du montagnard.

— Alors, petit, ça va ?

Morgan fit un signe de tête, ferma les yeux et les rouvrit.

— Nous allons bientôt sortir, annonça Creel. *Nous tous*, grâce à vous et à Steff. Chandos m'a tout raconté. Il avait beaucoup de courage, ce nain. La Saillie est perdue, mais c'est un faible prix à payer pour nos vies.

Morgan s'avisa qu'il n'avait aucune envie de parler du prix de la vie.

— Aidez-moi à me lever, Padishar, dit-il. Je veux sortir de là sur mes pieds.

Le chef des hors-la-loi sourit.

— Comme nous tous, mon garçon !

Il tendit son bras valide et aida le jeune homme à se mettre debout.

Chapitre 32

Par et Coll Ohmsford marchaient dans un monde de cauchemar où régnait un silence absolu.

Les arbres s'élevaient comme des statues de pierre abandonnées par une civilisation disparue, tel un témoignage de la futilité des efforts humains. Des broussailles et de hautes herbes se massaient contre leurs troncs tels des enfants perdus et des buissons d'épineux se blottissaient les uns contre les autres comme s'ils voulaient se protéger des déboires de la vie.

La brume au contact plus glacial que celui d'un cadavre envahissait tout. Immobile et pesante, elle bloquait la lumière et la chaleur du soleil, étouffant lentement les arbres, les broussailles, les rochers et la terre.

Par et Coll avançaient lentement, tous leurs sens aux aguets. Mais ce monde semblait sans vie, comme si les Ombreurs étaient un mauvais rêve que leurs sens ne pouvaient percevoir.

Ils atteignirent les ruines du pont de Sendic et les longèrent, en quête de la rotonde. Mais elle n'était nulle part en vue.

Soudain, les murs de ce qui restait du palais des rois de Tyrsis disparurent aussi.

Comme s'ils n'avaient jamais existé, pensa Par.

Il se sentait froid et vide à l'intérieur, mais brûlant à l'extérieur, et trempé d'une sueur qui le démangeait. Ses émotions refusant de se laisser discipliner, son cœur battant follement dans sa poitrine, il était persuadé de vivre ses dernières minutes.

Pour se rassurer, il aurait voulu invoquer la magie, même sous sa forme la plus rudimentaire. Mais cela aurait alerté les gardiens de la Fosse – s'ils n'étaient pas déjà sur le qui-vive !

Coll lui effleura le bras puis désigna une crevasse dans le sol. Ils devraient la contourner ! Par fit signe qu'il avait compris et prit la tête. La présence de son frère le rassurait, comme si elle avait pu repousser les forces maléfiques qui les menaçaient. Coll, si déterminé qu'il semblait que sa seule volonté leur permettrait de s'en tirer. Par était heureux qu'il ait décidé de venir avec lui.

Une réaction égoïste, il le savait, mais honnête. Le courage de Coll, dans cette entreprise, était en grande partie la source du sien.

Ils firent le tour de la crevasse et revinrent vers les ruines du pont. Autour d'eux, tout était calme, silencieux et sans vie.

Soudain, quelque chose frémit dans la brume devant eux, et une forme noire émergea des débris.

C'était la rotonde !

Ils s'approchèrent rapidement du bâtiment, Par en tête et Coll un pas derrière lui. Les murs se firent plus nets, perdant peu à peu l'aspect irréel dû à la brume. Des broussailles poussaient sur les côtés de la rotonde, des plantes grimpantes s'enroulaient sur le toit en pente, et de la mousse entourait ses fondations, les colorant de rouille et de vert foncé.

La rotonde était plus grande que Par l'avait cru. Plus de cinquante pieds de large sur vingt de haut ! En réalité, elle ressemblait à une crypte.

Les Valombriens s'arrêtèrent et virent une inscription gravée sur la façade, presque effacée par le temps et les intempéries.

Ici reposent le cœur et l'âme des nations
Leur droit à la liberté
Leur désir de vivre en paix
Leur courage pour chercher la vérité.
Ici repose l'Épée de Shannara.

Une porte massive était entrebâillée devant eux. Les deux frères se regardèrent, avancèrent et regardèrent à l'intérieur de la rotonde. Un couloir partait vers la gauche et s'enfonçait dans l'obscurité.

Par fronça les sourcils. Il n'avait pas prévu que la rotonde serait une structure complexe.

Il se tourna vers Coll. Troublé, le jeune homme regardait autour de lui. Puis il tendit une main et tira la porte, qui pivota sans résistance.

— Ça m'a tout l'air d'un piège, murmura-t-il.

Par avait le même sentiment. La porte d'une rotonde vieille de trois cents ans n'aurait pas dû s'ouvrir aussi facilement ! Et il serait très simple de la refermer derrière eux une fois qu'ils seraient à l'intérieur…

Pourtant, Par savait qu'il pénétrerait dans la rotonde. Il était allé trop loin pour renoncer maintenant.

Il interrogea Coll du regard.

Son frère pinça les lèvres, devinant que Par avait décidé de continuer, quels que soient les risques.

— D'accord ! Va à la recherche de l'Épée, je monterai la garde ici… Mais dépêche-toi !

Par sourit, entra dans la rotonde et disparut au cœur des ténèbres. Très vite, la pâle lumière venue de l'extérieur cessa de l'éclairer. Peu désireux d'avancer à tâtons, le jeune homme se souvint qu'il avait toujours la pierre de Damson. Il la sortit de sa poche et la serra un moment entre ses mains pour la réchauffer. Dès qu'une lumière argentée perça les ténèbres, il reprit prudemment son chemin.

Il remonta le couloir, descendit quelques marches et s'engagea dans un deuxième couloir. Alors, il recommença à se sentir très mal à l'aise. Il n'était plus dans la rotonde, mais quelque part sous le sol. Comment était-ce possible ?

Au bout du couloir, il entra dans une salle au plafond cintré et aux murs gravés d'images et de runes.

Au centre de la pièce, sa lame enfoncée dans un bloc de marbre rouge, Par vit enfin l'Épée de Shannara.

La lame lisse et sans tache, la garde avait la forme d'une main brandissant une torche. Sous la lumière bleutée, l'artefact scintillait comme s'il était neuf.

Par sentit sa gorge se nouer. C'était bien l'Épée de Shannara ! Frémissant de joie, il eut du mal à se retenir d'appeler Coll. Il avait tout parié sur une intuition et il avait eu raison ! Par l'enfer, il avait vu juste depuis le début ! L'Épée de Shannara était bien dans la Fosse, défendue par un enchevêtrement d'arbres, par la brume et par les Ombreurs...

Penser aux Ombreurs rappela soudain au jeune homme que sa position était des plus précaires. Il aurait le temps de se réjouir plus tard, quand Coll et lui seraient sortis entiers de ce trou à rats.

Quelques marches menaient au socle sur lequel reposait le bloc de marbre. Dès que Par fit un pas en avant, une silhouette sombre s'avança pour lui barrer le chemin.

Un Ombreur !

Par vit aussitôt qu'il se trompait. Ce n'était pas un monstre, mais un homme entièrement vêtu de noir, l'image d'un loup sur la poitrine. L'angoisse du Valombrien ne diminua pas quand il le reconnut.

C'était Rimmer Dall !

À l'entrée de la rotonde, Coll s'impatientait. Rien ne bougeait autour de lui et il n'entendait aucun son. Pourtant, il aurait juré qu'il y avait quelqu'un ou quelque chose non loin de là.

L'aube pointait, sa lumière hésitante auréolant la cime des arbres. Par était parti depuis trop longtemps. Ça n'aurait pas dû être si long...

Coll attendrait encore cinq minutes. Et si son frère ne revenait pas, il entrerait.

Rimmer Dall s'arrêta à trois pas de Par, leva la main et abaissa son capuchon. Son visage anguleux n'était pas masqué, mais il restait plongé dans la pénombre. Peu importait : Par l'aurait reconnu dans n'importe quelles circonstances. Leur unique rencontre, à *La Moustache Bleue*, n'était pas du genre qu'on risquait d'oublier. Il avait espéré ne jamais revoir cet homme. Pourtant, ils étaient de nouveau face à face. Rimmer Dall, le Premier Questeur de la Fédération, qui le traquait depuis le début, l'avait finalement rattrapé.

Sachant que la porte par où il était entré était toujours ouverte derrière lui, Par se prépara à fuir.

— Attendez, Par Ohmsford, dit l'homme, comme s'il avait lu ses pensées. Êtes-vous donc si facile à effrayer ?

Par hésita. Rimmer Dall était un type robuste. Son visage à la barbe rousse, si dur et menaçant, aurait pu être taillé dans la pierre. Pourtant, sa voix, que Par n'avait pas oubliée non plus, était douce et presque charmeuse.

— Ne devriez-vous pas au moins écouter ce que j'ai à vous dire ? Quel mal cela peut-il faire ? J'attends depuis longtemps de pouvoir vous parler.

— Vous *attendiez* ?

— Vous étiez forcé de venir ici. Vous êtes ici pour l'Épée, n'est-ce pas ? Bien sûr... Dans ce cas, j'avais raison d'attendre. Nous avons beaucoup de choses à nous raconter.

— J'en doute, fit Par. Vous avez essayé de nous arrêter à Varfleet. À Valombre, vous avez emprisonné mes parents et occupé le village. Vous me poursuivez depuis des semaines, Dall...

Rimmer Dall croisa les bras. Par remarqua de nouveau que son bras gauche était ganté jusqu'au coude.

— Convenons d'une chose : je ne bouge pas et vous restez où vous êtes. Ainsi, vous pourrez partir quand vous le voudrez. Et je ne tenterai pas de vous en empêcher.

Par recula d'un pas.

— Je n'ai pas confiance en vous.

— Je vous comprends... Mais vous voulez l'Épée de Shannara, n'est-ce pas ? Dans ce cas, vous devrez d'abord m'écouter. Ensuite, vous pourrez l'emporter si vous le souhaitez. Ça vous va ?

— Pourquoi conclure un tel marché avec moi, après tout ce que vous avez fait pour m'empêcher de prendre l'Épée ?

— Vous empêcher de prendre l'Épée ? (L'homme éclata de rire.) Par Ohmsford ! N'avez-vous pas pensé à me la *demander* ? Avez-vous envisagé la possibilité que je puisse simplement vous la remettre ? Cela n'aurait-il pas été plus facile que de vous faufiler dans la cité et d'essayer de la voler ? Il y a tant de choses que vous ignorez... Pourquoi ne pas me laisser vous les apprendre ?

Par regarda autour de lui, inquiet. La rotonde étant plongée dans la pénombre, n'importe qui – ou n'importe quoi – pouvait s'y tapir.

Il frotta la pierre que Damson lui avait donnée pour raviver sa lumière.

— Vous pensez que j'ai des complices, cachés dans les ténèbres ? murmura Rimmer Dall. Bien. Dans ce cas...

Il leva sa main gantée... et la salle s'illumina comme en plein jour. Par haleta de surprise et recula d'un pas.

— Par Ohmsford, vous pensiez être le seul à contrôler la magie ? Eh bien, c'est faux ! À vrai dire, j'ai un pouvoir bien plus puissant que le vôtre, et peut-être plus puissant que celui des druides d'antan. Et je ne suis pas le seul. D'autres gens, dans les Quatre Terres, détiennent la magie de l'ancien monde. Celui qui existait avant les Terres, les Grandes Guerres... et l'avènement de l'Homme.

» M'écouterez-vous maintenant, Par Ohmsford, tant que vous le pouvez ?

Par secoua la tête – pas pour refuser la proposition de Dall, mais d'incrédulité.

— Vous êtes un Questeur, Dall. Vous pourchassez ceux qui utilisent la magie. Tout usage d'un pouvoir, même par vous, est interdit !

Rimmer Dall sourit.

— Ainsi en a décidé la Fédération... Mais cela vous a-t-il empêché d'utiliser la magie, Par Ohmsford ? Cela a-t-il jamais arrêté quiconque en est capable ? En réalité, c'était un décret stupide, impossible à faire respecter, excepté par ceux qui ne possèdent *pas* la magie ! La Fédération rêve de bâtir un empire, d'unir les Terres et les Races sous sa loi. Le Conseil de la Coalition tire des plans, mais il n'est que le triste vestige d'un monde qui s'est déjà détruit une fois lors d'antiques guerres. Il se croit élu pour gouverner parce que le Conseil des Races n'existe plus et que les druides ont disparu. Enfin, il tient le départ des elfes pour une bonne chose... La Fédération s'est emparée des provinces des Terres du Sud, elle menace Callahorn pour l'obliger à céder et elle détruit les nains simplement parce qu'elle en a le pouvoir. Le Conseil croit voir dans tout cela des preuves qu'il a le droit de gouverner. Il s'estime omniscient. Et, arrogance ultime, il déclare la magie hors-la-loi ! Notez qu'il ne s'est pas une seule fois demandé quel but sert la magie, se contentant de la nier !

La silhouette noire se pencha et écarta les bras.

— La Fédération est composée d'une horde d'imbéciles qui ne comprennent rien à la magie, Valombrien. C'est la magie qui a présidé à la naissance de notre monde, où la Fédération se croit l'autorité suprême. La magie a tout rendu possible. Et la Fédération rejetterait ce pouvoir comme s'il n'existait pas ?

Rimmer Dall se redressa de toute sa hauteur.

— Regardez-moi, Par Ohmsford, murmura-t-il.

Son corps frémit, puis se dédoubla. Horrifié, Par vit une forme noire sortir du corps de Rimmer Dall et entrer en lévitation devant lui, ses yeux rouges brûlant comme des braises.

— Comprenez-vous, Valombrien ? murmura la voix désincarnée de Rimmer Dall. Je suis l'entité même que la Fédération voudrait détruire, et elle n'en a pas la plus petite idée !

L'ironie de cette situation fut perdue pour Par, qui vit seulement le piège mortel dans lequel il s'était placé. Il recula devant Rimmer Dall – qui n'était pas un humain, mais un Ombreur. Puis il se souvint de l'Épée de Shannara et cessa de songer à fuir. S'il pouvait s'emparer de l'Épée, il aurait une arme pour détruire Rimmer Dall.

L'Ombreur ne parut pas s'inquiéter de ce qu'il entendait faire. Lentement, la forme noire se fondit de nouveau dans le corps de Dall.

— On vous a menti, Valombrien. Souvent ! On vous a dit que les Ombreurs sont des créatures maléfiques qui envahissent le corps des humains pour les pervertir et les forcer à épouser leur cause. Inutile de nier ou de demander comment je le sais ! Je connais tout de vous, de votre voyage à Culhaven, au pays Sauvage, au lac Hadeshorn... et du reste. Je suis informé de votre rencontre avec l'ombre d'Allanon. Je n'ignore rien des mensonges qu'il vous a racontés. Des mensonges, Par Ohmsford ! Les druides vous ont dit ce qu'il faut faire pour détruire les Ombreurs, afin que le monde soit de nouveau en sécurité. Vous deviez chercher l'Épée de Shannara, Wren était chargée de retrouver les elfes, et Walker Boh de ramener Paranor, la forteresse disparue... Je sais tout ça !

» Maintenant, écoutez tout ce qui ne vous a pas été dit ! Les Ombreurs ne sont pas une aberration apparue à cause de l'absence des druides. Nous sommes leurs successeurs ! Ce qui est né de la magie après leur disparition… Et nous ne sommes pas des monstres qui possèdent les humains, Valombrien ! Nous sommes des hommes, comme vous !

Par secoua la tête, refusant d'en entendre davantage, mais Rimmer Dall tendit sa main gantée vers lui.

— La magie vit dans les hommes, maintenant, comme elle existait autrefois dans les créatures du monde magique. Dans les elfes, avant qu'ils quittent ce monde. Et dans les druides, plus tard. Je suis un homme normal, si ce n'est que je contrôle la magie. Comme vous, Par. Je l'ai héritée de mes ancêtres, des gens de ma famille qui vivaient dans un monde où le pouvoir était banal. La magie s'est éparpillée et s'est reproduite, pas dans le sol, mais dans les corps des hommes et des femmes des Races. Elle a pris racine et elle a grandi en certains d'entre nous. À présent, nous disposons du pouvoir qui était autrefois celui des seuls druides…

» Vous avez ce pouvoir. Et maintenant, vous comprenez la vérité. Vous savez ce que cela signifie.

Il s'interrompit, attendant que Par réponde.

Mais le Valombrien était glacé jusqu'à la moelle des os, car il avait deviné ce que l'homme allait dire.

— Je vois que vous avez compris, fit Rimmer Dall d'une voix très douce. Cela signifie, Par Ohmsford, que vous êtes un Ombreur.

Coll compta les secondes mentalement – aussi lentement que possible – se répétant que Par n'allait pas tarder à revenir. Mais il n'y avait toujours aucun signe de son frère…

Le Valombrien recula de quelques pas, puis revint près du mur de la rotonde. Les cinq minutes étaient passées. Il ne pouvait pas attendre plus longtemps.

Laisser leurs arrières sans surveillance l'inquiétait, mais il n'avait pas le choix. Il devait découvrir ce qui était arrivé à Par.

Il prit une grande inspiration et se prépara à entrer.

À ce moment-là, des mains se refermèrent sur lui et le firent basculer en arrière.

— Vous mentez ! cria Par en faisant un pas vers Rimmer Dall.

— Être un Ombreur n'est pas un problème, répondit sèchement l'homme. Il s'agit seulement d'un nom que les autres utilisent quand ils ne comprennent pas quelque chose. Si vous pouvez oublier les mensonges et réfléchir aux possibilités, vous saisirez mieux. Supposez un instant que j'aie raison. Si les Ombreurs sont simplement des hommes destinés à succéder aux druides ; se servir de la magie est non seulement leur droit mais leur devoir. La magie est un don. N'est-ce pas ce qu'Allanon, agonisant, a dit à Brin Ohmsford quand il l'a marquée avec son sang ? La magie est un outil qui doit être employé pour l'amélioration des Races et des Quatre Terres. Qu'y a-t-il de si difficile à accepter dans cette affirmation ? Le problème n'est pas en moi, ni en vous, ni dans nos semblables. L'obstacle, ce sont les imbéciles qui gouvernent la Fédération, convaincus que tout ce qu'ils ne peuvent pas contrôler doit être supprimé !

Ces idiots tiennent tout être différent d'eux pour un ennemi...

» Mais qui cherche à dominer les Quatre Terres et leurs peuples ? Qui a chassé les elfes des Terres de l'Ouest, réduit les nains en esclavage à l'Est, assiégé les trolls au Nord, et décrète que les Quatre Terres lui appartiennent ? Comment se fait-il, selon vous, que les Terres se dessèchent et meurent ? Qui en est la cause ? Vous avez vu les pauvres créatures parquées dans la Fosse. Vous les avez prises pour des Ombreurs, je parie ? C'est vrai, mais leur état est le résultat des exactions de ceux qui « s'occupent » d'eux. Ce sont des humains, comme vous et moi. La Fédération les a enfermés parce qu'elle les juge dangereux. Alors, ils deviennent ce qu'on pensait qu'ils étaient. Privés de la vie que la magie leur donnerait, ils sombrent dans la folie ! Cette enfant, à la crête de Toffer, savez-vous ce qui l'a transformée en monstre ? Elle a été privée de la magie, de son utilisation et de tout ce qui lui aurait permis de rester saine d'esprit. Cette petite a été contrainte de s'exiler, Valombrien, et c'est la Fédération qui provoque tous les problèmes dans les Quatre Terres avec ses décrets idiots ! Mais les Ombreurs ont une chance de remettre les choses en ordre !

» Quant à Allanon, il reste un druide, avec l'esprit et les manières d'un druide. Ce qu'il cherche est connu de lui seul, et il en sera probablement ainsi à jamais. Mais vous feriez bien de ne pas accepter trop facilement ce qu'il vous dit.

Dall parlait avec une telle conviction que Par Ohmsford eut un doute. Et si l'ombre d'Allanon avait réellement menti ? N'était-il pas acquis que les druides avaient toujours manipulé ceux dont ils voulaient obtenir quelque chose ? Walker lui avait conseillé de ne pas gober aveuglément les dires du druide. Et le discours de Rimmer Dall allait dans le même sens. Mais lui aussi pouvait mentir...

Il était possible, comprit Par, désespéré, qu'il ait été *totalement* induit en erreur.

La grande silhouette se redressa.

— Vous êtes des nôtres, Par Ohmsford...

— Non.

— Vous êtes l'un de nous, Valombrien. Niez-le aussi longtemps et aussi fort que vous le voulez, ce fait demeurera. Nous sommes pareils, vous et moi : des détenteurs et des gardiens de la magie. Bref, les successeurs des druides... Vous avez toujours peur de moi, n'est-ce pas ? Un Ombreur. Même le nom vous effraie. C'est un résultat inévitable quand on gobe des mensonges. Vous pensez à moi comme à un ennemi, pas comme à quelqu'un de votre espèce.

Par garda le silence.

— Voyons qui ment et qui dit la vérité. Tenez. (Il désigna l'Épée.) Sortez-la de la pierre, Valombrien. Elle vous appartient. C'est votre héritage, puisque vous descendez de la maison elfique de Shannara. Prenez-la et touchez-moi avec elle. Si je suis la créature de ténèbres qu'on vous a décrite, l'arme me détruira. Et si je suis une force maléfique déguisée, l'Épée vous le révélera. Prenez-la et utilisez-la !

Par hésita, puis monta les marches, s'approcha du bloc de marbre rouge, saisit l'Épée de Shannara à deux mains et tira.

L'arme sortit sans peine du bloc. Par se tourna et fit face à Rimmer Dall.

— Approchez, murmura Dall. Touchez-moi.

Des souvenirs tourbillonnèrent dans l'esprit de Par : des fragments des chansons qu'il avait chantées ou de récits qu'il avait racontés. Il tenait en main l'Épée de Shannara, une arme elfique face à laquelle aucune tromperie ne pouvait survivre.

Il descendit du socle.

Rimmer Dall attendait. Quand Par fut assez près, il tendit la lame et la posa sur le corps de l'homme.

Rien ne se passa.

Les yeux rivés sur Rimmer Dall, Par implora que la vérité lui soit révélée. Il ne se passa toujours rien.

Le jeune homme résista aussi longtemps qu'il put le supporter, puis il baissa la lame et recula d'un pas.

— Maintenant, vous savez, dit Rimmer Dall. Il n'y a pas de mensonge en moi. Les mensonges, c'est tout ce qu'on vous a dit.

Par s'aperçut qu'il tremblait.

— Mais pourquoi Allanon aurait-il menti ?

— Réfléchissez à ce qu'on vous a demandé de faire. Vous êtes chargé de ressusciter les druides, de restaurer leur puissance et de nous détruire. Les druides veulent récupérer le pouvoir qu'ils ont perdu – celui de la vie et de la magie. Est-ce si différent de ce que le Roi-Sorcier projetait il y a dix siècles ?

— Mais vous nous avez pourchassés !

— Pour vous parler… Pour vous expliquer…

— Vous avez emprisonné mes parents !

— Je les ai mis à l'abri. La Fédération était au courant de votre existence et elle les aurait utilisés pour vous piéger, si je n'étais pas allé d'abord auprès d'eux.

Par retint son souffle, momentanément à court d'arguments. Tout cela était-il vrai ? Le reste était-il un amas de mensonges ? Il n'arrivait pas à y croire… et pas davantage à ne pas y croire.

— Je dois réfléchir, dit-il d'une voix lasse.

— Alors, venez avec moi… Nous reparlerons de tout ça. Vous avez en tête beaucoup de questions qui demandent des réponses, et je peux vous les donner. De plus, il reste bien des choses que vous devez apprendre sur les diverses utilisations de la magie. Venez, Valombrien. Abandonnez vos peurs et vos appréhensions. Il ne vous sera fait aucun mal, car votre magie est tellement prometteuse…

Dall parlait d'une voix si rassurante… Un instant, Par faillit accepter. Épuisé, il aurait voulu que cette aventure soit terminée. Il aurait été si rassurant d'avoir quelqu'un à qui parler de son rapport frustrant avec la magie. Rimmer Dall le comprendrait sûrement, puisqu'il avait vécu la même chose.

Même s'il avait du mal à le reconnaître, Par ne se sentait plus menacé par cet homme. Alors, pourquoi refuser de le suivre ?

Il le fit malgré tout, sans vraiment comprendre pourquoi.

— Non, dit-il enfin.

— Pensez à ce que nous partagerions si vous veniez avec moi. Nous avons tant de choses en commun ! Par, vous avez sûrement envie de parler de votre magie. Jusqu'à maintenant, vous n'avez jamais pu le faire avec personne. Je sens ce besoin en vous ! Venez avec moi ! Valombrien, vous avez…

— Non.

Par recula. Quelque chose murmurait dans son esprit, un souvenir hideux qui n'avait pas encore de visage, mais dont il reconnaissait la voix.

Rimmer Dall le regarda durement.

— C'est stupide, Valombrien !

— Je m'en vais, dit Par. Et j'emporte l'Épée avec moi.

Tendu, il était de nouveau sur ses gardes. Que s'était-il passé ? Qu'est-ce qui l'inquiétait à ce point ?

L'homme vêtu de noir redevint une ombre parmi les ombres.

— Restez, Valombrien... Il y a de noirs secrets qu'on vous a dissimulés. Des choses que vous feriez mieux d'apprendre de moi... Alors, écoutez-les !

Par recula encore.

— La porte est juste derrière vous, dit soudain Rimmer Dall d'une voix sifflante. Il n'y a ni couloir ni escalier. C'était une illusion pour me permettre de vous isoler assez longtemps, afin que nous ayons le temps de parler. Mais si vous partez maintenant, quelque chose de précieux sera détruit. La vérité vous attend, Valombrien, et de l'horreur est inscrite sur son visage. Vous ne la supporterez pas. Restez et écoutez-moi. Vous avez besoin de mon aide !

Par secoua la tête.

— Un instant, Rimmer Dall, vous avez parlé comme les autres, ces Ombreurs qui ne vous ressemblent pas physiquement, mais qui ont le même *désir* que vous. Comme eux, vous aimeriez me posséder...

Rimmer Dall resta où il était et regarda le jeune homme reculer.

Puis la lumière que le Premier Questeur avait invoquée disparut.

Par Ohmsford, l'Épée de Shannara au poing, courut vers la liberté.

Rimmer Dall avait raison au sujet du passage et de l'escalier. C'était une illusion, née d'une magie que Par aurait dû reconnaître aussitôt.

Sortant de la rotonde, il retrouva la lumière grise de la Fosse. L'humidité et la brume se refermèrent aussitôt sur lui.

Coll.

Où est Coll ?

Il enleva son manteau et en enveloppa l'Épée de Shannara. Allanon avait dit qu'il aurait besoin de l'arme, mais pouvait-il toujours croire les propos du druide ? À cet instant précis, il l'ignorait. Cela posé, il devait quand même prendre soin de l'Épée. Elle devait avoir une utilité. À moins qu'elle ait perdu sa magie ?

Était-ce possible ?

— Par...

Le Valombrien sursauta. La voix montait de derrière lui, si proche qu'il aurait pu s'agir d'un murmure, n'était la dureté du ton.

Par se retourna.

Coll était là...

Enfin, ce qui *avait été* Coll.

Le visage de son frère était à peine reconnaissable, ravagé par des tourments intérieurs au-delà de l'imaginable. Ses traits familiers cireux et distordus, sa silhouette aussi était déformée, comme si on avait réarrangé ses os. Des marques marbraient sa peau – des déchirures et des lésions – et ses yeux brûlaient d'un feu que Par reconnut aussitôt.

— Ils m'ont pris, murmura Coll. Je t'en prie, Par. J'ai besoin de toi. Serre-moi dans tes bras. Je t'en prie…

Par hurla, souhaitant que la créature debout devant lui disparaisse à jamais de sa vue et de son esprit. Il tremblait de tous ses membres, et le vide qui s'ouvrit en lui menaçait de le détruire entièrement.

— Coll !

Son frère avança vers lui en titubant, les bras tendus. L'avertissement de Rimmer Dall lui revint en mémoire : la vérité, l'horrible vérité ! Coll était un Ombreur. Il était devenu un monstre semblable à ceux qui hantaient la Fosse. Les malheureux que la Fédération avait détruits, selon Rimmer Dall. Comment était-ce arrivé ? Par avait été absent quelques minutes. Qu'avait-on fait à son frère ?

Il ne bougea pas tandis que la créature, devant lui, tentait de l'enlacer en murmurant sans cesse : « serre-moi dans tes bras, serre-moi dans tes bras », comme si cette litanie pouvait la libérer.

Par aurait voulu être mort ou, mieux encore, n'avoir jamais vu le jour. Il aurait aimé disparaître de la surface de la terre et laisser l'horreur derrière lui.

L'Épée de Shannara lui échappa des mains et tomba sur le sol. En un instant, tout ce qu'il avait cru et espéré venait d'être réduit à néant.

Coll commença à tirer sur ses vêtements et à tenter de le griffer.

— Coll, non !

Puis un étrange phénomène se produisit en lui. Il tenta de l'endiguer, mais cette force le submergea.

Une chaleur brûlante jaillit dans sa poitrine et se répandit dans son corps comme un incendie. La magie ! Pas celle de l'Enchantement de Shannara, avec ses illusions inoffensives, mais l'*autre.*

Le pouvoir qui était autrefois celui des Pierres elfiques… Une puissance qu'Allanon avait donnée à Shea Ohmsford des siècles auparavant, qui s'était implantée en Wil Ohmsford, puis transmise de génération en génération. Changeant et évoluant sans cesse, elle vivait en lui – une magie dure, impitoyable… et bien plus mystérieuse que celle de l'Enchantement.

Elle explosa en lui.

Par hurla à Coll de le lâcher, mais son frère ne sembla pas l'entendre. Caricature de l'être de chair et de sang que le jeune homme aimait, Coll était consumé par sa propre folie. L'Ombreur qu'il était devenu cherchait seulement à se nourrir.

La magie l'enveloppa et, en un clin d'œil, le réduisit en cendres.

Horrifié, Par regarda son frère se désintégrer sous ses yeux. Il tomba à genoux et sentit sa propre vie disparaître en même temps que celle de Coll.

Puis d'autres mains le saisirent et le tirèrent vers le sol. Des visages ravagés tourbillonnaient autour de lui.

Les Ombreurs de la Fosse l'avaient trouvé. Des dizaines de monstres dont les mains se tendaient vers lui, comme s'ils voulaient le déchiqueter.

Par comprit qu'il ne s'en sortirait pas.

Mais la magie revint, explosa de nouveau, et repoussa les Ombreurs comme un vulgaire tas de bois mort.

Cette fois, le pouvoir s'*incarna*, telle une pensée venant soudain à l'existence. La magie se matérialisa dans sa main sous la forme d'un fragment déchiqueté de feu bleu dont les flammes étaient aussi froides et dures que le fer. Il ne comprenait pas son origine, ni ce qu'elle était, mais il comprit d'instinct comment l'utiliser. Le pouvoir parcourait tout son corps. Criant de fureur, il décrivit un arc de cercle avec sa nouvelle arme, transperçant les créatures comme si elles avaient été en papier.

Elles s'écroulèrent aussitôt, leurs voix inintelligibles et lointaines tandis qu'elles agonisaient.

Par frappa comme un forcené, s'abandonnant à la fureur et au désespoir provoqués par la mort de son frère.

La mort dont il était responsable !

Les Ombreurs qu'il n'avait pas détruits reculèrent en titubant comme des marionnettes dont les fils auraient été coupés. Le fragment de feu magique toujours dans une main, Par se pencha et ramassa l'Épée de Shannara.

Il la sentit brûler sa paume. Une douleur violente et perturbante…

Aussitôt, sa magie se dissipa. Par sursauta de surprise, essaya de l'invoquer de nouveau et découvrit qu'il ne le pouvait pas. Quand les Ombreurs revinrent vers lui, il hésita, puis s'enfuit.

Trébuchant sur les débris du pont, glissant sur la terre humide, haletant de rage et de frustration, il courut.

À quelle distance derrière lui étaient les créatures de la Fosse ? Il n'osa pas regarder par-dessus son épaule, obsédé par une seule idée : échapper à cet enfer… et à la culpabilité d'avoir dû tuer Coll.

Il était presque arrivé à la paroi rocheuse quand il entendit Damson l'appeler. Il courut vers elle, l'Épée de Shannara serrée contre sa poitrine. L'arme ne le brûlait plus. Elle était redevenue une simple lame enveloppée d'un manteau boueux.

Par tomba à plat ventre et éclata en sanglots.

Entendant Damson l'appeler de nouveau, il lui cria un avertissement.

Puis il sentit des bras le soulever, l'aidant à se remettre debout.

— Par, qu'y a-t-il ? Qu'est-il arrivé ?

— Il est mort, Damson ! Coll est mort ! Je l'ai tué !

Soudain, la porte s'ouvrit devant eux. Une petite créature poilue leur fit signe de venir. Soutenu par Damson, Par franchit le seuil et entendit le battant se refermer derrière lui.

Puis tout disparut, englouti par le bruit assourdissant de son cri de désespoir.

Chapitre 33

Il tombait sur les dents du Dragon une pluie froide et insistante qui bouchait l'horizon. Morgan Leah était debout devant un précipice, au bord de la piste, et il regardait autour de lui. Au sud, les contreforts des collines ondulaient sous l'averse. On ne voyait pas du tout la rivière Mermidon.

Morgan eut soudain le sentiment atroce qu'il n'y avait plus de place pour lui dans cet univers.

Il cligna des yeux pour en chasser les gouttes de pluie. Ses cheveux roux plaqués sur son front, il avait les joues glacées. Sous ses vêtements trempés, son corps endolori était couvert d'égratignures. Il frissonna, l'oreille tendue. Le vent sifflait entre les parois rocheuses et les arbres, momentanément plus fort que le tonnerre qui grondait au nord. Derrière lui, des ruisseaux gonflés par la pluie tombaient en cascade dans les rochers.

Un bon jour pour repenser à sa vie, se dit Morgan. *Et pour tout recommencer.*

Padishar Creel s'approcha lentement du montagnard.

— C'est le moment de partir, annonça-t-il.

Morgan hocha simplement la tête.

— Vous êtes prêt, petit ?

— Oui…

Padishar regarda au loin et soupira.

— Rien ne s'est passé comme nous l'attendions, n'est-ce pas ?

Morgan réfléchit un instant.

— Je n'en suis pas si sûr, Padishar…

Guidés par leur chef, les hors-la-loi étaient sortis des tunnels très tôt ce matin-là et ils avaient filé vers les montagnes, au nord-est.

Les pistes qu'ils avaient empruntées étaient étroites et rendues glissantes par la pluie. Mais Padishar pensait qu'il valait mieux passer par là plutôt que d'essayer de traverser le col de Kennon, qui serait sûrement surveillé. À vrai dire, le mauvais temps les avait aidés, car la pluie effaçait leurs traces.

Ils n'avaient pas vu de soldats de la Fédération depuis le début de leur fuite. La Saillie était perdue, mais les hors-la-loi survivraient et continueraient à se battre.

Au milieu de l'après-midi, la colonne était arrivée à un endroit, juste au-dessus de la Mermidon, où celle-ci bifurquait vers le lac Arc-en-ciel, au sud, et les plaines de Rabb, à l'est. Les fuyards s'étaient arrêtés sur un promontoire où les pistes se séparaient, histoire de se reposer avant de partir dans des directions différentes. Les trolls iraient vers le nord afin de rejoindre les monts Charnal. Les hors-la-loi gagneraient les étendues Enflammées, une autre de leurs places fortes.

Padishar retournerait à Tyrsis pour récupérer Damson et les Valombriens. Morgan irait vers l'est, à Culhaven, où il tiendrait la promesse faite à Steff. Dans quatre semaines, tous se retrouveraient au col de Jannisson. Avec un peu de chance, l'armée des trolls serait entièrement mobilisée, et le Mouvement aurait consolidé ses divers groupes. Alors viendrait le moment d'établir une stratégie spécifique pour la suite de la lutte contre la Fédération.

S'ils survivaient jusque-là, pensa Morgan, d'humeur pessimiste. Il n'en était pas sûr.

La « trahison » de Teel l'avait démoralisé. Désormais, il savait combien il était facile aux Ombreurs de s'infiltrer dans les rangs des adversaires de la Fédération. N'importe qui pouvait être l'ennemi. La trahison viendrait de n'importe où. Comment se protégeraient-ils, alors qu'il leur serait impossible de se fier à quiconque ?

Cela inquiétait aussi Padishar, Morgan le savait. Il l'observait depuis leur fuite, et le chef des hors-la-loi voyait des fantômes à tous les tournants.

Morgan aussi…

— Est-il prudent pour vous de retourner si vite à Tyrsis ? demanda-t-il soudain.

Padishar haussa les épaules.

— Ni plus ni moins que d'habitude… De toute façon, je me déguiserai. Ne vous inquiétez pas, montagnard. Les Valombriens s'en sortiront. Je m'en assurerai.

— Ne pas venir avec vous me déplaît, dit Morgan. C'est moi qui ai convaincu Par et Coll de se lancer dans cette aventure. En tout cas, je n'ai pas tenté de les en dissuader… Mais je les ai abandonnés une fois, et voilà que je leur fais encore faux bond. Hélas, je suis coincé par la parole donnée à Steff. Cela dit, je ne peux pas ignorer que…

Le montagnard s'interrompit, revoyant en un éclair le nain agonisant. Il crut un instant qu'il allait pleurer, mais ses larmes étaient apparemment taries.

Padishar lui posa une main sur l'épaule.

— Montagnard, vous devez faire ce que vous avez promis à un ami mourant… Quand vous aurez terminé, revenez. Les Valombriens et moi, nous vous attendrons, et tout recommencera.

Morgan fit un signe de tête, incapable de parler.

Padishar se pencha vers lui.

— Nous accomplissons tous notre devoir, Morgan Leah. Et nous sommes libres, comme le proclame notre cri de ralliement – les hommes, les nains, les trolls. Cette guerre nous concerne tous. Allez à Culhaven aider ceux qui en ont besoin, et je ferai la même chose à Tyrsis. Mais nous ne nous oublierons pas, n'est-ce pas ?

— Bien sûr que non, Padishar !

Creel recula.

— Bien. Prenez donc ça… (Il tendit à Morgan la bague au faucon.) Quand vous aurez besoin de me trouver, montrez ce bijou à Matty Roh, au *Duvet de Chardon*, à Varfleet. Je m'assurerai qu'elle sache où on pourra me joindre. La bague servira une deuxième fois de signe de ralliement. Maintenant, partez ! Et bonne chance !

Il tendit la main et Morgan la serra.

— Bonne chance à vous aussi, Padishar.

Creel éclata de rire.

— La chance me suit partout, petit !

Morgan retourna à l'endroit où les hors-la-loi et les trolls se reposaient. Il leur fit ses adieux et vit Chandos serrer Padishar dans ses bras, d'autres hors-la-loi lui flanquant des claques amicales dans le dos. Certains blessés, couchés sur les civières, agitèrent une main en signe d'au revoir.

Padishar était toujours le seul chef qu'ils voulaient !

Morgan regarda les trolls partir vers le nord.

Puis il salua une dernière fois Padishar.

S'éloignant, il tourna vers l'est, dans les contreforts des collines. Il marcha la tête baissée pour se protéger de la pluie, et les yeux rivés sur le chemin.

Quand il regarda en arrière, ses compagnons de lutte avaient disparu.

Soudain, il s'avisa qu'il n'avait pas parlé à Padishar de la magie toujours présente dans la lame de l'Épée de Leah – celle qui leur avait sauvé la vie. Il n'avait jamais raconté à Creel comment il avait vaincu Teel. D'abord par manque de temps, ensuite parce qu'il avait cru préférable de ne pas le mentionner.

Morgan ne comprenait pas très bien la magie de l'Épée. Pourquoi en possédait-elle toujours ? Il l'ignorait. Et comment avait-il pu l'invoquer ? Mystère…

Restait-il encore assez de magie dans la lame pour lui sauver la vie une nouvelle fois, en cas de besoin ?

Amer, il se demanda combien de temps s'écoulerait avant qu'il le découvre. Sans doute très peu…

Avançant avec précaution, il s'engagea sur le flanc de la montagne.

Par Ohmsford dérivait.

Il ne dormait pas, car le sommeil lui aurait apporté des rêves effrayants. Il n'était pas éveillé non plus, parce qu'il aurait dû affronter une réalité qu'il avait tant besoin de fuir.

Il dérivait dans un vide grisâtre entre l'être et le non-être, entre ce qui est et ce qui n'est pas. Un lieu où son esprit n'avait pas besoin de fonctionner et où ses souvenirs restaient vagues. Il y était au chaud, à l'abri du passé et de l'avenir, comme lové quelque part au centre de lui-même.

Conscient que la folie l'habitait, il l'accueillait avec joie et se laissait vaincre sans lutter. Elle le désorientait, distordant ses perceptions et ses pensées. Ainsi, elle lui fournissait un abri, un linceul de non-être qui empêchait le monde de l'atteindre.

Et c'était exactement ce qu'il lui fallait.

Pourtant, même les murs les plus épais ont des failles qui laissent passer le jour. Il en allait ainsi pour sa folie. Il captait des murmures venus de l'univers dont il essayait désespérément de se couper. Il sentait les couvertures sur son corps, et le lit où il reposait. Parfois, il voyait des chandelles brûler, comme des îles sur une mer obscure. D'étranges animaux le regardaient, installés sur des bibliothèques, des étagères ou des boîtes. Composés de tissu et de peluche, ils avaient des yeux et des nez en verre.

Par écouta les mots qui flottaient dans l'air comme des grains de poussière dansant dans un rayon de soleil.

— Il est très malade, adorable Damson, dit une voix.

— Il se protège, Taupe.

Damson et la Taupe. Le Valombrien savait qui ils étaient. Et ils parlaient de lui. Peu lui importait ! Ce qu'ils disaient ne faisait aucune différence.

Par moments, il voyait même leurs visages à travers les fissures de son refuge…

Couvert de fourrure, la Taupe avait un visage rond et de grands yeux interrogateurs. Parfois, il posait près de Par l'un des étranges animaux. Il leur ressemblait, pensa Par. La Taupe leur parlait et les appelait par leurs noms. Mais les animaux ne répondaient jamais.

Parfois, la jeune fille lui faisait avaler de la soupe ou de l'eau, et il obéissait sans protester. Quelque chose à son sujet le fascinant, il essaya même de lui parler une ou deux fois. Puis il abandonna. Les mots qu'il aurait voulu prononcer le fuyaient. Ses pensées s'éparpillèrent. Le visage de la jeune fille s'effaça…

Pourtant, elle revenait inlassablement. Assise à côté de lui, elle lui tenait la main, lui parlait doucement et lui caressait les joues.

Sa présence l'empêcha de dériver complètement. Il aurait préféré qu'elle le laisse partir. Mais elle le lui interdit. Et même s'il en était parfois furieux, il se sentit également… *intéressé.*

Pourquoi faisait-elle cela ?

Il l'écouta avec plus d'attention quand elle s'adressait à lui.

— Ce n'était pas votre faute, disait-elle très souvent.

Longtemps, il ne comprit pas de quoi elle parlait.

— Cette créature n'était plus Coll. Vous étiez obligé de la détruire.

De temps en temps, il lui semblait comprendre ces propos. Mais des ombres obscurcissaient son esprit, et il se cachait derrière elles.

Un jour, elle répéta les mots et il les comprit aussitôt. Alors, il cessa de dériver. Les murs se brisèrent et tout lui revint avec la fureur glaciale d'une tempête de neige.

Par hurla, incapable de s'arrêter. Les souvenirs abattirent les barrières qu'il avait soigneusement érigées pour les tenir à l'écart et sa rage et son angoisse explosèrent.

La Taupe recula, les curieux animaux tombèrent de son lit, et il vit la lueur des chandelles frémir à travers ses larmes.

La jeune fille le sauva. Ignorant sa colère, son angoisse et ses cris, elle le serra contre elle, le retenant comme s'il risquait de recommencer à dériver.

Quand ses hurlements cessèrent, il s'aperçut qu'il lui avait rendu son étreinte.

Ensuite, il dormit d'un sommeil profond et sans rêves qui lui permit de se reposer.

Lorsqu'il se réveilla, la folie était partie et la dérive avait cessé. Il savait de nouveau qui il était, reconnut ce qui l'entourait et identifia les visages de Damson Rhee et de la Taupe quand ils se penchèrent sur lui.

Ses amis le baignèrent, lui donnèrent des vêtements propres, le nourrirent et le laissèrent dormir encore un peu. Ils ne lui parlèrent pas. Avaient-ils compris qu'il n'était toujours pas capable de leur répondre ?

Quand il se réveilla de nouveau, les souvenirs qu'il avait essayé de fuir revinrent en force. Ils n'étaient plus aussi atroces, même s'ils lui brisèrent le cœur. Il les affronta un à un. Lorsque ce fut fini, il réfléchit à ce qu'il venait d'apprendre.

Le monde avait été retourné sens dessus dessous.

L'Épée de Shannara reposait sur le lit, à côté de lui. Il ignorait si elle avait été là tout le temps, ou si Damson l'avait apportée quand il était revenu à la raison. Mais il savait qu'elle était inutile. Censée détruire les Ombreurs, elle n'avait servi à rien contre Rimmer Dall.

Par avait tout risqué pour se la procurer. Et il ne possédait toujours pas l'arme magique qu'on lui avait promise.

Il y avait trop de mensonges et de vérités – et aucun moyen de les départager. Rimmer Dall mentait certainement. Mais il avait *aussi* dit la vérité. Allanon avait dit la vérité – et il mentait également.

Aucun d'eux n'était *totalement* ce qu'il avait prétendu être. Et rien n'était *entièrement* tel que l'un ou l'autre le décrivait. Par lui-même était peut-être autre chose que ce qu'il croyait être, sa magie étant peut-être une lame à double tranchant, comme son oncle Walker l'affirmait.

Mais le souvenir le plus pénible et le plus amer restait celui de Coll. Son frère avait été transformé en Ombreur en essayant de le défendre. Il était devenu une créature de la Fosse… et Par l'avait tué. Il n'en avait pas eu l'intention, ni le désir. Hélas, la magie s'était manifestée sans qu'il l'ait sollicitée.

Il n'avait rien pu faire pour l'arrêter, mais ce n'était pas une consolation. Coll était mort par sa faute. Il avait entrepris ce voyage à cause de lui, et était descendu dans la Fosse pour le protéger. Tout ce qu'il avait fait était lié à Par.

Parce que Coll aimait son frère.

Il pensa soudain à leur rencontre avec l'ombre d'Allanon, où tant de missions avaient été confiées aux Ohmsford – mais pas à Coll. Allanon avait-il su qu'il était destiné à mourir ? Était-ce pour cela qu'il ne l'avait pas mentionné ?

Cette possibilité fit bouillir de fureur le sang du Valombrien.

Il revit mentalement le visage de son frère, passant par toutes les humeurs dont il se souvenait si bien. Il entendit la voix de Coll et revécut toutes leurs aventures d'enfance. Les occasions où ils avaient désobéi à leurs parents, les endroits qu'ils avaient visités, les gens qu'ils avaient rencontrés… Puis vinrent les événements des dernières semaines, depuis leur fuite de Varfleet.

La culpabilité n'était pas absente de ces souvenirs, mais au moins, ils lui ramenaient Coll pour un moment.

Coll, qui était mort…

Par resta allongé des heures, perdu dans ses pensées. Cette mort n'était pas encore réelle pour lui.

Une partie de son esprit refusait d'admettre que Coll n'était plus. Il le *savait*, et pourtant, une étincelle d'espoir absurde brillait encore en lui.

Finalement, il cessa d'essayer de l'étouffer.

Revenu au monde, ou à peu près, il mangea, se reposa et parla un peu avec Damson.

Allongé dans la tanière souterraine de la Taupe, où s'entassaient des rebuts récupérés à la surface, il se sentit devenir à son tour un rebut à peine plus vivant que les animaux en peluche qui montaient la garde autour de lui.

Mais son esprit travaillait sans relâche.

Un jour, il retrouverait ses forces. Alors, quelqu'un devrait payer pour la mort de Coll.

Chapitre 34

Le prisonnier émergea du sommeil provoqué par les drogues qui le paralysaient depuis sa capture. Il était allongé sur une couchette, dans une pièce obscure. On avait retiré les cordes, autour de ses mains et de ses pieds, ainsi que le bâillon et le bandeau.

Il se leva lentement, luttant contre le vertige. Puis ses yeux s'habituèrent à la pénombre.

Sa cellule, assez grande, contenait la couchette, une petite table et deux chaises. La fenêtre et la porte, toutes deux bardées de métal, étaient fermées.

Il toucha le mur. Des blocs de pierre pas faciles du tout à creuser !

Son vertige passé, l'homme se leva. Sur la table, il repéra un plateau où reposaient une miche de pain et une cruche d'eau.

Il s'assit, mangea et but.

Il n'y avait aucune raison de ne pas le faire. Si ses geôliers avaient voulu sa mort, il l'aurait déjà tué.

Il gardait un vague souvenir du voyage qui l'avait conduit ici : les bruits du chariot et des chevaux, les voix basses des hommes, les mains calleuses qui l'avaient lavé et nourri, l'engourdissement qu'il éprouvait chaque fois qu'il était assez réveillé pour sentir quelque chose…

Il avait encore dans la bouche le goût amer des drogues qui l'avaient maintenu inconscient.

L'homme termina son repas et se leva. Où l'avait-on amené ?

Lentement, car il était encore très faible, il gagna la fenêtre et regarda par les fentes des volets.

Il était en haut d'une tour. Le soleil illuminait un paysage semé de forêts et de collines verdoyantes qui s'étendait jusqu'aux rives d'un grand lac aux reflets argentés. Au-dessus de l'eau, il vit les traces d'un arc-en-ciel coloré qui courait d'une rive à l'autre.

Le prisonnier sursauta. *Le lac Arc-en-ciel !*

Il regarda les murs extérieurs de sa prison et en aperçut une petite partie, en granit noir.

Cette fois, la révélation lui coupa le souffle. Il était à l'intérieur de la sentinelle du Sud !

À l'intérieur !

Mais qui l'avait capturé ? La Fédération, les Ombreurs... ou quelqu'un d'autre ? Et pourquoi l'avoir amené ici ? D'ailleurs, pourquoi était-il encore en vie ?

Baissant la tête, il ferma les yeux. Tant de questions, une fois de plus...

Qu'est-il arrivé à Par ?

Coll Ohmsford rouvrit les yeux. Le visage appuyé contre les volets, il sonda le paysage, se demandant quel sort ses geôliers lui réservaient.

Cette nuit-là, Cogline rêva. Endormi parmi les arbres qui entouraient les hauteurs désolées où Paranor s'était autrefois dressée, il s'agita dans son sommeil, harcelé par des visions qui lui glaçaient le sang plus sûrement que le vent mordant.

Le vieil homme se réveilla en sursaut, tremblant de peur. Il avait rêvé que tous les descendants de Shannara avaient péri.

Un moment, il fut convaincu que c'était vrai. Puis la peur céda la place à l'irritation et à la colère. Il comprit que son rêve était une prémonition, pas une vision du présent...

Cogline fit un petit feu pour se réchauffer et se calmer. Puis il prit une pincée de poudre argentée dans une bourse accrochée à sa ceinture et la jeta sur les flammes. De la fumée s'éleva et emplit l'air d'images chatoyantes qu'il scruta soigneusement avant qu'elles ne se dissipent.

Alors, le vieillard grogna de satisfaction, éteignit le feu d'un coup de pied, s'enroula de nouveau dans ses robes et se recoucha.

Les images ne lui avaient pas appris grand-chose, mais cela suffisait pour le moment.

Les descendants de Shannara vivaient toujours. Des dangers les menaçaient, bien entendu, comme depuis le premier jour. Cogline les avait vus dans les images, monstrueux et effrayants.

Mais ça, c'était dans l'ordre des choses !

Le vieil homme ferma les yeux. Il ne pourrait rien faire cette nuit.

Oui, se dit-il, *tout est dans l'ordre des choses.*

Puis il s'endormit comme une masse.

Ici se termine le Livre I de L'Héritage de Shannara.

Le Livre II, Le Druide de Shannara, *en révélera davantage sur Cogline, qui prétend être un druide raté, et sur les aventures des descendants de Shannara.*

Aubin Imprimeur
LIGUGÉ, POITIERS

Achevé d'imprimer en mai 2004
N° d'impression L 66843
Dépôt légal, mai 2004
Imprimé en France